DRAGON AGE

DAVID GAIDER

O TRONO USURPADO

Tradução
Marcus Oliveira

JAMBÔ
Livros divertidos

Porto Alegre
2017

DRAGON AGE
O Trono Usurpado

©2009 Eletronic Arts, Inc. Todos os direitos reservados.
DRAGON AGE, BioWare e seus respectivos logos são marcas registradas de EA International (Studio and Publishing) Ltd. EA é uma marca registrada de Electronic Arts Inc. Todos os direitos reservados.

BioWare™

TÍTULO ORIGINAL: The Stolen Throne
TRADUÇÃO: Marcus Oliveira
EDIÇÃO: Flavia Gasi e Rogerio Saladino
DIAGRAMAÇÃO: Samir Machado de Machado
REVISÃO: Elisa Guimarães
CAPA: Ramil Sunga
EDITOR-CHEFE: Guilherme Dei Svaldi

Rua Sarmento Leite, 627 • Porto Alegre, RS
CEP 90050-170 • Tel (51) 3012-2800
editora@jamboeditora.com.br • www.jamboeditora.com.br

Todos os direitos desta edição reservados à Jambô Editora. É proibida a reprodução total ou parcial, por quaisquer meios existentes ou que venham a ser criados, sem autorização prévia, por escrito, da editora.

1ª edição: novembro de 2017 | ISBN: 978858913478-2

Dados Internacionais de Catalogação na Publicação

G137t Gaider, David.
    O trono usurpado / David Gaider; tradução de Marcus Oliveira. — Porto Alegre: Jambô, 2017.
    416p. il.

    1. Literatura norte-americana. I. Oliveira, Marcus. II. Título.

CDU 869.0(81)-311

Para a minha Oma

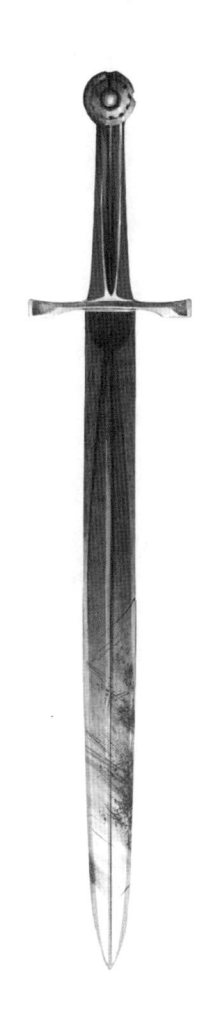

Mar Desperto

Cimas

Terra

Colina Oeste

Estra

← Para Orlais

Estrada Imperial

Docas do Lago Calenhad

Orzammar

Torre do Círculo

O Bann

Passagem de Gherlen

Rio Dane

Fereld

Lago Calenhad

Lothering

Castelo Penhasco Rubro

Aldeia do Penhasco Rubro

Montanhas do Dorso Frio

Retroterra

Estrada Imperial

Ost

Ermos K

Territórios Ine

Para as
Planícies
Livres ↑

N

Amaranthina

a Costa

Rio Hafter

Denerim

Pico do
Dragão

Rio Drakon

Ponta Sul

Floresta
Breciliana

Ruínas

Acampamento
Valeano

Coração da Floresta

inas do Sul

Passagem
Breciliana

Gwaren

Oceano
Amaranthino

kari

ados

1

— CORRA, MARRIC!

E ele correu.

As últimas palavras de sua mãe estralaram em seu ouvido e o forçaram a agir. Com a cena do terrível assassinato ainda ardendo em suas retinas, Maric se arremessou em direção às árvores na orla da clareira. Ignorando os galhos afiados que arranhavam sua face e fisgavam suas vestes, embrenhou-se cegamente pela densa vegetação.

Mãos firmes o agarraram por trás. Um dos homens de sua mãe ou um dos traidores que acabara de orquestrar sua morte? Assumiu a segunda alternativa. Debatendo-se com esforço, Maric lutou para repelir seu captor. Mas só conseguiu fazer mais galhos acertarem seu rosto, cegando-o ainda mais. As mãos tentaram arrastá-lo de volta para a clareira, e Maric cravou as botas no chão, apoiando-se em algumas raízes retorcidas. Debateu-se violentamente mais uma vez, e seu cotovelo atingiu algo rígido... Algo que cedeu em um barulho crepitante, e que logo deu lugar a um grunhido de dor.

As mãos vacilaram, e Maric saltou adiante na direção das árvores. Seu manto resistiu, puxando-o para trás. Algo havia agarrado sua capa longa de couro. Ele se retorceu e contorceu freneticamente, como uma fera pega em uma armadilha, até que conseguiu se desvencilhar, deixando a capa presa nos galhos para trás. Maric arquejou, lançando-se na escuridão além da clareira sem arriscar ao menos uma espiada para trás. A floresta era antiga e densa, permitindo passar apenas os mais fracos raios de luar por entre seu dossel. A luminosidade não era o bastante para ver, apenas para transformar o cenário em um labirinto de sombras aterradoras e em silhuetas. Velhos carvalhos retorcidos pareciam sentinelas sombrias, cercados por grandes arbustos e com recessos tão escuros que poderiam reservar qualquer surpresa.

Maric não tinha ideia da direção em que seguia; apenas o instinto de fuga guiava seus pés. Ele tropeçava em raízes que rasgavam o terreno sinuoso e trombava em grossos troncos de árvore que surgiam de lugar algum. A lama escorregadia tornava cada passo um desafio, e seu equilíbrio era tão precário que parecia que o chão poderia ceder debaixo dele a qualquer momento.

A floresta era completamente desorientadora. Ele poderia correr em círculos por lá, sem sequer notar. Maric ouviu homens gritando atrás dele ao mesmo tempo em que adentravam a floresta para persegui-lo, e ele podia também distinguir claramente sons de uma batalha. Lâminas de aço tinindo em outras lâminas, os últimos gritos de homens prestes a morrer — os homens de sua mãe, muitos dos quais ele havia conhecido por toda a vida.

Conforme corria desesperadamente, pensamentos espiralavam pela mente de Maric. Momentos atrás, ele estava tremendo de frio na clareira gelada da floresta, convencido de que sua presença no encontro clandestino era mais uma formalidade do que qualquer outra coisa. Ele mal prestou atenção aos procedimentos. Sua mãe o havia informado que, com o apoio dos novos homens, a rebelião finalmente se tornaria uma força a ser reconhecida. Aqueles homens estavam dispostos a se voltar contras seus mestres orlesianos, ela disse, e isso formava uma oportunidade que ela não estava disposta a desperdiçar após tantos anos fugindo e se escondendo. Maric não contestou a reunião, e a noção de que ela seria arriscada sequer passou por sua cabeça. Sua mãe era a infame Rainha Rebelde; foi ela quem primeiro inspirou a rebelião e liderou o exército. A luta sempre foi dela e nunca dele. Maric nunca sequer viu o trono de seu avô e nunca entendeu o poder que sua família exercia antes da invasão orlesiana. Ele passou todos os seus dezoito anos em acampamentos de rebeldes e em castelos remotos, arrastado por sua mãe em marchas sem fim. Ele nem conseguia imaginar como seria não viver desta maneira; era um conceito totalmente abstrato.

E agora sua mãe estava morta. Maric perdeu o equilíbrio e despencou escuridão adentro, por um pequeno barranco coberto de folhas molhadas. Ele deslizou desajeitadamente e bateu sua cabeça contra uma pedra, gritando de dor. Sua visão enturvou.

De muito longe, ele pôde ouvir chamados abafados de seus perseguidores. Eles o haviam escutado.

Maric ficou jogado ali, cobrindo sua cabeça com os braços. Parecia que ela estava em chamas, um inferno desvairado que ofuscava a razão. Amaldiçoou-se por ser tão estúpido. Por pura sorte, ele conseguiu fugir floresta adentro, mas agora havia revelado sua localização para qualquer um que pudesse ouvir. Um líquido grosso jorrava por entre seus dedos. O sangue estava encharcando seu cabelo e escorria pelas suas orelhas e seu pescoço — era quente, em um agudo contraste com o ar congelante ao seu redor.

Por um momento, ele se deixou abater. Um único soluço escapou de seus lábios. Talvez fosse melhor ficar aqui deitado, pensou. Deixe que eles o encontrem e o matem também. Eles já haviam matado sua mãe e garantido a generosa recompensa que certamente havia lhes sido prometida pelo usurpador. O que seria ele, além de mais um corpo a ser empilhado junto com os poucos homens que sua mãe havia trazido? Maric, então, congelou diante da terrível compreensão que começava a criar raízes nas bordas de sua consciência.

Ele era o rei.

Era ridículo, é claro. Ele? Aquele que provocava tantos suspiros impacientes e olhares preocupados? Aquele que forçava sua mãe a criar tantas desculpas? Ela sempre garantiu para Maric que, uma vez que ele ficasse mais velho, despertaria a mesma facilidade em comandar que ela exercia. Mas isso nunca aconteceu. Não era nada que o preocupava, no entanto, já que ele nunca levou a sério a ideia de que sua mãe poderia morrer. Ela era invulnerável, maior que a própria vida. Sua morte era uma hipótese absurda, algo que jamais poderia se tornar realidade.

Mas ela havia morrido, e ele deveria se tornar o rei? Ele deveria liderar a rebelião por conta própria?

Ele podia imaginar o usurpador sentado em seu trono na capital, rindo espalhafatosamente ao receber a notícia da sucessão de Maric. Melhor morrer aqui, ele pensou. Melhor que atravessem uma espada por suas tripas, assim como fizeram com sua mãe, do que se tornar a piada de Ferelden. Talvez alguém encontre algum parente distante para assumir o estandarte da rebelião. E, caso contrário, melhor deixar a linhagem do grandioso Rei Calenhad acabar. Deixe que ela termine com a Rainha Rebelde fracassando em sua missão, em vez de desgastá-la sob a liderança de seu filho inepto.

Havia certa serenidade na ideia. Maric se deitou de costas, o frio úmido das folhas e da lama quase confortáveis em sua pele. Os gritos irregulares se aproximavam, mas era quase possível para Maric abafá-los. Tentou focar a atenção no farfalhar do vento nas folhas acima dele; nas enormes árvores o cercavam, como sombras gigantes observando a minúscula figura que havia despencado aos seus pés. Ele podia sentir o cheiro de pinha, a acidez da seiva das árvores. Essas sentinelas da floresta seriam as únicas testemunhas de sua morte.

Mas enquanto ele esperava ali deitado, a dor em sua cabeça diminuindo até se tornar apenas um pulsar insistente, seus pensamentos o provocavam. Os homens que haviam atraído sua mãe até aqui com promessas de suporte eram nobres de Ferelden, do tipo que se curvavam aos orlesianos para manter suas terras. Em vez de finalmente honrar seus juramentos ancestrais, eles haviam traído sua rainha por direito. Se ninguém escapar para contar o que aconteceu, a verdade estaria escondida para sempre. Alguém poderia supor, mas o que seria possível de se fazer sem provas? Os traidores jamais pagariam pelos seus crimes.

Maric se sentou, sentindo sua cabeça protestar com uma dor latejante. Ele estava ferido, encharcado e congelando até os ossos. Localizar-se no terreno foi difícil, mas supôs que não estava muito longe da orla da floresta. Ele havia despencado por uma distância pequena, e os homens que o perseguiam não pareciam estar muito distantes, buscando e chamando uns aos outros. Suas vozes pareciam ficar mais fracas, no entanto. Talvez ele devesse ficar parado? Ele estava em uma espécie de fossa e, se permanecesse imóvel pelo tempo correto, os homens poderiam passar por lá sem notá-lo. Isto daria a ele mais tempo para se recuperar. Talvez ele pudesse voltar até a clareira e ver se algum dos homens de sua mãe havia sobrevivido.

Um súbito estalar de galho o fez congelar novamente. Maric ouviu com atenção, em meio a escuridão ao seu redor, por um agonizante momento, mas não escutou nada. O som era um passo; ele estava certo disso. Ele esperou, incapaz de mover sequer um músculo... e escutou novamente. Mais baixo, dessa vez. Alguém, com certeza, estava tentando pegá-lo de surpresa. Talvez ele pudesse ser visto, mesmo que não conseguisse enxergar ninguém ao seu redor?

Maric avançou desesperadamente. O lado mais afastado da cavidade em que estava terminava em uma encosta íngreme. Era difícil avaliar o terreno ao seu redor com tão pouco luar atravessando o dossel. Havia também árvores naquela direção, raízes e arbustos espessos que o impediriam de rastejar despercebido. Ele não tinha escolha além de ficar que ficar onde estava... Ou descer escalando.

Um barulho de folhas molhadas sendo esmagadas nas proximidades fez com que Maric se arremessasse contra o chão. Ouvir atentamente era difícil com tantos gritos sobrepostos à distância e o som do vento assobiando nas árvores, mas ele podia detectar os passos leves de alguém que caminhava por perto. Ele suspeitava que não estava sendo visto. Na verdade, já estava escuro o suficiente para que seu perseguidor acabasse fazendo exatamente o que Maric fizera e caísse diretamente no vazio.

Maric não gostou muito da ideia de seu inimigo cair bem em cima dele, então cautelosamente tentou se levantar. Sentiu uma dor aguda nos joelhos e nos braços. Havia cortes em seu rosto e mãos, e ele tinha certeza de que tinha um rasgo em sua cabeça... Mas tudo parecia distante, como se outra pessoa estivesse sentindo sua dor. Ele tentou controlar seus movimentos, mantendo-os lentos e silenciosos. Suaves. Continuou a ouvir mais passos, e mordeu ansiosamente o lábio inferior. Era difícil ouvir qualquer coisa mais alta que o bater desesperado de seu coração. O barulho certamente era óbvio para quem quer que estivesse ao seu redor. Talvez os assassinos estivessem se aproximando para matá-lo agora mesmo, rindo de seu desespero.

Respirando de maneira deliberada e suando apesar do frio, Maric lentamente elevou-se o bastante para plantar os dois pés no chão. Seu joelho direito protestou com espasmos que dispararam ondas agudas de dor por toda a sua perna. Aquele ferimento, ao contrário de todos os outros, Maric sentia com bastante clareza. Em choque, ele sibilou através dos dentes cerrados, quase gemendo em voz alta.

Imediatamente, ele forçou sua boca a fechar, e seus olhos acompanharam o movimento em repreensão a sua estupidez. Agachado entre as sombras, ele parou para escutar os sons da noite, cuidadosamente. Os passos pararam. Alguém, mais distante, gritou na direção de Maric. Ele não conseguiu reconhecer as palavras, mas estava certo de que aquilo era um questionamento. Talvez um chamado, perguntando se havia alguém ali. Mas não houve resposta. A fonte dos passos que perseguiam Maric provavelmente ouviu seu grunhido, e ele não estava disposto a entregar novamente sua localização à voz distante.

Com muito cuidado, Maric engatinhou pela fossa. Ele apertou os olhos contra a escuridão, tentando identificar qualquer forma aproximadamente humana. Ele imaginou seu perseguidor fazendo exatamente o mesmo, em uma brincadeira de esconde-esconde na escuridão. O primeiro a enxergar o outro ganharia o prêmio. Tardiamente, Maric chegou à conclusão que, mesmo se encontrasse o homem que o seguia, não seria capaz de fazer muito em relação a isso. Ele estava desarmado. Uma bainha vazia balançava em sua cintura. A faca que costumava ficar ali havia sido emprestada para Hyram poucas horas atrás para que ele cortasse uma corda. Hyram, um dos generais mais confiáveis de sua mãe, que conhecia Maric desde criança, provavelmente jazia morto ao lado da rainha, o sangue dos dois perdendo calor para a noite gelada. Maric balançou a cabeça na tentativa de afastar a imagem de seu pensamento.

Naquele momento, Maric notou um brilho nas sombras. Apertar os olhos o ajudou a discernir uma espada, sua lâmina polida refletindo o parco luar. Na cortina de sombras e arbustos, ele não conseguia ver a forma do homem que segurava a arma, mas finalmente saber onde estava seu oponente o acalmou. Olhando naquela direção, Maric levantou as mãos para agarrar a borda da fossa e silenciosamente começou a subir. A dor que atingiu seus braços foi considerável, mas ele a ignorou e nem por um segundo tirou os olhos da espada. Assim que terminou de escalar a borda, a arma se moveu. Uma forma escura começou a avançar pesadamente em sua direção, erguendo a lâmina e rosnando em ameaça. Sem pensar, Maric se lançou para frente. A espada passou assobiando por sua orelha, quase atingindo seu braço. Ele se arremessou de cabeça contra o tronco do homem, arrancando-lhe o fôlego. Infelizmente, o perseguidor estava usando uma pesada cota de malha, e a cabeça de Maric explodiu em dor. Era como dar uma cabeçada em um tronco de árvore. O mundo começou a girar ao seu redor. Ele teria se afastado cambaleando, caso o impulso inicial não tivesse derrubado ambos para trás. Caíram no terreno duro e disforme, mas o corpo do perseguidor absorveu maioria do impacto. Seu braço se chocou contra o chão, fazendo com que a espada em sua mão saltasse em direção à escuridão.

Quase delirante e incapaz de enxergar, Maric se afastou e agarrou a cabeça do homem com as duas mãos. Sentiu uma mandíbula forte coberta por barba, e o homem se debateu violentamente, tentando afastar seu oponente. Ele tentou gritar, possivelmente chamando seus companheiros, mas tudo o que saiu de sua boca foi um berro abafado. Maric se alavancou para trás para puxar a cabeça do homem e depois empurrá-la com força contra o chão. O homem grunhiu quando sua cabeça atingiu uma raiz exposta.

— Seu bastardo! — rosnou Maric. O desespero do homem se intensificou, e suas mãos foram de encontro ao rosto de Maric, apertando e arranhando. Encontrando apoio, ele empurrou os dedos contra o nariz e olhos do jovem. Maric afastou o rosto enquanto empurrava a cabeça do homem com força, batendo-a contra a raiz. O homem grunhiu e tentou se afastar, mas a pesada cota de malha não lhe ajudava naquela situação. Ele se contorceu e continuou empurrando os dedos contra o rosto de Maric, mas nenhum de seus esforços foi suficiente para libertá-lo.

A cabeça latejante de Maric era uma tortura, e seu pescoço estava esticado até o limite, tentando se afastar das mãos de seu adversário. Quando Maric soltou a cabeça para batalhar contra as mãos que o empurravam, o homem barbudo tentou chutá-lo para longe. Maric perdeu o equilíbrio por um momento, e a mão do inimigo se transformou em um punho atingindo-lhe pesadamente o rosto. Lutando contra o desmaio e a vista enevoada, Maric estendeu a mão e agarrou o máximo que pode dos longos cabelos do homem, puxando-os para cima. Desta vez o homem gritou alto, sua cabeça erguida em um ângulo desajeitado e doloroso. Soltando seu próprio grito de esforço, Maric puxou a cabeça do homem contra a raiz da árvore pela terceira vez, ainda mais pesadamente.

— Você a matou! — ele gritou. Agarrou-o pelos cabelos novamente, pronto para lançá-lo contra o chão. — Seu cretino, você a matou! — A cabeça do homem foi de encontro com a raiz de novo.

E de novo.

Lágrimas brotaram em seus olhos, e ele engasgou em suas próprias palavras. — Ela era sua rainha, e você a matou! — ele empurrou a cabeça novamente contra o chão, com todas as forças. Desta vez, o homem parou de lutar. Um cheiro rançoso invadiu as narinas de Maric. Suas mãos estavam cobertas de sangue fresco que não era seu. Quase involuntariamente, ele rolou por cima do corpo e tentou se levantar, suas mãos ensanguentadas escorregando nas folhas frias e a dor disparando novamente por suas pernas. Ele quase esperava que o homem se levantasse para atacá-lo. O corpo estava ali nas sombras, uma forma vaga e inerte descansando desajeitadamente sobre um amontoado de raízes. Maric mal conseguia distinguir o grande carvalho atrás dele, elevando-se sobre o dossel como uma lápide.

Maric sentia-se doente, o estômago retorcendo em nós e o corpo tremendo dos pés à cabeça. Quase involuntariamente, ele trouxe uma mão até a boca para manter a bílis dentro de si, esfregando sangue fresco em seu rosto. Havia pedaços de pele e cabelo misturado ao sangue escuro em suas mãos. Maric convulsionou, despejando no chão enlameado o pequeno almoço que havia consumido no começo do dia. O desespero ameaçava a dominá-lo.

Você é o rei, ele lembrou a si mesmo.

A mãe de Maric, a rainha Moira, era um bastião de força que podia conduzir exércitos de veteranos à vitória. Ela era, em todos os aspectos, a filha de seu avô. Era o que todos diziam. Ela inspirou alguns dos nobres mais poderosos de Ferelden a se rebelarem em seu nome e lutarem para colocá-la no trono simplesmente porque sabiam, sem sombra de dúvida, que ela pertencia àquele trono.

E agora ela se foi, e você é o rei, Maric repetiu para si mesmo. Não parecia mais real agora do que antes. À distância, os sons de perseguição estavam ficando mais altos novamente. Os traidores provavelmente ouviram a luta de Maric com o homem barbudo. Ele precisava fugir. Ele precisava correr, seguir em frente. No entanto, ele não conseguia mexer as pernas. Sentou-se na floresta escura, com as mãos ensanguentadas estendidas a sua frente como se não tivesse ideia de onde as colocar.

Tudo o que Maric conseguia pensar era na voz de sua mãe, na última vez que ela havia retornado da batalha. Ela estava vestindo uma armadura completa, coberta de sangue e suor, e sorrindo loucamente. Maric havia sido arrastado para frente dela por seu treinador por brigar com um garoto plebeu. Pior ainda, o Arl Rendorn estava com sua mãe, e ele perguntou se Maric tinha, pelo menos, vencido a luta. Ardendo em vergonha, Maric admitiu ter apanhado, fazendo o Arl bufar e perguntar que tipo de rei Maric iria se tornar.

E então sua mãe riu alegremente, uma risada que poderia afugentar qualquer seriedade. Ela pegou o queixo de Maric em suas mãos e olhou em seus olhos, pedindo com um sorriso gentil que não desse ouvidos ao Arl. "Você é a luz da minha vida, e eu acredito em você".

Uma tristeza profunda fez Maric quase gargalhar e chorar ao mesmo tempo. Sua mãe acreditava nele, e, no entanto ele acabou perdido em uma floresta em menos de meia hora após sair de sua proteção. Caso ele fosse capaz de despistar seus perseguidores, escapar da floresta e conseguir um cavalo, ele ainda precisaria encontrar o exército. Estava tão acostumado a ser levado de lá para cá que não fazia ideia da rota que tinham tomado. Ele seguia, conforme ordenado, e sequer sabia onde estava.

E assim veio a falecer o último rei de Ferelden, pensou Maric com escárnio. *Ele queria ser um bom rei, mas não sabia diferenciar seu traseiro de um buraco no chão.*

Um riso ensandecido ameaçou dominar suas lágrimas, mas Maric afogou ambas as reações. Agora não era o momento de pensar no passado ou desabar em luto. Ele acabara de matar um homem com suas próprias mãos, e seus outros inimigos o cercavam. Ele precisava correr. Ele inspirou fundo e fechou os olhos. Fundo dentro dele, havia aço. Abraçou a rigidez fria e deixou que ela dominasse o turbilhão que ameaçava derrubá-lo. Precisava se acalmar, mesmo que por apenas um momento.

Ele abriu seus olhos novamente. Estava pronto.

Maric vasculhou seus arredores calmamente em busca da espada que havia saltado da mão do homem. Tudo ao seu redor estava, de alguma forma, movendo-se lentamente. Nada parecia real. Havia muitos arbustos, muitos recessos e raízes emaranhadas nos quais a espada poderia estar escondida. Ele não conseguia encontrá-la. Então ele ouviu a voz de outro homem, chamando seus companheiros de algum lugar muito próximo. Não havia mais tempo.

Levantando-se cautelosamente, Maric buscou pela direção de onde as vozes estavam vindo. Assim que discerniu suas fontes, ele seguiu na direção oposta, mancando desajeitadamente. Suas pernas estavam machucadas e enrijecidas, e alguns de seus ossos certamente estavam quebrados, mas ele ignorou a dor. Com esforço, ele usou os galhos mais baixos da vegetação como apoio para seguir em direção à escuridão.

Eles deviam pagar pelo que fizeram. Se ele tivesse que tomar uma única medida como rei, seria fazer todos eles pagarem.

— Aconteceu alguma coisa — murmurou Loghain, franzindo o cenho.

Ele estava na orla da floresta, displicentemente removendo lama de suas vestes. O esforço era inútil, já que suas roupas eram tão gastas e sujas quanto se esperaria de um caçador. Os orlesianos, é claro, tinham nomes menos gentis para pessoas de sua laia: *criminosos, ladrões e bandidos* — mesmo que a única motivação para seus crimes tivesse sido o desespero.

Não que Loghain se importasse com os nomes que lhe eram dados pelos orlesianos, já que a culpa de sua família ter sido retirada de sua fazenda era inteiramente deles. Os orlesianos não permitiam que ninguém além de seus nobres enrustidos e maquiados fosse dono de terras. Então não havia surpresa nenhuma na maneira como eles tratavam os homens livres de Ferelden. Um imposto adicional de tributo foi inventado pelo imperador orlesiano, e quem não pudesse pagar tinha suas terras confiscadas. O pai de Loghain conseguiu bancar o primeiro ano com esforço, então naturalmente foi decidido que o imposto poderia ser ainda maior. No ano seguinte, seu pai se recusou a pagar. Quando os soldados vieram, eles decidiram que não apenas a fazenda seria confiscada, mas que também o pai de Loghain seria preso por evasão fiscal. A sua família resistiu, então agora eles viviam nas regiões selvagens de Ferelden, formando bandos com outras almas desesperadas e tentando sobreviver da maneira que podiam.

Loghain podia não se importar com o que os orlesianos pensavam dele, mas se importava com a ideia de ser preso. O beleguim local de Lothering era um homem de Ferelden, e até agora ele havia sido tolerante com seu bando. Enquanto eles não atacassem os viajantes e evitassem furtos grandiosos, o policial fazia apenas o mínimo de esforço para localizá-los. Loghain sabia que o homem iria ser forçado a caçá-los com seriedade algum dia, e esperava que ele fosse decente o bastante para avisá-los sobre isso com antecedência. Eles seguiriam em frente, como já haviam feito muitas vezes. Havia florestas e colinas suficientes em Ferelden para esconder um exército inteiro; afinal, até a Rainha Rebelde sabia disso. Mas e se a polícia não os alertasse? Esse pensamento preocupava Loghain no momento e o fazia olhar para a floresta. As coisas nem sempre se desenrolavam como ele gostaria.

Um vento soprou pelo descampado, fazendo-o tremer. Era tarde, e a lua brilhava pelo céu noturno sem nuvens. Ele afastou os cachos pretos de seus olhos, resignado com o fato de que seu cabelo devia estar tão sujo quanto suas mãos, e puxou seu capuz para cima. A primavera estava se comportando mais como um inverno persistente que se recusava a partir. As noites frias que ele e sua aldeia encaravam em suas tendas improvisadas eram muito menos do que confortáveis, mas as acomodações eram preferíveis à maioria das alternativas.

Dannon, um homem grande e bruto com um ar indigno de confiança, surgiu atrás dele. Loghain suspeitava que Dannon fosse do tipo que vivia pelas ruas das cidades apalpando bolsos, e que havia se juntado ao bando simplesmente porque não era um ladrão muito bom. Não que Loghain estivesse em posição para julgá-lo. Eles faziam o que precisavam fazer, todos eles. Isso não significava que ele era capaz de se sentir confortável ao redor do homem.

— O que você está dizendo? Você viu alguma coisa? — Dannon coçou o nariz enquanto ajustava as carcaças que estava carregando. Havia três coelhos pendurados sobre seu ombro, o prêmio pela noite de trabalho, arrebatados dos campos de um senhor conhecido por sua simpatia em relação aos orlesianos. Caçar no escuro nunca era fácil, especialmente quando era preciso tomar mais cuidado para evitar ser visto do que para realmente caçar, mas eles tiveram sorte daquela vez.

— Eu disse que algo está acontecendo — Loghain repetiu irritado. Se virou e olhou para Dannon, e o homem recuou um passo. Ele tinha esse efeito sobre as pessoas. Loghain sabia que seus olhos azuis lhe emprestavam um ar gélido e intenso que era considerado perturbador. Para ele, isso não era um problema. Loghain ainda era considerado jovem pela maioria da aldeia, especialmente por Dannon, e preferia que o homem não começasse a assumir que poderia dar ordens a ele. — Você não percebeu?

Dannon deu de ombros. — Há alguns rastros. Acho que talvez haja alguns soldados por aqui.

— E você não achou que isso fosse de nosso interesse?

— Ah! — Dannon revirou os olhos. — Karolyn, na aldeia, nos disse que haveria soldados, não? Disse que viu Bann Ceorlic marchando pelo descampado ao norte com alguns de seus companheiros esta manhã.

Loghain franziu o cenho ante o nome. — Ceorlic é um bajulador. Desesperado pelo favor dos usurpadores orlesianos, todo mundo sabe disso.

— Bem, Karolyn disse que ele estava marchando bem discretamente, e nem sequer parou na taverna. Como se ele não quisesse ser visto — Dannon gesticulou para os coelhos que carregava. — Olha, o que quer que ele esteja fazendo, não tem nada a ver conosco. Ninguém nos viu caçar, e foi uma boa caçada. Deveríamos ir — ele sorriu, um sorriso nervoso e amigável que buscava ser reconfortante. Dannon tinha medo de Loghain, e era assim que Loghain preferia manter as coisas.

Ele olhou de volta para a floresta, sua mão agarrando a espada amarrada em sua cintura. Os olhos de Dannon seguiram o movimento e ele fez uma careta. Dannon era habilidoso o bastante com uma faca, mas não levava jeito com qualquer coisa maior. — Ah, por favor. Não vá causar confusão — resmungou.

— Não estou interessado em criar problemas — insistiu Loghain. — Estou mais interessado em evitá-los. — Ele avançou em direção à orla da floresta, atravessando um matagal que o levou para uma trilha descendente. — Ninguém precisa ter nos visto caçar para saber que estamos nesta região. Você sabe tão bem quanto eu que talvez tenhamos ficado tempo demais por aqui.

— Isso não é você quem decide — disse Dannon, mas seguiu Loghain calado depois de resmungar. Era o pai de Loghain quem decidiria, no fim das contas, e mesmo um homem como Dannon sabia que Loghain e seu pai raramente discordavam quando se tratava de tais assuntos. *Como deveria ser*, pensou Loghain consigo mesmo. Seu pai não havia criado um tolo.

Os dois desceram pela floresta escura, parando apenas para deixar seus olhos se ajustarem aos remendos de luar que conseguiram serpentear por entre a copa das árvores. Dannon ficou cada vez mais agitado com o terreno traiçoeiro, embora tivesse o bom senso de ficar em silêncio. Loghain, por sua vez, estava começando a pensar que Dannon poderia ter o direito de reclamar da situação.

Ele estava prestes a dar meia-volta quando Dannon parou. — Você ouviu isso? — ele sussurrou.

Bons ouvidos, pensou Loghain. — Animal?

— Não — ele balançou a cabeça, incerto. — Parece mais com gritos.

Os dois pararam, e Loghain tentou ser paciente e escutar. A brisa balançava os ramos acima deles, uma distração significativa, mas depois de um momento ele ouviu o que Dannon estava mencionando. Era fraco, mas, à distância, podiam-se ouvir os sons de homens chamando uns aos outros, como se envolvidos em algum tipo de busca. — Estão caçando raposas.

— Oi? — Loghain conteve o desejo de revirar os olhos. — Você estava certo— ele disse rispidamente. — Eles não estão aqui por nossa causa.

Dannon pareceu satisfeito com a notícia. Ele ajustou os coelhos em seu ombro e se virou para ir embora. — Então não vamos esperar. É tarde.

Mas Loghain hesitou. — Você disse que Bann Ceorlic passou por aqui. Quantos homens ele trouxe?

— Não sei. Não fui eu quem os viu.

— O que sua rapariga disse, exatamente?

O grande homem encolheu os ombros, mas suas costas enrijeceram em uma raiva silenciosa. Loghain notou com um vago interesse que havia acertado um nervo. Eles estavam enamorados, então? Não que Loghain realmente se importasse, mas era melhor evitar provocar um homem daquele tamanho desnecessariamente.

— Não sei — disse Dannon entre dentes cerrados. — Ela não disse. Não pareciam ser muitos.

Loghain imaginou que deveria haver pelo menos vinte homens por lá. De certo, se Bann Ceorlic tivesse passado com tantos homens perto de Lothering, isso teria causado mais comentários. Então o que estava acontecendo, exatamente? O fato de a situação envolver um dos nobres de Ferelden mais notórios por sua lealdade aberta ao tirano orlesiano não soava bem. O que quer que Ceorlic e seus homens fizessem, sem dúvida seria ruim para a aldeia — mesmo que não os envolvesse diretamente.

Parado ali, tentando ignorar a impaciência de Dannon, Loghain começou a se convencer de que não havia nada que pudesse fazer. Os rebuliços políticos de Ferelden não eram da sua conta. Sobreviver era sua maior preocupação, e qualquer questão política era importante somente quando afetava diretamente a sobrevivência de seu bando. Ele suspirou irritado, olhando para as sombras como se elas tivessem a resposta para o mistério.

— Você parece seu pai quando faz isso — caçoou Dannon.

— Esse deve ter sido o primeiro elogio que ouvi de você.

Dannon bufou com desdém, olhando para Loghain. — Não foi intencional — disse, cuspindo entre eles. — Olha, isso não é de nossa conta, como você mesmo disse. Vamos embora.

Loghain não gostava de ser desafiado. Ele encontrou o olhar de Dannon com o seu e, por um longo momento, não disse nada. — Se você quiser ir — ele disse calmamente —, então vá.

Dannon não saiu do lugar, embora Loghain tenha visto o homem tremer nervosamente — não queria estar naquela posição. Loghain quase podia senti-lo pensando em sua faca, perguntando-se se precisaria usá-la, e como iria voltar ao acampamento se assim fizesse.

Loghain estava tentado a provocá-lo ainda mais. Queria avançar na frente de Dannon e testar sua coragem. Talvez o outro tivesse os culhões necessários para cortá-lo e acabar com isso de uma vez. Para o jovem, ele poderia ser um assassino, do tipo que gosta de cortar as pessoas apenas para ouvi-las gritar, e era desse passado que Dannon havia fugido. Talvez Loghain estivesse sendo tolo ao não concordar com a sugestão de ir embora dali.

Mas ele duvidava.

O silêncio entre eles foi longo e tenso, interrompido apenas pelo som do vento nas árvores e dos gritos distantes dos caçadores. Loghain cerrou os olhos, sem sequer tocar no punho de sua espada, e ficou discretamente aliviado quando Dannon desviou o olhar primeiro.

O momento foi interrompido pelo som de alguém se aproximando.

Dannon se assustou com a intrusão, deixando que a urgência da nova ameaça escondesse o fato de que ele havia acabado de recuar diante do duelo, como se a tensão dos momentos anteriores nunca tivesse acontecido. Mas Loghain sabia.

Algo estava se aproximando deles, rápido e desajeitado. O que quer que fosse, debatia-se loucamente contra os arbustos, empurrando galhos para longe de maneira desesperada. *Era a raposa*, assumiu Loghain. É claro que ela ia parar no colo deles, não é mesmo? Se havia mesmo um Criador nos céus, como afirmava o Coro, ele tinha um senso de humor bastante deturpado.

Dannon recuou alguns passos, nervoso e agitado, enquanto Loghain sacou sua espada, esperando. O causador da agitação repentinamente entrou no campo de visão dos dois, como se tivesse sido devolvido indelicadamente pelas sombras que não o queriam para si. Ele parou de súbito, olhando para os dois com olhos imensos e aterrorizados.

Era um jovem, da idade de Loghain ou talvez até mais novo. Seus cabelos claros e pele mais clara ainda estavam cobertos por folhas, sujeira, arranhões e uma quantidade desmesurada de sangue. Ele com certeza não estava vestido para um passeio na selva, usando apenas uma camisa esfarrapada e coberta de lama o bastante para fazer parecer que havia passado horas rastejando no chão. O sangue cobria sua face e suas mãos, e provavelmente não era apenas seu. Quem quer que fosse aquele rapaz, ele provavelmente havia matado alguém e fugido, o que deixava claro para Loghain o quão desesperante era sua situação.

O recém-chegado se agachou nas sombras como um animal encurralado, certamente considerando se deveria lutar ou fugir. Atrás dele, a gritaria se aproximava. Loghain lentamente levantou sua mão, mostrando a palma em um sinal de que não queria briga. Então, colocou a espada de volta em sua bainha. O rapaz loiro não se moveu, apenas franziu o cenho em suspeita. Sua atenção se dividia entre os dois homens que havia encontrado e os barulhos que se aproximavam cada vez mais por trás dele.

— Vamos sair daqui! — Dannon murmurou para Loghain. — Ele vai trazê-los diretamente até nós!

— Espere — sussurrou Loghain, sem tirar os olhos do fugitivo. Dannon se eriçou, e Loghain percebeu a faca agora em sua mão. Levantando as mãos para acalmar ambos, voltou a olhar para o jovem coberto de sangue nas sombras. — Quem está perseguindo você? — ele perguntou lentamente.

O homem loiro lambeu seus lábios, e Loghain viu os engenhos girando por trás de seus olhos. — Cães orlesianos — disse ele sem mover um músculo. Loghain olhou para Dannon. O grande homem estava rangendo os dentes, mas Loghain sabia que ele havia nutrido certa simpatia pela situação do rapaz. Dannon só se importava com sua própria pele, mas acabou cedendo com um grunhido.

— Boa resposta — Loghain deu um passo para trás e virou o corpo como se fosse embora. — Venha conosco.

Dannon amaldiçoou o colega, recusando-se a olhar para qualquer coisa além do chão enquanto enfiava a faca na bainha e começava a trilhar o caminho de volta. Loghain começou a segui-lo, mas esperou para ver se o fugitivo iria acompanhá-los. Por um longo momento, o loiro ficou visivelmente dividido. Então, sem mais hesitação, ele deu um salto e correu atrás deles.

Os três prosseguiram silenciosamente de volta pelo caminho que Loghain e Dannon tinham trilhado, o loiro se arrastando com esforço pela trilha, e Dannon muito à frente, como se estivesse a ponto de deixá-los para trás. Os ombros arqueados e rijos do grande homem apontavam que ele estava zangado e ressentido. Loghain não se importava.

Eles mantiveram um ritmo rápido, e após um curto período de tempo, os gritos dos perseguidores foram deixados para trás. O estranho parecia aliviado, e parecia ainda mais à vontade quando se aproximaram da borda da floresta e o luar podia ser visto mais claramente sobre suas cabeças. Observando melhor o rapaz, Loghain não pôde deixar de ficar um pouco mistificado. As roupas do jovem loiro, apesar rasgadas e sujas, eram claramente de qualidade, se não luxuosas. As botas, em particular, pareciam firmes, feitas de couro fino, do tipo que Loghain via os Templários usando às vezes. Certamente, não era um indigente. Ele também tremia de frio e pulava de susto a cada som estranho da floresta, então aquela caminhada não era um evento normal para ele. Nem de longe.

— Dannon, espere — Loghain chamou seu companheiro enquanto parava de andar. Dannon relutantemente desacelerou o passo até parar. Loghain se virou para o loiro, que agora se eriçava com suspeitas renovadas, seus olhos pulando de um para o outro como se calculando qual deles iria atacá-lo primeiro. — Acho que isso é o máximo que podemos seguir juntos — Loghain disse.

— Graças ao Criador! — Dannon murmurou nada sutilmente.

O rapaz loiro considerou a situação por um momento, olhando ao seu redor como se tentasse encontrar um ponto de referência na vegetação. O descampado além da orla da floresta podia ser visto de onde estavam. — Acredito que posso encontrar meu caminho daqui.

Loghain não conseguia descobrir de onde vinha o sotaque do rapaz, mas, pela maneira como falou, ele certamente era educado. O filho de um mercador, talvez? — É verdade? — Loghain apontou para as roupas esfarrapadas do loiro, notando que ele sequer tinha uma capa. — Você provavelmente vai congelar antes de chegar a uma cidade — ele levantou uma sobrancelha. — Se é que você pretende ir para a cidade, com esses homens no seu encalço.

— Por que demônios estão atrás de você? — questionou Dannon, ficando ao lado de Loghain.

O jovem fez uma pausa, mirando Loghain e Dannon alternadamente como se não tivesse certeza de a quem responder primeiro. Então, olhou para as próprias mãos e viu as manchas escuras de sangue sob a luz do luar, espantando-se como se fosse pela primeira vez que as encontrava ali. — Eu acho que matei um deles — resfolegou.

Dannon assobiou em tom de apreciação. — Eles não vão desistir tão facilmente, então.

Loghain cerrou as sobrancelhas. — Estes eram homens do Bann Ceorlic, certo?

— Alguns deles — concordou relutantemente o rapaz loiro. — Eles mataram... uma amiga minha. — A dor que atravessou a face do jovem provou para Loghain que aquele último relato, ao menos, era bastante honesto. O rapaz fechou os olhos, tremendo enquanto tentava em vão limpar uma mancha de sangue de sua face. Loghain olhou para Dannon, que simplesmente deu de ombros. Qualquer que fosse a história completa, Loghain não acreditava que iria arrancá-la do rapaz naquele momento. E talvez isso nem fosse necessário. Esse estranho não era a primeira pessoa que eles encontravam fugindo dos orlesianos. E se Loghain estivesse no lugar do loiro, também não confiaria em ninguém. A história do loiro não era muito bem contada, e certamente havia muito mais para se descobrir, mas os instintos de Loghain lhe diziam que, quem quer que aquele rapaz fosse, não era mal-intencionado. E seus instintos raramente estavam errados.

— Olha só — Loghain suspirou gravemente. — Nós não sabemos ao certo quem está caçando você. Você diz que são agentes dos orlesianos. Estou disposto a acreditar na sua palavra. — O loiro tentou protestar, mas Loghain levantou uma mão no ar. — Quem quer que sejam, parece que há muitos deles. Eles vão descobrir logo que você não está mais na floresta. O primeiro lugar em que irão procurar é Lothering. Você não pode ir para outro lugar?

O estranho balançou a cabeça, preocupado. — Não... acho que não. Nenhum lugar onde possa chegar facilmente — então ele levantou o queixo e olhou para Loghain. — Mas darei um jeito.

Por um momento, Loghain chegou a acreditar que ele tentaria. Sem dúvidas, iria falhar, mas tentaria. Se isso era um sinal de teimosia ou tolice, ou até mesmo outra coisa, não conseguia discernir.

— Nós temos um acampamento — ofereceu Loghain. — É escondido.

— Vocês... vocês não precisavam ter me ajudado. Eu sei disso, e sou grato — seu olhar estava relutante. — Não será necessário...

— Pelo menos, podemos conseguir um manto para você. Limpá-lo de toda essa sujeira... ficaria menos suspeito — disse Loghain. — Ou você pode seguir seu caminho. A escolha é sua.

O rapaz se encolheu, tremendo de frio na brisa gelada que vinha do campo. Por um momento, Loghain achou que ele parecia perdido, sentindo o tamanho da queda que havia levado em relação à vida que vivia anteriormente. O destino pode lhe dar as piores cartas quando você menos espera, algo que Loghain sabia por experiência própria. Ele reconhecia os sinais, mesmo que sua simpatia fosse mínima. Aquela oferta era o máximo que o loiro receberia, de qualquer forma.

— Pelo sopro do Criador, rapaz! — Dannon grunhiu. — Olhe para você! O que mais poderia fazer?

Loghain olhou para seu colega com desconfiança. — Você mudou de tom bem rápido.

— Tsk! Foi você que o arrastou até aqui. Agora que ele está aqui, é melhor que venha conosco — ele girou o corpo e começou a andar, pisando firme. — Se isso me colocar de volta na frente da fogueira mais rápido, eu aceito sem reclamar.

O jovem olhou para o chão, desconfortável e envergonhado. — Eu... não tenho nada de valor... — e então adicionou rapidamente — para compensá-los.

Para ser roubado era o que ele realmente queria dizer, pensou Loghain. Mas era difícil ficar ofendido quando ele e Dannon eram realmente ladrões. — Isso não é muito difícil de notar, não acha?

Não havia muito mais que o jovem loiro pudesse dizer. Ele acenou timidamente com a cabeça.

Loghain apontou na direção de Dannon, que já estava a uma distância considerável. — É melhor o alcançarmos, antes que acabe caindo em algum buraco. — Dando um passo à frente, estendeu a mão. — Você pode me chamar de Loghain.

O homem loiro hesitou por uma fração de segundos antes de responder ao cumprimento, apertando a mão de Loghain. — Hyram. Meu nome é Hyram.

Era uma mentira, é claro. Loghain se perguntou por um minuto se estava errado em trazê-lo para a aldeia. Seus instintos nunca falharam antes, mas sempre havia uma primeira vez. De qualquer forma, os dados já haviam sido lançados. Acenando com a cabeça para Hyram, ele se virou, e os dois saíram da floresta juntos.

2

QUANDO MARIC ACORDOU, tinha certeza de que estava de volta ao acampamento rebelde, vítima de algum terrível pesadelo causado por um ensopado estragado. Sua mãe entraria a qualquer momento no quarto para reprimi-lo por dormir até tarde. Mas mesmo enquanto sentia uma palpável onda de alívio, ele sabia que aquilo não era verdade. O cobertor que usava era velho e cheirava a mofo. O quarto ao seu redor era desconhecido. Os cortes e hematomas da noite anterior começavam a anunciar sua presença. Lentamente, ele começou a se lembrar de tudo.

Diversas vezes durante a caminhada, o homem chamado Loghain desconfiou que estivessem sendo seguidos. Isso irritou o grandão, Dannon, que não estava gostando da ideia de fazer longos desvios na rota. Maric não reclamou das precauções, mas quando eles finalmente alcançaram as colinas, suas pernas estavam prestes a desistir. Passaram duas horas perambulando no escuro, tremendo de frio, sem proferir quase nenhuma palavra durante o caminho. Ele se lembrava parcamente de alcançar o acampamento e de se surpreender com o número de tendas sujas espalhadas entre as rochas e arbustos. Esperava apenas uma dúzia de bandidos, mas havia ali uma comunidade inteira escondida entre os penhascos. Ele se lembrava dos olhares suspeitos e sussurros acusatórios que o receberam. Mas naquele momento, Maric não se importava mais de ser preso ou cozinhado no jantar. O sono que ele precisava tão desesperadamente o subjugou completamente.

Um barulho de água espirrando trouxe Maric de volta para o presente. Ele cometeu o erro de abrir os olhos para a forte luz do entardecer que brilhava por uma pequena janela, e isso o fez resmungar. Sua visão estava borrada, sua cabeça latejava de maneira desconfortável e insistente. Piscando, seus olhos se ajustaram o bastante para enxergar, mas não havia muito o que se ver por ali. Os móveis eram poucos: a cama frágil que ocupava, a única mesa, e a pilha do que pareciam ser trapos sujos. O único adorno era uma escultura em madeira pendurada acima da cama: um sol ardente dentro de um círculo. Um símbolo sagrado.

Maric flexionou os ombros, tentando lidar com a dor que sentia. No fundo de sua mente, registrou o surpreendente fato de que, em baixo dos lençóis, estava usando pouco mais do que suas roupas íntimas.

— Acordei você? — disse uma voz ao lado da cama. Ele virou a cabeça e notou que havia uma mulher ajoelhada ao seu lado durante esse tempo todo, encharcando um pano em uma bacia de água. — Sinto muito, estou tentando ser o mais gentil que posso.

Sua voz era doce e maternal, e suas vestes vermelhas denunciavam que ela era uma sacerdotisa do Coro. Maric teve poucas oportunidades de pisar em uma verdadeira casa de culto, já que o Coro os havia abandonado em favor do usurpador muito tempo atrás, mas sua mãe ainda assim insistiu que ele fosse educado sob a religião. Ele acreditava no Criador e honrava o sacrifício de Sua primeira esposa e profeta, Andraste, como qualquer outro fereldeniano faria. Maric certamente reconhecia uma sacerdotisa quando via uma. O que ela estaria fazendo em um acampamento de bandidos?

— Vossa... Eminência? — sua voz soou como um coaxo rouco. E ele tossiu, intensificando o martelar em sua cabeça. Grunhiu alto e deitou a cabeça para trás na tentativa de fazer o quarto parar de rodar.

A mulher riu com tristeza. — Oh, querido, não. Nada tão grandioso assim — Maric agora a enxergava com mais clareza. A idade começava a marcar seu rosto, mas graciosamente. Seus cachos loiros começavam a perder a cor, e seus olhos cansados estavam marcados por rugas. Era fácil imaginar a beleza que ela uma vez possuiu, muito tempo atrás. Além das vestes vermelhas, usava um medalhão dourado com a imagem da cruz de Andraste e sua grinalda de chamas sagradas. Ela notou o seu olhar e sorriu. — Meu tempo dentro da hierarquia da igreja ficou para trás, temo dizer.

Ela terminou de torcer o pano e começou a passá-lo no rosto de Maric. A água era fria e refrescante, então ele fechou os olhos e deixou que ela o limpasse. Quando ela finalmente parou, ele tocou sua mão. — Quanto tempo eu...?

Ela fez uma pausa, o examinando com seus olhos acinzentados e cansados. Havia compaixão ali, mas também suspeita. — Boa parte do dia — ela finalmente respondeu. Então ela sorriu de maneira reconfortante e afastou o cabelo de sua testa. — Não se preocupe, rapaz. O que quer que você tenha feito, estará em segurança aqui.

— E onde estamos, exatamente?

— Loghain não lhe disse? — ela suspirou e encharcou o pano novamente, manchando a água de vermelho. — Não, ele não falaria, não é mesmo? Seria preciso um dragão para arrancar mais de duas palavras da boca daquele garoto. É mesmo o filho de seu pai — o olhar alegre que ela direcionou a Maric mostrava que essa seria toda a explicação que ele precisava receber.

— Estas são as Colinas do Chifre do Sul, na orla dos Ermos... mas acho que você já sabia disso — ela limpou cautelosamente a nunca de Maric, causando pontadas agudas de dor por todo o seu corpo. Essa era a origem da dor de cabeça martelante que sentia, ele assumiu, e tentou não pensar muito em quão graves eram seus ferimentos. — Não há nome para esse lugar. É onde nós nos assentamos por enquanto, nada mais. As pessoas daqui foram se unindo aos poucos ao longo do tempo, por necessidade. Boa parte deles está apenas tentando sobreviver.

— Parece familiar — murmurou Maric. Ele se perguntou, no entanto, se poderia comparar a vida que tinha com a dessas pessoas. Mesmo em constante fuga, ele e sua mãe sempre tinham acomodações decentes onde quer que estivessem escondidos. Castelos remotos, mosteiros perdidos entre as montanhas... sempre havia um nobre ou outro interessado em acolhê-los, ou alguém disposto a oferecer uma tenda espaçosa durante as marchas. Ele sempre reclamou amargamente de tudo, do quão dura era sua vida. Mas julgando o assentamento que havia visto, essas pessoas provavelmente o considerariam privilegiado. Ele provavelmente o era.

— Nós seguimos Gareth. Ele nos mantém seguros, e a cada ano que se passa há mais de nós. Nunca faltam almas desesperadas sem lugar nenhum para ir, ao que parece— ela molhou sua cabeça novamente, franzindo o rosto com preocupação. — Ele é o pai de Loghain, caso você ainda não tenha o conhecido.

— Não conheci.

— Você irá — ela torceu o pano novamente, e gotas de um líquido negro e perturbador pingaram na bacia de água. Maric se perguntou se sua cabeça estava tão feia quanto a dor parecia indicar. — Eu sou a irmã Ailis.

— Hyram.

— É o que me disseram — ela apontou para as mãos de Maric. — Você deveria lavá-las.

Maric olhou para suas mãos e viu que elas estavam imundas, manchadas até os cotovelos de lama e sangue coagulado. Ele aceitou o pano sem fazer comentários.

— Tem muito sangue em suas mãos — ela comentou com seriedade.

— A maioria não é meu.

O olhar de Ailis era incisivo. — E como você se sente com isso?

Maric limpou as mãos lentamente, sem desviar o olhar delas. Sabia o que ela estava perguntando. O primeiro instinto que teve na floresta foi de manter sua identidade em segredo, e essa foi provavelmente uma decisão acertada. Afinal, a própria irmã havia dito: as pessoas daquele lugar eram desgarradas e desesperadas. Maric não fazia ideia do quanto o usurpador pagaria por ele, mas provavelmente era mais do que qualquer uma daquelas pessoas poderia sonhar em ter. Você não precisava ser pobre para saber que a promessa de riqueza pode corromper qualquer um. Ele se perguntou quantas moedas de ouro teria custado colocar uma espada no ventre de sua mãe.

— Ele me atacou. Eu estava me defendendo — sua voz soava vazia e falsa mesmo para ele. — Eles mataram minha mãe.

Falar em voz alta não fez aquilo soar mais real.

A irmã examinou-o por mais um momento com um olhar afiado. — Que o Criador a tenha — ela murmurou, um tanto arrependida.

Maric hesitou. — Que o Criador a tenha — ele repetiu, sua voz rasgando em luto. Ailis colocou as mãos sobre as dele em um gesto de apoio. Ele se afastou mais grosseiramente do que tinha intenção, mas ela não disse nada. Por um longo e incômodo momento ele olhou para suas mãos ainda um tanto sujas. Ela tomou o pano ensanguentado dele e o encharcou novamente.

Timidamente, ele mudou de assunto. — Então, se você é uma sacerdotisa, o que faz aqui?

A irmã sorriu, acenando como se já tivesse ouvido aquela pergunta inúmeras vezes. — Quando o Criador retornou para o mundo, escolheu para Si uma esposa que seria Sua profeta. Ele poderia ter buscado no grandioso Impirium, com sua riqueza e poderosos magos. Ele poderia ter buscado nas grandes civilizações do oeste, ou nas cidades da costa norte. Mas ele decidiu buscar entre os povos bárbaros dos recantos de Thedas.

— "E o olhar do Criador recaiu em Andraste" — Maric recitou. — "Ela que seria criada entre exilados para se tornar Sua esposa. De seus lábios nasceria o Cântico da Luz, e sob seu comando a legião dos justos se espalharia pelo mundo".

— Um homem educado? — a irmã parecia impressionada, mas Maric amaldiçoou seu ato de exibicionismo. Ela tocou o símbolo sagrado que carregava no pescoço, como se acariciasse um velho amigo. — As pessoas se esquecem de que Fereldem nem sempre foi como é hoje, o berço da profetisa do Criador. Antes ele era detestado pelo resto do mundo civilizado — ela sorriu, seus olhos brilhando. — Algumas vezes o que é mais precioso pode ser encontrado onde menos esperamos.

— Mas as pessoas daqui não são...?

— Criminosos? Bandidos? Assassinos? — ela deu de ombros. — Eu estou aqui para guiá-los e ajudá-los em suas penúrias, da melhor maneira que puder. O que cada um deles fez, no fim, será julgado pelo Criador e ninguém mais.

— O magistrado julgou Andraste no fim, após sua cruzada. Eles a queimaram em uma cruz por seu esforço.

Ailis riu. — Sim, eu me lembro de ter ouvido isso em algum lugar.

Eles foram interrompidos por Loghain entrando na cabana. Ele estava mais limpo do que Maric se recordava, e agora vestia uma armadura feita de correias de couro cravejado. Parecia pesada, e o grande arco pendurado em seu ombro era intimidador. Equipamento de qualidade incomum para um caçador, Maric pensou consigo mesmo. Talvez sentindo que estava sendo avaliado, Loghain olhou para ele. Diferente da irmã, não havia tentativa de disfarçar a suspeita em seu olhar. Subitamente constrangido, Maric puxou os lençóis para cobrir o corpo seminu.

— Então você decidiu não dormir o dia todo — comentou secamente Loghain, sem tirar os olhos de Maric.

— Ele está melhorando — disse Ailis. Ela pegou a bacia de água do chão. — Os ferimentos eram consideráveis. Você fez o certo em trazê-lo até aqui, Loghain.

Seus olhos pularam na direção da irmã. — Veremos. Ele disse alguma coisa para você?

Maric levantou a mão. — Ei... Eu estou aqui.....

Sorrindo, a irmã Ailis levantou uma sobrancelha para Loghain. — De fato. Por que não fala com ele?

— Falarei — então, disse para Maric. — Meu pai quer vê-lo — sem esperar por uma resposta, ele se virou e saiu marchando para fora da cabana.

A irmã apontou para uma pilha de roupas no canto do quarto mais próximo da pequena mesa. — Suas botas estão em baixo da mesa. Tive que queimar todo o resto. Não há nada chique na pilha, mas tente encontrar algo que lhe sirva — ela se virou para sair.

— Irmã Ailis — Maric a chamou. Ela parou na soleira da porta, olhando para trás, e Maric não soube o que falar.

— Eu não deixaria Gareth esperando — foi tudo o que ela disse antes de desaparecer sob a intensa luz do sol.

Maric saiu da cabana e examinou o acampamento. Sob a luz do entardecer, parecia um vilarejo qualquer. Roupas eram batidas nas rochas perto de um riacho, carne de coelho era defumada em diversas fogueiras, tendas eram remendadas por grupos de mulheres que conversavam alegremente, crianças de pés descalços corriam para todos os lados. Eles podiam ser mais magros e mais desgarrados do que Maric estava acostumado, mas aquele lugar não era diferente do resto de Ferelden. Os orlesianos não eram nem de longe os líderes mais gentis. Era possível notar que estavam acampados ali há meses. Tempo o bastante para construir a cabana da qual ele acabara de sair, no mínimo. Diversos homens grosseiros vestindo apenas farrapos notaram Maric e o examinaram com longos olhares congelantes. A armadura de Loghain definitivamente era uma exceção por aqui.

Olhando ao redor, foi fácil encontrar Loghain por perto, conversando com um homem maior e mais velho que deveria ser seu pai. O homem estava vestindo o mesmo tipo de cota de couro, tinha o mesmo olhar severo e cabelos negros — mesmo que em menos quantidade e com mais grisalho em torno das têmporas. Maric conheceu homens assim ao longo de toda a sua vida. O tipo de homem que seria um comandante no exército de sua mãe, que respira e vive de disciplina do momento em que nasce até a hora de sua morte. Era estranho encontrar um homem assim aqui.

Loghain finalmente notou Maric parado no meio da agitação e apontou-o com um gesto com a cabeça para seu pai. O olhar de suspeita com o qual foi recebido na cabana se mantinha o mesmo, e Maric se perguntava o que havia feito desde a noite passada para merecer tanta hostilidade.

É porque você mentiu para ele e ainda está mentindo, lembrou Maric, *e também porque você é um idiota incompetente.*

A dupla de homens cruzou o acampamento enquanto Maric os aguardava, se encolhendo enquanto se sentia observado. No momento, se sentia tão longe da realeza que lhe era merecida quanto poderia, dolorido, com frio e envergonhado. Desejou que sua mãe aparecesse para salvá-lo. A Rainha Rebelde estaria magnífica em sua armadura dourada, cabelos loiros e manto roxo balançando ao vento. Sempre foi fácil entender por que as pessoas a amavam. Esses pobres coitados teriam caído de joelhos se ela estivesse aqui, incluindo Loghain e seu pai. Mas ela não podia mais resgatá-lo, e desejar tal coisa era perda de tempo. Maric contraiu a mandíbula e não desviou a visão dos dois pares de olhos congelantes que vinham em sua direção.

— Hyram — Gareth ofereceu uma mão amistosa em cumprimento. Maric a apertou e imediatamente descobriu o quão forte aquele homem era. Gareth não era jovem, mas Maric estava certo de que o pai de Loghain poderia dobrá-lo em dois e arremessá-lo como se fosse uma criança, sem derramar sequer uma gota de suor no processo.

— Ahm, sim — gaguejou Maric. — Olá, você deve ser Gareth.

— Ele mesmo — Gareth coçou o queixo, olhando para Maric com curiosidade. Loghain ficou um passo atrás do pai, sua expressão tão neutra quanto possível. — Meu filho me contou que você se meteu em confusão perto de Lothering. Que você foi perseguido por homens do Bann Ceorlic.

— Havia outros, também, mas sim.

Ele acenou lentamente — Quantos eram, exatamente?

— Não tenho certeza, mas eram muitos.

— Todos na floresta? Bann Ceorlic nem é dessa região. Você sabe por que eles estavam por lá?

— Não — Maric mentiu. A mentira pairou no ar enquanto os dois o observavam, o olhar de Loghain mais gélido que nunca. Aparentemente Maric poderia adicionar "péssimo mentiroso" a sua lista de defeitos. Ele não consideraria isso um problema caso sua mãe não insistisse tanto de que era uma importante "virtude" para a realeza. Subitamente, sua garganta apertou, mas ele se manteve firme. — Eles me perseguiram após matarem minha amiga.

Gareth respondeu rapidamente. — Sua amiga ou sua mãe?

É claro que Ailis havia contado para eles. A mente de Maric deu algumas piruetas tentando recordar o que ele havia e não havia contado até então. O esforço fez o galo na base de sua cabeça latejar.

— Minha mãe é minha amiga — ele explicou de maneira ridícula.

— E o que você e sua mãe estavam fazendo na floresta? Você não teria mais motivos para estar lá do que o Bann, teria?

— Nós estávamos só... passando.

Gareth e seu filho trocaram olhares cheios de um significado que Maric não conseguia decifrar. O homem suspirou e coçou seu queixo novamente. — Olha, Hyram — ele começou a falar em um tom totalmente razoável — na situação que estamos... nós temos que tomar cuidado, sempre. Se o rei tem soldados por aqui, nós precisamos saber o motivo.

Maric não disse nada, e a expressão de Gareth se tornou sombria e raivosa. Ele se virou e apontou para o resto do assentamento, que estava começando a prestar atenção na conversa deles.

— Está vendo todas essas pessoas? — Gareth disse em tom severo. — Elas são minha responsabilidade. Eu planejo mantê-las seguras. Se aqueles soldados estão vindo nesta direção...

Maric observou nervosamente seu redor, cada vez mais consciente do tantos olhares que estava atraindo. Ele engoliu em seco. — Quem me dera saber.

— Eu não deveria tê-lo trazido para cá! — Loghain exclamou.

Gareth mal deu ouvidos para seu filho. Em vez disso, ele olhou para Maric com uma expressão perplexa. — Por que eles iriam atrás de você?

— Eu não fiz nada!

— Ele está mentindo! — Loghain esbravejou antes de sacar a faca em sua cintura e avançar ameaçadoramente na direção de Maric. As pessoas ao redor se aglomeraram e começaram a murmurar empolgadamente, farejando sangue. — Deixe-me matá-lo, pai. Isso é culpa minha, eu nunca deveria tê-lo trazido para cá.

Gareth respondeu sem mudar de expressão. — Ele não está mentindo.

— E o que isso importa? Nós precisamos nos livrar dele, melhor fazer isso agora — Loghain avançou contra Maric, mas Gareth colocou um braço entre os dois. Loghain parou, olhando para seu pai com um misto de confusão e surpresa no olhar, Gareth ainda estava olhando para Maric.

Maric deu um passo incerto para trás, mas diversos homens com expressões severas bloquearam seu caminho. — Olha — disse lentamente —, eu posso ir embora. Não queria causar problemas para vocês.

— Não — Gareth disse. Era um tom que não deixava espaço para argumentos. Ele desviou o olhar para Loghain. — Você tem certeza de que não foi seguido?

Loghain pensou antes de responder. — Nós os despistamos no meio do caminho. Sem sombra de dúvidas — ele franziu o cenho. — Isso não significa que não podem nos encontrar. Nós estamos aqui há muito tempo. Quantos dos moradores da região sabem que estamos por aqui agora?

Seu pai acenou, aceitando a resposta, e então olhou para Maric novamente. — Eu enviei homens para descobrir o que está acontecendo. Eles vão voltar com respostas em breve. Se nós estamos em perigo, eu gostaria de saber agora mesmo. Estamos?

Por dentro, Maric titubeou. Bann Ceorlic e os outros certamente ainda procuravam por ele, e eventualmente o encontrariam. Por um momento, ele considerou contar tudo para eles. Mas será que acreditariam nele? E se acreditassem, isso seria bom ou ruim? — Sim — ele finalmente falou. — Sim, eu... vocês estão em perigo se me mantiverem aqui.

Loghain bufou em tom sarcástico e se virou para Gareth. — Pai, nós saberemos se temos problemas logo mais. Não precisamos dele para piorar as coisas. Deveríamos matá-lo, por segurança.

Diversos homens concordaram, seus olhos brilhando perigosamente. Gareth, no entanto, franziu para Loghain. — Não, nós não vamos fazer isso.

— Por que não?

— Eu disse que não — pai e filho travaram uma disputa de olhares. O grupo ao redor estava em silêncio absoluto, sem vontade alguma de entrar em uma briga que parecia ser muito antiga. Maric também manteve o silêncio. Ele não era tão burro assim.

— Certo — Loghain finalmente cedeu, revirando os olhos. — Então vamos sair daqui. Não podemos esperar.

Gareth pensou por um minuto. — Não — ele balançou a cabeça. — Vamos esperar nossos homens voltarem. Ainda temos tempo — ele então falou com um dos homens mais broncos ao redor. — Yorin, leve Hyram, ou qualquer que seja seu nome, de volta para a irmã. Fique de olho nele — o homem acenou com a cabeça enquanto Gareth levantava a voz para falar com todos que se angariaram ali como a plateia de um espetáculo. — Escutem! Talvez precisemos levantar acampamento em breve! Quero todos alertas! — a decisão já estava feita e todos sabiam disso. A multidão estava se dispersando, mas os sussurros continuaram. Eles estavam assustados.

Loghain atirou um olhar macabro em direção de Maric, que estava sendo levado dali aos empurrões. Atrás dele, ouviu Loghain falando com seu pai. — Aposto que consigo fazê-lo falar a verdade. Toda a verdade.

— Isso pode ser necessário. Por enquanto, o trataremos como o que ele aparenta ser: um jovem assustado que precisa de nossa ajuda.

O tom de Gareth era final e Maric não ouviu mais nada da conversa — Yorin o estava levando na direção da cabana, e ele não resistiu. No céu, acima das árvores, nuvens escuras começaram a cobrir o sol da tarde. A chuva ia cair, pesada.

— Então quem você acha que ele é?

Loghain ignorou a pergunta de Potter enquanto trocava a corda de seu arco. Um dos poucos elfos do acampamento, Potter não fazia muito além de passar o tempo espalhando fofocas, e Loghain não queria contribuir para o clima de pânico que havia se formado nas últimas horas. Seria melhor para todo mundo se seu pai o deixasse forçar "Hyram" a revelar todos os segredos que estava escondendo.

E ele estava escondendo alguma coisa... Loghain quase conseguia farejar. Por um momento pareceu que Hyram lhes contaria, mas nada. E seu pai deixou que ele saísse impune.

— Vai, me diz! — Potter insistiu, se ajoelhando ao lado de Loghain. — Você deve saber alguma coisa! Você conversou com ele a noite toda, não é mesmo?

O elfo tinha perdido boa parte de uma de suas longas e delicadas orelhas, fazendo sua cabeça parecer bastante assimétrica. Ele também tinha uma cicatriz horrenda cobrindo toda sua face, que deixava um de seus globos oculares ocos e sua boca com uma constante expressão zombeteira. Foram presentes dados a ele por um lorde orlesiano, de acordo com Potter.

Loghain assumiu que o lorde era um dono de escravos. Na maioria das cidades, os elfos viviam em liberdade, mas miseráveis, em suas favelas. A escravidão da raça havia sido abolida há muito tempo pela profetisa Andraste, mas a prática ainda era recorrente nos confins mais remotos do domínio orlesiano. Potter chegou perto de contar sobre seu passado uma noite em que bebeu um pouco demais, a amargura escorrendo de seus poros como um veneno. Mas, no fim das contas, acabou engolindo a dor ainda mais fundo, se afastando dos companheiros de porre até a bebida afogar sua consciência.

Todo mundo tem segredos. Loghain suspirou e se forçou a oferecer para Hyram o benefício da dúvida, como seu pai havia feito. Mas não era nada fácil.

— Você não tem nada pra fazer? — ele grunhiu para Potter. O elfo suspirou e foi embora. Ele sabia que era melhor não importunar Loghain, ou acabaria tendo que trabalhar pesado de verdade.

Mas a pergunta de Porter era boa. Se Hyram era um espião, ou ele era péssimo, ou o melhor do ramo. Talvez realmente fosse o que parecia ser, como seu pai sugeriu. Gareth sempre deixava que sua compaixão o dominasse. Ninguém era perfeito. Mas, com certeza, havia algo que eles não sabiam ali, uma peça do quebra-cabeça que

Hyram não estava entregando, e isso o perturbava profundamente. Como a maioria das outras pessoas no acampamento, ele desenvolveu ao longo dos anos um sexto sentido para saber quando deve fugir, e no momento aquilo era tudo o que rodava em sua cabeça. Apenas olhando ao redor, podia enxergar a mesma sensação nos olhos de todos. Eles andavam rapidamente e pulavam a cada barulho estranho vindo da floresta. Alguns já estavam desmontando suas tendas na preparação do chamado para irem embora.

Loghain ficou longe da cabana da irmã Ailis quando terminou com seu arco, evitando a tentação. A irmã tinha sua própria maneira de questionar recém-chegados ao acampamento, e ele respeitava o fato de que ela era capaz de arrancar informações deles quando nem ele, nem seu pai, conseguiam. Muitos viam Ailis como uma líder para o campo tanto quanto Gareth, e seu pai muitas vezes se apoiou nos conselhos da sacerdotisa ao longo dos anos. Tempos atrás, Loghain chegou a torcer para que o afeto entre os dois crescesse e se tornasse algo maior, pelo bem de ambos. A irmã Ailis, no entanto, seguia seu chamado, e seu pai nunca esteve com mais ninguém desde que fugiram da fazenda. Demorou a Loghain perceber, mas algo se partiu em Gareth naquela noite. Ailis sabia o que seu pai precisava melhor do que ele jamais conseguiria entender, e ele precisava se contentar com isso.

Padric estava de vigia nos arredores do campo, empoleirado em uma pedra que permitia enxergar todo o vale abaixo sem ser facilmente visto. O rapaz era alguns anos mais novo que Loghain, mas sabia usar um arco e demonstrava ter um mínimo de bom senso. Por outro lado, Dannon estava ao lado de Padric, o que nunca era um bom sinal. A dupla parou de cochichar quando viram Loghain se aproximando.

— Algum sinal dos homens que meu pai enviou? — perguntou Loghain para Padric, sem sequer comentar sobre o que acabara de interromper.

— Ainda não — Padric respondeu timidamente. Ele se virou e analisou a encosta abaixo. — Nenhum sinal até agora.

— Tem gente falando sobre irmos embora daqui — Dannon se intrometeu. Ele cruzou os braços e lançou um olhar desdenhoso para Loghain. — Hoje à noite, talvez, se ninguém falar nada.

— É estupidez — Padric mantinha seus olhos fixos no vale. — Mesmo que alguém conheça aquele loiro, e daí? Eles virão até aqui para buscar apenas um homem?

— Eu concordo — disse Loghain se virando para Dannon. — Mas se você quiser se juntar aos covardes, Dannon, por que não anda logo? Ou será que você é o único?

— Foi você quem disse que o garoto é perigoso.

— Eu disse que não sabemos quem ele é. Saberemos, em breve. E se meu pai achar que precisamos partir, ele dirá.

Dannon se contorceu. — Isso é culpa sua. Foi você quem quis trazê-lo conosco, não eu — com essas palavras, virou-se e foi embora.

Padric parecia aliviado de ver Dannon saindo. Ele sorriu em agradecimento para Loghain e continuou seu trabalho de vigília. — Mas ele está certo. É bem estranho.

— O quê?

— Bem... — ele apontou para o vale. — Os homens que seu pai enviou. Alguns deles já deveriam ter voltado.

— Quão atrasados eles estão?

— Uma hora. Talvez duas. Ainda não choveu, então não posso dizer... acho que Henric já deveria ter voltado, pelo menos. Ele estava preocupado com sua mulher, com o bebê chegando e tudo mais...

Loghain sentiu seu estômago se revirando em nós. — Você avisou alguém?

— Apenas Gareth.

Ele acenou com a cabeça e seguiu pela trilha, sozinho. Ele queria dar uma olhada por conta própria, e não seria nada útil ficar esperando no acampamento enquanto seu pai tentava controlar a histeria — justificada ou não. Loghain acreditava ser de conhecimento geral que todos aqueles fora-da-lei viajavam juntos apenas de maneira provisória. Seu pai os mantinha organizados e alimentados, e a irmã Ailis os mantinha unidos — e o fato de poucos deles terem qualquer outro lugar para ir também ajudava. Mas eles estavam fugindo, cada um por suas próprias razões, e pessoas desesperadas não têm lealdade. Seu pai, no entanto, pensava de forma diferente, e afirmava que era no pior dos tempos que as pessoas precisavam se unir com mais força. Sempre que Gareth dizia isso, a irmã Ailis sorria para ele e ficava com os olhos cheios de lágrimas, na esperança de que a fé de seu pai pudesse realmente ser verdadeira. Mas Loghain não era tão ingênuo. Se as coisas ficassem ruins o bastante, Dannon não seria o único rato a abandonar o navio.

Loghain ficou ausente durante a maior parte da tarde, na esperança de aliviar seus piores temores. Primeiro, ele refez o longo do caminho que os três tinham tomado na noite anterior, confirmando que de fato não haviam sido seguidos. Voltou às Montanhas do Chifre Sul e seguiu três das trilhas que conhecia, esperando encontrar um dos homens que seu pai tinha enviado — ou qualquer pessoa que fosse. Mas os viajantes deste extremo sul eram poucos, e ele viu apenas uma enxurrada de trilhas de cavalo em direção a Lothering. Quando anoiteceu e uma tempestade começou a derramar torrentes de chuva gelada, Loghain estava realmente preocupado.

Quando se aventurou por um caminho perigoso não muito longe da cidade, ele finalmente viu alguém. A rota era usada mais frequentemente por contrabandistas, permitindo que eles evitassem as estradas mais patrulhadas ao norte enquanto trilhavam um caminho até os anões das montanhas ocidentais, que se importavam muito pouco com as leis humanas. Havia muitas dessas rotas na Retroterra, e poucos que as usavam tinham razões honestas para estarem lá.

Um cavaleiro solitário apareceu, o capuz levantado e seu corcel pisando cuidadosamente na lama escorregadia. Pela qualidade de seu manto, Loghain teria suposto que era algum tipo de mensageiro para uma das guildas da cidade. O problema é que o cavaleiro não parecia estar com um mínimo de pressa.

Loghain se aproximou da estrada, permitindo que o cavaleiro o enxergasse. Era um gesto amistoso, embora o cavaleiro estivesse apreensivo o bastante para manter a mão no punho de sua espada enquanto o esperava. Relâmpagos brilharam no céu cinzento e a chuva intensificou, mas os couros de Loghain já estavam tão encharcados quanto seria possível. Quando chegou a menos de cinco metros, o cavaleiro recuou seu cavalo e retirou parte de sua espada da bainha. A mensagem era clara: você chegou perto demais.

— Saudações! — gritou Loghain. Sem obter resposta, ele retirou o arco pendurado em seu ombro, colocando-o lentamente no chão a sua frente.

Isso pareceu tranquilizar um pouco o cavaleiro, embora o cavalo relinchasse nervosamente, batendo os cascos no chão. — O que você quer? — finalmente respondeu o homem.

— Estou procurando meus amigos! — gritou Loghain. — Homens vestidos como eu. Um deles pode ter vindo para cá, eu espero.

— Não vi ninguém — respondeu o cavaleiro. — Mas Lothering está tão cheia de pessoas que muitas estão dormindo nas ruas. É loucura. Seus amigos certamente podem estar por lá, no meio da multidão.

Loghain protegia os olhos da chuva com uma mão, tentando distinguir o rosto do cavaleiro debaixo do capuz. Ele não conseguia. — Lothering está cheia de pessoas?

— Você não sabe? — o cavaleiro parecia genuinamente surpreso. — Com tantos soldados passando por aqui, eu imaginei que metade do reino já estaria sabendo.

— Não, não sei de nada.

— A Rainha Rebelde está morta — o cavaleiro suspirou tristemente, ajustando seu capuz enquanto a chuva salpicava. — Os bastardos finalmente a pegaram na floresta ontem à noite, estão dizendo. Tentei ver o corpo antes de ir embora, mas havia muitos enlutados. O cavaleiro deu de ombros. — Dizem que o jovem príncipe também pode estar morto. Se me perdoa dizer, vamos torcer para que isso não seja verdade.

O sangue de Loghain gelou. — O príncipe — repetiu ele, entorpecido.

— Com alguma sorte, ele ainda está em algum lugar da floresta. Considerando todos os soldados que vi, é melhor que ele esteja correndo para se salvar — enquanto a chuva continuava a despencar, o cavaleiro acenou com a cabeça educadamente e fez para Loghain uma grande reverência ao passar.

Loghain ficou parado onde estava, mas sua mente estava correndo como nunca antes. Acima dele, os relâmpagos brilhavam.

Maric remexia apaticamente na sopa que tinham trazido para ele, curioso sobre o tipo exato de animal que tinha proporcionado a carne rançosa que nadava no caldo. Finalmente, a irmã Ailis tirou a tigela de perto dele e voltou para a sua costura. Ela passava o tempo remendando cobertores e roupas, cantarolando suavemente para si mesma o tempo todo. Maric notou pedaços do Cântico de Luz em seu cantarolar, se não estava enganado, apesar de ser incapaz de lembrar-se dos versos exatos. Na verdade, tinha outras coisas em sua mente.

Como sair daquela cabana. Ele podia ouvir muita coisa acontecendo lá fora, como se estivessem levantando todo o acampamento. A irmã negou. Maric havia perguntado três vezes se os homens que Gareth esperava haviam retornado antes que o corpulento guarda do lado de fora da porta prometesse dizer à irmã imediatamente se a situação mudasse. Maric sentou-se na cama, inquieto. Ele se deixou novamente seduzir pela ideia de confessar tudo, mas onde isso o levaria? O que Gareth faria se, de repente, tivesse em suas mãos um fugitivo muito mais perigoso do que ele imaginara? Melhor fugir, sumir da vida desses pobres coitados, e encontrar por conta própria o caminho de volta ao exército rebelde. No entanto, a porta fechada e um único guarda provaram ser impedimentos incrivelmente eficazes para seu plano.

Um excelente começo para o seu reinado, rei Maric, zombou consigo mesmo. *Este é o tipo de resolução de problemas que o servirá bem quando você se encarregar da Rebelião.*

— Você é muito duro com você mesmo — comentou a irmã Ailis, tirando os olhos de sua costura. Ela estava usando um conjunto de delicados óculos de anão que lembrou Maric de seu avô, o Rei Brandel... "Brandel, o Derrotado", como todos se lembravam dele. O próprio Maric se lembrava do homem como sendo muito triste e muito orgulhoso. Seu avô possuía um par de óculos dourados que imediatamente escondia sempre que era pego usando-os, para que ninguém achasse que ele estava ficando cego. Quando criança, Maric costumava achar divertido roubá-los e correr pelos salões do castelo usando-os. Era divertido até ser pego, geralmente por sua mãe. Até mesmo ela precisava sufocar o riso ao ver Maric com aqueles óculos, antes de repreendê-lo apenas para não desagradar seu avô. Quando ficavam sozinhos, no entanto, ela ria e beijava seu nariz, implorando, sem entusiasmo, para que ele não fizesse aquilo novamente. Pedido que ele, é claro, ignorava.

Era estranho lembrar-se disso agora. Ele não tinha pensado em seu avô em muitos anos. Olhou para a irmã e percebeu que ela ainda estava esperando por uma resposta. — Desculpa, o que você disse?

— Disse que você é muito duro com você mesmo. Você está assustado, qualquer um pode ver isso— seu sorriso era sábio. — Você chegou a considerar que talvez a razão pela qual você esteja aqui, meu jovem, é porque este é o desejo do Criador?

Maric queria que fosse verdade. Olhou para o chão até a irmã voltar para a costura e deixá-lo em paz. Não queria que essas pessoas se machucassem por causa dele, e cada vez mais parecia que sua melhor opção era simplesmente correr pela porta na próxima vez que ela se abrisse. Se o matassem antes que saísse do acampamento, que assim fosse. Pelo menos não estaria mais os colocando em perigo.

Ele manteve o olhar fixo no chão por algum tempo, ouvindo a batida da chuva contra a cabana e a atividade frenética das pessoas lá fora. Os homens gritavam, coisas estavam sendo cobertas, crianças estavam rindo e sendo empurradas para dentro de tendas. O cheiro de chuva fresca encheu a cabana, um cheiro que Maric adorava quando era jovem porque isso significava que sua mãe voltaria para o interior da casa. Mas agora aquele cheiro só o deixava ansioso. Ele sentiu que estava esperando, esperando Loghain finalmente vir matá-lo, Gareth para comandar sua libertação ou outra rodada de perguntas. Esperando que algo acontecesse. Com o tempo, ele dormiu um sono inquieto e sem sonhos.

Quando a porta da cabana finalmente se abriu, Maric não sabia ao certo quanto tempo havia passado. A chuva mal começara a ceder, o ar agora estava espesso e úmido, e em algum momento a irmã idosa também adormecera em sua cadeira ao lado da cama. Ela acordou, ofegante de surpresa, e agarrou o amuleto pesado ao redor de seu pescoço. Gareth estava na porta, encharcado até os ossos, mas aqueles olhos azuis gelados brilhavam com intensidade.

— Pelo sopro do Criador, Gareth! — exclamou a irmã Ailis. — O que está acontecendo?

— Homens. Soldados. Vindos da floresta — sua boca estava apertada em uma fina carranca, filetes de água escorriam por sua armadura e salpicavam no chão. Em dois passos ele se aproximou de Maric e o arrastou para fora da cama pela gola de sua camisa. Gareth o bateu com força contra a parede de madeira, pronto para explodir de raiva. — O que foi que você fez?

Maric deveria ter sentido medo da morte, mas não sentiu. De alguma forma, ele estava calmo. Sabia que era uma reação estranha, já que Gareth parecia disposto a matá-lo e provavelmente tinha motivos para isso. — Já lhe falei — disse Maric. — Eles estão vindo por minha causa. Acho que se você me entregar a eles, devem deixá-los em paz.

— Por quê? — berrou Gareth. O vento golpeou a porta com força, e a chuva invadiu a cabana com um uivo frio. Gritos de pânico já podiam ser escutados em todo o acampamento. — Quem é você?! — Gareth gritou, batendo Maric contra a parede com força o suficiente para derrubá-lo.

— Gareth, pare! — gritou a irmã Ailis, segurando o braço do homem.

Ele a afastou sem sequer desviar o olhar. — Me diga quem você é!

— Posso lhe dizer quem é — gritou uma voz vinda da porta. Loghain estava lá, pálido, molhado e com sangue em seus olhos. Estava segurando uma faca que, em dois passos, foi parar contra a garganta de Maric. — Maldito seja, ele é o príncipe! Ele é o príncipe!

Gareth agarrou o pulso de Loghain com a mão livre, e por um momento eles lutaram pelo controle da faca. Ela vacilou perigosamente na garganta de Maric e fez um corte superficial em sua pele. Loghain grunhiu de raiva, mas quando olhou para seu pai, ele pareceu chocado com a expressão horrorizada no rosto de seu pai.

— O que você quer dizer? — Gareth exigiu, seu tom frio como aço.

A batalha pela faca parou. Loghain não cedeu, mas pareceu perturbado pela mudança súbita de seu pai. — Eles mataram a Rainha Rebelde na floresta, a notícia já se espalhou. É a mãe da qual ele falou, pai. Ele só deixou de contar a parte mais importante, não foi?

A expressão de Gareth era ilegível enquanto ele digeria a nova informação. Ele olhou para o nada, gotas de água escorrendo por sua testa.

Lá fora, os gritos caóticos continuavam. Perplexa, a irmã Ailis se cobriu com seu manto e correu para fechar a porta.

O som do vento assobiando pelas frestas da porta pareceu tirar Gareth de seu devaneio. Ele virou a cabeça lentamente e olhou para Maric como se de repente o rapaz tivesse se transformado em algo terrível. — Isso é verdade?

— Eu... me desculpe — foi tudo o que Maric pode dizer.

Houve uma pausa. Gareth empurrou violentamente Loghain para longe, a faca caindo no chão enquanto Loghain era lançado contra a parede oposta da sala.

Então, em um movimento suave, Gareth caiu de joelhos e inclinou a cabeça. — Vossa Alteza... — a voz de Gareth mudou completamente de tom.

Maric olhou ao redor da sala, completamente perdido no silêncio repentino. O jeito que o olhavam, era como se esperassem que ele fizesse alguma coisa, mas ele não tinha ideia do quê. *Materializar uma coroa, talvez. Explodir em chamas. Isso poderia ser bem útil, na verdade*, pensou consigo mesmo. A tempestade batia contra a cabana com força renovada, o único som na sala. O momento parecia durar para sempre.

— Você se curva para ele? — Loghain finalmente perguntou em um tom incrédulo, olhando para seu pai. Então sua voz tornou-se mais ríspida: — Você está o protegendo? Ele mentiu para nós!

— Ele é o príncipe — disse Gareth, como se isso fosse explicação o bastante.

— Ele não é meu príncipe. Ele vai nos matar! — Loghain levantou-se de um salto e caminhou para Gareth com propósito. — Pai, eles não estão apenas vindo da floresta! Estão vindo pelo vale também! Estamos cercados, e tudo porque eles o querem!

— Olha — Maric tentou o seu melhor para parecer razoável. — Não quero que ninguém seja ferido por minha causa. Apenas me entregue. Eu vou de boa vontade.

— Que o Criador nos proteja — a irmã Ailis olhou fixamente para Maric em horror.

Gareth se levantou e caminhou até a porta, abrindo-a. Ficou ali de pé, olhando para a tempestade enquanto ouviam os sons das pessoas que debandavam na escuridão. Seu povo. À distância, gritos aterrorizados podiam ser ouvidos, junto com os brados graves de vozes estranhas.

— Eles já estão aqui? — a irmã perguntou em uma voz trêmula. Gareth simplesmente acenou com a cabeça. — Então, o que vamos fazer?

Loghain pegou sua faca do chão. — Nós o entregamos para eles — argumentou. — Pai, ele mesmo disse isso. Precisamos fazer um acordo.

— Não.

Em fúria, Loghain saltou para frente e agarrou o ombro de seu pai, girando-o para encará-lo. — Pai... — a palavra foi declarada com ênfase inconfundível. — Nós não... devemos nada para ele... absolutamente nada.

A expressão de Gareth ficou triste, e com um gesto gentil ele estendeu a mão e retirou as de Loghain de seu ombro. Loghain não resistiu, e a fúria parecia se esvair dele enquanto a realização cresceu em seu rosto. Testemunha do momento entre pai e filho, Maric não compreendeu imediatamente o que estava acontecendo.

— Você pode tirá-lo daqui? — perguntou Gareth.

Loghain parecia atordoado, mas acenou com a cabeça.

— Espere — protestou Maric levantando a mão. — O quê?

Gareth suspirou. — Precisamos tirá-lo a salvo daqui, Alteza. Loghain conhece a floresta. Você pode confiar nele — com um movimento rápido, ele sacou a espada. — Vou arranjar-lhe mais tempo. Eu e todos os que eu conseguir reunir.

— Você poderia vir conosco — disse Loghain ao pai, a voz falhando.

— Eles iriam nos perseguir. Não, isso não vai funcionar — ele olhou para a irmã Ailis, que estava observando tudo com lágrimas escorrendo por suas bochechas. — Sinto muito, Ailis. Eu esperava... algo mais.

Ela balançou a cabeça enfaticamente. Seus olhos brilhavam ferozmente apesar das lágrimas. — Você não precisa se desculpar comigo, Gareth Mac Tir.

A sensação de calma de Maric estava se esvaindo rapidamente. Eles poderiam realmente propor o que estava ouvindo? Ouvindo os gritos distantes, tudo se tornava real muito rápido para seu gosto. — Pare! — exclamou ele. — Do que você está falando? Isso é loucura!

Loghain olhou para ele como se fosse Maric que havia ficado louco, mas Gareth se aproximou dele e colocou uma mão forte em seu ombro. — Servi uma vez com seu avô — a voz de Gareth era firme, e Maric olhou para ele com olhos arregalados. — Os orlesianos não pertencem a esse trono, e se sua mãe está realmente morta, então cabe a você tirá-los de lá. — Ele fez uma pausa, travando a mandíbula e, quando continuou, sua voz se perdeu na emoção. — Se eu puder ajudá-lo a fazer isso, então eu vou dar qualquer coisa, mesmo a minha vida.

— Pai... — o protesto de Loghain morreu em seus lábios quando Gareth se virou para ele. Maric podia afirmar que Gareth estava resoluto, e Loghain provavelmente viu o mesmo. Ainda assim, se eriçou de revolta, furioso com seu pai — talvez por dar tanto a alguém que mal conheciam: a própria pessoa que os colocou em perigo. Maric não podia culpá-lo por isso.

— Loghain, quero sua palavra de que você protegerá o príncipe.

— Não posso deixar você aqui — insistiu Loghain. — Não me peça para deixá-lo, eu não vou...

— Isso é exatamente o que você vai fazer. Sua palavra, Loghain.

Loghain estava aflito. Por um momento, pareceu considerar recusar. Lançou um olhar mortal para Maric, sem dúvida culpando-o por tudo isso, mas Gareth aguardou sua resposta. Relutantemente, ele acenou com a cabeça.

Gareth voltou-se para Maric. — Então você precisa ir, Alteza. Rápido.

Ele estava completamente sério. Maric não duvidou disso por um segundo, e acreditou que Loghain manteria sua palavra, apesar da relutância e do ódio em seu olhar. Ainda assim, Maric ficou atordoado. Se ao menos soubesse que poderia ter confiado nesse homem assim que chegou... Maric tentou pensar em algo que pudesse dizer, e mil desculpas inadequadas vieram a sua mente, juntamente com algo que sua mãe lhe dissera uma vez.

O que eles nos dão de livre e espontânea vontade, ela havia dito, *custa muito caro para eles. Lembrar-se disso é a única maneira de sermos dignos do que recebemos.*

— Você... Você era um cavaleiro, Gareth? — ele perguntou.

A pergunta pareceu pegar o homem de surpresa. — Eu... Não, Vossa Alteza. Eu fui um sargento muito tempo atrás.

— Então ajoelhe-se — era a melhor imitação de Maric do tom de sua mãe, e pareceu funcionar.

Com o rosto paralisado em choque, Gareth se ajoelhou.

— Irmã Ailis, vou precisar que você sirva de testemunha.

Ela deu um passo à frente. — Sim, Vossa Alteza.

Maric pôs a mão na cabeça de Gareth, esperando fervorosamente que sua memória não fosse tão fraca quanto ele temia. — Em nome de Calenhad, o Grande, aqui à vista do Criador, o declaro um Cavaleiro de Ferelden. Levanta-te e serve a tua terra, Ser Gareth.

O homem se levantou, os olhos brilhando sob as sobrancelhas franzidas. — Obrigado, Alteza.

— Gostaria de poder fazer mais — Maric se desculpou. Não havia mais nada a dizer.

Loghain deu um passo à frente, interrompendo o momento. Seu rosto estava rígido como uma pedra quando gesticulou para Maric.

— Nós precisamos ir. Agora.

Maric assentiu. Antes que ele pudesse se mover, a irmã levantou a mão e correu para a pilha de roupas que estava no canto da sala. Ela tirou de lá um grande casaco de lã e sem uma palavra começou a ajudar Maric para colocá-lo.

Gareth voltou-se silenciosamente para seu filho. — Loghain...

— Não — Loghain o interrompeu, sua voz áspera e amarga. Ele se recusou a encontrar o olhar de seu pai. Os gritos do lado de fora se aproximaram da cabana.

Finalmente, Gareth assentiu. — Faça o seu melhor.

— Claro — a resposta foi brusca.

Maric agora estava usando o casaco e pronto. A irmã hesitou e enfiou a mão no manto, tirando uma adaga de aparência tão vil que os olhos de Maric se arregalaram de surpresa. Antes que ele pudesse dizer qualquer coisa, ela colocou a lâmina em sua mão e fechou seus dedos sobre ela. Os olhos se encontraram com os dele — Que o Criador perdoe a todos nós — ela disse. Ele acenou com a cabeça agradecido, sentindo um arrepio.

Gareth preparou sua espada e caminhou para a porta. — Me deem um minuto. Então corram.

A irmã Ailis estava ao seu lado. — Eu vou com você — ela disse calmamente. Gareth parecia querer discutir com ela, mas decidiu não. Com uma rápida inclinação de cabeça, ambos saíram pela porta em direção à tempestade.

Loghain colocou um braço para fora, impedindo Maric de segui-los — não que estivsse prestes a fazer isso. Loghain olhou para a porta vazia. Seu rosto era passivo, mas seus olhos eram intensos, e Maric decidiu que era melhor não dizer nada. Em vez disso, esperaram na escuridão e escutaram. Primeiro ouviram Gareth berrar, sua voz se elevando até mesmo sobre o trovão e a chuva conforme ele reunia os criminosos em pânico. Houve mais gritos e a irmã Ailis gritou para que alguém parasse, em nome do Criador. O som da batalha estourou, juntamente com gritos de agonia e o tinir de aço sobre aço.

Loghain correu para fora da porta, sem dizer uma palavra, puxando Maric com ele. Maric quase tropeçou, mas manteve o equilíbrio enquanto entrava em uma torrente de chuva gelada. A chuva e a escuridão o desorientam. Algo grande estava queimando por perto, e o som da luta o rodeava por todos os lados. Ele então sentiu um puxão em seu casaco.

— Preste atenção! — exclamou Loghain.

Maric mal o ouviu sobre a comoção. Embora a chuva ocultasse muito, podia distinguir a luta na outra extremidade do acampamento. Ele viu Gareth balançando sua espada em arcos largos e cortando através de soldados que, sem dúvidas, não esperavam esse tipo de resistência de um acampamento de bandidos. Mas os soldados usavam pesadas armaduras, e eles superavam em número o punhado de homens que Gareth tinha conseguido reunir. Não seria uma batalha muito longa.

Outros fugiam do acampamento em todas as direções, alguns recolhendo o pouco que podiam e outros deixando tudo para trás para escapar ao perceber a extensão do ataque. Vários corpos estavam no chão no caminho de Maric e Loghain, um deles uma jovem. Maric quase tropeçou nela, fazendo Loghain sibilar de fúria novamente.

Eles estavam fugindo da briga principal, mas Maric podia ouvir outros soldados à frente deles na escuridão. Do nada, um homem apareceu, vestido de malha e usando um emblema indecifrável na sua túnica azul. Seus olhos se arregalaram de surpresa e ele estava prestes a gritar por ajuda, mas Loghain foi muito rápido e trespassou o homem sem desacelerar. Empurrou o soldado de sua espada com sua bota, e o homem despencou com um gorgolejar em sua garganta.

— Não fique aí parado! — gritou Loghain, e Maric percebeu que era exatamente o que ele estava fazendo. Começou a correr para frente, mas sentiu alguém agarrar seu braço por trás. Sem pensar, ele girou e afundou a adaga que lhe foi dada pela irmã Ailis no pescoço de um soldado de barba negra. O homem rugiu de surpresa e dor, e quando Maric puxou a lâmina para fora, uma fonte de sangue a seguiu. O soldado apertou inutilmente a ferida, afastando-se, e antes que Maric pudesse apunhalar o inimigo pela segunda vez, foi arrastado dali.

— Vamos! Agora! — gritou Loghain. Os dois correram, passando por várias barracas e para dentro de um amontoado de árvores na beira do acampamento. Loghain conduziu Maric através de arbustos, os galhos dando tapas molhados em seus rostos, e quando saíram em outra parte do acampamento, se viraram bruscamente. Evitando uma batalha que acontecia não muito longe, passaram por dois soldados arrastando uma mulher para fora de sua barraca, aos gritos. Os soldados sequer notaram que eles passavam, e quando Maric desacelerou preocupado com a mulher, sentiu-se puxado para frente novamente. Relutantemente, acelerou o passo.

Mais dois soldados surgiram em seu caminho, mas foram despachados por Loghain com precisão selvagem. O acampamento estava imerso em caos e confusão. Maric ouviu os gritos atrás dele e os sons de pessoas fugindo em todas as direções. Ele ouviu uma criança chorar e homens implorando por ajuda, soldados gritando ordens e perseguindo quem tentava fugir. Ele fez tudo o que podia para manter-se de pé na lama e na grama escorregadia, Loghain puxando-o para frente sempre que ele começava a ficar para trás. Foi um choque quando percebeu que tinham chegado à beira do acampamento. A encosta descia abruptamente para o vale coberto de florestas abaixo — e para dentro dos Ermos Korcari, terras selvagens e totalmente desabitadas, exceto por bárbaros e pelas mais perigosas criaturas. Nenhum homem são ia até lá.

— Por que estamos parando? — Maric perguntou, voltando-se para Loghain. Tremia de frio, a chuva impiedosa batendo contra seu rosto. Loghain ignorou-o, e Maric seguiu seu olhar para onde Gareth lutava ao longe. Ele estava longe, mas o fogo se espalhou o suficiente para que pudesse ser visto até mesmo através do dilúvio. Muito ferido e coberto de sangue, ele tinha dezenas de soldados inimigos ao seu redor. Seus ataques estavam se tornando desesperados. Maric sabia que deveriam continuar correndo e não perder nenhuma oportunidade, mas Loghain permaneceu imóvel, paralisado pela batalha de seu pai.

Então, embora a visão fosse obscurecida pela fumaça e pelos soldados correndo, eles ouviram um grito desafiador que terminou abruptamente: o último grito de Gareth.

Maric virou-se para Loghain para dizer algo, mas não tinha certeza o quê. Ele não disse nada. O rosto de Loghain estava frio como pedra, os olhos brilhando. Quase instantaneamente, Loghain saltou para a ação. Agarrou o casaco de Maric mais uma vez, praticamente o arrastando enquanto se afastavam da colina.

A voz de Loghain era baixa e fria. — Fique perto, ou juro que vou deixar você para trás.

Maric ficou perto.

3

MARIC NÃO TINHA IDEIA de quanto tempo eles ficaram correndo. O pânico transformou grande parte de sua fuga em um borrão, e mesmo quando a ponta afiada do medo se desgastou, teve dificuldade em se orientar na chuva e na escuridão. Eles estavam nos confins dos Ermos Korcari agora, disso ele sabia. A reputação perigosa da floresta ainda precisava provar ser verdadeira, mas aquele lugar certamente parecia diferente de qualquer coisa que havia visto antes. As árvores gigantescas se retorciam como se estivessem congeladas na mais profunda agonia, e uma névoa fria perpétua pairava próxima ao chão. Isso dava à floresta uma impressão sinistra, que aumentava conforme eles corriam. Um dos tutores de Maric havia explicado a razão da névoa, algo relacionado com uma das antigas lendas da região, mas ele não conseguia se lembrar de detalhe algum. Especialmente agora, enquanto dava tudo de si para acompanhar o aparentemente incansável Loghain. Horas de pânico correndo pela folhagem espessa e desigual se transformaram em um marchar exausto e, finalmente, em um rastejo impossível.

Maric desmoronou em uma alcova natural formada pelas raízes ao pé de uma árvore caída. Era um álamo antigo, muito branco e dez vezes mais largo do que ele próprio, e alguma força desconhecida o tinha arrancado do chão. As raízes maciças expostas serpenteavam em torno da alcova como tentáculos gigantes, e uma cama de musgo grosso e flores brancas delicadas crescia em sua sombra.

Uma luz fraca emanava sobre eles após ser filtrada pelo espesso dossel, e mal podiam distinguir o céu nublado por entre as copas das árvores. Tinham passado a noite inteira correndo? Parecia impossível que tivesse sobrevivido a segunda noite consecutiva fugindo por uma floresta. Pelo menos, a tempestade tinha parado algumas horas antes. Enquanto Maric ficava ali deitado, inalando o cheiro de musgo, suando e ofegante, sentiu a névoa gelada se assentar refrescantemente em sua pele e ficou grato por isso.

— Não aguenta mais, não? — disse Loghain claramente aborrecido, voltando de uma curta distância à frente. Maric suspeitava que o homem estava quase tão exausto quanto ele. Também estava pálido e tinha grossos filetes de suor escorrendo pelo rosto e sobre a agora imunda armadura de couro que usava. Apesar de sua carga ser mais pesada, no entanto, ele não parecia querer a suavizar o ritmo da fuga. Mas Maric estava muito cansado para se importar.

— Acho que os deixamos para trás — ofegou, ainda tentando recuperar o fôlego.

— Tem certeza? — Loghain tirou a faca do cinto e cortou uma das raízes do velho álamo que estava pendurada perto de sua cabeça. — Você é um príncipe, não é? Você é uma pessoa importante. Todo o exército de Ferelden deve estar atrás de você. Eles devem ter soltado uma pequena horda de cães mabari na floresta para farejá-lo. Podem até ter magos atrás de você — caminhou até onde Maric estava deitado e olhou para ele com fúria naqueles olhos frios. — Quão seguro você está se sentindo, Alteza?

— Err... no momento? Não muito.

Loghain bufou de nojo e se afastou vários passos. Ele ficou ali, olhando para a névoa e eriçado. — A verdade — disse ele — é que eles não vão entrar nos Ermos. Este é um lugar selvagem, e perigoso. Eles teriam que ser muito estúpidos para nos seguir. Tão estúpidos quanto estávamos desesperados ao fugir para cá.

— Isso... faz me sentir muito melhor.

— Ótimo — o tom de Loghain era gelado. — Porque você está por sua conta a partir de agora.

— Você vai simplesmente me deixar aqui?

— Eu te tirei do acampamento em segurança, não? Você está aqui, você está vivo.

Um arrepio percorreu a espinha de Maric e se instalou desconfortavelmente em seu intestino. — Você acha que era isso que seu pai queria?

Os olhos de Loghain se arregalaram. Com dois passos rápidos, estava em cima de Maric, arrastando-o pelo musgo e jogando-o contra a árvore coberta de fungos. Maric arfou, sentindo o ar abandonar seus pulmões com o impacto, enquanto Loghain levantou um punho em sua direção. Ficou parado naquela posição, como se não estivesse realmente disposto a dar um soco em Maric. Mas, a julgar pela expressão em seu rosto, estava se controlando.

— Cale a boca — sibilou Loghain. — Foi você quem o matou! Você não vai me dizer o que fazer. Você não pode me transformar em cavaleiro para me fazer querer perder a vida por você.

Maric tossiu, tentando recuperar o fôlego. — Você acha que eu queria que isso acontecesse? Eu não queria que seu pai morresse. Eu sinto muito...

Loghain ficou rígido. — Ah, você sente muito? Você sente muito!

Maric viu o soco chegando e fechou os olhos. Seu queixo explodiu em dor e ele mordiscou sua língua. Um gosto metálico de sangue encheu sua boca conforme ele desabava no musgo, muito exausto para resistir.

— Como é maravilhoso que você sinta muito! — Loghain gritou furioso, se postando sobre ele. — Eu vi meu pai morrer, junto com todos que ele prometeu proteger, mas está tudo bem agora que eu sei que você sente muito! — Com a expressão dividida entre dor e fúria, ele se afastou diversos metros e ficou lá, com as costas viradas para Maric e os punhos tensamente cerrados.

Maric cuspiu sangue e saliva, a maior parte escorrendo pelo seu queixo. Sua mandíbula latejava como se estivesse prestes a cair. Esfregando os dentes e sugando o sangue saindo da língua, forçou-se a sentar. — Eu vi minha mãe ser assassinada, bem na minha frente. E eu não pude fazer nada para detê-los.

Loghain não deu sinal de que estivesse ouvindo.

Sentindo-se trêmulo e fraco, Maric continuou a falar. — Eu estava fugindo dos assassinos dela quando te encontrei na floresta. Não tinha ideia de que você não iria simplesmente me entregar para eles quando descobrisse quem eu era. Ia seguir meu próprio caminho, mas você me convenceu a segui-lo — Maric estendeu as mãos em súplica. — Porque você fez isso? Você sabia que eu estava sendo perseguido. Sabia que havia perigo.

Loghain não respondeu. Ficou com as costas viradas, e durante vários minutos tudo o que fez foi cortar as raízes baixas com a faca e as atirar longe. Maric não conseguia dizer se ele o estava ignorando ou apenas pensando.

Finalmente, Maric enxugou a boca cautelosamente com o dorso da mão. O fluxo de sangue tinha diminuído, embora sua mandíbula ainda doesse e seus ouvidos apitassem. Com esforço, se pôs de pé.

— Gostaria de ter notado mais cedo a índole de seu pai — continuou Maric. — Ele estava disposto a dar sua vida para me salvar. E por quê? Aposto que pela mesma razão pela qual liderava todas aquelas pessoas, quando poderia facilmente se juntar ao exército rebelde em vez disso. Ele era um grande homem. Foi por isso que eu o nomeei cavaleiro. — As lágrimas brotaram em seus olhos, e sua voz ficou rouca. — Minha mãe também era incrível. Se eu... Se eu tivesse tido a chance de dizer adeus a ela, não a teria desperdiçado.

Loghain não se moveu, nem olhou para ele.

Era óbvio que nada do que Maric falasse iria atingi-lo. Maric enxugou as lágrimas de seus olhos e assentiu. — Mas eu entendo. Eu não espero que você fique e me ajude, realmente não espero. Você precisa voltar para o acampamento, ver se... alguém sobreviveu. Se eu fosse você, gostaria de voltar para o meu povo. Como eu poderia não entender isso? — Maric limpou as últimas manchas de sangue de seu queixo. — Então... Obrigado por me salvar.

Com isso, endireitou o casaco rasgado e molhado e saiu andando. *As botas ainda estão boas*, pensou. Ele tinha a adaga que a irmã lhe dera, e não estava completamente desamparado. Com um pouco de sorte, poderia encontrar um caminho para fora da floresta. Talvez esbarrasse numa caravana mercante. Os anões não vinham até este extremo sul no caminho para Gwaren? Era arriscado, mas era melhor do que nada. Ele não tinha escolha além de tentar.

Maric atravessou o terreno traiçoeiro, deixando Loghain para trás. A névoa tornou a viagem difícil; ele não podia ver onde estava pisando, e suas botas ficavam presas entre raízes nodosas ou em pequenas depressões na lama. Eventualmente, cortou um dos galhos baixos, fazendo uma bengala para ajudá-lo a encontrar terreno firme em meio a névoa. A floresta ao redor dele parecia ficar cada vez mais escura, se é que isso era possível, e Maric percebeu que realmente não tinha ideia da direção em que estava seguindo. Ele não conseguia saber onde estava o sol, pois mal podia ver o céu. Sem saber, poderia estar avançando na direção sul, adentrando ainda mais nos Ermos.

Parado ali, coçando a cabeça em confusão, ouviu passos atrás dele. Virou-se assustado e viu Loghain se aproximando. Maric teve que admitir: nunca se sentira tão aliviado em ver alguém, especialmente Loghain em sua formidável armadura de couro, andando tão facilmente pela névoa quanto o faria em terreno limpo. O homem certamente não parecia feliz. Aqueles olhos azuis gelados lançaram um olhar furioso para Maric, como que para dizer, *vou me arrepender disso*.

Maric esperou que Loghain se aproximasse. Loghain não disse nada de imediato, mas sacou seu arco e, em seguida, ajustou a aljava cheia de flechas em suas costas. Quando olhou para cima novamente, ergueu um único dedo. — Primeiro, você tem um jeito com as palavras.

— Mesmo? Você é o primeiro a me dizer isso.

Loghain o ignorou, levantando um segundo dedo. — Segundo, não acho que meu pai queria que você escapasse apenas para morrer como um idiota nos Ermos. Que é exatamente o que aconteceria se eu não te ajudasse.

— Não, eu estou bem. Você não me deve nada...

Loghain grunhiu com desinteresse. Com um movimento rápido, puxou uma flecha de sua aljava e disparou-a logo acima da cabeça de Maric. Ele ficou tão assustado que não sabia o que pensar. Deu um passo para trás, e então deu um salto quando notou algo se contorcendo na árvore atrás dele. E saltou ainda mais quando percebeu que era uma cobra preta brilhante, tão grande quanto seu braço. A flecha perfurou-a cerca 30 centímetros abaixo da cabeça, empalando-a na árvore, onde se retorcia freneticamente.

Loghain aproximou-se dela, tirando a faca do cinto e cortando a cabeça da cobra com um pouco de dificuldade. Sangue vermelho-vivo jorrou de seu pescoço, e as convulsões do animal diminuíram. Tirando a flecha, Loghain pegou o cadáver da cobra e se virou para Maric. — Às vezes vemos uma dessas fora dos Ermos. Nós as chamamos de rastejadoras silenciosas. Venenosas... mas saborosas o suficiente para comer, caso você consiga ignorar o cheiro.

— Ah — disse Maric, aborrecido.

— Então, vou te tirar dos Ermos e levá-lo de volta para os rebeldes — olhou para Maric com severidade. — E depois, nunca mais quero vê-lo. Certo?

— Sim.
— Então não me agradeça. Não quero nenhuma recompensa.
— Certo.
— E não vou te chamar de "Alteza".
— Por favor, não me chame.

O cenho de Loghain afundou, como se ele estivesse esperando por uma discussão. Como isso não aconteceu, ele acenou vagamente na direção em que Maric se dirigia. — Pelo menos você estava andando na direção certa. Por acidente, aposto. Está com fome?

Maric olhou para o cadáver da serpente, longo e brilhante, que balançava desagradavelmente na mão de Loghain, mas seu estômago rosnou antes que ele pudesse responder.

— Então vamos encontrar outra coisa além de uma cobra para comer. E um lugar para acender a porra de um fogo — ele passou por Maric e continuou andando, sem esperar para ver se o rapaz o estava seguindo.

Durante três dias, os dois viajaram pelas florestas profundas dos Ermos Korcari. Foi uma marcha lenta, considerando que Loghain não queria voltar por onde vieram e, em vez disso, estava levando Maric mais a oeste.

Apesar do que havia dito a Maric, Loghain não estava convencido de que os soldados não os seguiriam pela floresta densa. No mínimo, poderiam deixar homens estacionados nos arredores dos Ermos, preparados para quando ele e Maric decidissem sair de lá pela área menos perigosa da orla.

Claro, isso supunha que sabiam que os dois tinham fugido para os Ermos. As pessoas haviam escapado do acampamento em todas as direções, e nenhum soldado que os viu cara a cara sobreviveu para contar a história. Ainda assim, Loghain preferia assumir o pior.

Apesar de ser difícil viajar pelo terreno acidentado, ele chegou à conclusão que era melhor se afastar o máximo possível das colinas de onde vieram.

Abrigo provou ser o problema mais imediato. Felizmente, os Ermos estavam cheios de árvores antigas caídas, às vezes derrubadas em grandes grupos que faziam Loghain se perguntar que tipo de força poderia realizar tal feito. Sua mente vagou pelos contos fabulosos sobre dragões, mas nenhum dragão de verdade havia sido visto ao sul do Mar Desperto desde que foram caçados até quase a extinção, há muito tempo. Não que não pudesse haver outras criaturas gigantes escondidas nos Ermos. Maric tinha ouvido histórias de coisas como ursos selvagens tão grandes quanto uma casa e ogros de pele azul e chifres do tamanho do braço de um homem. Ele imaginou que deveria ser grato por nenhuma dessas coisas ter aparecido diante deles até agora.

As árvores caídas ofereceram cobertura, e durante as duas primeiras noites, não choveu. Loghain mantinha o fogo aceso enquanto Maric tremia em seu sono. O fogo não era suficiente para manter a névoa afastada, e ela se agarrava às roupas e à pele deixando-os constantemente úmidos e gelados. A cada manhã, Maric sofria para acordar, sua pele cada vez mais pálida e dentes batendo violentamente. Felizmente, esse era o maior desafio da viagem — havia muita caça para mantê-los alimentados, e Loghain conseguia detectar os predadores mais perigosos no tempo necessário para que a dupla pudesse se afastar em segurança.

Maric, por sua vez, estava provando ser difícil de odiar. Ele mantinha o ritmo da caminhada e ainda não havia reclamado sobre estar com fome, exausto ou qualquer outra coisa. Também fazia o que lhe era dito e se salvou mais de uma vez de perigos, respondendo instantaneamente às ordens berradas por Loghain. Se ele tinha um defeito, era o falatório. O rapaz conversava constantemente e amigavelmente sobre quase tudo. Se não era seu espanto com o tamanho das árvores, era sua avaliação do tamanho dos Ermos, ou suas lembranças do que leu sobre o folclore dos povos chasind, que supostamente viviam na floresta. Loghain ouvia calmamente o blá blá blá, desejando ao Criador que ele se calasse. Após a segunda noite, no entanto, Maric ficou mais quieto e Loghain percebeu, um tanto enojado, que sentia um pouco de falta do som.

Devia ser fácil para ele fazer amigos, Loghain supôs. Mesmo exausto e coberto de sujeira, Maric tinha um charme natural e cativante. Como Maric era o filho de uma rainha que seu pai adorava à distância, Loghain realmente queria desprezá-lo. Tinha todos os motivos para desprezá-lo. Mas a verdade era que ele não conseguia mais sustentar a fúria gélida que direcionara ao rapaz anteriormente, e isso era quase pior do que qualquer outra coisa.

Na terceira noite, choveu. Sem fogo, Loghain e Maric se encolheram sob um afloramento de rochas, a respiração deles saindo quase sólida por entre os dentes que batiam incontrolavelmente. Naquela noite, lobos apareceram. As bestas rodeavam as proximidades com curiosidade, tomando coragem antes de fazer qualquer tipo de ataque. Várias vezes, Loghain os botou para correr com um disparo de seu arco, só para vê-los voltar a cercá-los pouco tempo depois. Ele tinha apenas algumas flechas e nenhuma maneira de fazer mais, então conservou o que tinha e usou-as apenas quando não havia outra escolha.

Quando a manhã chegou, os lobos decidiram que tinham presas menos vigilantes em outro lugar. Loghain estava cansado, gelado até os ossos, e ficou mais do que um pouco preocupado quando encontrou Maric tremendo e incapaz de acordar. Quase branco, Maric conseguia, no máximo, ser desperto até um estado estranho, em que proferia sinistros delírios através de sua boca trêmula.

Loghain fez uma fogueira, uma façanha admirável considerando que a névoa e a chuva tinham ensopado quase tudo ao seu redor. Ele cavou para buscar madeira morta, musgo seco e galhos escondidos da umidade. E então vieram horas frustrantes de atrito, fumaça e brasa. Loghain chacoalhava a cabeça para tentar manter o foco em meio ao frio e o cansaço. Quando a chama finalmente pegou, ele quase pulou de alegria e teria dado tudo para ouvir Maric fazer vinte perguntas diferentes sobre como tinha conseguido tal feito.

Ele se preparou para transformar o pequeno fogo em uma fogueira considerável. Mais madeira úmida foi adicionada, e mais musgo, e mais gravetos... E depois que eles secaram e cederam às chamas, repetiu o processo. Depois de muito tempo, ele tinha o que precisava: uma pira crepitante que produzia mais calor do que fumaça. Loghain puxou Maric para tão perto das chamas quanto ousava e sentou-se próximo, tentando manter-se atento para o possível retorno da matilha de lobos. Depois de um tempo, no entanto, o brilho quente fez suas pálpebras pesarem e ele adormeceu.

Loghain acordou horas mais tarde, descobrindo que Maric não apenas estava acordado, mas também cuidando do fogo. Estava pálido e trêmulo, mas se mexia. Maric acenou com a cabeça para Loghain, demonstrando silenciosamente gratidão com um sorriso um pouco envergonhado, mas Loghain apenas franziu o cenho. — Você tem ideia de quanto trabalho me deu? — perguntou, irritado.

Maric esfregou os braços, tremendo. — Estou, hmm, muito feliz por não estar morto. E por você não ter me deixado aqui, congelando.

— Os lobos teriam te comido muito antes de você congelar.

— Bom saber.

Loghain virou-se e saiu andando. — Eu vou caçar, e agradeceria se você conseguisse não congelar enquanto eu estiver fora. Acha que consegue? — ele não esperou por uma resposta e sentiu-se um tanto satisfeito com a expressão levemente magoada de Maric.

No quarto dia, Loghain percebeu que estavam sendo seguidos.

Os lobos não tinham voltado, o que era estranho. Depois de passar algum tempo com a estranha sensação de estar sendo observado, ele ouviu algo nos arbustos. Quem quer que estivesse lá — provavelmente uma pessoa, já que duvidava que um predador teria passado tanto tempo a persegui-los — era hábil. Mesmo se esforçando bastante, não conseguia ver ninguém nas sombras.

Ele levantou uma mão, silenciando Maric. — Não olhe agora — ele murmurou —, mas acho que não estamos mais sozinhos aqui.

Loghain não pôde deixar de dar um pouco de crédito para Maric quando notou que ele o obedeceu e não olhou. — Você tem certeza?

— Bem, é difícil escutar muita coisa com você tagarelando o tempo todo.

— Eu não estou tagarelando!

— É mesmo? Não é de se admirar que você quase congelou até a morte, gastando toda sua energia mexendo a boca — os olhos deles vasculharam as redondezas nervosamente, evitando tornar óbvio o que estavam fazendo.

Maric fez um sutil movimento a sua esquerda. Loghain seguiu-o, sem acreditar que Maric pudesse ser capaz de detectar algo antes dele. Então, ele viu. Logo adiante, nas sombras profundas entre duas das árvores mais altas, dois pontos de luz cintilavam na direção deles, como os olhos de um gato que observam na escuridão.

Como olhos de um elfo.

— Merda! — xingou Loghain, seu pânico o pegando desprevenido. Num único movimento, ele empurrou Maric para o chão e sacou o arco de seu ombro. Enquanto se jogava em busca de cobertura, ouviu uma flecha assobiando em sua direção. Ela afundou em seu ombro com força considerável, fazendo-o tropeçar para trás com um grunhido de dor.

— Loghain! — gritou Maric. Em um salto, correu para onde Loghain estava estirado, engasgando quando notou que a flecha havia atravessado quase completamente o ombro do homem. O sangue brilhante manchava a grama alta. Olhando ao redor, com os olhos arregalados de medo, Maric sacou a adaga.

— Corra! — Loghain grunhiu para ele, tentando agarrar a flecha e se levantar ao mesmo tempo. Mas era tarde demais. Elfos se materializaram das sombras ao seu redor, correndo em direção a eles silenciosamente. Eles estavam vestidos com couros de caça, suas testas tatuadas em padrões de cores vivas representando seus deuses pagãos. As expressões em seus olhos brilhantes e enormes eram de gelar o sangue. Alguns seguravam arcos enquanto outros seguravam lâminas âmbar de madeira-ferro.

Maric ergueu a adaga pouco antes de uma espessa rede cair sobre ambos. Os elfos os cercaram, agarrando seus braços e pernas e gritando com raiva em sua língua estranha. Loghain lutou, grunhindo de dor enquanto o peso da rede forçava a flecha ainda mais para dentro de seu ombro. Era inútil. Maric se debateu na rede ao lado dele até cair no chão com um barulho alto. Segundos depois, sendo agarrado por muitas mãos fortes, Loghain sentiu algo duro bater em sua cabeça, e também mergulhou na escuridão.

Loghain acordou com o agudo tinir de dor em seu crânio e um banho de calor em seu rosto. Podia ouvir um grande e ruidoso fogo perto dele. Antes de abrir os olhos, já podia dizer que estava preso contra algum tipo de poste com os braços amarrados para trás. Ele ia virar jantar, então? Assado em um espeto sobre uma poderosa labareda? Os elfos faziam essas coisas? Parecia improvável, considerando que a ferida de flecha em seu ombro estava tratada e enfaixada. Pelo menos estava finalmente aquecido.

Ele abriu os olhos e a luz ardeu.

Estava diante de uma fogueira, com Maric caído ao lado dele. Além do fogo, havia um grupo de longos vagões com formas estranhas rodeando a clareira da floresta. Cada um dos vagões tinha um mastro com uma vela triangular ligada a um pedaço elegantemente moldado de madeira na parte de trás, algo que poderia ser uma espécie de leme. Embora Loghain nunca tivesse visto um navio terrestre antes, tinha ouvido histórias o bastante para reconhecê-los.

Era certo, então. Eles haviam sido capturados por elfos valeanos, vagantes que viviam muito unidos em clãs formados após a destruição da pátria élfica pelos humanos, eras atrás. Muitos elfos se submeteram ao governo humano e passaram a viver nos burgos e vilas como cidadãos marginalizados, mas os valeanos se recusaram. Eles fugiram, e até hoje continuavam distantes e hostis em relação a todos os forasteiros. Adoravam deuses estranhos e viajavam pelas terras mais remotas, atravessando florestas que se abriam diante deles como ondas se abrem diante de uma caravela no mar. Desafortunado era viajante que cruzava o caminho deles.

Viajantes como Loghain e Maric. Loghain não tinha ideia de quantas das histórias eram verdadeiras, já que nunca tinha visto um valeano de perto, mas a emboscada que sofreram dava credibilidade aos rumores.

O calor da fogueira estava quase queimando sua face de tão perto, então Loghain se contorceu para tentar afastar-se tanto quanto podia do fogo. Seu rosto ardia, e um fio espesso de líquido em sua bochecha atestava que sua cabeça ainda sangrava do golpe que levou. Um cheiro enjoativo de jasmim pairava no ar junto com o aroma de carne assada. Além da fumaça, ele podia ver vários elfos sentados do outro lado do fogo. Eles estavam vestidos com roupas simples e coloridas — vermelhas, azuis e douradas, principalmente — e comiam em tigelas de madeira, seus enormes olhos pálidos piscando ocasionalmente na direção dos dois.

Maric se contorceu e começou a gemer dolorosamente. Loghain o observou até que ele finalmente abriu um olho, recuando instantaneamente da fogueira exatamente como Loghain havia feito.

— Pelo Criador! — ele rosnou, e então começou a tossir roucamente.

— Cuidado — advertiu Loghain.

— Eu realmente gostaria que parassem de bater na minha cabeça.

— Reclame com os valeanos. Vai que te escutam.

Maric sentou-se, apertando os olhos para ver além-fogo. — É isso que eles são? Eu estava me perguntando sobre todas as marcas em seus rostos.

— Você não sabe nada sobre o valeanos?

— Veja bem... — ele deu de ombros. — Eu tinha outras coisas para aprender.

— Como por exemplo...?

— Como ser aprisionado por vagabundos, aparentemente.

Loghain sorriu maliciosamente. — E eu achando que você aprendia rápido. — Os valeanos estavam escutando a conversa, e vários outros saíram das sombras para ficar ao lado de seus navios e observar. Eles pareciam nervosos e desconfiados, mas não abertamente hostis. O que, então, planejavam fazer com os dois? Loghain sentiu-se exposto, uma besta exótica que era muito assustadora para ser abordada de perto.

Maric fungou, depois estremeceu em repulsa. — Que cheiro é esse? Jasmim?

— Talvez.

— O que eles fazem? Eles fumam isso? — ele cheirou novamente e fingiu forçar o vômito até levar uma cotovelada de Loghain. Não era o momento de irritar seus captores zombando de algum antigo costume élfico. Os valeanos já não gostavam dos humanos sem precisar disso.

Loghain tencionou os pulsos, testando a força das amarras, até perceber que ainda mais dos valeanos haviam se reunido para observá-los. Desta vez eram caçadores, vestidos como os que os haviam capturado, nos mesmos couros escuros e com as mesmas lâminas de madeira-ferro. Ele já tinha visto uma lâmina como aquela antes. Potter tinha chegado ao acampamento carregando uma, alegando que a havia conseguido em uma barganha anos antes, com uma dupla de caçadores valeanos. Mais provavelmente, a tinha roubado. Eventualmente, Potter a penhorou, e por um bom dinheiro. Os valeanos eram os únicos que sabiam moldar a madeira-ferro daquela maneira: as lâminas eram mais duras do que o aço e tinham apenas uma fração do peso de uma espada comum.

— Olá? — Maric chamou de repente, olhando em volta. — Algum de vocês vai falar com a gente? Olá?

— Cala a boca! — resmungou Loghain.

— O que? Eu só estou perguntando.

— Não seja idiota.

Mas uma nova figura surgiu dentre os tímidos observadores. Era um elfo jovem, de cabelos castanhos compridos e olhos notavelmente inclinados. Suas vestes estavam cobertas de desenhos mais complexos do que as dos outros elfos, e ao contrário de seus companheiros, ele usava um pesado manto de couro em volta dos ombros. Loghain notou, também, um amuleto de madeira-ferro pendurado em seu pescoço, brilhante e cinzelado com runas intrincadas que pareciam dançar pela superfície da joia. Era magia. O pensamento fez com que Loghain se arrepiasse.

O jovem elfo aproximou-se e, ao notar o olhar de Loghain, sorriu. Agachou-se diante de Loghain e Maric, em um gesto quase amistoso e casual. — O amuleto foi um presente do nosso Guardião — disse ele em uma voz suave e sem sotaque.

— Você fala a língua do Rei? — perguntou Loghain. Ele tentou ignorar o olhar de eu te falei que Maric disparava em sua direção.

— A maioria de nós fala, embora somente aqueles que saem para negociar com estrangeiros façam isso com frequência — o elfo era gentil, e seus olhos pareciam cheios de compaixão, ao contrário das expressões dos outros ao seu redor. — Aqui no clã, tentamos manter nossa própria língua viva, assim como fazemos com nossos deuses — ele inclinou a cabeça com curiosidade. — Por que vocês estão aqui?

— Porque você nos atacou, lembra? — Maric respondeu, incrédulo.

— Vocês são forasteiros. Se aproximaram do nosso acampamento.

— Não tínhamos ideia de que vocês estavam aqui — disse Loghain com cuidado.

— Ah — o elfo assentiu, mas parecia decepcionado. — Então você está com os outros que fugiram para os Ermos?

— Outros? — Loghain falou antes de pensar. — Outros que vieram antes de nós? Recentemente?

Os olhos roxos do elfo observaram Loghain serenamente por um momento antes de responder. — Apenas um, um homem que nossos caçadores capturaram longe daqui.

— Onde ele está agora?

— Precisarei levá-lo até ele — o elfo suspirou de maneira infeliz. Ele se levantou, virando-se para alguns dos outros que estavam perto. Ordens foram dadas em sua língua, juntamente com gestos que apontavam para Loghain, Maric e algum lugar além do acampamento. Os outros elfos se entreolharam, claramente inquietos quanto ao que lhes fora pedido. Dois deles aproximaram-se e começaram a desfazer as amarras de Loghain e Maric.

— Desculpe — disse um dos elfos —, mas se você for do mesmo lugar que esse outro homem, precisaremos levá-los como fizemos com ele. Por favor, não tentem fugir. Pelo tom em sua voz, o elfo parecia acreditar que eles realmente iriam tentar.

Maric olhou ao redor, parecendo confuso. Quando as cordas que o prendiam se soltaram, ele trouxe as mãos para frente e esfregou os pulsos. — Para onde você está nos levando, exatamente?

— Para a *asha'belannar*. A mulher de muitos anos — explicou o elfo. — Os humanos que vivem nesta floresta a chamam de Bruxa dos Ermos.

A pele de Loghain gelou. Uma bruxa? Às vezes, magos escapavam das garras do Coro, recusando-se a serem trancafiados em uma de suas torres com todos os outros que mostravam até mesmo a mínima disposição à magia. Estes eram marcados como apóstatas, e o Coro enviava seus poderosos templários para caçá-los e trazê-los, vivos ou mortos, de volta às torres. A maioria, pelo que ele sabia, era morta, e os fugitivos viviam com um medo terrível de serem encontrados. Um apóstata surgiu certa vez no acampamento deles, um homem magro que a irmã Ailis desvendou de imediato. Seu pai o mandou embora, não querendo problemas com os templários, e o mago partiu relutantemente. *Ele poderia facilmente ter usado feitiços neles como forma de vingança*, pensou Loghain.

Então essa bruxa era uma apóstata, escondida nos Ermos Korcari, alguém tão desesperada para manter seu segredo que matava qualquer um que viesse de fora da floresta? Era possível, mas algo ainda se mexia no fundo de sua mente. Havia uma lenda, um velho conto sobre a floresta que ele não conseguia resgatar de sua memória. A ideia, entretanto, de que ela poderia ser outra coisa, possivelmente algo pior, era perturbadora.

Maric parecia cheio de perguntas, mas um olhar vigoroso do elfo conseguiu aquietar o rapaz, para a surpresa de Loghain. Os valeanos tinham medo dessa tal mulher de muitos anos, e isso o perturbava mais do que qualquer outra coisa.

Os elfos se alinharam para vê-los partir, filas observando a procissão com curiosidade fútil, murmurando entre si em sua estranha língua. Vários elfos cuspiam no chão enquanto eles passavam, e crianças aterrorizadas eram retiradas para longe. Loghain sentiu-se como um condenado. Talvez fosse.

Passaram-se várias horas de marcha pelos Ermos, e os elfos que os acompanhavam permaneceram calados, recusando-se a responder até mesmo as perguntas mais simples. O elfo que estava usando as vestes brilhantes ainda não havia se apresentando formalmente, embora olhasse para Maric e Loghain com irritação sempre que eles ficavam para trás. Loghain teria lembrado ao elfo que nem ele nem Maric haviam sido alimentados ou tinham descansado, mas parecia que nenhum valeano tinha qualquer preocupação além de chegar ao destino final, onde quer que fosse.

No meio da floresta, onde a névoa branca se transformava em uma névoa obscura e o sol mal conseguia atravessar o dossel, havia uma cabana simples e desgastada, com um telhado de musgo marrom e ramos velhos. Ela ficava no final de uma trilha curta, e heras grossas e escuras rastejavam pelas paredes de todos os lados. Pior eram os colares de crânios pendurados ao longo do caminho: ossos de ratos, lobos e alguns que Loghain não conseguia sequer identificar, todos unidos com penas, varas e lama. Eles balançavam ameaçadoramente, como uma forma de marcar aquele território. Talvez também houvesse magia aqui, pois Loghain sentiu uma sensação estranha percorrer pelos seus braços e nuca. O ar se eriçava de energia, e a maneira como a névoa fluía parecia atraí-los adiante.

O jovem elfo nos trajes coloridos parou, então, e os caçadores também. Ele apontou para a cabana. — Lá. É lá que você precisa ir.

— O que vai acontecer conosco? — perguntou Maric.

— Não posso dizer.

Loghain fez uma pausa, o mal-estar crescendo ao perceber o que certamente eram crânios humanos pendurados nas cordas. Olhando para trás, para o elfo, acenou respeitosamente. O elfo fez o mesmo.

— *Dareth shiral*. Desejo bem a você e a seu amigo.

Infelizmente, o tom de sua voz denunciava o quão vão ele acreditava ser aquele desejo. O elfo e seus dois companheiros se viraram e partiram, deixando Loghain e Maric de pé em meio às sombras. O cheiro do bosque estava fresco e limpo após as recentes chuvas, e o som de pássaros animados pontuava o céu muito acima das árvores.

— Fugimos agora? — perguntou Maric de maneira hesitante.

Loghain não conseguiu ver que bem isso faria. Se realmente era um apóstata, poderia sem dúvida trazê-los até ela, quer eles desejassem ou não. — Vamos ver quem é essa Bruxa dos Ermos — ele murmurou, gesticulando em direção à cabana. Maric olhou para Loghain como se ele estivesse louco, mas não disse nada.

Enquanto caminhavam pela trilha, as sombras pareciam se aprofundar. As árvores se erguiam mais ameaçadoras, e a névoa se retorcia e dançava ao redor deles. Um truque de luz, talvez? Na frente da cabana havia uma cadeira de balanço pequena e raquítica, bem como um poço de fogo antigo que não era usado há muitos dias. Pequenos ossos mofados cercavam o poço em pilhas.

— Aquele é... — a voz de Maric travou de horror, e Loghain seguiu seu olhar em direção às árvores. Lá estava pendurado um cadáver, um homem humano com a pele branca e pegajosa como a de um peixe. Ele estava amarrado por seu pescoço e braços, balançando como uma marionete quebrada, com moscas e o cheiro de carne azeda pairando no ar. Não havia nenhum sinal de ferimentos, mas ele estava morto há tempo suficiente para perder a cor, sua pele brilhando ligeiramente como se estivesse suando. O rosto grosso, inchado e os olhos protuberantes não eram o bastante para ocultar a identidade do cadáver. Loghain sabia exatamente quem ele era.

— Dannon? — Maric sussurrou.

Loghain assentiu com a cabeça. Havia outros corpos pendurados mais adiante, apenas alguns que ele conseguia ver, escondidos na névoa e nas sombras. A maioria deles eram esqueletos cobertos com nada mais do que panos esfarrapados.

— Vejo que vocês já conhecem meu mais novo troféu — anunciou uma nova voz. Uma mulher decrépita surgiu dentre as árvores. Ela era a própria imagem de uma bruxa, cabelo branco desgrenhado e uma túnica formada principalmente de grossas peles pretas e couro escuro. Pendurada em suas costas estava uma capa pesada de pele de raposa, bastante delicada e impressionante. Ela carregava uma cesta cheia de grandes pinhas e outros itens embrulhados em um pano vermelho, e acenou distraidamente na direção de Dannon. — Ele nunca se apresentou para mim, garoto tolo. Eu dei um aviso depois que ele começou com a gritaria— ela parou e avaliou Loghain e Maric com cuidado, ambos olhando para ela boquiabertos. — Felizmente, não parece que vocês me causarão o mesmo problema. Ótimo! Isso facilita as coisas.

Sua voz era salpicada de bom humor, o que tornou a situação ainda mais surreal. Loghain desejou que os elfos o tivessem deixado com pelo menos sua espada. A velha caminhou em direção à cabana sem esperar por eles e sentou-se na cadeira de balanço com um suspiro.

— Bem, vamos lá, então — ela grunhiu para eles, colocando a cesta no chão.

Loghain aproximou-se com má vontade, Maric estava um passo atrás dele.

— Você matou Dannon? — Maric perguntou incrédulo.

— Eu disse isso? — ela riu. — Eu não o matei, na verdade. Se você quer saber, foi o rapaz que se matou.

— Magia — julgou Loghain.

A mulher riu exageradamente, mas não disse mais nada.

— Quem é você? — perguntou Maric.

— Não me importa quem ela é — confrontou Loghain. — Não gosto de servir de brinquedo. — Ele pisou ameaçadoramente na direção dela. Ela respondeu estreitando seus olhos pequenos, mas nada mais. — Exijo que você nos deixe ir.

— Você exige? — ela parecia impressionada com o conceito.

— Err... Loghain — advertiu Maric.

Loghain ergueu a mão, advertindo Maric de volta. Ele se aproximou da bruxa, que permanecia sentada em sua cadeira. — Sim, eu exijo — repetiu lentamente. — Feitiços não me impressionam. Você precisa de tempo para lançá-los, e eu posso quebrar seu pescoço antes de você levantar um dedo.

Ela sorriu para ele, um amplo sorriso cheio de dentes. — Agora, quem disse que seria eu a fazer alguma coisa?

Loghain ouviu o suspiro esbaforido de Maric atrás dele, mas se virou apenas a tempo de ver uma das árvores gigantes se dobrar em sua direção com a velocidade de um relâmpago. Grandes galhos se enrolaram em torno dele como mãos gigantes, puxando-o para o ar. Folhas voavam em volta dele enquanto moscas zumbiam furiosamente ao seu redor. Ele lutou e gritou, mas era inútil. A árvore voltou a se alinhar com suas irmãs, e Loghain tornou-se outro troféu pendurado apenas a alguns metros do corpo inchado de Dannon. Em pânico, tentou gritar para Maric, só para ter pequenos ramos embrulhados em torno de sua boca e segurando sua cabeça.

Maric agachou-se, os olhos arregalados e o coração batendo forte quando viu que Loghain fora arrebatado. Aconteceu tão rapidamente — como uma árvore gigante se moveu tão depressa? Assustado, ele olhou de volta para a bruxa, mas ela apenas balançava silenciosamente em sua cadeira, olhando-o com vago aborrecimento.

— Você vai ser o próximo, então? — ela perguntou.

— Eu... espero que não.

— Uma excelente escolha.

Com o suor escorrendo por sua testa, Maric limpou a garganta e cuidadosamente se prostrou em apenas um joelho. — Peço-lhe perdão em nome de meu companheiro, boa senhora — a voz dele saiu mais baixo do que esperava, mas a velha parecia estar ouvindo, fascinada. — Estamos correndo há dias, e depois que os valeanos nos atacaram... esperávamos mais do mesmo, apesar de você não ter feito nenhuma provocação. Peço desculpas — ele curvou a cabeça, tentando ao máximo se recordar da etiqueta cortês, tão minuciosamente ensinada a ele ao longo dos anos por sua mãe. Pensar que ele sempre revirava os olhos nessas aulas, assumindo que nunca teria que usar aquilo para nada.

A bruxa riu estridentemente. — Educação? Isso é mais do que inesperado — quando Maric olhou para cima, ela sorriu para ele.

— Mas a verdade é que você não sabe o que eu pretendo fazer com você e seu amigo, meu jovem. Eu poderia dar ambos para os sylvanos, assim como fiz com o seu Dannon, não é?.

— Sim.

— Sim — ela repetiu lentamente. Ela agitou uma mão enrugada em direção à árvore que segurava Loghain, fazendo com que seus ramos se desenrolassem. Ele foi jogado no chão, de onde imediatamente saltou e se virou para encarar a velha, enfurecido. Maric ergueu a mão, alertando-o para que ficasse de fora, e Loghain bufou, como que para dizer-lhe que estava zangado, mas não era estúpido.

— Então é você — disse a bruxa, acenando em aprovação enquanto estudava Maric. — Eu sabia que você viria, e a maneira pela qual você viria, mas não quando — ela soltou uma gargalhada aguda e bateu nos joelhos. — Não é maravilhoso como a magia pode ser muito caprichosa com suas informações? É como perguntar a um gato por direções — você tem sorte se ele só lhe disser para onde ir! — ela uivou de rir com sua própria piada.

Maric e Loghain olharam para ela sem entender nada. A risada lentamente se acalmou em um suspiro. — Bem, o que você acha? — ela perguntou. — Que o rei de Ferelden poderia atravessar os Ermos Korcari despercebido?

Maric lambeu os lábios nervosamente. — Estou supondo que você se refere ao legítimo rei de Ferelden.

— Correto! Se o orlesiano que se acomodou no seu trono fosse correr sozinho por esta parte da floresta, eu o pegaria com alegria em vez de você! Na falta disso, você terá que servir. Não concorda?

— Ahm... é um bom argumento.

A bruxa estendeu a mão até o cesto e tirou uma maçã grande e brilhante. Era de um vermelho escuro, perfeitamente gorda e madura. Ela mordeu com prazer. — Agora — disse enquanto mastigava. — Tenho que me desculpar se os elfos foram exagerados. Eles foram a única maneira que encontrei de lançar minha rede longe o bastante para pegá-lo quando você passasse por aqui — ela lambeu o néctar da maçã de seus lábios. — Fazemos o que podemos.

Maric pensou cuidadosamente. — Os elfos... não foi por acaso que eles nos encontraram, então?.

— Mas que rapaz inteligente.

— Quem é você? — perguntou Maric sem fôlego.

— Ela é uma apóstata, uma maga escondida dos caçadores do Coro — insistiu Loghain. — Por que mais ela estaria no meio dos Ermos?

A bruxa revirou os olhos e riu novamente. — Seu amigo não está completamente errado. Há coisas escondidas nas sombras de seu reino, rapaz, que você não poderia sequer começar a imaginar — ela olhou diretamente para Loghain, seus olhos de repente afiados. — Mas eu estava aqui muito antes de seu Coro ter chegado a esta parte do mundo.

— Não é meu Coro — ele disparou.

— Quanto a sua pergunta — ela olhou de volta para Maric — os valeanos certamente lhe disseram meu nome? Eu tenho muitos, e o deles é tão bom quanto qualquer outro.

— Então, o que você quer comigo?

Ela mordeu a sua maçã e mastigou pensativamente enquanto se debruçava em sua cadeira de balanço. — Por que alguém desejaria uma audiência com seu soberano?

— Você... quer algo de mim? — Maric deu de ombros, impotente. — Você provavelmente teria mais sorte com minha mãe, se for esse o caso. Eu não tenho nada.

— A sorte muda — o olhar da bruxa perdeu-se na distância. — Em um minuto você está apaixonada, tão apaixonada que você não pode ver nada de errado acontecendo. E no minuto seguinte você é traída. Seu amor arrancado de você como se fosse sua própria perna, e você jura que daria qualquer coisa — qualquer coisa — para fazer os responsáveis pagarem — seus olhos focaram em Maric e sua voz se tornou suave, acalentadora. — Às vezes a vingança muda o mundo. O que a sua fará, jovem?

Maric não disse nada, olhando fixamente para ela, inseguro.

Loghain avançou com raiva. — Deixe ele em paz.

A bruxa voltou-se para olhá-lo, seus olhos encantados. — E a sua? Você tem raiva suficiente aí dentro, temperada em uma lâmina de fino aço. Em que coração você vai mergulhá-la um dia, eu me pergunto?

— Maric e eu não somos amigos — ele rosnou. — Mas eu não quero que ele morra.

A risada da bruxa era irônica. — Ah, você sabe do que estou falando, então.

Loghain empalideceu, mas recuperou a compostura quase imediatamente. — Que... o que aconteceu não importa mais — ele afirmou.

— Não mesmo? Já os perdoou, então? Você não se lembra mais dos gritos enquanto eles se debruçavam sobre ela? O riso dos soldados que te seguravam e te faziam assistir? Seu pai quando ele–

— Pare! — gritou Loghain, sua voz cheia tanto de terror quanto fúria. Maric assistiu em choque quando Loghain se lançou na direção da bruxa como se para estrangulá-la. Ele parou de súbito antes de alcançá-la, as mãos apertadas em punhos enquanto lutava contra seu impulso. As árvores ao redor da cabana pareciam ranger na expectativa, como molas comprimidas. A bruxa apenas balançou e observou-o calmamente, despreocupada. — Você vê demais, velha — ele murmurou.

— Na verdade — seu tom era seco— eu vejo apenas o suficiente.

— Por favor — Maric deu um passo à frente. — Me diga o que você quer.

Ela o estudou por um momento. Depois de dar uma última mordida em sua maçã e mastigá-la em silêncio, ela a jogou por cima de seu ombro, caindo com um baque surdo nas folhas apodrecidas e musgo. Um instante depois, algo longo e branco deslizou para fora das sombras e arrebatou os restos. Estava enterrado sob as folhas, difícil de distinguir, mas Maric teve a impressão de que não se tratava de uma cobra.

— Você deveria me agradecer, jovem — disse a bruxa. — Fugindo para os Ermos como fez, o que você acha que poderia acontecer com você? Capturado pelos povos selvagens de Chasind, morto pelos valeanos, comido por qualquer uma das muitas criaturas que se escondem por aqui. Você realmente acha que este fora da lei conseguiria te proteger de tudo isso?

— Não sei. Talvez.

Ela arqueou uma sobrancelha para Loghain. — Ele estima muito as suas capacidades. — Quando o homem não disse nada, ela voltou a olhar intensamente para Maric. — Mantenha-o por perto, e ele o trairá. Cada vez mais e de maneira mais grave do que a anterior.

Maric estava impassível. — Você me trouxe até aqui para falar enigmas, então?

— Não, não — ela acenou uma mão distraidamente. — Eu trouxe você aqui para salvá-lo.

Maric olhou para ela incrédulo. Não achava que ela poderia ter dito qualquer outra coisa mais surpreendente. Bem, talvez uma confissão de que a feiticeira era feita de queijo.

— Eu te salvei da beira do proverbial poço — ela continuou, — e vou mandar você de volta ao mundo. — A bruxa reclinou-se em sua cadeira, parecendo muito satisfeita consigo mesma.

— E o que você quer em troca? Ajuda? — Loghain questionou.

— Uma promessa — ela sorriu. — Feita pelo rei para mim em particular, e nunca mais discutida de novo com ninguém.

Maric piscou de surpresa, mas Loghain pisou na frente dele. — E se ele recusar? — perguntou.

Ela gesticulou na direção da floresta escura e ameaçadora. — Então você estaria livre para partir.

Loghain voltou-se para Maric, e sua opinião era evidente em sua expressão. Os magos não eram dignos de confiança, e esta velha menos que a maioria. Talvez Loghain acreditasse que a bruxa poderia deixá-los ir embora mesmo se Maric se recusasse a aceitar seus termos. Talvez eles pudessem até recuperar suas armas com os valeanos. Afinal de contas, o que os trouxera até aqui não parecia completamente irracional. Se eles pudessem fazer algum tipo de troca, até poderiam tentar obter um cobertor, capas e quem sabe o que mais.

    O vento assobiava nas árvores acima deles. Maric se perguntou por um momento se elas dançavam, pois quase parecia que elas o faziam. Árvores inquietas dançando ao som do vento enquanto eles ficavam lá parados, cercados por sombras e silêncio. Ele olhou para Loghain, pedindo ajuda, mas não recebeu resposta. Eles estavam com frio, maltratados e exaustos, no meio dos Ermos. Que escolha eles tinham?

    — Eu aceito — disse Maric.

4

ELES PASSARAM A NOITE do lado de fora da cabana da bruxa, próximo a um fogo que tinha surgido com um único toque de seu pé. Ficou aceso a noite toda, apesar de Loghain não conseguir dizer o que estava sendo queimado nele. Magia, ele supôs, e decidiu que era melhor não pensar muito nisso. Havia muitas coisas sobre a cabana e os objetos ao redor dela que ele preferia não pensar demais a respeito — a sensação de que os cadáveres pendurados nas árvores estavam observando-o, por exemplo. Ou a maneira como as árvores pareciam mudar de posição em torno deles. Na verdade, de manhã, o caminho que eles tinham usado para chegar aqui agora seguia para uma direção completamente diferente.

Loghain também não queria pensar em que tipo de promessa a bruxa tinha exigido de Maric. O jovem havia entrado em sua cabana e ficado lá por horas, tempo o suficiente para deixar Loghain preocupado. Ele estava tentando perscrutar por uma janela coberta de sujeira quando Maric saiu pela porta, sozinho. O jovem parecia abalado e resistiu até mesmo aos esforços mais casuais que Loghain fez para indagar sobre o que havia acontecido. Afinal, era para ser um segredo.

A bruxa não reapareceu, então os dois dormiram ao lado do fogo. Ou melhor, Maric dormiu. Loghain ficou acordado, observando as sombras e olhando para a escuridão onde ele sabia que o corpo de Dannon balançava. Perguntou-se quando Dannon tinha fugido do acampamento, antes ou durante o ataque? Finalmente, aproximou-se da árvore e olhou para o rosto inchado e retorcido de Dannon. Com esforço, puxou o corpo para baixo, libertando-o dos ramos que o enforcavam. Ele lutou no início, mas de repente o corpo caiu sem mais esforço, como se tivesse sido solto por alguém ou algo. O baque úmido que atingiu o chão foi seguido por um arroto doentio saído do corpo. Trabalhando com as mãos, Loghain coletou montes de folhas, musgo e pedras pequenas e enterrou o corpo de Dannon com elas. Não era um túmulo apropriado, mas teria que servir. Ele não tinha ideia do motivo, mas sentia que era a coisa certa a se fazer.

O sono o dominou mais tarde, enquanto se aquecia próximo ao fogo. Foi um sono agitado e cheio de imagens assustadoras, mas sem sonhos. Quando pensou ter ouvido passos, acordou e viu que era de manhã. Os raios finos da luz do sol surgiam através das árvores, e o fogo havia se apagado. Ambos estavam curados de todas as feridas, e provisões haviam sido empilhadas ao lado deles: um par de capas, suas armas, um saco cheio com o que pareciam pequenos pães, frutos, tiras de carne seca e uma única maçã vermelha e brilhante.

A cabana estava vazia de tudo além da poeira, como se ninguém morasse lá há anos. Eles procuraram, mas não havia nenhum sinal da bruxa. Não havia também, ele notou, nenhum sinal do corpo de Dannon ou de seu túmulo improvisado. Parecia que eles estavam livres para partir.

Levou quatro dias de viagem para eles saírem dos Ermos. Supostamente, a bruxa havia dito a Maric que iriam ver o caminho até a saída imediatamente após deixarem cabana. Após uma hora de viagem, um pássaro azul surgiu nas árvores diante deles. Ele era tão alienígena àquele ambiente, e cantou tão docemente, que Loghain e Maric o notaram imediatamente. À medida que se aproximavam, o pássaro saltava para a próxima árvore e para a próxima até Loghain perceber que ele estava guiando-os. Então eles seguiram. Quando o pássaro reapareceu na manhã seguinte, não restavam mais dúvidas.

O clima cooperou na maior parte do tempo, chovendo apenas na primeira noite e ficando frio e seco nas noites seguintes. As grossas capas fizeram toda a diferença do mundo, e não demorou muito para que Maric se animasse o bastante para voltar ao seu habitual bate-papo. Loghain ameaçou tirar o manto de Maric para que o rapaz voltasse a congelar e se calasse por um tempo, mas a irritante verdade era que Loghain não se preocupava mais com isso. Fingindo não se importar, escutou calmamente enquanto Maric falava de quase tudo.

A única coisa sobre a qual Maric não falou foi a bruxa.

Loghain estava bastante certo de que estavam passando por áreas controladas pelos valeanos. Várias vezes durante a viagem ele poderia jurar que estava sendo observado, mas não via nada entre as árvores. Os elfos eram bons em manterem-se escondidos quando queriam, ou pelo menos esses elfos eram. Todos os elfos que Loghain conhecera antes eram como Potter, e viveram entre os humanos por tanto tempo que os caminhos dos valeanos eram tão estranhos para eles quanto para Loghain.

Não houve mais encontros inesperados, apesar de eles encontrarem os restos de uma ruína antiga na terceira noite de viagem. Era um espetáculo a ser visto, altos pilares de pedra que se projetavam até o céu como ossos de uma costela, presumivelmente tendo em algum momento levantado um grande teto. Parte da fundação ainda estava de pé, junto com um conjunto de longas escadarias, todas rachadas e quase reduzidas a escombros pela vegetação invasora. Maric pareceu deslumbrado com a estrutura e a explorou com afinco. Encontrou os restos de um altar que segurava uma grande escultura do que poderia ter sido uma cabeça de dragão. Estava gasta agora, mas Maric parecia saber onde os olhos e dentes ficavam, desenhando-os no ar. Animado, ele disse a Loghain que este era provavelmente um templo do antigo Impirium, dos tempos remotos em que eles haviam dominado toda a região e guerreavam com as tribos bárbaras. Para ele, o fato de que o templo tenha sobrevivido tanto tempo era impressionante. Tudo o que Loghain sabia do Impirium era que havia sido governado por magos, e ele se recusava a se meter com qualquer coisa que envolvesse magia. A ideia de refugiar-se nos restos de um templo pagão o deixou agitado, e apesar de Maric o provocar por ser supersticioso, ele não se opôs quando Loghain insistiu para que saíssem.

Não foi muito tempo depois de deixar as ruínas que eles encontraram lobos novamente. Pela primeira vez, Loghain estava realmente começando a acreditar que a velha bruxa tinha usado outras magias para ajudá-los além do pássaro azul que os guiava. Loghain ficou de pé com o arco na mão, olhando os lobos com cautela, enquanto Maric respirava ofegante ao lado dele. A matilha inteira, entretanto, manteve distância e os observou, mas não ameaçou avançar. Loghain e Maric se moveram cautelosamente entre as árvores, com talvez vinte lobos grandes sentados e olhando para eles silenciosamente com olhos amarelos e selvagens. Ainda assim, nada aconteceu. Assim que saíram da vista dos animais, Loghain soltou um longo suspiro. Ele jurou que nunca mais queria lidar com magia enquanto estivesse vivo, e Maric murmurou concordando.

Na tarde do quarto dia, a floresta havia diminuído o suficiente para que Loghain declarasse que estavam fora dos Ermos. Ele não podia ter certeza, mas acreditava que o pássaro azul os levara para oeste, exatamente como tinha planejado originalmente, antes de virar para o norte. Isso os colocou longe de Lothering, nas colinas da Retroterra ocidental. Provando sua teoria, o terreno tornou-se mais rochoso conforme viajavam, e à distância eles tinham uma magnífica vista das Montanhas do Dorso Frio. Loghain ficou satisfeito ao poder ver novamente o horizonte. Eles passaram tempo demais naquela selva fria e nebulosa que poderia levar qualquer homem à loucura.

Quando o sol se pôs naquele dia, o pássaro azul desapareceu.

— Você acha que ele vai voltar? — Maric perguntou.

— Como é que eu vou saber?

— Porque você é o especialista em todas as coisas mágicas e arcanas?

Loghain bufou. — Aquela coisa nos tirou dos Ermos. Seu trabalho está feito — ele olhou para Maric com impaciência. — Quão difícil será encontrar este seu exército? Não pode estar tão bem escondido!

— Conseguimos despistar o usurpador durante todos esses anos, então eu não sei — Maric pulou em uma rocha próxima e olhou para as colinas. O crepúsculo estava proporcionando um espetáculo de laranja e carmesim no céu, mas a escuridão estava chegando rápido. — Eu acho que eles podem estar por perto. Se você tivesse me perguntado onde estávamos acampando antes de tudo o que aconteceu, eu teria dito em algum lugar ao oeste de Lothering. Então... Aqui mesmo?

— Maravilhoso.

Loghain escolheu uma pequena clareira para fazer seu acampamento e enviou Maric para coletar lenha. Agora que estavam longe da névoa eterna, era muito mais fácil fazer uma fogueira decente, mas ele sabia que estar fora da floresta densa também significava que o fogo poderia ser visto, especialmente nas colinas. Os perseguidores de Maric ainda podiam estar por perto. Para Loghain, o que ele dissera a Maric sobre magos estarem auxiliando na caçada, poderia muito bem ser verdade. Os orlesianos podiam ter posicionado sentinelas para encontrar pessoas saindo da floresta, também. Não imaginava o que poderiam fazer caso fossem encontrados novamente, desta vez sozinhos e isolados.

Loghain já tinha começado a preparar uma fogueira. Eles correriam o risco até que se provasse o contrário, pensou.

— Vi mais alguns lobos — anunciou Maric quando voltou com madeira.

— Eram hostis?

— Bem, não atacaram, se é isso que você quer dizer. Mas certamente pretendiam.

— Eles lhe disseram isso?

— Sim! Enviaram um coelho com uma nota para me informar sobre suas intenções — ele despejou a madeira sem cerimônias ao lado do fogo. — Achei bastante cavalheiresco da parte deles. — Loghain o ignorou, e ele se sentou na grama, observando o céu escurecendo acima de suas cabeças. — Me pergunto se eram lobisomens.

Lá vamos nós de novo, pensou Loghain. Ele não tirou os olhos da tarefa de lentamente adicionar madeira ao fogo. — Eu quero mesmo saber?

— Lembrei-me da história que um de meus professores me ensinou, sobre como a névoa se formou nos Ermos Korcari. Tem a ver com os lobisomens.

— Que legal.

Como de costume, Maric pareceu não notar o tom desinteressado de Loghain. — Foi antes que o Rei Calenhad unisse as tribos de selvagens controladas por Clayne. Houve uma maldição que se espalhou entre os lobos, e eles foram possuídos por demônios poderosos. Transformaram-se em monstros que assolavam fazendas e aldeias nessas regiões, e quando foram perseguidos pelos selvagens, tornaram-se novamente lobos e se esconderam.

— Superstição — murmurou Loghain.

— Não! Aconteceu mesmo! É por isso que todos ainda usam cães de caça. Naquela época, um cão de caça podia sentir o cheiro de um lobisomem se aproximando e avisar, talvez até mesmo atacar e lhe dar uma chance de fugir.

Loghain fez uma pausa e olhou Maric com uma expressão cansada. — E o que isso tem a ver com a névoa?

— A história diz que um grande arl finalmente criou um exército de cães e caçadores e entrou nos Ermos. Durante anos mataram todo e qualquer lobo que encontravam, possuído ou não. O último lobisomem jurou vingança, apunhalando seu próprio coração com a lâmina que tinha matado seu companheiro. Quando seu sangue tocou o chão da floresta, uma névoa surgiu daquele ponto. A névoa se espalhou, e o exército se perdeu na floresta. Eles nunca voltaram para casa, e, eventualmente, o domínio do arl foi abandonado. Meu tutor afirmou que as antigas ruínas lá são assombradas pelos fantasmas de suas esposas, esperando para sempre seus maridos.

— Isso é ridículo — suspirou Loghain. — Não existe isso de fantasmas. E não há névoa suficiente nos Ermos para fazer alguém se perder. É apenas um incômodo.

— Talvez fosse diferente no passado? — Maric deu de ombros. — De qualquer forma, eles dizem que alguns dos lobisomens sobreviveram. Que se escondem nessas partes, se vingando quando podem encontrar um homem sozinho.

— As pessoas dizem muitas coisas.

— Meu tutor era um homem muito instruído.

— Especialmente os tutores — Loghain levantou-se, batendo o pé de sua armadura, e virou-se para Maric no momento em que uma flecha passou assobiando ao lado de sua orelha.

Maric levantou-se, confuso. — Mas que...?

— Abaixa! — Loghain agachou rapidamente e sacou sua espada. Maric caiu de joelhos, mas também virou a cabeça com curiosidade para ver de onde a flecha tinha vindo. Sem paciência, Loghain agarrou-o pelo capuz da capa e empurrou-o para baixo até ele ficar de bruços contra o chão. Já era possível ouvir o som de vários cavalos aproximando-se da clareira, e Loghain amaldiçoou sua tolice. Ele tinha subestimado o quanto eles queriam Maric.

— Nós temos que sair daqui! — Maric gritou. Ele tinha sacado sua própria adaga, mas Loghain já enxergava dois homens montados entrando no acampamento a pleno trote. Os homens eram soldados, usando cotas de malha e capacetes completos, e já estavam balançando seus manguais.

Quando o primeiro cavaleiro passou correndo, Loghain se abaixou para desviar do ataque. A bola com espinhos passou sobre sua cabeça com um assobio alarmante. O segundo estava logo atrás do primeiro, e Loghain correu para frente, cravando-lhe a espada antes que o cavaleiro pudesse começar seu ataque. Sentiu a ponta da espada atravessar a axila do homem, que gritou de dor enquanto tentava debilmente acertá-lo com o mangual. Ele puxou sua espada bem a tempo de acertar a corrente da arma, fazendo a bola pesada girar ao redor da lâmina. Cingindo-se, ele puxou com força, e o soldado foi lançado fora de sua montaria, gritando de surpresa.

O homem bateu no chão desajeitadamente, rolando com o mangual. Desta vez foi a lâmina de Loghain que foi arrancada de suas mãos, ainda presa à corrente da arma inimiga. O primeiro cavaleiro tinha dado meia-volta e estava se inclinando sobre ele, deixando-o sem tempo para fazer nada além de ver a cabeça do mangual balançando em sua direção. A arma bateu com força em seu tórax, várias costelas rachando enquanto os espinhos perfuravam dolorosamente o seu peito. O ataque o lançou vários metros para trás.

— Loghain! — Maric gritou, correndo para a briga com sua adaga. Ele mergulhou a pálida lâmina na perna do soldado montado. O cavalo recuou e relinchou quando o cavaleiro gritou de dor, puxando as rédeas involuntariamente. O outro homem caído estava gemendo e tentando rastejar para longe. Maric saltou sobre ele e correu para onde Loghain tinha caído.

Loghain cerrou os dentes para resistir à dor angustiante em seu peito e tentou sentar-se. Ele estava prestes a dizer a Maric para correr, mas era tarde demais. Quatro outros homens montados já haviam chegado, um deles vestindo uma intrincada armadura. Claramente o líder, este montava um grande cavalo preto e vestia um capacete adornado com uma pena verde, que cobria totalmente seu rosto.

De repente, o cavaleiro fez um gesto para que os soldados atrás dele parassem — e eles o fizeram, vários dos cavalos empinando com a freada súbita. O soldado ferido com a adaga em sua perna se aprumou desajeitadamente em sua montaria, enquanto resmungava e insultava em voz baixa.

Loghain tossiu dolorosamente, mas lentamente ficou em pé enquanto ele e Maric olhavam os soldados. Por que não tinham atacado ainda, ele não fazia ideia. Talvez esperassem uma rendição? Nesse caso, enviaria pelo menos um ou dois deles para o Criador. Ele pisou na frente de Maric e levantou a espada, estremecendo com espasmo de dor que se espalhou através de suas costelas rachadas.

— O primeiro que se aproximar — ele jurou — vai perder um braço. Isso eu garanto.

Alguns soldados recuaram um passo, olhando com dúvidas para o cavaleiro de plumas verdes. Que, por sua vez, ficou onde estava, observando silenciosamente Maric e Loghain.

— Maric? — o cavaleiro falou, a voz abafada pelo capacete.

Maric arfou com espanto. Loghain, espada ainda levantada, olhou para ele. — Vocês se conhecem?

O cavaleiro guardou sua espada. Alcançando o capacete, puxou-o, e Loghain percebeu que a voz do homem soava estranha porque não era um homem. Espessos cachos castanhos estavam emplastrados contra a pele pálida e suada da mulher, mas Loghain notou que isso não afetava sua aparência deslumbrante. Ela tinha maçãs do rosto altas e um queixo forte que um escultor teria sonhado em produzir, mas portava-se com uma confiança que lhe dizia que a armadura não era afetação. Era tão soldado quanto os homens que liderava e, embora uma mulher hábil na arte da guerra não fosse algo raro em Ferelden, ainda era incomum o bastante para ser surpreendente.

Ela não prestou a mínima atenção em Loghain. Em vez disso, olhou com choque para Maric. Ele parecia bastante chocado. — Rowan? — perguntou.

A mulher de cabelos castanhos desceu de seu cavalo preto, segurando seu capacete debaixo de um braço, sem tirar os olhos dele. Passando as rédeas em silêncio para um dos outros cavaleiros, ela caminhou para frente para ficar diante de Maric. Loghain deixou, afastando-se do caminho sem abaixar sua espada. Ela não disse nada, olhando com seus olhos escuros como se esperasse que Maric a respondesse de alguma forma.

Ele parecia claramente desconcertado. — Err... Olá! — ele finalmente disse. — É bom te ver.

Ela permaneceu em silêncio, sua boca se afinando em uma linha de nítida irritação.

— Você não está feliz em me ver? — ele perguntou.

Ela deu um soco nele. O punho fechado contra a mandíbula de Maric o derrubou de costas no chão. Erguendo uma sobrancelha curiosa, Loghain observou Maric deitado ali, gemendo e apertando o rosto, e depois voltou a olhar para a cavaleira. Ela estava furiosa, seu olhar desafiando-o a ir em frente e tentar defender Maric.

Ele guardou sua espada. — Sim, vocês se conhecem.

Maric ficou contente por ver Rowan. Muito contente, na verdade. Ou ao menos tinha ficado, até que ela lhe deu um soco. Em sua opinião, já havia levado muito socos na cara ultimamente. Depois de se levantar do chão, foram feitas as explicações apressadas. Rowan estava furiosa. Ele sempre teve um talento especial para provocar o temperamento da cavaleira. Quando criança, ele muitas vezes enfurecia Rowan por prazer e depois corria até sua mãe para se proteger. Ela simplesmente sorria alegremente para o filho antes de deixá-lo à mercê de Rowan. Quando ele ficou mais velho, aprendeu a notar os sinais de alerta. Aparentemente, no entanto essa habilidade acabou ficando um pouco enferrujada.

Rowan e seus homens haviam visto o fogo de longe e supuseram que Loghain havia capturado Maric. Na verdade, ela tinha visto Maric deitado e acreditava que ele estava inconsciente ou morto. Ao descobrir que ele não apenas não fugiu quando teve a chance, mas que, na verdade, estava defendendo Loghain, assumiu que ambos eram conspiradores e Maric tinha... parou de falar antes de terminar a frase, mas ele entendeu bem o que ela queria dizer. Custou uma quantidade considerável de convencimento antes de Rowan começar a acreditar que eles estavam em busca do acampamento rebelde e que Loghain era, na verdade, responsável pela a sobrevivência de Maric até então.

— Ah — Rowan disse, finalmente olhando para Loghain. Ela não parecia muito impressionada. — Suponho que lhe devo um pedido de desculpas, então, senhor... — sua suspeita evidente fazia aquilo não parecer com um pedido de desculpas, mas Loghain parecia mais interessado do que ofendido.

— Suponho que sim — disse ele, estendendo a mão. — Loghain Mac Tir, ao seu dispor.

— Rowan GueRein — o olhar da guerreira permaneceu duvidoso, provavelmente porque a maioria dos homens teria se curvado e talvez beijado sua mão da maneira da corte, apesar de Maric saber que ela não se importava com essas coisas. Ela pegou a mão de Loghain e a sacudiu com firmeza. Ela retirou a mão do cumprimento um pouco ansiosa, como se Loghain tivesse alguma doença contagiosa sobre a qual ela era muito educada para comentar. — E duvido que precise de seus serviços, senhor.

— É uma cordialidade, não uma proposta.

— Essa é lady Rowan — Maric interveio. — Filha do Arl de Rufomonte... que provavelmente ainda está com o exército, espero?

— Sim — o olhar de Rowan se deteve de maneira incerta sobre Loghain por um momento antes de voltar sua atenção para Maric. Ela franziu o cenho para ele com preocupação. — Procuramos você por todos os lados, Maric. Meu pai quase te deu como morto. Ele queria mover o exército dias atrás, mas implorei para que me deixasse continuar buscando — a voz de Rowan abaixou um tom, enquanto ela tocava a bochecha de Maric com uma ternura incomum. — Pelo Criador, Maric! Quando ouvimos o que tinham feito com a Rainha, ficamos com tanto medo de você ter morrido também! Ou pior, trancafiado em uma das masmorras do usurpador... — ela o abraçou firmemente contra seu peitoral. — Mas você está vivo! Vivo!

Maric permitiu ser esmagado, enviando a Loghain um olhar desesperado que dizia *pelo amor do Criador, me ajude!* Loghain ficou ali parado, no entanto, aparentando estar vagamente entretido. Quando Rowan soltou Maric, ela fez uma pausa e olhou para ele como se não soubesse como proceder.

— Sua mãe...

— Eles a mataram na minha frente — ele assentiu miseravelmente.

— O usurpador enviou seu corpo para Denerim. Ele declarou um feriado, fez com que ela desfilasse... — Rowan parou de falar, sua voz fraquejando. — Você não quer saber sobre isso.

— Não — ele sabia sobre o prazer que o usurpador tinha em expor publicamente seus inimigos, e sem dúvida a Rainha Rebelde foi um grande prêmio para ele. Sua mente tentou se afastar das imagens que sua imaginação conjurava. Nenhuma delas era agradável.

Loghain inclinou-se para frente, limpando a garganta com polidez exagerada. — Não querendo interromper, minha senhora...

— Rowan está de bom tamanho — ela interrompeu.

Loghain olhou com dúvidas para Maric, que estendeu as mãos como se estivesse indefeso. — Não querendo interromper, Rowan — repetiu —, mas talvez devêssemos sair daqui. Você pode não ser a única que viu o nosso fogo.

Ela se afastou de Maric, seu rosto firme mais uma vez. Estudando o horizonte com preocupação, assentiu. — Bem lembrado —se virou para os cavaleiros que assistiam tudo educadamente. — Deixem dois dos cavalos aqui, podem ir na garupa dos outros dois. Quero que voltem e informem ao meu pai que encontrei o Príncipe.

Os homens pareciam incertos, talvez relutantes em deixá-la sozinha. — Vão — ela repetiu com mais ênfase. — Nós iremos atrás de vocês. — E eles foram, dividindo a montaria sem emitir nenhum som, além dos grunhidos de dor do soldado que havia sido derrubado por Loghain.

— Meu pai recebeu alguns relatórios estranhos — Rowan comentou com Maric quando os soldados saíram de suas vistas. — Muitos homens foram avistados na Retroterra. Homens do usurpador, procurando por você... ou pelo menos é o que achamos — ela suspirou pesadamente. — Talvez ficamos parados aqui por tempo demais.

— E você mandou seus guardas embora?

— Como distrações — disse Loghain com um sinal de aprovação.

Rowan voltou a montar o cavalo. — Se nos depararmos com o inimigo, mais alguns homens não fariam muita diferença — ela olhou para Maric e sorriu maliciosamente. — Além disso, se bem me lembro, você é um ótimo cavaleiro. Nós simplesmente correremos mais rápido do que eles, se for preciso.

Maric ignorou-a e montou em seu próprio cavalo. Era um trabalho complicado, exigindo se equilibrar em um animal assustado que começou a andar para frente arrastando-o antes que ele estivesse realmente montado. Após se empoleirar precariamente na sela, fez o seu melhor para tentar ficar lá. Seu desconforto era notável o suficiente para fazer o cavalo relinchar nervosamente. — Eu caio de cavalos — explicou a Loghain com um sorriso nada sincero. — É um dos meus muitos dons.

— Vamos evitar nos deparar com inimigos, então — Loghain parecia não ter dificuldade em andar e, como que para provar isso, trotou em torno de Maric e trouxe seu cavalo para perto do de Rowan. Maric observou-o com uma careta e pensou: *É claro que ele também é um bom cavaleiro. Por que não seria?*

Rowan parecia estar pensando a mesma coisa, olhando curiosamente para ele. — Você tem experiência em equitação? Isso é incomum para um... — ela parou, procurando por uma palavra diplomática.

— Um plebeu? — ele terminou a sentença para ela. Ele bufou com desdém. — Uma visão de mundo interessante, especialmente vinda de alguém que vive fugindo e provavelmente tem que implorar por suas refeições.

A mandíbula de Rowan travou e seus olhos brilharam de raiva. Maric decidiu não advertir Loghain sobre o temperamento da guerreira; ele era um homem adulto, afinal de contas. Do tipo que poderia encarar qualquer coisa. — Eu quis dizer — ela disse secamente — que não é todo mundo que tem acesso a cavalos.

— Meu pai criava alguns na nossa fazenda. Ele me ensinou.

— Ele te ensinou boas maneiras, também?

— Não, isso foi a minha mãe — respondeu friamente. — Ou pelo menos ela tentou, antes de ser estuprada e morta pelos orlesianos.

Os olhos de Rowan ainda estavam arregalados quando Loghain se virou e se afastou.

Maric aproximou seu cavalo do dela com dificuldade. — Então... — ele anunciou — constrangedor, né?

Ela olhou para Maric como se de repente ele tivesse duas cabeças.

— Mudando de assunto... — ele limpou a garganta — estamos planejando seguir os soldados que você enviou? Porque se estamos, eles estão se afastando muito rapidamente. Muito rapidamente... Bem, lá vão eles.

— Não, — Rowan disse firmemente. — vamos fazer uma rota ligeiramente diferente.

— Não deveríamos começar, então?

— Sim — ela recolocou o capacete e seguiu em frente sem mais uma palavra, a pluma verde esvoaçando atrás dela.

Observando-a, Maric se perguntou como seria a vida de Rowan em um mundo normal. Os fereldenianos são um povo robusto e prático, e as mulheres que mostravam aptidão para o combate eram respeitadas tanto quanto os homens. Mas isso era diferente entre a nobreza. Se não fosse pela rebelião, o arl teria feito com que sua filha usasse vestidos finos e aprendesse as últimas danças da corte orlesiana em vez de ajudar a liderar seu exército.

A família de Rowan havia feito muitos sacrifícios pela rebelião. Arl Rendorn havia rendido sua amada Rufomonte ao usurpador. Sua esposa, a arlessa, morrera de febre na estrada, e ele tinha enviado seus dois filhos mais novos, Eamon e Teagan, para morar com primos no extremo norte. Quem poderia dizer se os filhos do arl iriam reconhecê-lo se voltassem agora?

Eles tinham dado muito para ajudar a mãe de Maric. E agora ela tinha partido. Eles não viviam em um mundo normal.

Cavalgaram pelas colinas, seguindo uma rota que Rowan conhecia bem. Maric se perguntava quantas vezes ela passou por essa região procurando por ele, e por que ela perdeu tanto tempo com isso. Ele era o herdeiro de sua mãe, sem dúvida, mas deve ter parecido impossível que alguém pudesse encontrá-lo vagando por aí após os primeiros dias. Eles deveriam ter movido o exército sem ele.

O terreno rochoso era difícil de atravessar, e Maric se sentiu satisfeito por conseguir ficar em seu cavalo. Eles pararam apenas uma vez, quando perceberam que Loghain ainda estava sangrando das feridas no peito deixadas pelo mangual. Maric pediu ajuda para Rowan e, em seguida, eles praticamente tiveram que forçá-lo a descer de seu cavalo para que pudessem enfaixá-lo. Loghain parecia mais irritado pelo atraso do que qualquer coisa, fazendo com que Maric se perguntasse se ele realmente poderia sobreviver a um golpe de mangual no peito sem perder a teimosia. Aparentemente, sim.

Eventualmente começaram a notar evidências da presença do exército rebelde. Passaram por várias sentinelas que saudaram Rowan antes de reconhecerem Maric, boquiabertos. Aparentemente, ninguém sabia ainda que ele estava vivo.

Não demorou muito para que chegassem entre as tendas no coração do acampamento, que estava situado em um pequeno vale que quase o escondia completamente da vista. A mãe de Maric amava a Retroterra porque ela tinha diversos vales como este, diversos pontos para o exército se refugiar. De lá, também podiam acessar a maioria das planícies do norte rapidamente sem perder a habilidade de recuar. Sua mãe havia construído lentamente seu exército, começando do absoluto nada até formar uma força que vinha sendo a vergonha dos orlesianos por mais de uma década.

Loghain olhou em volta para as muitas tendas com certo grau de surpresa. Parecia muito com o acampamento dos fora da lei, para falar a verdade, mas em uma escala maior. As barracas estavam sujas e gastas, assim como a maioria dos soldados, e era impossível imaginar que conseguiam manter tantas centenas de homens alimentados. Os rebeldes foram o produto de anos de recrutamento entre as fileiras de nobres zangados, homens que haviam decidido que valia a pena abandonar suas próprias terras e levar consigo quaisquer leais seguidores e suprimentos que poderiam angariar para uma causa incerta e sem muita esperança de compensação. Aqueles que não podiam unir-se à causa às vezes ofereciam comida e abrigo quando tinham de sobra, o que não era frequente. A mãe de Maric teve que mendigar mais de uma vez — Loghain tinha certeza disso.

Assim que o primeiro grito de "É o Príncipe!" soou, homens e mulheres começaram a sair das barracas e rodear os cavalos. Apenas alguns no início, mas depois de um curto período de tempo eles foram acossados por centenas. Os soldados os cercaram, a alegria escapando de seus rostos imundos enquanto muitas mãos se estendiam para Maric.

— O Príncipe!

— Ele está vivo! É o Príncipe!

Um coro alegre brotou da multidão, um som de alívio e excitação. Alguns dos homens mais velhos estavam realmente chorando — chorando! — e outros estavam se abraçando e batendo os punhos no ar. Rowan tirou o capacete, revelando que havia lágrimas em seus olhos também. Ela estendeu uma mão e levantou a mão de Maric, e o coro se transformou em um rugido de aprovação.

Eles amavam tanto a mãe de Maric. Deve ter sido devastador perder a razão pela qual a maioria deles estava aqui para começo de conversa. Profundamente emocionado, Maric percebeu que estar de volta entre eles era uma espécie de vitória, como ter um pedaço da Rainha Moira recuperado. Ele suspirou ao pensar nela.

Rowan apertou sua mão. Ela entendeu.

Loghain ficou ligeiramente atrás deles, dolorido e fora de seu ambiente. Maric virou-se e o encorajou a avançar. No fim das contas, ele era a principal razão pela qual Maric havia retornado ao exército. Loghain balançou a cabeça, entretanto, e permaneceu onde estava.

Passos trovejantes ressoaram por todo o acampamento quando uma criatura de três metros de altura feita de pedra lentamente avançou em direção à multidão, vinda do outro lado do acampamento. Os aplausos diminuíram quando alguns dos homens se afastaram respeitosamente do caminho da criatura, mas a maioria simplesmente não deu atenção ao que aparentemente era uma situação bastante comum.

Loghain olhou para a criatura em estado de choque. — O que é isso?

Maric riu, enxugando os olhos. — Ah, aquilo? É apenas o golem, nada de mais — ele teria rido com o olhar incrédulo de Loghain se o dono do golem não tivesse aparecido entre a multidão de soldados. Ele era alto, mas magro o bastante para parecer mirrado e esguio em vez de intimidador. Se os homens se afastavam para sair de seu caminho, era por causa das vestes brilhantes que o marcavam como um Encantador do Círculo dos Magos.

— Príncipe Maric! — gritou, franzindo o cenho com familiar impaciência. O mago tinha servido o arl como conselheiro por anos, sempre esteve em bons termos com a mãe de Maric. No entanto, ele sempre tratou Maric como um estudante teimoso que precisava de disciplina. O mago estava sempre desgostoso, sempre franzindo as sobrancelhas e avaliando os outros de cima de seu nariz aquilino e desdenhoso. Ainda assim, ele era leal e confiável. Então, Maric engoliu sua aversão e acenou com a cabeça para o homem quando ele se aproximou.

— Eu o encontrei, Wilhelm! — Rowan riu.

— Posso ver, minha senhora — grunhiu o mago. Os aplausos continuaram, mas Wilhelm ignorou-os e virou-se para olhar Maric com notável suspeita. — Um momento muito conveniente para retornar, Príncipe Maric.

— Por que você diz isso?

— Primeiro, vamos ver se você é quem alega — Wilhelm fez gestos sutis com as mãos, e seu olhar pareceu perfurar o crânio de Maric. Brasas incandescentes giraram em torno dele, iluminando-o até que a magia fosse evidente para toda a multidão. Os aplausos minguaram até parar, e a maioria dos homens mais próximos do feitiço se afastou tão rapidamente que muitos deles caíram no chão.

— Wilhelm! — de seu cavalo, Rowan agarrou o pulso do mago. — Isso não é necessário!

— É! — ele disparou, libertando sua mão com um puxão. Ele terminou de preparar a magia com palavras confusas e quase inaudíveis, e Maric sentiu seus efeitos. Era uma cócega de alfinetadas dançando sobre sua pele e atrás de seus olhos. Loghain observou nervosamente a situação, mas só agiu para manter seu cavalo calmo.

Wilhelm se afastou. — Minhas desculpas, Vossa Alteza. Eu tinha que ter certeza.

— Eu acho que eu consigo reconhecer Maric, não? — Rowan disse com rispidez.

— Não, não tenho certeza disso — Wilhelm virou-se para encarar as silenciosas massas de soldados que assistiam a tudo. — Homens! — gritou ele. — Vocês devem se preparar para a batalha! Seu Príncipe retornou! Agora estejam prontos para defendê-lo! — como se para pontuar seus gritos, o golem de pedra se posicionou diretamente atrás dele, varrendo a multidão com seus olhos vazios e terríveis.

Os soldados imediatamente entraram em ação, e vários comandantes entre eles gritavam ordens. Maric encarou o mago com crescente alarme. — Por quê? O que está acontecendo?

— Venha, vou deixar o arl explicar — o mago virou-se e caminhou rapidamente pelo acampamento, o golem o acompanhando de perto.

Maric e Rowan trocaram olhares e desmontaram. Um homem se ofereceu para tomar as rédeas de seus cavalos. Loghain permaneceu montado, no entanto, e olhou para Maric desajeitadamente. — Talvez este seja um bom momento para eu ir embora — disse ele.

— E ir para onde, exatamente? — Maric franziu o cenho para Loghain, mas Rowan o pegou pelo braço e levou-o atrás do mago antes que pudesse receber uma resposta. Deixou-se levar embora, mas olhou para trás enquanto caminhavam. Loghain parecia muito deslocado, sentado ali enquanto o homem esperava ansiosamente para levar também seu cavalo. Maric quase sentia pena dele. Eventualmente, Loghain suspirou e desmontou, entregando seu cavalo antes de correr para alcançá-los.

A atividade entre os soldados se intensificou a medida em que avançavam pelo vale. Algo estava errado. Os soldados entravam em formação, as barracas eram desmontadas rapidamente, todo mundo parecia estar correndo e gritando… Parecia para Maric um caso de caos controlado, algo que ele estava habituado a ver nos seus muitos anos vivendo em acampamentos como esse. No entanto, havia uma ponta de pânico na situação toda da qual ele não gostava nem um pouco. Já tinha visto o exército de sua mãe recuar muitas vezes para fugir de um ataque das forças do usurpador, e era isso que parecia estar acontecendo no momento.

No centro de toda a atividade, Maric percebeu Arl Rendorn, o pai de Rowan. Não era difícil vê-lo em sua deslumbrante armadura de placas prateada, um presente da mãe de Maric para seu amigo mais confiável e general de muitos anos. Com cabelos tão prateados quanto sua armadura e postura distinta, o arl era a própria imagem da nobreza, e Maric sentiu-se mais do que um pouco aliviado ao vê-lo. O homem estava dando ordens aos soldados ao seu redor com rapidez e eficiência. As ordens nunca precisavam ser repetidas, e eram obedecidas sem questionamentos.

Wilhelm acenou para o arl, embora não fosse necessário, já que o gigante de pedra atrás dele chamou a atenção de quase todos. O arl virou-se e, ao ver Maric, avançou várias fileiras de homens para saudá-lo com um sorriso largo e alegre.

— Maric! — gritou, segurando o ombro do rapaz. — É você!

— É o que todo mundo anda me dizendo — Maric sorriu.

— Criador seja louvado! — seus olhos se entristeceram por um momento. — Sua mãe ficaria orgulhosa de ver que você sobreviveu. Muito bem, rapaz.

— Eu lhe disse que o encontraria, pai — disse Rowan.

O arl fitou a filha com um olhar tanto impressionado quanto frustrado. — Sim, você conseguiu. Você conseguiu. Eu nunca deveria ter duvidado de você, pequena — ele se virou então e gritou várias ordens para seus oficiais imediatos, que estavam olhando desconcertados para Maric. Eles responderam com uma continência e assumiram os preparativos que estavam em andamento.

— Venha — disse o arl —, vamos entrar. Qualquer que seja a história que você tem para me contar sobre o que aconteceu nos últimos dias, terá que esperar. Você chegou em um momento complicado, verdade seja dita, e não um minuto antes — ele caminhou para a grande barraca vermelha imediatamente atrás dele e manteve o tecido que servia como porta aberto. Wilhelm avançou para dentro de maneira imperiosa, como se a honra fosse sua. Maric nunca entendera por que Rendorn tolerava tal comportamento de um homem que era tecnicamente seu vassalo, um contratado do Círculo dos Magos. O arl, entretanto, pareceu estar mais se divertindo do que ofendido com a atitude de Wilhelm.

Essa diversão desapareceu instantaneamente, no entanto, quando ele viu Loghain se aproximar. Ele ergueu a mão para impedir Loghain de entrar na tenda. — Espere aí, quem é este?

Loghain parou, olhando a mão do arl com uma sobrancelha levantada. — Loghain — disse ele. — Loghain Mac Tir.

— Ele veio comigo — Maric interveio.

O arl estreitou os olhos com desconfiança. — Nunca ouvi falar de você. Ou de sua família.

— E não há nenhuma razão pela qual você deveria — os dois homens trocaram olhares, eriçados. Maric deu um passo à frente entre os dois, levantando as mãos para tentar reduzir a tensão.

— Loghain me ajudou — disse Maric a Rendorn, mantendo a voz baixa. — É por causa dele que estou aqui, Vossa Senhoria. Se não fosse por ele e por seu pai, eu... Bem, eu provavelmente não teria feito nada.

Arl Rendorn parou, digerindo o que acabara de ouvir antes de acenar para Loghain. — Se isso é verdade, então ficamos muito agradecidos. Você fez um ótimo serviço, e eu garantirei que você seja recompensado.

— Eu não estou interessado em qualquer recompensa.

— Como você quiser — com uma carranca, o arl virou-se para Maric. — Preciso falar com você, rapaz, e não é uma discussão a ser realizada na frente de qualquer plebeu, especialmente homens que não conhecemos — ele curvou-se educadamente para Loghain. —

Sem ofensa, senhor.

— Não me ofende — grunhiu Loghain.

Rendorn virou-se para entrar na tenda, considerando o assunto encerrado, mas Maric se interpôs na frente dele. — Ele não é um plebeu!

O arl parecia assustado pela veemência de Maric. Rowan também, levantando as sobrancelhas em silêncio. Até mesmo Loghain olhou para Maric como se ele estivesse ficando louco. — Ele é filho de um cavaleiro — insistiu Maric. — Um homem que morreu em meu serviço, me protegendo. Loghain também salvou minha vida mais de uma vez, e eu quero vê-lo sendo tratado de acordo.

O pai de Rowan olhou furioso para Maric, o momento cada vez mais tenso. Ele olhou para Loghain, que parecia querer falar, mas não tinha certeza do que dizer. Em vez disso, o homem respondeu ao olhar do arl com um simples encolher de ombros e a mais sutil sugestão de um sorriso insolente.

— Certo — disse Rendorn. — Eu não tenho tempo para discutir — ele segurou a aba aberta e deixou Loghain e os outros entrarem, então os seguiu para dentro. O golem mantinha uma vigília silenciosa do lado da entrada.

O interior da barraca era dominado pela mesa desgastada em torno da qual a mãe de Maric sempre reunia o arl e seus outros comandantes. A grande cadeira que ela ocupava desde que Maric era uma criança estava vazia. Ele tentou não olhar para ela.

— Os homens do usurpador estão marchando em nossa direção agora mesmo — Arl Rendorn anunciou assim que a aba da barraca foi fechada. Ninguém se sentou. — Nossa situação é desesperadora. Eles sabem onde estamos e conseguiram quase nos cercar antes que descobríssemos sobre o ataque.

— Ele usou magia — o rosto de Wilhelm se contorceu em desaprovação. — O usurpador fez grandes esforços para planejar esse ataque.

— Planejar? — Rowan franziu a testa. — Mas como ele poderia saber que ainda estaríamos aqui? Vocês já teriam partido se eu não insistisse em procurar por Maric.

O arl deu de ombros. — Talvez eles esperassem que fizéssemos exatamente isso. Ou talvez alguém lhes avisou que pretendíamos permanecer onde estamos.

— Não há poucos fereldenianos dispostos a nos vender — Maric suspirou. — Foi o que matou minha mãe, afinal.

— Há um plano — declarou o arl. — Agora que você está aqui, rapaz, temos esperança. Nem tudo está perdido. Eles não nos cercaram completamente. Se partimos agora, levando apenas um pequeno número de homens conosco, e usando a magia de Wilhelm ao nosso favor, podemos escapar desta forca antes que ela aperte.

— E o exército? — perguntou Maric.

Rowan assentiu gravemente, já de acordo com seu pai. — Ele está perdido — ela pôs a mão no ombro de Maric. — Já está perdido. É você que precisamos tirar daqui, Maric. A linhagem real precisa ser preservada.

Não! Não podemos abandonar o exército! Isso é loucura!

— Podemos reconstruir o exército novamente, assim como sua mãe fez — o arl suspirou pesadamente. — O fato de que Rowan o encontrou bem a tempo é um sinal do Criador. Precisamos tirá-lo daqui antes que seja tarde demais

— Não! — Maric andou com raiva em torno da mesa, olhando para Rowan e seu pai com indignação. — Eu não posso acreditar no que estou ouvindo! Eu não vim aqui apenas para perder todo o exército de minha mãe! Temos que fazer alguma coisa!

— Não há nada a ser feito, rapaz — o arl disse gentilmente. — Nós temos dois grupos se aproximando, um pelo norte e uma força maior que vem pela floresta ao leste. Eles nos cercaram. Se tentarmos bater em retirada, eles estarão nos nossos flancos. Não tem jeito.

— Não — repetiu Maric. — Nós lutamos!

— Esse é o caminho do tolo — Wilhelm zombou.

Rowan caminhou cautelosamente em direção a Maric, balançando a cabeça tristemente. — Maric, não tem sentido lutar. Você vai morrer!

— Então eu morro — sua voz era firme.

O arl balançou a mão com desdém. — Não. Entendo que você está tentando ser corajoso, rapaz. Mas agora é o momento de termos discrição.

Maric apertou a mandíbula. — E eu entendo o que você está dizendo, Sua Graça, mas essa não é sua decisão.

Arl Rendorn virou-se, olhando para Maric com crescente raiva. — Não é minha decisão? Eu comando este exército!

— Meu exército — insistiu Maric. — Ou não responde ao seu rei?

— Eu não vejo um rei aqui — o arl esbravejou. — Eu vejo um garoto que está tentando demonstrar bravura! A Rainha Moira teria entendido. Ela teria deixado esses homens para trás, se tivesse que fazê-lo, para que a rebelião continuasse viva!

— Ela está morta! — Maric bateu com o punho na mesa, com força. — E eu prefiro morrer ao lado desses homens a abandoná-los para salvar minha própria pele! Eu não vou fazer isso!

— Não seja teimoso! Não adianta lutar apenas para perder!

— Então vença — disse Loghain de sopetão.

A interrupção foi inesperada o bastante para que até mesmo Arl Rendorn o encarasse com surpresa. Rowan arqueou uma sobrancelha enquanto Loghain avançava, sua expressão irritada. — Não fique e perca — ele repetiu. — Fique e vença.

Rowan estendeu as mãos em sinal de impotência. — Não podemos. Não é assim tão simples!

— Por quê? — Loghain a fitou ameaçadoramente.

— Porque ele falou?

O arl estava claramente tenso. — Sei do que estou falando.

— Não duvido — Loghain cruzou os braços, observando o Arl. — Mas meu pai sempre esteve um passo à frente de pessoas como você, simplesmente fazendo o inesperado.

— E seu pai não está morto? — provocou Rowan.

— Nosso acampamento estava cercado, assim como o seu exército. Se tivéssemos tido uma fração do tempo que vocês têm agora para nos prepararmos, uma fração do equipamento que vocês dispõem, ou até mesmo um mínimo de magia, meu pai estaria aqui ao meu lado agora — seu tom era firme e gelado como aço. — Eu sei isso.

O arl sacudiu a cabeça. — Não, você está errado.

— Você tem vantagens que você nem imagina. Confie em mim, você pode vencer.

Maric deu um passo em direção a Loghain, a esperança crescente em seu rosto. — Você tem alguma ideia?

Loghain fez uma pausa, seus olhos saltando incertos entre Arl Rendorn, Rowan e Maric, como se tivesse acabado de perceber que todos estavam, de fato, prestando atenção nele. Por um momento, ele pareceu considerar desistir, mas então Maric viu algo fervilhando por trás daqueles olhos azuis gelados: convicção.

— Sim — Loghain assentiu com a cabeça. — Eu tenho.

5

LOGHAIN OLHOU COM desconforto para os cavaleiros que haviam sido colocados sob seu comando, se perguntando novamente como ele foi parar ali. Trinta homens montados usando pesadas armaduras de placas, cada um com mais experiência de combate no último ano do que ele tinha em toda a sua vida. E ele deveria liderá-los?

Bem feito por sugerir que tinha um plano. Se fosse esperto, teria ao menos mantido a boca fechada depois de explicar sua ideia, e agora estaria longe dali. Mas quanto mais Loghain ouvia da discussão entre Arl Rendorn e Maric sobre quem desempenharia o papel mais importante no plano, mais irritado ele ficava. Finalmente, jogou as mãos para cima em desgosto e se ofereceu para desempenhar o papel ele mesmo, nem que fosse apenas para fazer os dois pararem de discutir.

Maric achou a ideia brilhante. Isso deveria ter sido um alerta para Loghain de que toda a empreitada estava condenada ao fracasso.

Mesmo assim, lá estava ele, pronto para desempenhar seu papel. Loghain usava uma camisa de linho fino, botas brilhantes e um capacete escondendo os cabelos negros. Sua pesada capa roxa havia pertencido à Rainha Rebelde, e ele se sentia um tanto envergonhado usando aquilo. Os couros que vestia eram revestidos de veludo preto e estavam quase apertados demais para ele, mas foram as únicas calças que Maric encontrou que lhe serviram. Ele nunca havia usado roupas tão caras e tão pouco práticas em toda sua vida, mas era necessário.

Loghain e os cavaleiros mantinham suas montarias calmas, paradas próximas a um córrego raso enquanto esperavam a chegada do inimigo. Os batedores que Arl Rendorn enviara relataram que a maior parte da força que se aproximava do leste passaria por ali, e que veriam o inimigo saindo dentre as árvores ao longo da margem do rio. Loghain planejava fazê-los acreditar que viram o Príncipe Maric abandonando seu exército, escoltado por uma unidade pequena de seus cavaleiros, os mais rápidos e bem armados. Para se passar por Maric, Loghain supôs que só precisava parecer importante à distância. Com alguma sorte, o inimigo veria o manto roxo e seus ornamentos e assumiria que Arl Rendorn estava fazendo exatamente o que ele tinha a intenção de fazer, levar Maric para um lugar seguro à custa de seu exército.

Assim sendo, o trabalho de Loghain era despistar a parte oriental do exército atacante. Se obtivesse sucesso, o exército rebelde seria capaz de lidar com os atacantes vindos do norte sem correr o risco de ser atacado por trás.

E depois? Bem, Loghain esperava que o exército seria então capaz de socorrê-lo, pois ele sem dúvida precisaria de socorro. E isso era assumir que tudo iria de acordo com o plano, o que, como seu pai sempre costumava falar, era um feito inédito em qualquer batalha. *Como eu vim parar aqui?*, ele se perguntou. A verdade era que ele não tinha uma boa resposta para a pergunta.

Estava tudo silencioso, exceto pelo suave burburinho da correnteza que passava e o ocasional relincho nervoso de um dos cavalos. Uma brisa sussurrava nas árvores próximas, e Loghain respirou profundamente, absorvendo o cheiro de pinho e água fresca. Sentia-se estranhamente em paz. A batalha iminente parecia muito distante.

Alguns dos cavaleiros continuavam olhando para ele com incerteza perceptível, apesar de seus esforços para mantê-la escondida. *Eles têm direito de se perguntar quem está os liderando*, pensou Loghain. Houve pouco tempo para apresentações, e quase nenhuma chance de explicar o que estava em jogo. O arl tinha chamado voluntários entre seus homens mais experientes, e aqui estavam eles. Voluntários, eles foram informados porque as chances de que nenhum deles voltasse vivo eram bastante elevadas.

Por que ele achou que aquele era um bom plano, mesmo?

Um dos cavaleiros inclinou-se para ele, um sujeito mais velho com um bigode cinza espesso que escapava de seu capacete. — Este lugar para o qual devemos cavalgar — perguntou calmamente, — você o conhece, Ser Loghain?

— Não há necessidade de títulos. É apenas Loghain.

O cavaleiro pareceu surpreso. — Mas... o Príncipe disse que seu pai...

— Era um cavaleiro, sim. Eu, no entanto, não sou — Loghain olhou para o homem com curiosidade. — Isso te incomoda? Ser liderado por um plebeu?

O cavaleiro olhou para vários de seus companheiros que haviam ouvido a conversa. Ele olhou de volta para Loghain, balançando a cabeça firmemente. — Se este plano realmente garantir a segurança do Príncipe Maric — ele declarou — então eu acompanharia alegremente meu próprio inimigo na batalha. Eu vou dar a minha vida, se necessário.

— Eu também — disse outro cavaleiro muito mais novo. Outros assentiram com a cabeça.

Loghain olhou para eles, maravilhado com a determinação que demonstravam. Talvez suas chances não fossem tão ruins assim. — Já passei por essa área uma vez — disse ele. — Seguindo este córrego para o sul, depois de um morro e de uma planície, há um penhasco com uma lateral larga e plana. Há um único caminho estreito que sobe por sua lateral.

— Eu conheço! — gritou um dos homens.

— Quando chegarmos lá, nós viajamos por esse caminho o mais rápido possível. Há uma área plana lá em cima que é bastante defensável. Se conseguirmos barrar o caminho podemos nos defender.

— Mas — o mesmo homem disse incerto, — as rochas atrás da área plana são muito íngremes. Não há como sair de lá.

Loghain assentiu com a cabeça. — Não, não há.

Estava torcendo para que o inimigo desejasse capturar o príncipe a ponto de não desistir de uma batalha arriscada e dar meia-volta para atacar o resto da força rebelde. Para isso, ele e os voluntários do arl tinham que ser convincentes. Gradualmente, o murmúrio entre os homens se acalmou e eles voltaram a esperar que o inimigo mostrasse as caras. Afinal, não havia nada mais que pudessem fazer.

Felizmente, a espera não foi longa.

Quando o primeiro soldado mostrou o rosto por entre as árvores, Loghain atirou uma flecha. Ela acertou o homem no ombro, mesmo sendo facilmente capaz de acertá-lo na garganta. Ele queria que o homem fugisse em pânico — e foi isso que ele fez.

Mais soldados surgiram dentro de poucos momentos. Muitos dos cavaleiros em torno de Loghain estavam armados como ele, e o assoviar das cordas de vários arcos foi acompanhado por gritos de dor e fúria. Os cavalos trotavam nervosamente na água.

O contra-ataque começou quando o inimigo percebeu o que o estava esperando. Ao invés de avançar cegamente para fora das árvores em direção à colina, eles começaram a preparar uma formação aproveitando a cobertura das árvores. O estrondo de muitos pés e gritos ressoou pela floresta como uma tempestade se aproximando. Enquanto flechas percorriam o ar na direção deles, os cavaleiros erguiam seus escudos contra a investida furiosa.

— Vossa Alteza — um dos cavaleiros gritou alto na direção a Loghain —, precisamos levá-lo para um lugar seguro!

— Protejam o príncipe! — gritou outro.

— Sul! — Loghain levantou sua espada. — Sigam-me! — com isso ele se virou e avançou com seu cavalo para o sul, e todos os outros cavaleiros seguiram o exemplo. Mesmo com tanto barulho, no entanto, Loghain ouviu os gritos do inimigo de "é o príncipe!" e ordens como "atrás deles!".

Mais flechas passaram por eles, como um enxame de vespas irritadas que perseguiam Loghain e os cavaleiros córrego abaixo. O manto roxo ondulava em suas costas. Um dos homens logo atrás dele gritou de dor e caiu de seu cavalo, espirrando a água do riacho. Sem tempo para prestar socorros, os outros cavaleiros não podiam fazer nada além de saltar sobre o companheiro caído.

O córrego era apenas fundo o bastante para deixá-los mais lentos. Eles não queriam ir muito rápido, queriam que o inimigo os visse e perseguisse. Mas as flechas estavam chegando a um volume assustador. O som da massa de homens atrás deles estava crescendo muito rápido. E se as estimativas dos batedores estivessem erradas? — Mais rápido! — gritou Loghain.

Outro homem caiu, gritando, quando chegaram ao morro. Aqui a correnteza ganhava força e uma cavalgada íngreme se colocava à frente dos cavaleiros. Loghain começou a subir, extenuando seu cavalo enquanto flechas assobiavam ao redor de seus ouvidos. Por um instante, sua montaria lutou e abrandou o trote no caminho até o cume, e então quase dolorosamente atingiu o topo e saltou para frente.

— Sigam-me! — Loghain gritou para os homens atrás dele.

Como uma onda quebrando contra uma parede, eles subiram a lateral do morro. A água agitava-se debaixo de seus cascos enquanto os cavalos lutavam, e não muito atrás deles o inimigo saía da floresta e investia pelo córrego em perseguição. Eles não tinham cavaleiros entre suas fileiras, felizmente, mas não estavam avançando lentamente. Agora que estavam em campo aberto, podiam se mover com mais rapidez.

Chicoteando seu cavalo quase até fazê-lo sangrar, Loghain conduziu-o pela planície aberta. O penhasco estava à vista, um alto penhasco ao longo da borda das colinas rochosas que marcavam a ponta sul do vale. Ele também viu o caminho que precisavam percorrer, e ao mesmo tempo viu um grupo de soldados inimigos saindo das árvores logo à frente. Batedores, supôs. Eles estavam vestindo armaduras de couro e moderadamente armados, e se viraram para enfrentar a os cavaleiros que se aproximavam.

Bem, Loghain pensou, *se eles realmente pretendem ficar no caminho dos cavalos, melhor dar a eles o que merecem*. Ele soltou um grito de ataque, levantando a sua espada novamente, e acelerou contra o inimigo. Os cavaleiros responderam ao seu clamor e o seguiram.

Houve um trovão de cascos e gritos de guerra quando eles se bateram de frente com os soldados. Por um momento, Loghain sentiu que o tempo estava desacelerando. Ele assistiu o horror se formar nos rostos dos pobres coitados, viu como alguns deles tentaram — tarde demais — pular de volta para a proteção das árvores. Viu seu próprio cavalo esmagar um deles debaixo dos cascos, um homem infeliz que morreu sem proferir uma única palavra. Sua espada abriu a garganta de um soldado a sua direita, antes que o homem pudesse balançar sua própria espada, e o sangue jorrou.

E então tudo estava se movendo rápido novamente. Os homens gritavam de dor, os ossos se partiam e o aço tinia. Loghain atingiu vários homens com sua espada e, em poucos momentos, estava novamente trotando em direção ao caminho íngreme. O resto de seus homens estava ocupado atravessando a fileira de inimigos que ele deixou para trás; nem precisava olhar para saber disso.

Sentia-se bem, embora não negasse o fato de que o exército em seu encalço era muito maior do que qualquer um poderia esperar.

Dentro de instantes eles estavam percorrendo o caminho, subindo pela lateral do penhasco. Em vários pontos o caminho era tão estreito que apenas dois cavalos conseguiam galopar lado a lado. Mais que isso, e alguém poderia escorregar e cair nas rochas pontiagudas metros abaixo.

— Vamos! — ele insistiu.

Mais flechas foram disparadas em sua direção quando por fim alcançou a parte plana no alto do penhasco. Ele deu meia volta com seu cavalo, e pela primeira vez viu exatamente o que havia atrás deles. O restante de seus trinta homens estava quase alcançando o topo, e não muito atrás deles havia bem mais de duzentos soldados, investindo loucamente pela planície em direção do penhasco. Eles enchiam seu campo de visão, fazendo seu coração acelerar com medo. Sem a velocidade de seus cavalos e encurralados, eles estavam extremamente desfalcados em números e podiam ser atingidos por arqueiros à distância.

— Procurem cobertura! — gritou ele, desmontando rapidamente de seu cavalo. Havia grandes pedras no cume nas quais eles poderiam se proteger.

As flechas pararam quando os comandantes abaixo ordenaram que os arqueiros cessassem. Não havia razão para continuar atirando com os cavaleiros escondidos e protegidos. Loghain não pôde ouvir quais foram os seus próximos comandos, mas conseguia adivinhar. Estavam se preparando para percorrer o caminho do penhasco, usando suas flechas para manter os cavaleiros presos atrás das pedras. Sofreriam perdas, com certeza, mas eventualmente iriam sobrepujá-los. Eles tinham números para isso.

O cavaleiro mais próximo de Loghain olhou para ele, respirando pesadamente de cansaço. Havia medo nos olhos do homem. — Eles vão chegar até aqui? — ele gritou.

Loghain assentiu com a cabeça. — Nós temos o que eles querem. Ou pelo menos eles acham que temos.

— Então o que vamos fazemos agora?

Ele apertou a empunhadura de sua espada. — Nós lutamos.

Por dentro, ele esperava que o resto do exército de Maric viesse rapidamente. Esse era o plano, afinal, e até agora tinha funcionado. Esse pensamento, no entanto, só deixou Loghain ainda mais nervoso quando ouviu os primeiros gritos vindos lá de baixo e se preparou para a investida inimiga.

Quando a menor das duas forças inimigas entrou no vale vinda do norte, seus comandantes — nobres de Ferelden que juraram fidelidade ao atual rei da região, mesmo sendo orlesiano — esperavam encontrar os rebeldes em completa desordem, possivelmente em meio a uma derrota completa.

Em vez disso, viram-se sob ataque de uma força rebelde bem organizada. Bolas de fogo choveram em seu meio, separando-os por imensas explosões. Logo depois, um golem de pedra foi o primeiro a entrar na luta, grandes punhos balançando e atirando soldados pelo ar. A infantaria rebelde seguiu imediatamente depois, berrando seu grito de guerra e investindo sem medo contra os adversários.

Maric estava com aquela infantaria, mas tão distante da linha de frente que não ficou cara a cara com o inimigo. Rowan o observou de longe, no topo da colina em que suas tropas montadas esperavam impacientemente para entrar na luta. Seu pai lhe dissera que esperasse, escondida entre as árvores, até que as forças de Maric estivessem realmente envolvidas na luta antes de investir para atacar pelo flanco. A única esperança dos rebeldes era vencer seus inimigos rapidamente, e se possível afugentá-los a tempo de alcançar Loghain. Se conseguissem alcançar o inimigo no penhasco, poderiam esmagá-los contra as rochas — eles seriam encurralados, incapazes de bater em retirada.

As chances de tudo dar certo eram baixas. A preocupação marcava o rosto de seu pai quando ele concordou com o plano. Mas, se o plano fosse impossível, ele certamente teria golpeado Maric na cabeça e o arrastado para longe de lá pessoalmente em vez de concordar com a ideia.

Ela podia ver Maric gritando ordens aos homens, encorajando-os na investida. Ele estava tentando avançar pelas linhas, tentando se juntar à luta. Os homens imediatamente ao seu redor fecharam um cerco ao seu redor, no entanto, frustrando sua iniciativa. *O pai deve ter dito a eles para fazerem isso*, ela assumiu. Mesmo que Maric estivesse usando um capacete, ela sabia que ele havia ficado irritado quando percebeu o que os soldados estavam fazendo.

Mais magia estalou no ar e uma tempestade de neve se formou em torno de uma grande parte das forças inimigas. Elas estavam começando a recuar para fora do vale e se reagrupar, com diversos comandantes vociferando ordens em tom frenético, mas o gelo que se formou magicamente no chão sob seus pés estava tornando essa reorganização difícil.

Um dos comandantes inimigos começou a gritar em voz alta e apontou para Wilhelm, que estava de pé sobre uma rocha não muito além dos homens de Maric. As vestes amarelas do mago infelizmente o fizeram se destacar, assim como sua posição exposta — ele precisava ver seus alvos e seu alcance era limitado. Quando as flechas começaram a voar em sua direção, ele foi forçado a saltar de sua rocha, proferindo um xingamento tão alto e furioso que até mesmo Rowan conseguiu ouvi-lo de onde estava. Um aceno de mão de Wilhelm colocou o golem de pedra em uma investida pesada na direção dos arqueiros, seus punhos enormes esmurrando tudo o que encontravam pela frente. Isso definitivamente iria mantê-los distraídos.

Ia ser apertado. Rowan não conseguia ver quantos homens havia ali, mas achava que provavelmente seus números estavam em igualdade com os dos rebeldes. Assim que começassem a lutar em resposta, a ofensiva dos rebeldes iria se desestabilizar.

Seu cavalo de guerra relinchou nervosamente e ela acariciou sua cabeça, silenciando-o gentilmente.

Um dos cavaleiros ali perto olhou para ela, apreensivo. — Quando vamos investir, minha senhora? Se eles voltarem para o vale, nunca os flanquearemos.

— Eles não vão recuar completamente — ela assegurou. — Mas temos que esperar.

Ainda assim, ela compartilhava da ansiedade de seu companheiro. Já podia ver sinais de que o inimigo estava se reorganizando. Eles lutavam para dominar os flancos do batalhão de Maric, correndo na direção do vale propriamente dito. Muitos deles, é claro, também fugiam para o vale, desesperados para escapar da fúria dos punhos do golem. Estava tudo acontecendo como seu pai tinha previsto, mas havia mais homens do que os batedores haviam relatado. Isso significava que a batalha levaria mais tempo. Mesmo que fossem capazes de derrotar esta parte das forças do usurpador, o que seria de Loghain?

Pegando as rédeas, ela cavalgou até onde sua própria oficial estava esperando. Uma mulher robusta com o nome de Branwen, a oficial era uma das poucas outras mulheres que serviam com os rebeldes como soldado. Rowan sabia que muitos dos homens que não conheciam nenhuma das duas acreditavam que ela tinha promovido Branwen apenas por essa razão, mas não foi assim. A oficial era forte e determinada, talvez porque tinha mais a provar do que a maioria. Rowan sabia exatamente como era essa sensação.

— Oficial — disse ela —, preciso falar com o arl.

Branwen assentiu solenemente. — Alguma ordem, minha senhora?

— Se eu não voltar dentro de vinte minutos, atacar o flanco como planejado — Rowan sorriu sombriamente. — Confio em seu julgamento sobre tudo o mais.

Branwen piscou de surpresa e seus lábios se afinaram, mas ela acatou a ordem incomum sem comentar nada. — Entendido, minha senhora.

Rowan girou o cavalo e correu para fora das árvores, descendo para o vale. Ela tentou prestar pouca atenção à batalha que ainda estava acontecendo, embora percebesse que Maric havia finalmente conseguido seu desejo: o círculo dos homens ao seu redor se desfez no calor da luta, o que significava que Maric poderia se envolver nela. Rowan se preocupou com isso, mas não tanto quanto seu pai teria. Ele queria manter Maric fora da luta completamente. Rowan sabia que Maric estava bem equipado e era um espadachim muito melhor do que ele jamais admitiria. Uma das razões pelas quais ela tinha trabalhado tão duro, afinal, era para ganhar seu respeito.

Os homens de seu pai esperavam do outro lado do vale, e demorou vários minutos para chegar até ele. Ela cruzou um córrego raso espirrando água e, quando subia por mais uma colina, os homens de seu pai já estavam correndo para encontrá-la. Seu pai foi levado até ela momentos depois, montado em seu próprio garanhão escuro e parecendo mais do que um pouco preocupado com a interrupção.

— O que aconteceu? — ele perguntou. — Você deveria estar com os cavaleiros.

— Há mais homens aqui do que esperávamos, pai. Isso significa que mais podem ter vindo do leste, também. Precisamos ajudar Loghain.

Seu pai fez uma careta. A luz do sol refletiu brilhantemente em sua armadura de prata quando ele se voltou para os soldados que estavam a poucos metros de distância. — Saiam — acenou para eles. — Quero ficar sozinho por um momento.

Seus homens hesitaram momentaneamente, confusos, mas não questionaram a ordem. Eles saíram.

Ele lentamente se voltou para ela, as sobrancelhas brancas franzidas de preocupação. Rowan não sabia exatamente o que ele ia dizer, mas ela já entendia o que ele estava pensando. Ela sentiu a fúria lhe subir a garganta. — Eu posso ver as mesmas coisas que você — ele começou. — E eu concordo. Será bem difícil derrotar os homens do usurpador aqui no norte.

— Mas...?

Ele ergueu a mão. — O amigo de Maric fez seu trabalho. Ainda não vimos nenhuma força vinda do leste. Ele despistou todos, e isso nos dá tempo para fazer o que devemos fazer.

— Que é...? — ela questionou em um tom notavelmente sarcástico.

— Que é — respondeu ele com ênfase — salvar tanto Maric quanto este exército — o arl aproximou-se de Rowan e colocou a mão em seu ombro. Sua expressão era sombria. — Rowan... no momento em que fizermos esses homens baterem em retirada, precisaremos fugir do vale com o que nos restar. É a nossa única chance.

— Loghain espera reforços.

— Ele é dispensável — o arl disse a palavra com insegurança, mas disse mesmo assim.

Rowan afastou-se do pai, franzindo as sobrancelhas. O que ele disse não a pegou de surpresa, mas ainda assim a deixou desapontada. — Nós demos a nossa palavra — ela protestou. — Ele nos deu este plano, a nossa única chance, e você vai abandoná-lo?

— A parte que ele está exercendo em seu próprio plano — suspirou seu pai, — é a do cordeiro sacrificial. Talvez ele não tenha percebido, mas essa é a verdade — ele segurou firmemente a mão dela, olhando-a diretamente nos olhos. — É um bom plano. Não devemos desperdiçá-lo, pelo bem de Ferelden.

Ela afastou a mão com violência e se virou de seu pai, mas não saiu. Ele deu um tapinha no ombro dela. — Há coisas que precisamos fazer, coisas que devem ser feitas. Para sobreviver. A Rainha Moira as fez, e seu filho as fará. Esse Loghain está fazendo um serviço, assim como os homens que estão com ele.

Ela assentiu lentamente, seu rosto contorcido de frustração. A mão do arl ficou mais um instante sobre o ombro de Rowan, mas não disse mais nada. — Vá, então — ele finalmente falou. — Não há muito tempo.

Ela não olhou para trás.

Quando Rowan se reuniu com suas próprias forças do outro lado do vale, ela viu que eles já estavam se preparando para montar. Sua oficial cavalgou em sua direção. — Estávamos prestes a investir — Branwen informou. — Você quer esperar, minha senhora?

— Qual é a situação?

— O príncipe parece estar se saindo bem até agora. Ele impediu o inimigo de cercá-lo. O feiticeiro é quase um exército próprio — sua atenção foi então desviada ao som de trombetas tocando do outro lado do vale. Dois dos guardas que estavam por perto acenaram para ela, e ela acenou para eles. — O arl está se envolvendo na batalha agora, minha senhora.

Rowan não respondeu imediatamente. A pluma verde em seu elmo voou com a brisa enquanto ela olhava para o chão de cima de seu cavalo. Os sons de muitos homens gritando podiam ser ouvidos à distância. Qualquer um deles poderia ser Maric, ela pensou.

— Minha senhora? — perguntou a tenente, hesitante.

— Não — disse Rowan. Ela olhou para cima e deu meia-volta com o cavalo. — Estamos reforçando o blefe agora, antes que seja tarde demais.

— Mas minha senhora! E o príncipe?

Rowan começou a avançar, sua expressão firme. — O Criador cuidará dele — ela murmurou solenemente. Então, falou mais alto para se dirigir a todos os cavaleiros assustados montados atrás dela: — Todos vocês! Sigam-me! Nós cavalgamos para o sul! — sem esperar por uma resposta, ela esporeou seu cavalo de guerra e começou a galopar para o vale.

O inimigo estava em sua terceira investida caminho acima.

Loghain estava encharcado de suor e sangue, uma dor ardente emanava de seu peito, onde uma lâmina o havia acertado com sucesso mais cedo. Ele ignorou a dor e lutou. Restavam sete dos trinta cavaleiros que haviam sido deixados sob seu comando, e eles resistiam com coragem no topo do penhasco, enquanto onda após onda de soldados inimigos tentava derrotá-los. Eram soldados de Ferelden que estavam lutando, incitados por comandantes orlesianos que permaneceram em segurança na base do penhasco. *Enviando os cachorros para fazer seu trabalho sujo*, pensou Loghain com raiva.

Mais uma vez, o inimigo trouxe alabardas, uma espécie de machado e lança presa a uma longa haste, o que lhes dava a vantagem do alcance. Loghain havia perdido quase dez homens de imediato para a primeira investida de alabardas, quando os soldados inimigos chegaram ao topo do penhasco e quase conseguiram derrotá-los. Um cavaleiro perdeu o braço para uma machadada vil da arma, o sangue jorrando em jatos enquanto ele olhava fixamente para o vazio além de seu ombro, horrorizado.

— Lutem! — gritou Loghain.

Um soldado inimigo saltou em sua direção, em parte para atacá-lo, mas também porque tinha sido empurrado para a frente pelos soldados que vinham atrás dele. Assustado, Loghain recuou alguns passos. O soldado, um homem baixo com um rosto de rato, parecia animado com a ideia de que poderia ser ele a desferir o golpe fatal no poderoso príncipe, e se moveu para atacar de novo.

Loghain agarrou o homem pela garganta e o arremessou. O soldado baixinho tropeçou e suas mãos se agarraram no manto roxo real — que já estava manchado de um preto pegajoso de sangue e sujeira. Ele caiu para o lado, pendurando-se com firmeza na a capa, e Loghain cortou com sua espada o tecido. Repentinamente sem suporte, o soldado tropeçou para trás com ainda mais força e despencou da borda do penhasco, gritando desesperadamente.

Outro homem estava em cima de Loghain antes que ele pudesse se recuperar, um grandalhão com uma barba vermelha densa. E então um segundo investiu contra ele, machado elevado sobre a cabeça. Loghain abaixou-se e girou, fazendo um amplo arco com sua espada. Acertou o homem com o machado no abdômen, cortando-o. Enquanto ele ia ao chão, Loghain deu uma cotovelada que acertou o soldado de barba vermelha na garganta. Isso não o impediu de esfaquear Loghain no ombro, que apenas sibilou de dor e saltou para trás, forçando a lâmina a ser puxada para fora dele.

O jovem plebeu golpeou novamente com sua espada, e o homem de barba vermelha mal conseguiu se defender enquanto ofegava e tossia. Eles trocaram vários golpes, Loghain conquistando mais vantagem com cada um até que finalmente conseguiu atravessar o ruivo.

Os poucos cavaleiros com ele mal se aguentavam em pé, e ainda assim o inimigo avançava. Loghain quase não conseguia ver com o suor queimando em seus olhos, e o sangue cobrindo o chão na beirada do caminho fazia com que ficar em pé sobre as rochas fosse difícil.

Onde está o maldito reforço?, pensou, golpeando contra novos inimigos que se posicionavam a sua frente. Mesmo enquanto fazia a pergunta, já sabia a resposta. Eles não viriam. Não fazia sentido que viessem. Na verdade, se ele fosse o arl nesse momento, ele também não viria.

Ele grunhiu com raiva e golpeou com ainda mais força, tentando impedir o inimigo de avançar. Outro soldado correu de encontro a ele, que o chutou no peito com sua pesada bota. O inimigo foi arremessado para trás e despencou rolando pela encosta íngreme do penhasco. Mais um grito horrorizado.

E então uma trombeta soou.

Loghain enxugou os olhos e olhou na direção do som. Começou a rir em voz alta, de pura surpresa. O estrondo de cascos anunciava a investida do resto dos cavaleiros da força rebelde, que em instantes estavam atingindo as fileiras inimigas por trás. A figura coberta de armadura que liderava o ataque só poderia ser Rowan, a pluma verde esvoaçando acima de seu capacete.

O efeito da investida sobre os inimigos foi dramático. Os orlesianos foram empurrados na direção do penhasco, gritando de confusão e surpresa. Quase imediatamente, as fileiras se quebraram. O pânico tomou conta dos soldados de infantaria, e eles começaram a correr e correr, mesmo com seus comandantes gritando inutilmente para que mantivessem a formação.

Loghain não tinha mais tempo para assistir. Os inimigos que ainda estavam galgando o caminho também estavam se desesperando. Esmagados entre dezenas de homens tentando subir pelo caminho para escapar da investida da cavalaria e os homens restantes de Loghain, seus gritos temerosos tornaram-se ensurdecedores.

— Agora! Vamos! Empurrem-nos para fora daqui! — ele gritou. Apenas seis cavaleiros podiam ouvir a esse comando, suas armaduras manchadas de sangue e todos feridos. Mas todos eles cerraram os dentes e cumpriram as ordens. Aproveitaram a vantagem que tinham e começaram a golpear com força para afastar os inimigos.

Houve um longo momento de resistência frenética, e então a linha inimiga quebrou. Com um grito vitorioso, Loghain avançou e atravessou sua lâmina em dois homens que se debatiam contra os homens atrás deles, gritando por clemência. Os outros cavaleiros seguiram seu exemplo, e quando os soldados inimigos tentaram bater em retirada, derrubaram um grupo inteiro de seus próprios companheiros para fora penhasco.

Lá em baixo, o pânico era generalizado. O inimigo estava correndo para sair do caminho dos cavaleiros, se jogando na direção do bosque nas bordas do vale. Alguns até soltaram suas armas durante a fuga. Um dos comandantes orlesianos gritou para seus homens com indignação, tentando controlar o motim, mas Rowan acabou rapidamente com isso. Um par de cascos encerrou a gritaria do militar pomposo com um coice, arremessando seu corpo contra as rochas e agitando os soldados inimigos mais próximos a correr com ainda mais vontade.

Chamando vários de seus homens para segui-la, Rowan virou-se e correu pelo caminho em direção a Loghain.

Encorajado pela visão, Loghain clamou para que seus cavaleiros continuassem avançando. Eles estavam investindo a passos largos agora, derrubando a linha de soldados inimigos para fora do penhasco como se eles fossem sujeira que se varre da calçada. Os gritos escandalosos que aqueles homens soltavam enquanto caíam em direção à morte certa eram difíceis de suportar.

E então, ele e seus seis homens olharam para a carnificina abaixo deles, os muitos homens quebrados no fundo de uma queda de quase cem metros. *Como bonecas espalhadas por uma criança mimada*, Loghain pensou sombriamente.

Os poucos soldados restantes agora pulavam penhasco abaixo, preferindo a queda a ter que encarar a investida de Rowan e dos vários cavaleiros que avançavam com ela pelo caminho. Os que ficaram no chão foram cortados sem piedade. Um deles tentou levantar sua alabarda contra Rowan, que desviou para o lado no último instante e afundou sua lâmina no pescoço do homem sem desacelerar o trote. Ele caiu sem sequer piscar.

Quando Rowan alcançou o topo do caminho, ela desmontou de seu cavalo em um movimento suave e correu na direção de Loghain, retirando o capacete. Cabelos castanhos derramaram-se ao redor de seu rosto enquanto ela observava o pequeno número de homens feridos e desgarrados que estavam lá com ele. Todos olharam para ela, estupefatos, entorpecidos de exaustão e de adrenalina.

— Você está... está tudo bem? — ela perguntou incerta, sua expressão preocupada.

Loghain caminhou em sua direção e lhe estendeu a mão. Rowan hesitou, olhando para ele como se não tivesse certeza do que aquilo significava antes, de relaxar e aceitar o cumprimento.

— Foi uma bela investida — ele a cumprimentou. Eles se fitaram por um pouco mais de tempo do que seria necessário. Rowan rapidamente soltou sua mão e olhou para longe.

— Eu não posso acreditar que você sobreviveu tanto tempo. Eu gostaria de ter vindo mais cedo — ela assentiu oficiosamente para os outros homens atrás de Loghain, vários dos quais já estavam caídos de joelhos. — Bom trabalho, todos vocês.

— Ainda não acabou — Loghain suspirou. Ele já podia ver o inimigo se recuperando lá embaixo. A investida os assustou e acabou com parte de suas forças, mas não demoraria muito para que os orlesianos se recuperassem do choque. Eles ainda tinham a superioridade numérica, afinal de contas, e se percebessem isso rápido o bastante, poderiam correr de volta para a clareira e cercar os homens de Rowan. Eles precisavam partir agora mesmo.

Rowan assentiu, compreendendo a situação exatamente como ele fez. Loghain não se surpreendeu com a sua perspicácia. — Maric vai precisar de nós. Vamos embora enquanto ainda podemos.

Maric arfava na beira da batalha durante os raros segundos em que podia sequer respirar em meio ao caos. Seus ouvidos ribombavam com o som do aço batendo em aço. Seu braço que segurava a espada doía tanto que pensou que ele poderia simplesmente cair. De repente, notou uma flecha fincada em seu ombro, a ponta tendo penetrado entre as placas de sua elegante armadura. *Bem, isso explica a dor que senti antes*, pensou para si mesmo.

O combate parecia durar para sempre. Ele tinha perdido a capacidade de julgar o que estava realmente acontecendo na batalha geral depois que Arl Rendorn tinha começado sua investida. Sobreviver havia se tornado sua única preocupação, enfrentando uma infinidade de adversários que o atacavam de todas as direções.

Apesar de tudo, até agora ele havia sobrevivido. A pesada armadura dos anões que ele usava tinha repelido dezenas de golpes sem nem mesmo sofrer um arranhão. Muitos rebeldes haviam sido mortos diante dos olhos de Maric, tentando garantir ao príncipe mais alguns momentos de vida. Mesmo com toda essa proteção, sua espada pingava com o sangue de homens que certamente o teriam matado, se não tivesse sido um segundo mais rápido do que eles. E, obviamente, também havia a sorte, que parecia estar ao seu lado — pelo menos por enquanto.

Em determinado momento, ele foi empurrado por um homem enorme vestindo uma cota de malha e, quando Maric rolou no chão, viu um grande machado pronto para cair sobre sua cabeça. Nenhum de seus protetores estava perto o bastante para ajudá-lo. O que o salvou foi uma manopla arremessada por algum soldado desconhecido, provavelmente por acidente. Ela atingiu o gigante na nuca e o desequilibrou. O machado passou raspando pela cabeça de Maric. Ao abrir os olhos, surpreso por ainda estar vivo, sua respiração estava se condensando no metal da cabeça do machado, que acabou enterrado a centímetros de distância da ponta seu nariz.

O enorme soldado puxou o machado para cima, mas dessa vez Wilhelm interveio. Um arco de relâmpagos atravessou o campo de batalha e abriu um buraco escancarado no peito do sujeito. Maric conseguiu pelo menos sair do caminho antes que o homem desabasse como uma torre condenada.

Aparentemente, ainda não havia chegado a hora de Maric.

Ele cerrou os dentes contra a dor no ombro e lançou um olhar para o campo de batalha. A primeira coisa que se perguntou foi o que tinha acontecido com Rowan. Ele não conseguia encontrar o capacete com a pluma verde, fosse batalhando ou caído. Nem havia cavaleiros na batalha. Há quanto tempo eles estavam lutando?

Acima de tudo, ele estava preocupado com Loghain e com a possibilidade de ter mandado o homem na direção de um sacrifício desnecessário. Se o filho de Gareth também morresse para mantê-lo vivo...

E então a trombeta soou. Atrasada, com certeza, mas ainda assim teve o efeito desejado. À distância, ele viu os cavaleiros de Rowan avançando contra as linhas inimigas, espalhando-as em todas as direções.

Isso provou ser suficiente. Durante os dez minutos seguintes, o desespero aumentou entre os soldados de ambos os lados. Maric podia ouvir o arl gritando para os seus homens, incitando-os a avançar em direção à colina, e Maric começou a fazer o mesmo. Os corpos de seus aliados estavam se empilhando em velocidade alarmante, mas assim que os cavaleiros se juntaram à luta, o inimigo começou a recuar. Os comandantes inimigos ordenaram uma retirada, gritando para que seus homens se reagrupassem fora do vale.

Maric ficou tentado a persegui-los enquanto observava os soldados inimigos lutando para fugir, mas a chegada de Arl Rendorn o impediu. — Deixe-os ir! Precisamos fugir! — gritou. O homem, que contava com o apoio de dois soldados para manter-se em pé, estava apertando o peito com as mãos e sangrando fortemente. Vendo isso, Maric apenas assentiu com a cabeça e começou a ordenar a retirada de seus próprios homens.

Não foi uma vitória.

No fim das contas, após horas de confusão enquanto o exército rebelde fugia do vale, eles conseguiram se reagrupar na beira de um pequeno rio, quilômetros ao norte de onde estavam. Os homens chegaram aos tropeços, exaustos e feridos e muitas vezes carregando uns aos outros. Homens com cavalos foram enviados para procurar outros que tivessem fugido na direção errada, e no fim das contas parecia que eles haviam perdido pelo menos metade de seu contingente, além de muitos de seus suprimentos e equipamentos.

Mas parecia uma vitória para Maric. Em vez de perder tudo o que sua mãe tinha construído, eles tinham sobrevivido. Eles conseguiram evitar a armadilha do usurpador e fizeram um estrago considerável em suas tropas. Por mais dolorosa que fosse a condição do exército rebelde, as forças do usurpador não conseguiriam exterminá-los de imediato. Não nesta noite, pelo menos, e isso era tudo o que os rebeldes precisavam.

Quando Rowan finalmente trouxe um Loghain ferido e ensanguentado para perto do fogo de sua nova tenda, ainda vestindo as roupas que usara no blefe e os restos sujos e esfarrapados do manto roxo da Rainha, Maric gritou de alegria e correu para esmagar o homem em um grande abraço de urso. Loghain estremeceu de dor, mas tolerou a demonstração de afeto, olhando para Maric como se ele tivesse enlouquecido.

— Funcionou! — exclamou Maric. — Seu plano funcionou!

— Chega — Loghain grunhiu, afastando Maric para longe.

— Tenha cuidado, Maric — Rowan o repreendeu com um sorriso no rosto. — Loghain sofreu várias feridas no peito.

— Bah! Ele é invulnerável! — Maric riu, e depois dançou exuberantemente. Ele circulou o fogo como se fosse algum tipo de xamã bárbaro executando um ritual de vitória, enquanto ria maniacamente.

Loghain o observou, mistificado, e então olhou incrédulo para Rowan. — Ele faz isso com frequência?

— Acho que ele deve ter levado um golpe na cabeça.

Arl Rendorn se aproximou da tenda, já sem sua armadura e usando grossas ataduras em torno de seu tórax. O pano estava marcado por escuras manchas de sangue. Um de seus olhos também estava enfaixado, e ele mancava pesadamente. Sua expressão estava raivosa o bastante para chamar a atenção de todos, e quando Rowan foi oferecer-lhe apoio, ele a afastou com um olhar furioso. — Aparentemente — rosnou ele — você decidiu que minhas ordens não precisam ser seguidas.

Maric detectou a tensão e parou a sua dança selvagem, virando-se para dirigir-se ao arl. — Vossa Senhoria? Há algo de errado?

— Muito. Como ela bem sabe.

Rowan assentiu sombriamente, aceitando a recriminação. — Eu sei que você está com raiva, pai... — ela ergueu a mão para evitar qualquer outra explosão dele. — Mas eu fiz o que precisava ser feito. Se eu não tivesse desestabilizado as forças vindas do leste, pelo menos por algum tempo, eles poderiam ter marchado contra vocês assim que Loghain fosse morto.

— Ela também matou um dos comandantes orlesianos — apontou Loghain. — Foi bem impressionante.

— Nós estaríamos bem longe dali, caso você seguisse meus comandos — o arl resmungou. Então ele olhou para Loghain e tentou suavizar um pouco sua fala. — Mas... é bom ver você vivo, rapaz. E seu plano teve sucesso — de Loghain, ele se virou para Maric, franzindo a testa. — Eu ficaria mais feliz, no entanto, se a nossa situação atual não fosse tão ruim. Perdemos um grande número de homens e muitos equipamentos. Avançar vai ser difícil.

Maric aproximou-se de Rendorn e colocou uma mão reconfortante no ombro do Arl, sorrindo mesmo que seu entusiasmo estivesse diminuindo. — Concordo, mas ainda acho que temos muito para comemorar. A rebelião tirou sangue do inimigo e ainda vive.

Arl Rendorn forçou um sorriso pálido. — Sua mãe — ele começou, a voz rasgada de emoção — ficaria muito orgulhosa de vê-lo hoje, meu rapaz.

Maric foi pego de surpresa com a demonstração de emoção e teve que se esforçar para segurar as lágrimas em seus olhos quando ele e Arl Rendorn se abraçaram carinhosamente. Quando Maric se afastou, só conseguia sorrir timidamente para o arl, em silêncio.

Maric virou-se então para Loghain, que havia se sentado ao lado do fogo. Ele estendeu a mão, e Loghain lentamente a sacudiu. — Obrigado por tudo o que fez hoje, Loghain. Espero que você considere continuar conosco.

— Você deveria ter visto ele naquele blefe — disse Rowan. —

Estava magnífico. Os cavaleiros que lutaram com ele só falam sobre isso.

Loghain sorriu timidamente. Maric se perguntou se aquela era a primeira vez que tinha visto o homem sorrir. — Foi uma situação difícil, e fizemos o que tínhamos que fazer — ele então olhou para Maric quase se desculpando, segurando em suas mãos o que restou da capa roxa. — Eu, ahm, também acabei com o manto da sua mãe.

Maric riu, e Rowan se juntou a ele. — Você está sendo modesto — brincou ela.

— Certamente — o Arl coxeou até Loghain e apertou sua mão também. — Eu lhe julguei mal. Você claramente tem excelentes instintos, e nós poderíamos aproveitá-los por aqui.

Os olhos azuis de Loghain pularam entre o arl, Maric e Rowan, e por um momento Maric acreditou que ele estava indeciso. Loghain olhou para o fogo e ficou em silêncio por um bom tempo antes de acenar com a cabeça relutantemente. — Eu... muito bem. Vou ficar. Por enquanto.

Satisfeito, Maric virou-se finalmente para Rowan. Mesmo machucada e maltratada, parecia radiante. Ela se animou quando ele tomou suas mãos nas dele. — Quando você atrasou sua investida, pensei que estava morta — ele disse, repentinamente sério. — Não me assuste assim de novo.

Os olhos dela se encheram de lágrimas, mas ela soltou uma longa risada. — Você não vai conseguir escapar do compromisso tão facilmente, Maric.

— Ha, ha, ha — ele respondeu ironicamente.

Loghain ergueu os olhos, curioso. — Que compromisso? — perguntou ao arl.

— Maric e Rowan estão noivos — Arl Rendorn sorriu. — Ela foi prometida a ele quando nasceu.

— Ah — disse Loghain, e voltou seu olhar para o fogo novamente.

Pouco depois, Maric saiu para longe do fogo e caminhou sozinho sob o céu estrelado. A lua brilhava e os vaga-lumes piscavam em grande enxame. Era uma sensação estranhamente pacífica. As fogueiras que pontilhavam a margem do rio eram poucas, e os gemidos dos feridos eram os únicos sons que pontuavam o silêncio.

Aproximou-se de uma das fogueiras, sentindo-se triste ao ver o amontoado de soldados enfaixados e cansados ao redor dela. Algumas tendas haviam sido erguidas às pressas, mas havia um grande número de soldados que estavam dormindo no chão, alguns sem sequer cobertores. Os homens olhavam para o fogo, suas expressões vazias, tentando não ouvir os gritos angustiados daqueles que não sobreviveriam mais uma noite.

Maric observou, fora das vistas dos soldados, mas sentindo-se estranhamente atraído para aquela aglomeração. Ele tentou convencer a si mesmo que todos poderiam estar mortos agora se ele não insistisse em ficar e lutar.

— Alteza? — surgiu uma voz de perto dele.

Maric começou a virar-se na direção do som. Um soldado estava ali, nas sombras, deitado contra uma árvore. Quando Maric se aproximou, notou que o homem era mais velho, provavelmente velho demais para continuar lutando. Então ele viu que a perna direita do homem acabava no joelho, uma massa de ataduras ensanguentadas revelando uma amputação recente. O sujeito estava pálido e tremendo, bebendo sem moderação de um odre.

— Eu... sinto muito por sua perna — Maric disse, sentindo-se inadequado.

O homem sorriu, olhando para o toco e acariciando-o quase carinhosamente. — Não está doendo tanto agora — ele riu. — O mago disse que vai passar aqui e tentar fazer o que puder.

Maric não sabia o que dizer. Ele ficou ali parado até que o homem ofereceu o seu odre como um brinde. — Eu vi você no campo hoje, Alteza. Lutei a dez metros de você em um determinado momento.

— É mesmo?

— Vou contar aos meus netos um dia: lutei com o príncipe — disse ele orgulhosamente. — Você estava de dar orgulho, Vossa Alteza. Eu vi você despachar três homens de uma vez, como se não fosse nada.

— Tenho certeza que você viu errado — Maric sorriu. — Eu estava assustado.

— Eu sabia que íamos vencer — insistiu o soldado. Ele olhou para Maric com olhos brilhantes. — Quando você voltou para nós esta manhã, todos nós sabíamos disso. O Criador o enviou para nós. Para protegê-lo.

— Talvez Ele tenha, mesmo.

O homem sorriu e bebeu do odre. — À Rainha! — ele brindou bêbado para a lua. — Descanse em paz agora, Majestade. Você fez a sua parte.

Maric sentiu lágrimas escorrendo pelo rosto, mas as ignorou. Calmamente, pegou o odre e bebeu com vontade. — À Rainha — ele brindou para a lua.

De repente, tudo aquilo não parecia tão assustador quanto antes.

6

"VIVA O REI!"

Severan ouviu os brindes antes mesmo de entrar na sala do trono. A câmara estaria lotada agora, cheia de nobres de toda Ferelden que vieram para honrar o aniversário de Vossa Majestade.

Honra, é claro, não era uma boa palavra para a ocasião. Os fereldenianos nativos estavam lá porque temiam que o rei pudesse tirá-los de suas terras, como tinha feito com tantos de seus companheiros, como forma de castigo por algum crime, verdadeiro ou imaginado. Os orlesianos, membros da aristocracia que escolheram buscar por fortunas longe do império e receberam de presente aquelas terras despojadas, temiam a mesma coisa. O rei, afinal, era um personagem entediado e caprichoso de uma aristocracia antiga, que tinha sido enviado para assumir o trono de Ferelden somente após enfurecer o imperador — seu primo — e, de acordo com algumas escandalosas fofocas, ex-amante. Agora, a única maneira que tinha de descontar suas frustrações era pisando em súditos que tinham pouca escolha além de se curvar aos seus caprichos.

Severan já havia educadamente sugerido ao rei que os rebeldes já estariam eliminados a essa altura, caso ele exercesse moderação com os moradores da região. Mas, apesar de seu ódio aos rebeldes e da vergonha que representavam, o rei se recusava a ouvir os conselhos. Ele faria o que quisesse, e ninguém poderia dizer-lhe o contrário.

Assim como ele fez com sua corte, pensou Severan, recordando como o rei havia tentado trazer a tradição orlesiana de usar máscaras para Ferelden. Ele havia declarado que todos os membros da nobreza seriam obrigados a usar a máscara mais elegante e adornada que poderiam adquirir, e que, no fim de cada sessão da corte, o portador da máscara que mais o desagradasse seria punido. Não é nem preciso dizer que a frenética demanda por máscaras e por artesãos capazes de fazê-las quase resultou em tumultos nas ruas. No fim das contas, quando um pretenso assassino conseguiu invadir o palácio usando uma máscara, o comandante da guarda real implorou para que o rei suspendesse o édito por uma questão de segurança. O suspiro coletivo de alívio quando o rei finalmente acatou a recomendação era quase palpável.

O Rei Meghren era um tirano, e não havia como honrar tiranos, era apenas possível apaziguá-los. Assim, a nobreza preparou uma grande festa de adoração para seu amado monarca, vestindo máscaras de sorrisos para esconder o terror. O rei, entretanto, sabia que os nobres estavam fingindo. A nobreza entendia isso, mas também sabia que a farsa era absolutamente necessária.

Tal era o estado das coisas na Ferelden ocupada pelos orlesianos. Severan não se importava nem um pouco. Ele não era de nem Ferelden, nem de Orlais, mas sim do outro lado do Mar Desperto, muito ao norte, como sua pele morena denotava. E ele não teria derramado uma lágrima caso sua terra natal também fosse subjugada, porque magos não tinham lugar algum que poderiam chamar verdadeiramente de lar. Seus interesses eram exclusivamente seus, e o rei aceitava isso. A ambição de Severan era tão certa quanto o nascer do sol, e era por isso que permanecia como o conselheiro mais próximo do Rei Meghren.

— Amarantina traz para seu amado rei uma espada da melhor silverita, forjada nos salões dos anões de Orzammar! Que ela possa servi-lo bem nos próximos anos, e ofereça uma prova para toda Thedas que seu poder não pode ser negado!

Quando Severan entrou na sala do trono, viu que o jovem arl estava em pé entre as inúmeras filas de nobres sentados diante da imensa mesa de ceia, dando um discurso exagerado enquanto vários servos elfos corriam até o trono para apresentar uma longa caixa ornamentada ao rei. O Rei Meghren, entretanto, era a própria imagem de tédio. Estava debruçado no trono, uma perna jogada sobre um dos braços e sustentando a cabeça com a mão. O rei era um homem jovem e belo, com cabelos escuros e pele cor-de-oliva para combinar com seu constante ar de desprezo. Ainda assim, hoje estava parecendo alguém que havia exagerado na bebida por muitos dias consecutivos. O que, provavelmente, era o que realmente havia acontecido.

Meghren suspirou pesadamente e ajeitou-se no trono para olhar o presente que havia recebido. A área em torno do trono já estava repleta de outros presentes, que haviam sido ignorados ou descartados com um aceno de mãos. A Madre Bronach estava imediatamente atrás do trono, examinando o processo com intensidade. Ela era uma mulher severa, o rosto marcado pelas preocupações de seu cargo como a Grande Sacerdotisa do Coro em Ferelden, e apesar de seu corpo franzino, ficava tão grandiosa quanto o rei vestida em seus robes vermelhos resplandecentes. Meghren esfregou o nariz no ombro de seu gibão de veludo e pegou a caixa com a espada dos elfos que se curvavam diante dele.

Removendo a lâmina brilhante do estojo, Meghren girou-a na mão algumas vezes e a avaliou com interesse. — Feita por anões, você diz?

O arl curvou-se, suando de nervosismo apesar da grande honra que o rei havia lhe oferecido quando demonstrou interesse por seu presente. — Sim, Vossa Majestade. Foi um presente do rei dos anões, feito para o primeiro da minha linhagem há muito tempo.

— Ah, então ela não foi feita para mim — um silêncio varreu a câmara assim que a nobreza notou o tom glacial da voz de Meghren.

O arl empalideceu. — Ela... é de grande valor! — ele gaguejou. — Nunca houve uma lâmina mais fina que essa! Eu pensei... que certamente iria notar...

— O Imperador Florian me deu uma espada — o rei interrompeu. Ele balançou a espada de silverita de maneira displicente ao lado do trono, como se cada golpe cortasse uma cabeça invisível. — Feita pelos melhores artesãos de Val Royeaux. Uma espada de grande graça e beleza. Devo informá-lo, então, que você considera sua lâmina superior?

Os olhos do arl se arregalaram. — Não, eu...

— Você acha que eu devo devolver a ele o presente? Afinal, não há sentindo em deixar uma espada tão inferior parada para juntar pó, não é mesmo?

A câmara inteira estava em absoluto silêncio. O arl olhou ao redor da sala, implorando com seus olhos pela ajuda dos nobres ali reunidos, mas todos desviavam o olhar. De repente, ele caiu de joelhos, abaixando a cabeça. — Perdoe-me, Vossa Majestade. Foi um presente presunçoso! Peço desculpas!

Meghren sorriu e olhou para cima quando a Madre Bronach avançou por trás do trono. Severan desprezava a mulher completamente, e o sentimento era mútuo. — Posso oferecer uma sugestão, Vossa Majestade? — perguntou ela.

O rei acenou em concordância. — Sim, sim, claro.

— Se a lâmina é tão valiosa quanto o arl sugere, oferecê-la ao Coro faria muito para provar a devoção de Amarantina nestes tempos sombrios. Muito resta a ser feito, afinal, antes dos braseiros sagrados de Ferelden brilharem com a glória que convém a uma grande nação.

— De fato — o rei murmurou. Ele arqueou uma sobrancelha na direção do arl. — Então, como vai ser, Vossa Excelência? Irá oferecer a lâmina à Madre Bronach?

A resposta do arl foi rápida e esbaforida. — Claro, Vossa Majestade!

A Madre Bronach estalou os dedos para dois servos do palácio que estavam nas proximidades. Eles correram até o trono e gentilmente tiraram a espada das mãos do Rei Meghren, colocando-a de volta no estojo e partindo sob o olhar atento da Madre. Assim que eles foram embora, ela fez uma reverência ao rei. — Essa oferenda será muito apreciada, Vossa Majestade.

Ele suspirou e voltou sua atenção de volta para o arl, que permanecia curvado de maneira suplicante. — Então, o que você vai fazer agora, Vossa Excelência? Isso significa que você não tem nenhum presente de aniversário para oferecer ao seu rei?

Chocado, o arl abriu a boca várias vezes como se fosse falar, mas nenhum som saiu. O silêncio na sala tornou-se insuportável, nem um único garfo ou faca arranhando uma única louça. Vários *chevaliers* orlesianos, os cavaleiros de elite do Império que eram facilmente distinguíveis por suas túnicas roxas brilhantes e chapéus emplumados, deram um passo à frente com as mãos nos punhos de suas espadas.

Meghren começou a rir subitamente, um barulho maníaco que cortou o silêncio da sala. Ele continuou a rir até os nobres reunidos lentamente se juntarem ao coro. Risadinhas hesitantes de início, que foram tornando-se cada vez mais altas. Meghren bateu palmas para a diversão generalizada, mesmo que notavelmente enrustida, de seus súditos. O arl de Amarantina continuava em silêncio, o suor escorrendo por seu rosto.

— É uma piada, meu amigo! — o rei declarou. — Você deve me perdoar! Um presente tão valioso oferecido para o Coro em meu nome? O que mais eu poderia pedir?

O arl se curvou, a cabeça quase tocando o chão. — Estou aliviado, Vossa Majestade.

Ainda rindo, Meghren bateu palmas, bem alto, para sinalizar que a alegria deveria continuar. — Vamos, amigos! Comam! Bebam! A nossa celebração continua, e é mais doce agora que a cabeça da bruxa presunçosa está enfiada em uma estaca! Ela não é linda? — o rei caiu na gargalhada novamente, e os nobres o acompanharam rapidamente. — E encham a taça do arl! Essas vestes que ele está usando são muito quentes!

A festa recomeçou, e Severan aproveitou a oportunidade para cruzar a câmara em direção ao trono. O mau cheiro de vinho e suor pairava no ar. Alguns homens e mulheres rapidamente desviaram o olhar quando ele passou, demonstrando um inesperado interesse no faisão assado ou em quem quer que estivesse sentado ao lado deles. Severan sabia os motivos. O Coro tinha feito de tudo ao longo de eras para assegurar que os magos fossem vilanizados como os responsáveis por todas as catástrofes da humanidade. Imaginar que os magos já haviam dominado toda a Thedas no passado, e agora mal eram tolerados como servos monitorados pelos cães de guarda do Coro. Era uma situação triste.

O Rei Meghren sorriu quando viu que seu assessor se aproximava. A Madre Bronach, por sua vez, fez exatamente o oposto. — Você não pode nem mesmo deixar o seu rei desfrutar em paz uma única celebração, mago? — ela murmurou friamente. — Você tem que escurecer o salão tão cheio de convidados com sua presença?

— Ora, ora — Meghren riu. — Não seja tão ríspida com o nosso querido amigo, o mago. Ele trabalha muito duro para seu soberano, não é mesmo?

Severan abaixou a cabeça e se inclinou, fazendo reluzir a seda de suas túnicas amarelas. Calvo e com traços feitos inteiramente de ângulos agudos, ele estava longe de ser tão bonito quanto o rei. O maior elogio que Severan já recebera foi de uma jovem prostituta que tinha dito que ele parecia inteligente, e que seus pequenos olhos poderiam agarrá-la, mastigá-la e cuspi-la com um único olhar. Ele gostou tanto da fala da mulher, que esperou até o amanhecer antes de mandá-la para a prisão. — Tenho notícias, Vossa Majestade — disse ele.

— Por que não enviou um mensageiro? — Madre Bronach perguntou com a voz cada vez mais gelada.

— Quando eu tiver notícias para você, minha querida, sempre vou enviar um mensageiro.

Meghren aprumou-se lentamente no trono e bocejou, esfregando os olhos cansados e piscando rapidamente. Ele se levantou, endireitando o gibão amarrotado e acenou para que seus servos não o seguissem. — Então, vamos ser rápidos — ele saiu da barulhenta sala do trono, com Madre Bronach e Severan no seu encalço.

A sala de estar costumava ser usada como um retiro para audiências mais privativas. Meghren tinha substituído o mobiliário resistente e prático de Ferelden por peças mais ornamentadas de Orlais, feitas em mogno e cetins brilhantes que eram obras de arte por conta própria. Um papel de parede vermelho vivo cobria as paredes, uma prática que Severan sabia estar se tornando popular no Império.

Meghren se jogou em cima de um sofá estofado, bocejando novamente e esfregando a testa. — É isso que se passa por uma noite de festa nessa pocilga? Você ouviu os músicos que eles trouxeram?

Severan sacudiu a cabeça. — Antes ou depois de você expulsá-los da câmara?

— Bah! O que eu não daria por uma orquestra de verdade! Ou um baile de máscaras! Os caipiras que me mandaram de Orlais jamais reconheceriam uma *basse dance* adequada — bufou com escárnio e sentou-se, olhando para Severan. — Você sabe o que um desses tolos do bannorn me deu de presente? Cães! Um par de cães imundos!

— Cães são valorizados em Ferelden — Madre Bronach interrompeu, com a voz carregada de desaprovação. — Eram cães de guerra, um casal para procriação. De um bann tão pequeno, foi um presente que mostrou grande respeito, Vossa Majestade.

— Grande medo, convenhamos — ele inspirou, frustrado. — Eu tinha certeza de que era algum tipo de insulto, me oferecer duas bestas cobertas em esterco. Esses caipiras atrasados do bannorn são todos iguais!

— É realmente triste que você tenha que lidar com tanto esterco em seu aniversário, Vossa Majestade — Severan disse calmamente.

Meghren jogou as mãos para cima e suspirou. — Diga-me, bom mago, que a notícia que você me traz é uma resposta do nosso Imperador.

Severan hesitou. — Eu... tenho uma resposta, sim, mas isso não é...

— Nada é mais urgente do que uma carta de Florian.

Severan ajeitou suas vestes, preparando-se. — Vossa Majestade Imperial envia seu pesar. Ele está certo de que suas funções vão mantê-lo em Ferelden, e por isso não há lugar dentro da corte imperial para você agora.

Meghren afundou nas almofadas. — Ah. Ainda não há perdão, então.

Severan quase suspirou de alívio. Às vezes uma carta do Imperador poderia resultar em um acesso de raiva ou muito pior. Mas não hoje, evidentemente. — Você estava esperando uma resposta diferente do que a das últimas catorze tentativas? — ele perguntou em tom de reprovação.

— Eu sou um eterno otimista, meu bom mago.

— A definição de insanidade, Vossa Majestade, é realizar a mesma ação repetidamente e esperar resultados diferentes.

Meghren virou a cabeça, um tanto impressionado. — Você está me chamando de louco?

— Loucamente teimoso.

Os lábios de Madre Bronach se apertaram. — Você ainda é o rei, Vossa Majestade.

— Melhor seria acabar como um barão humilde nas províncias — o rei reclamou. — Assim eu ainda poderia manter uma casa em

Val Royeaux, visitar a Grande Catedral — ele suspirou profundamente. — Ah, bem. Eu posso ser o rei de uma pocilga, mas pelo menos é a minha pocilga, não é?

— Devo enviar outro pedido? A décima quinta jogada pode ser a premiada— perguntou Severan.

— Talvez mais tarde. Vamos ver se podemos vencê-los no cansaço, que tal? — ele ponderou por um momento, e seu olhar ficou sério. — Agora, então. Essa notícia que você traz, é da Retroterra?

— Certamente.

— E aí? Desembucha!

Severan respirou fundo. — A informação que recebi é precisa. O exército rebelde estava exatamente onde deveria estar. O ataque, no entanto, não obteve o resultado desejado. Muitos foram mortos, mas os rebeldes escaparam do cerco.

As sobrancelhas de Meghren levantaram. — Hã?

— Há mais. O Príncipe Maric vive e está com os rebeldes. Ele liderou uma distração e resistiu ao lado de um punhado de homens no topo de um penhasco, antes de fugir com o resto do seu exército — Severan apresentou um grande pedaço de pano. Estava rasgado e sujo, mas a cor púrpura ainda podia ser vista. — Os rebeldes estão inspirados, em vez de desanimados.

Irritado, o rei franziu a testa para Severan enquanto seus dedos tamborilavam no braço do sofá. — Inspirados? Você me disse que ele não estaria lá. O menino deveria ser morto junto com a mãe.

— Ele foi perseguido até um acampamento de bandidos — Severan respondeu devagar. — Eles foram abatidos, mas de alguma forma ele escapou para os Ermos e sobreviveu.

— Então, deixe-me ver se estou entendendo isso corretamente — Meghren continuou a bater os dedos, cada vez com mais força. — Aquele menino, o príncipe incompetente, conseguiu não só escapar de seus homens na floresta, mas também atravessou os Ermos e apareceu são e salvo, a tempo de liderar a defesa do exército rebelde?

— Estou tão incrédula quanto Vossa Majestade — o rosto de Madre Bronach estava endurecido pela raiva. — Seus feitiços não lhe servem de nada, Rei Meghren! Jogue-o no calabouço! Ele serve ao seu orgulho e nada mais!

— E o que você fez para o trono, exceto fornecer uma série de chavões todos inúteis enquanto exige tributos cada vez mais absurdos?

Os olhos da Madre se abriram com indignação. — O Criador nunca permitirá a Ferelden prosperar enquanto mantivermos um câncer em seu coração!

— O seu Criador se foi, como foi dito no próprio Cântico da Luz. Ele abandonou Sua própria criação e não se importa mais conosco. Tudo o que nos resta dele é sua tagarelice inútil, mulher.

— Blasfêmia! — ela gritou.

— Silêncio! — Meghren gritou, seu rosto contorcido em fúria. Madre Bronach se acalmou relutantemente enquanto o rei esfregava as mãos no rosto, frustrado. — Você disse que, sem a amada Rainha, os rebeldes estariam perdidos, Severan. Você disse que você poderia acabar com eles em um sopro.

— Eu... sim, eu disse, Vossa Majestade.

— Orgulho — a sacerdotisa declarou.

Meghren levantou a mão para silenciar a resposta de Severan. — Obviamente, esse tal de Maric é mais competente do que você presumia.

— Talvez — Severan ainda não estava pronto para assumir que o oposto era verdade. — Também é possível que ele tenha conseguido ajuda, de alguma forma. Certamente tem o apoio dos assessores da Rainha. A filha do ex-arl de Rufomonte, Lady Rowan, matou seu primo Felix na batalha, por exemplo.

— Felix? — Meghren deu de ombros. — Eu nunca gostei dele.

— Ainda assim, a espinha dorsal dos rebeldes provou ser muito mais resistente do que eu imaginava. Peço desculpas pelo meu erro,

Vossa Majestade — ele inclinou a cabeça para baixo. — Eu peço por outra oportunidade.

Meghren sorriu maliciosamente. — Você tem algo em mente?

— Eu sempre tenho algo em mente.

O jovem rei riu e olhou para a Grande Sacerdotisa, que observava atentamente com as mãos cruzadas no colo. — Suponho que seu conselho será o mesmo de sempre, minha doce senhora?

— Case com uma filha de Ferelden — disse ela, cansada, como se ela tivesse dito isso muitas vezes antes — e faça um filho. Você não pode governar este país até que seja realmente seu rei.

Todo o humor desapareceu da face do rei. Ele olhou para Madre Bronach, que empalideceu, mas não recuou. — Eu governo este país — ele retrucou — e sou seu rei. É bom que você se lembre disso.

— Eu falo a partir da perspectiva do povo, Vossa Majestade. São pessoas boas, simples, que poderiam aceitá-lo.

— São tolos ignorantes — ele retrucou — e vão me aceitar porque não têm escolha. Enquanto os *chevaliers* estiverem ao meu lado, eu fico — ele se acalmou, esfregando o queixo, pensativo. Em seguida, se voltou para Severan. — Você tem outra chance, bom mago. Vamos tentar fazer as coisas da sua maneira mais uma vez, mas só porque eu não tenho nenhum desejo de casar com uma cadela local. Está claro?

O mago curvou-se novamente. — Eu não vou falhar com Vossa Majestade.

Severan voltou para seus aposentos, muito aliviado de Meghren não o ter enviado de volta para o Círculo dos Magos. Dentro do Círculo, sob o olhar atento de templários do Coro, cada feitiço seu seria analisado e monitorado. Pelo menos como conselheiro do Rei Meghren ele tinha poder, mesmo que precisasse usá-lo com cuidado. Homens como Meghren eram autorizados pelo Círculo a ter um mago como um conselheiro sob a condição de que o mago fosse supervisionado por alguém do Coro. Meghren poderia desafiar os desejos de Madre Bronach só até certo ponto.

Ele amaldiçoou a sorte que tinha feito Príncipe Maric arruinar seus planos. Eram planos excelentes: a linhagem Theirin e o exército rebelde, ambos exterminados. O rei teria sido autorizado a regressar para a corte imperial, e Severan, o herói do dia, poderia até mesmo ser encarregado como governador.

Mas agora? Agora ele tinha que tentar de novo.

Os aposentos de Severan eram escuros, como convinha ao seu humor. Com um aceno de sua mão, a lanterna pendurada na porta começou a queimar brilhantemente. Conforme o quarto era banhado pela luz do fogo, ele notou uma figura encostada em um dos postes de sua grande cama.

— Saudações, meu senhor mago — era uma elfa, bela da maneira que apenas sua raça poderia ser, com pele porcelana e olhos oblíquos de um verde impossível. Estava vestida em couros que acentuavam suas curvas, e seus cachos cor de mel escorriam em cascatas sobre seus ombros delicados. Ela era uma espiã, é claro. Como a bainha de seu punhal estava à mostra em sua cintura, ela provavelmente não estava ali para matá-lo. Se ele estivesse errado, ela certamente poderia tentar.

— Você gosta de ficar em pé em salas escuras? — atravessando seus aposentos, passou por ela e rapidamente recolheu os muitos papéis que estavam espalhados em sua mesa.

Ela riu, olhando-o com grande interesse. — Se o meu propósito aqui fosse ler suas preciosas cartas, você não acha que eu já teria feito isso, meu senhor?

— Talvez você tenha feito. Se assim for, então eu deveria executá-la, não?

— Você me convidou até aqui.

Ele largou os papéis devagar, balançando a cabeça. — Você é a barda, então.

— Eu mesma — ela se inclinou educadamente para frente. — Nosso amigo mútuo em Val Chevans manda lembranças, assim como manda a mim.

Severan deu um passo na direção dela, tomando seu delicado queixo em sua mão e virando o rosto dela de um lado para o outro, de modo a examiná-lo com mais cuidado. Ela sequer piscou. — Ele me mandou um elfo? Você parece estar muito bem arrumada para alguém de sua espécie.

— Eu posso não estar tanto assim, meu senhor.

— Disso eu não tenho nenhuma dúvida — bardos em Orlais tinham uma reputação notória. Eles se disfarçavam como menestréis ou atores, viajando de corte em corte no Império para entreter seus patronos nobres enquanto coletavam e vendiam segredos. A política no Império era um negócio desonesto, e, assim sendo, bardos nunca estavam em falta. Alguém poderia pensar que a nobreza deveria simplesmente parar de receber artistas em suas cortes, mas a verdade é que a possibilidade de qualquer menestrel viajante ser um espião perigoso garantia a eles certo fascínio exótico. Ser importante o suficiente para ser espionado, e corajoso o bastante para receber um possível espião, era tentação demais para qualquer aristocrata que se preze.

— Se o senhor acha que um elfo não pode fazer o é preciso...

— Não — ele soltou seu queixo. — Basta lembrar o seu lugar. Tenho um contrato com seu mestre, e isso significa que você é minha agora — seu olhar era gelado como aço, e ficou satisfeito ao ver que ela não recuou. Ele se perguntou se havia um único elfo em Fereldern que poderia fazer o mesmo. — Obtenha sucesso em sua tarefa e você será recompensada. Falhe e você vai acabar mendigando por sobras no Alienário junto com seus amigos orelhudos. Fui claro?

Ela ficou em silêncio por um momento, o rosto assumindo uma aparência serena. Então, curvou-se para frente novamente. — Muito claro — disse suavemente. — Fui informada que o contrato é para uma única missão, certo? — afastando-se dele, ela sentou na ponta da cama e fitou-o com um olhar convidativo. — É uma tarefa de... natureza pessoal?

— Não há necessidade de tentar me agradar — ele acenou para ela com desprezo. — Você sabe quem é o Príncipe Maric?

A elfa fez uma pausa, pensando. — Sim, acho que sim — disse ela, seu tom agora bastante prático. — O filho da verdadeira Rainha de Ferelden, escondido com ela em algum lugar do país? Não é isso?

— A Rainha Rebelde está morta. Você pode ter visto a cabeça dela à mostra nos portões do castelo.

— Ah, então era aquilo? Ela estava me parecendo um pouco verde e pútrida. Rainha não foi a primeira palavra que veio a minha mente.

— No entanto, o rapaz é seu herdeiro. E está vivo. Eu preciso que você se aproxime dele.

A elfa considerou a ideia, girando um de seus cachos entre os dedos, pensativa. — Isso vai levar tempo.

— Nós temos tempo.

— Devemos negociar a minha recompensa, então?

— Complete a missão — disse ele com desdém. — Depois disso, o Rei Meghren pode e irá fornecer qualquer recompensa que você desejar.

Ela se levantou da cama e, em seguida, curvou-se novamente, desta vez baixa e servil. — Então parece que você tem uma barda a sua disposição, meu senhor.

Severan balançou a cabeça, satisfeito. Mais uma chance para destruir a rebelião.

À distância, ele ouviu os sons abafados de risos forçados na sala do trono. O riso era intercalado por alguém gritando de dor, provavelmente para a diversão de Meghren. Era a única razão pela qual o rei se divertia em tais reuniões. Alguém sempre tinha que sofrer antes de a noite terminar.

    Alguém sempre tinha que sofrer.

7

NOS MESES APÓS a retirada do vale, as coisas estavam tão difíceis para o exército rebelde quanto Arl Rendorn havia previsto. Avançar pelas colinas ocidentais tornou o terreno muito perigoso para que as forças do usurpador continuassem a perseguição, mas deixou os rebeldes em um território desolado, com pouca comida ou suprimentos. Eles pescavam nos rios da montanha e caçavam nos parcos bosques da região, mas ainda assim os homens passavam fome. Com poucas tendas apropriadas, alguns cobertores e quase nenhuma maneira de manterem-se ocupados ou entretidos, eles estavam irritados, inquietos, e preocupados com a falta de recursos.

Eles também não foram deixados em paz durante esses meses. Pequenos grupos de soldados do rei faziam incursões ocasionais até as colinas para sondar as defesas rebeldes, uma ameaça que os manteve vigilantes. Porém, completamente exaustos, ficava cada vez mais difícil manter a vigília. Quando um pequeno grupo de soldados inimigos conseguiu chegar até a tenda dos comandantes e foram eliminados por guardas a menos de dez metros de onde Maric comia sua escassa janta, Arl Rendorn determinou que já não podiam mais se dar ao luxo de ficar escondidos nas colinas.

Foi Loghain quem liderou os primeiros pequenos grupos de arqueiros sob a proteção da escuridão. Elfos enxergavam melhor na escuridão do que os humanos, de modo que ele recrutou os poucos que marchavam com os rebeldes para se juntarem ao seu grupo. Embora surpreendidos pela súbita mudança de cargo, eles rapidamente provaram serem capazes para o desafio. Em poucas semanas, tinham acumulado uma contagem impressionante de abates, o bastante para fazer o inimigo temer as aparições dos chamados "elfos noturnos" em seus acampamentos. Foi um título que Loghain assumiu para o seu grupo como prova de coragem.

O inimigo não conseguia reagir aos constantes ataques, espalhado como estava em sua luta para manter os rebeldes isolados e famintos nas colinas. Os ataques ganharam ainda mais força quando Rowan marchou com seus cavaleiros para fazer saques durante o dia. Caso o inimigo se atrevesse a segui-los de volta para as montanhas, Maric e o Arl os emboscavam nas passagens estreitas.

Os rebeldes tiveram perdas, mas estavam causando estragos ainda maiores no exército inimigo. Mesmo assim, foi um grande alívio para os exaustos rebeldes quando seus batedores finalmente relataram que o inimigo estava recuando para uma distância segura das montanhas.

Depois de dias o Arl deu a ordem para marchar, e o exército foi dividido em quatro grupos que escaparam pelas passagens do norte sob a luz da lua cheia. Foi uma noite tensa de uma lenta marcha iluminada apenas por tochas, mas foram bem sucedidos. Os acampamentos inimigos não perceberam a movimentação, e antes do amanhecer o exército rebelde estava quase na margem sul do grande Lago Calenhad.

Aqui havia inúmeras fazendas amigáveis à causa, dispostas a negociar e até mesmo doar um pouco de ajuda em segredo. Mensageiros foram enviados para várias das aldeias locais, e até mesmo até Rufomonte, para angariar suprimentos.

Quando os primeiros desses suprimentos começaram a chegar ao acampamento, a celebração era tão espontânea quanto exultante. Uma mera barra de sabão foi o bastante para fazer Rowan e Maric sapatearem de alegria. Morder uma maçã fresca era uma sensação celestial. Cobertores também vieram, com novas tendas e medicamentos. Naquela noite houve música, risos e dança em volta das fogueiras e, por uma única madrugada, a guerra foi esquecida.

Arl Rendorn concedeu a Loghain o posto de tenente e transformou os Elfos da Noite em uma companhia oficial. Relutante em aceitar a honra, Loghain a acatou só depois de ter sido seduzido por seus colegas arqueiros e provocado por Rowan. Maric entregou-lhe a capa vermelha que servia como uniforme para sua nova posição em uma breve cerimônia na frente de todo o exército. Loghain parecia claramente desconfortável, menosprezando a necessidade de tal exibição, mas a alegria dos homens era tão vigorosa que nem mesmo ele poderia negar o efeito positivo que teve na moral das tropas.

Motivos para comemorar, afinal, eram raros.

O exército rebelde tinha perdido muitos de seus homens, e tornou-se evidente que maior parte de Ferelden assumia que a rebelião havia morrido com sua rainha. Era uma ideia de que o usurpador se esforçou para proliferar.

Ainda assim, muitos estavam dispostos a oferecer ajuda, não importa o quão discretamente. Depois de meses viajando ao longo das montanhas e para o leste beirando as costas rochosas, o exército encontrou abrigo nas florestas próximas do porto costeiro de Amarantina. Quaisquer que fossem suas razões, Arl Byron de Amarantina ignorou a presença dos rebeldes e sutilmente deu a entender que eles poderiam permanecer, por enquanto. Não era a primeira vez que os rebeldes precisavam confiar em alguém que fingia não vê-los e Maric aceitou a generosidade de Arl Byron, mesmo que temporariamente.

Para Maric, sua principal tarefa era recuperar as baixas de seu exército. Isso significava se dividir para que pudessem cobrir mais terreno a espalhar a palavra, pelo menos por um tempo. E apesar de Arl Rendorn ficar mortalmente preocupado com os riscos disso, concordou que o esforço era necessário.

Rowan e Loghain foram os primeiros a partir, embora essa formação tenha sido a causa de muitas brigas. Nenhum dos dois estava disposto a sair do lado de Maric, e a ideia de viajar juntos não os agradava nem um pouco, mas, no fim, a insistência de Maric venceu. Eles deixaram o acampamento relutantes, levando consigo um punhado de rebeldes que estavam familiarizados com o bannorn, o coração das terras férteis ao centro de Ferelden. Durante meses viajaram juntos, acampando sempre que possível, enquanto Rowan e Loghain faziam viagens curtas a aldeias próximas falar sobre a causa rebelde. Ocasionalmente, faziam visitas a um dos Banns locais que pareciam estar abertos a propostas.

Rowan se impressionou com a capacidade de Loghain em avaliar rapidamente se um Bann estava interessado de verdade na causa ou apenas ansioso para ganhar favores com o rei, tentando capturá-los. Certa vez ela havia ficado enfurecida com Loghain quando ele a puxou para longe de uma mesa de jantar sem explicação, apenas para notar tarde demais que guardas estavam sendo posicionados discretamente nas sombras. Ele tinha notado a traição, mas ela não. Os dois foram forçados a lutar juntos para escapar da armadilha.

Em tais situações, Loghain nunca a tratava como se ela precisasse de qualquer tipo de proteção especial. Ele esperava que a espada dela fosse tão hábil e feroz quanto a sua, e ela tinha certeza que era.

Após ficarem em uma determinada área por tempo demais, geralmente fugiam rapidamente, muitas vezes perseguidos por agentes de um nobre ou outro. Interessados em vendê-los para o inimigo nunca estavam em falta, especialmente agora, quando todos os sinais indicavam que o usurpador havia finalmente vencido.

De vez em quando, os sinceros apelos de Rowan encontravam um público em Banns cujas fortunas haviam diminuído e que sentiam saudade de tempos mais justos. Os orlesianos pesavam sobre o bannorn, com os tantos impostos que faziam mais estragos do que qualquer exército saqueador. O medo, no entanto, fazia com que muitos hesitassem em considerar ajudar os rebeldes, especialmente quando aquela parecia ser uma causa perdida. Muitos exemplos explícitos tinham sido feitos pelo usurpador: carcaças em decomposição penduradas em gaiolas estavam em quase todas as encruzilhadas das estradas, mostrando exemplos claros de como era a justiça imperial.

Ainda assim, a força de vontade do povo de Ferelden não havia sido completamente destruída, e Rowan e Loghain viram as evidências dessa teimosia e independência durante seus meses de viagem no coração do país. Homens com pouco mais do que trapos em suas costas e pele em seus ossos ouviam Loghain contar-lhes que o Príncipe Maric estava vivo, e seus olhos brilhavam com uma determinação feroz, uma esperança de que talvez nem tudo estivesse perdido. Homens velhos cuspiam furiosamente nas lareiras das tabernas e falavam dos dias em que o avô de Maric ainda governava, da grande guerra com Orlais e a amarga derrota que se seguiu. Aqueles que escutavam das sombras balançam a cabeça tristemente, e um ou dois acabavam abordando Rowan e Loghain sobre alistamento.

A beligerância que Rowan sentiu no seu primeiro encontro com Loghain gradualmente desapareceu, embora ela não tivesse certeza do motivo, e foi substituída por algo que variava entre cortesia cavalheiresca e indiferença. Loghain era naturalmente quieto, mas bastava Rowan começar a acreditar que estavam finalmente formando uma amizade, e ele logo se afastava de volta para a frieza habitual.

Na verdade, a única vez em que Loghain disse a ela algo com verdadeira significância foi em uma noite no meio do inverno. Eles foram acampar no bosque para evitar uma dupla de caçadores de recompensa que Rowan acreditava terem sido contratados por Bann Ceorlic. Os dois estavam sentados em lados opostos da pequena fogueira, tremendo em seus cobertores de lã. A respiração saia de suas bocas como fumaça branca e Rowan considerou pedir mais uma vez para atiçar as chamas. A resposta de Loghain, sem dúvidas, seria um olhar cínico. Um fogo muito forte revelaria posição deles, ela sabia bem disso. Mas congelar até a morte não parecia ser uma alternativa muito útil.

Logo depois, Rowan olhou através do fogo e percebeu que Loghain estava olhando para ela. Ele não disse nada, e a intensidade daqueles olhos azuis gelados fez seu coração pular uma batida. Ela desviou o olhar rapidamente, enrolando o cobertor a sua volta com mais força enquanto batia os dentes de frio. Há quanto tempo ele a estava observando?

— Eu não lhe agradeci — ele disse enfim.

Ela olhou em sua direção, confusa.

— Me agradecer pelo quê?.

— Na batalha, você foi a meu socorro — ele sorriu com tristeza.
— Eu lhe devo um agradecimento.

— Não há necessidade...

— Não — ele a interrompeu. Ela olhou com fascínio enquanto ele puxava muito ar para dentro de seus pulmões, como se estivesse se preparando para fazer uma confissão muito difícil. Em seguida, olhou diretamente pra ela, tentando garantir que a sinceridade em seus olhos fosse notada. — Eu sei o que você fez, e eu sou grato. Eu deveria ter lhe disse isso antes

De repente, ela não estava mais com tanto frio.

Loghain acenou com a cabeça e silenciosamente voltou sua atenção para o fogo. Ele voltou a se aquecer como se nada tivesse acontecido, e ela não sabia o que dizer em resposta. Então não disse nada.

No fim das contas, a relação dos dois fez pouca diferença, pois eles sempre tinham muito que fazer durante os meses em que viajaram juntos. Muitas vezes, precisaram lutar para sobreviver. Rowan preferia companheiros de viagem mais sociáveis, mas não podia negar que a competência de Loghain a salvou do perigo muitas vezes. Se ele lhe devia alguma coisa por ela ter desafiando seu pai, certamente já teria pago a essa altura. Ela conseguiu entender porque Maric gostava tanto dele.

Maric, por sua vez, também estava passando um tempo na estrada. Durante todo o inverno, ele viajou secretamente com o mago Wilhelm e uma pequena guarda de honra para visitar os nobres que tinham oferecido apoio aos rebeldes anteriormente. Ele foi para lembrá-los de que a rebelião não acabou, e convencê-los a oferecer seus homens para a causa.

A lição da morte de sua mãe ainda estava fresca em sua mente, é claro. Ele nunca confiou sua segurança a qualquer um desses homens e mulheres, apesar de seus laços passados. Eram tempos de desespero, e se a rainha foi enganada por homens como Bann Ceorlic, então ele também poderia ser. Cada reunião era cuidadosamente preparada com a ajuda do mal-humorado mago, que se preocupava com cada detalhe dos encontros. Nas poucas ocasiões em que um dos nobres tentou emboscá-los, o surgimento súbito de um imenso golem de pedra resolvia facilmente o combate para os rebeldes.

O que mais ajudou Maric durante os longos meses de campanha foi a impopularidade do usurpador. Governando através do medo, Meghren não escondia sua antipatia com seus próprios vassalos. Isso significava que a maioria dos lordes que Maric procurou estavam, no mínimo, dispostos a ouvir e oferecer simpatia, mesmo que continuassem céticos em relação à causa rebelde. Unir-se à causa, afinal, os obrigava a abandonar o próprio lar. Era entregar suas terras ancestrais para um senhor orelsiano que iria maltratá-las até nada mais restar. Muitos dos nobres não desejavam submeter seus servos a tal tratamento.

Somente os realmente desesperados se juntavam aos rebeldes. O que deixava Maric otimista, apesar de triste, era que, mais e mais nobres estavam cedendo ao desespero com o passar dos meses.

Maric estava ouvindo relatos cada vez mais frequentes de banns que haviam sido expulsos de suas propriedades oferecendo suas forças ao exército rebelde. O Rei Meghren ganhava um aliado orlesiano sempre que entregava as terras de um bann para seus conterrâneos, mas Maric ganhava um rebelde leal e determinado na transação.

O problema de verdade começou na primavera, quando rumores de um pequeno grupo de viajantes estranhos acompanhados por um golem começaram a circular. Quando os homens do usurpador foram atrás deles, Maric foi forçado a fugir para salvar a vida de sua trupe. Wilhelm insistiu que retornassem para o exército, mas em vez disso, Maric desviou sua rota para o norte e viajou em direção ao Forte Kinloch, a antiga torre que servia como o Círculo de Magos do país. Era uma imensa construção que se erguia do meio do lago Calenhad. As impressionantes ruínas da antiga ponte construída na época do Imperium ainda podiam ser vistas ao redor da torre, mas atualmente era necessário usar barcos para alcançá-la.

Os magos eram ostensivamente neutros em qualquer conflito político, e o Primeiro Encantador recebeu Maric com nervosismo na entrada da torre. Ele era um homem minúsculo, quase encarquilhado em sua idade avançada, e informou-lhe com a voz trêmula que a Grande Sacerdotisa também estava visitando o Círculo. A implicação era clara: o Coro ainda não sabia sobre a chegada de Maric e os magos ficariam muito agradecidos se ele pudesse simplesmente partir sem ressentimentos.

Sua preocupação era compreensível. O Coro mantinha os Círculos de Magos sob escrutínio constante e desconfiado. Se houvesse a mínima suspeita do envolvimento de magos com a rebelião, os templários seriam lançados contra eles como cães furiosos. Muito provavelmente até mesmo a presença de Wilhelm era motivo para alarme.

Ainda assim, Maric nunca havia encontrado a Madre Bronach pessoalmente. Ele a conhecia apenas por reputação. Em que outra oportunidade teria a chance de encontrar a mulher sem que ela estivesse rodeada por um exército de templários?

O Primeiro Encantador empalideceu quando Maric explicou sua intenção. O jovem quase sentiu pena do homem. Depois de uma agitação de muito barulho e dezenas de mensagens sucintas trocadas com a comitiva da Grande Sacerdotisa, Maric foi finalmente levado sozinho à câmara de reuniões abobadada no coração da torre.

Era uma sala impressionante, com grandes colunas que alcançavam o teto, 30 metros acima, onde centenas de pequenas lâmpadas de vidro brilhavam magicamente para formar o que se parecia com um céu noturno estrelado. Normalmente, aquele lugar servia como fórum de debates para os magos mais experientes do Círculo, mas hoje serviria como terreno neutro. A Grande Sacerdotisa sentou-se sozinha, envolta em suas vestes vermelhas brilhantes, e ritmicamente tamborilou os dedos murchos em sua cadeira. Quando Maric se aproximou, ela o olhou em tom acusatório, mas não se dignou a reconhecê-lo de outra maneira.

Ele estava suando em bicas. A câmara era grande demais para apenas duas pessoas. Ele sentiu-se pequeno e insignificante.

— Príncipe Maric — ela disse com polidez forçada quando ele se aproximou.

Ele caiu de joelhos e abaixou a cabeça em uma demonstração de respeito — Madre Bronach.

Um silêncio tenso se seguiu, após o qual Maric se levantou novamente. A sacerdotisa olhou-o com interesse, não totalmente descontente com a sua demonstração de cordialidade.

— Você tem sorte — ela disse secamente — que não estou aqui com uma guarda de honra adequada. Eu teria o aprisionado imediatamente. Certamente você entende.

— Nós não estaríamos conversando, se fosse esse o caso.

— De fato — ela bateu os dedos na cadeira novamente, e Maric teve a sensação de que ela estava estudando-o. Procurando por uma fraqueza, talvez? Tentando avaliar se ele combinava com a sua rasa reputação? Ele não tinha certeza. — Você é andrastiano, garoto? Acredita no Criador e em seu Coro?

Ele assentiu. — Minha mãe me ensinou a Cântico da Luz.

— Então, se entregue ao verdadeiro líder de Ferelden. Acabe com essa bobagem.

— Não é uma bobagem — retrucou. — Como pode o Coro apoiar um orlesiano no trono de Ferelden?

Suas sobrancelhas se ergueram. Madre Bronach não estava acostumada a ser questionada, ele supôs. — É a vontade do Criador — disse ela com forçada paciência.

— Ele é um tirano!

Ela fez uma pausa, franzindo os lábios enquanto o observava. — Me responda. Quantas vidas inocentes sua mãe desperdiçou nesta luta sem esperança? E quantas você irá desperdiçar? O seu povo não merece paz?

Maric sentia a raiva borbulhando dentro de si, ameaçando explodir a qualquer momento. Como ela ousava? Ele encurtou a distância entre eles, marchando até sua cadeira e parando diretamente em frente a ela, os punhos cerrados ao lado do corpo. Era tudo o que podia fazer para evitar estrangulá-la ali mesmo. Ela ainda era a Grande Sacerdotisa e merecia respeito, apesar de sua arrogância. Precisava se lembrar disso.

Ele respirou lentamente, tentando se acalmar. A Madre Bronach o observou, aparentemente sem se intimidar com a sua proximidade e sua ameaça tácita. Porém, ele conseguia notar que ela estava nervosa. Ele podia notar uma única gota de suor se formando na testa dela, percebia como seus olhos exploravam todas as rotas de fuga nas proximidades.

— É verdade — ele perguntou friamente — que ele empalou a cabeça de minha mãe em uma lança perto do palácio de Denerim? A minha mãe, sua rainha legítima?

Um longo minuto se passou enquanto eles se fitavam. Finalmente, Madre Bronach levantou imperiosamente de sua cadeira.

— Vejo que não há nada para nós discutirmos aqui — disse ela, com a voz trêmula. — Você é um rapaz impertinente. Eu sugiro que você pegue seus homens e fuja enquanto pode, e ore para o Criador por mais misericórdia do que a sua mãe recebeu — e com isso, se virou e saiu da sala. Os joelhos de Maric viraram geleia assim que a perdeu de vista.

A breve reunião de Maric com o Primeiro Encantador não foi muito melhor. O Círculo de Magos não estava disposto a abandonar sua neutralidade. Na melhor das hipóteses, estavam dispostos a ignorar o fato de que um deles estava ajudando os rebeldes. Maric supôs que ele não poderia esperar por mais do que isso. A viagem até a torre tinha ajudado muito pouco a causa rebelde.

Ainda assim, encontrar a Grande Sacerdotisa cara a cara deve ter valido alguma coisa, pensou. Mesmo se ela o achasse rude e despreparado, pelo menos ele tinha olhado nos olhos dela, uma das assessoras mais próximas do usurpador, sem fraquejar. Ela havia deixado o Forte Kinloch com pressa, sem dúvidas, dirigindo-se a toda velocidade de volta ao palácio. Mas Maric foi embora da torre muito antes que ela pudesse enviar alguém para capturá-lo.

O reencontro nas florestas perto de Amarantina foi alegre. Arl Rendorn recebeu Maric quando ele voltou, bem como Rowan e Loghain. Todos estavam exaustos, mas felizes de ver que os outros haviam retornado com segurança. Rowan correu para abraçar Maric e provocá-lo sobre a barba que cresceu em seu rosto durante o inverno, e se Loghain assistiu a essa cena em silêncio, nenhum deles notou. Maric estava ansioso para ouvir as histórias dos meses passados no bannorn, e naquela primeira noite no acampamento ficaram acordados até tarde, bebendo e narrando aventuras uns para os outros.

Essa reunião provou ser o único sossego que teriam por algum tempo. Arl Rendorn já havia sido advertido de que a posição de seu exército estava se tornando conhecida; eles ficaram parados em um só lugar por muito mais tempo do que já haviam ousado antes. Pequenos grupos de recrutas estavam constantemente marchando para encontrá-los na floresta ao longo dos últimos meses, e a notícia se espalhou rapidamente. Quando um mensageiro secreto do arl veio de Amarantina para avisar que as forças do usurpador estavam a caminho, desmontaram o acampamento rapidamente.

Maric disse para Arl Rendorn que tinha uma coisa a fazer antes que pudessem partir. Ele convocou Loghain e, juntos, fizeram uma visita ao Arl Byron. Loghain sugeriu que era tolo de tentar, mas Maric não se importava.

O jovem arl saiu de sua propriedade em Amarantina quando eles se aproximaram, ladeado por seus guardas. Ele acenou amigavelmente para Maric.

— Vossa Alteza — ele os cumprimentou. — Eu tenho que admitir que estou um pouco surpreso de ainda vê-lo aqui. Será que você não recebeu a minha mensagem?

Maric assentiu. — Eu recebi, Excelência. Eu queria agradecê-lo por enviá-la.

O homem acenou com a cabeça, sua expressão ilegível. — Isso foi... o mínimo que poderia fazer.

— O mínimo — Loghain rosnou enfaticamente.

Maric lançou um olhar zangado para Loghain, que abaixou a cabeça, mas não pediu desculpas. — O que vim lhe dizer — afirmou, olhando para Arl Byron — é que nós somos gratos por todos esses meses em que você nos forneceu abrigo. Espero que nada de mal lhe aconteça como resultado. Ele curvou-se para o arl, que parecia confuso e pouco fez além de murmurar gentilezas conforme Maric e Loghain se retiravam.

Maric nunca esperou muito dele. A resposta confusa do arl forçou Maric a concordar de má vontade com a avaliação de Loghain: poderiam não ter perdido esse tempo. Assim sendo, quando o exército rebelde começou sua marcha na manhã seguinte, Maric ficou chocado ao encontrar uma companhia de soldados vestindo o brasonário de Amarantina assim que deixaram os limites da floresta.

Os soldados não estavam lá para emboscá-los. Arl Byron estava defronte a seus homens e silenciosamente, na frente de todos, ajoelhou-se perante Maric.

— O usurpador pode tomar minha terra — disse ele, com a voz cheia de emoção. — Mandei minha esposa e filhos para o norte, e trouxe comigo todos os homens leais que tenho e todos os suprimentos que consegui. Quando ele olhou para Maric, as lágrimas brotaram em seus olhos. — E se... se Vossa Majestade me aceitar, eu ficaria feliz em oferecer meu serviço à rebelião, e imploro seu perdão por não ter a coragem de oferecê-lo mais cedo.

Maric ficou sem palavras, e foi só ao ouvir a torcida tanto dos homens do Arl quanto dos seus próprios, que ele se lembrou de aceitar a proposta.

Batalhas se seguiram à fuga de Amarantina, a primeira quando o exército rebelde tentou fugir dos homens do usurpador enquanto se dirigiam para as montanhas a oeste, e depois quando Arl Rendorn decidiu que eles precisavam tomar a ofensiva. Uma série de pequenas batalhas travadas durante o período de chuvas da primavera levou as forças despreparadas do usurpador a bater em retirada. Uma força maior que Meghren enviou em um acesso de fúria chegou semanas depois, mas o exército rebelde já estava bem longe de lá.

Nos dois anos que se seguiram, foi assim que o exército rebelde sobreviveu.

Verdadeiras batalhas eram poucas e distantes entre si, e vida dos rebeldes consistia principalmente em esperar. Semanas se passavam em acampamentos encharcados pelas chuvas de verão ou cobertos com a pesada neve do inverno, à espera de alguma movimentação do inimigo ou de alguma oportunidade para atacá-los. Quando não estavam esperando, estavam marchando pelas partes mais remotas de Ferelden, fugindo de uma força inimiga particularmente ameaçadora ou em busca de um novo lugar para se esconder e esperar.

Apenas uma vez o usurpador conquistou uma vantagem perigosa sobre eles. Uma caravana levemente armada trazendo suprimentos de Orlais no início do inverno provou ser um alvo muito tentador, e só muito tarde Arl Rendorn percebeu que era uma armadilha. Antes que os rebeldes descobrissem sobre isso, centenas de *chevaliers* orlesianos surgiram das montanhas, onde estavam escondidos no meio das rochas, as armaduras prateadas e lanças brilhando na neve. Eles teriam flanqueado a maior parte da força rebelde caso Loghain e seus Elfos Noturnos não tivessem agido rapidamente.

Loghain e os elfos correram para as colinas, a fim de interceptar a investida dos *chevaliers*. A chuva de flechas obrigou-os a parar e lidar com os arqueiros em vez de terminar sua manobra de flanco. Mas os elfos, em armaduras leves, não eram páreos para os inimigos fortemente armados, e mais da metade deles foi abatida quando os orlesianos avançaram em suas posições. O próprio Loghain foi ferido por uma lança.

O sacrifício, no entanto, permitiu que Maric cancelasse o ataque à caravana, e os rebeldes recuaram em segurança. Insistindo em ir ao resgate de Loghain, Maric lançou as forças rebeldes de encontro direto com os *chevaliers* nas colinas. As baixas foram muitas, mas Loghain e os outros sobreviventes de sua trupe foram salvos antes que Arl Rendorn finalmente ordenasse uma retirada completa. Os *chevaliers* tentaram perseguir, mas desistiram quando perceberam que isso poderia colocá-los em uma situação delicada. A armadilha havia falhado.

Outras batalhas foram escolhidas com mais cuidado. Arl Rendorn foi quem tomou a decisão na maioria das vezes, e quando ele e Maric divergiam em opinião, a vasta experiência do arl sempre acabava vencendo.

Essas discussões perdidas não eram coisas que Maric levava na esportiva. Por dias ele ficava recluso, emburrado e irritado com a ideia de que eles não o levavam a sério. Queixou-se de ser tratado como uma figura decorativa, apesar de o arl afirmar várias vezes que não era assim. Certa vez, Maric entrou em uma reunião do arl e tanto Rowan e Loghain perceberam um pouco tarde demais que ele não havia sido convidado. Depois disso, ele passou quase uma semana bêbado e miserável, evitando todos, até que finalmente Loghain foi encontrá-lo para dizer que ele estava agindo como uma criança idiota e arrastá-lo de volta ao acampamento. Por alguma razão isso pareceu acalmar Maric consideravelmente.

Depois disso, Maric fez grandes esforços para garantir que a sua presença fosse notada de outras maneiras. Convencido de que deveria compartilhar o perigo com seus homens, ele insistiu em lutar na linha de frente de todas as batalhas. Os soldados o assistiam marchando à frente deles, o manto púrpura esvoaçando e a armadura dos anões brilhando intensamente. Eles o adoravam, e Maric não dava nenhuma indicação de que sabia o quanto.

Rowan ficava realmente preocupada nas ocasiões em que Maric era retirado do campo de batalha, sangrando muito de algum corte horrível em seu corpo. Wilhelm vinha correndo usar sua magia de cura, mesmo enquanto Rowan gritava furiosamente com o noivo. Maric sorria em meio à dor e dizia que ela estava exagerando.

Então Loghain chegava da batalha, ainda coberto de sangue e suor. Ele dava uma olhada em Maric, franzia a testa e declarava que, como Maric havia sobrevivido, tudo estava bem. Rowan saía de perto deles enfurecida, resmungando da idiotice dos amigos, enquanto Maric e Loghain compartilhavam um sorriso discreto.

Os três se aproximaram cada vez mais ao longo dos dois anos. Lutavam juntos nas batalhas, e Arl Rendorn incluía cada vez mais

Loghain nas discussões de planejamento. Na verdade, o arl elogiava constantemente as habilidades de Loghain e uma vez sugeriu que, se o pai de Loghain havia sido o único a treinar o rapaz, era uma tragédia que ele tivesse deixado o serviço do trono. "As coisas poderiam ter sido diferentes", disse o arl, e ele gostaria de ter conhecido o homem.

Loghain aceitou o cumprimento com seu habitual silêncio estoico, e seus pensamentos continuavam sendo um mistério para todos além de si mesmo.

Durante as longas semanas que passavam acampados, Loghain dedicou grande parte de seu tempo treinando Maric nas nuances da esgrima e do arco. Ele dizia que Maric era um péssimo aluno, mas a verdade era que suas sessões de treinamento se tornaram uma desculpa para que passassem algum tempo na companhia um do outro. Maric considerava Loghain infinitamente fascinante, e sempre tentava extrair do homem silencioso uma história sobre seus dias como um fora da lei, pedindo e insistindo até que ele finalmente cedesse por puro cansaço. O charme quase ilimitado de Maric aparentemente era capaz de desarmar quase qualquer um, e não demorou muito para que Maric e Loghain se tornassem uma dupla inseparável nos campos de treinamento.

Rowan muitas vezes assistia às sessões, se divertido com as constantes brigas e brincadeiras entre Maric e Loghain. Fora dos Elfos Noturnos, Loghain era considerado um homem taciturno e até mesmo hostil. Maric tinha uma capacidade de expô-lo, ela observou, que fora incapaz de replicar durante os meses em que viajaram juntos pelo bannorn. Muitas vezes ela tirava sarro das técnicas de espada de Loghain, principalmente porque isso o irritava e, portanto, divertia Maric. Certa vez, Loghain ficou tão nervoso com os comentários de Rowan que, fervendo de raiva, a desafiou para um duelo para definir de uma vez por todas qual dos dois sabia mais sobre esgrima. Sorrindo, ela aceitou.

Maric ficou incrivelmente animado com a ideia, e imediatamente correu por todo o acampamento rebelde anunciando que um duelo estava prestes a ocorrer. Em uma hora, Loghain e Rowan se encontraram no meio de centenas de homens animados.

Nervoso com o tamanho da plateia, Loghain virou-se para Rowan. — Você realmente deseja prosseguir? — perguntou para ela, sua expressão solene.

— Acredito que foi você quem me desafiou.

— Então eu retiro o desafio — disse ele instantaneamente. — E peço desculpas por perder meu temperamento. Isso não vai acontecer novamente.

Em meio às vaias e sons de decepção dos soldados ao redor, foi Rowan quem perdeu o temperamento. — Eu não aceito a sua desistência — ela respondeu — desde que você lute com o máximo de suas capacidades. Você quer ver qual de nós sabe como usar melhor uma espada? Pois eu também quero.

Loghain olhou para Rowan, se perguntando se ela estava mesmo falando sério. Ela não disse nada. Em vez disso, desembainhou sua espada e olhou para ele com confiança. Depois de um longo minuto, ele finalmente assentiu com a cabeça, fazendo a multidão vibrar de alegria.

Loghain era mais forte, mas Rowan era mais rápida e, talvez, mais determinada. Suas fintas iniciais tiraram aplausos ruidosos do público, e, em seguida, trocaram uma série de golpes para testar as defesas um do outro. Rowan logo percebeu que Loghain não estava lutando com seriedade e, enfurecida, disparou um golpe extremamente rápido contra seu adversário, fazendo um corte longo em sua coxa. Ele recusou ajuda, olhando severamente para Rowan por um momento antes de acenar com a cabeça. Se era assim que ela queria, era assim que seria.

A batalha seguinte durou quase uma hora e foi a conversa do campo durante meses a fio. Loghain e Rowan lutaram ferozmente, cada um dando o máximo, e os dois estavam sangrando antes do final. Um corte na testa de Rowan fez sangue escorrer por seus olhos e deu a Loghain a oportunidade de executar seu golpe final. Só no último segundo ela rolou para longe e, em seguida, acenou com sua espada na direção dele respeitosamente, convidando-o mais uma vez para a luta. Com ambos exaustos, feridos e suando, Maric tentou acabar com o duelo anunciando um empate. Sem parar de olhar para Loghain, Rowan recusou a oferta com um aceno de mão.

Minutos depois, Loghain executou um golpe inesperado de baixo para cima com sua lâmina, desarmando Rowan. A plateia bateu palmas animadamente enquanto a espada dela voava para longe. Mas, em vez de desistir ou correr para recuperar sua arma, Rowan chutou a canela de Loghain, fazendo-o tropeçar, e saltou para agarrar sua espada. Os dois lutaram pelo controle da lâmina, rolando no chão, suor se misturando ao sangue. Finalmente Loghain chutou Rowan para longe, e o público celebrou quando ele pôs-se de pé em um salto, sua espada apontada para a garganta da cavaleira.

Ela olhou para a espada, sua respiração irregular e sangue ainda escorrendo em seus olhos. Loghain estava igualmente ofegante, pálido e manco. Ele estendeu a mão para Rowan e ela aceitou relutantemente, permitindo que a levantasse do chão. O público foi à loucura, gritando em aprovação.

A comemoração se tornou ainda mais ruidosa quando Rowan apertou a mão de Loghain, felicitando-o. Ela então vacilou de fraqueza e ameaçou cair. Maric correu para agarrá-la. Ela riu enquanto ele chamava Wilhelm, dizendo que talvez Loghain fosse um bom instrutor, no fim das contas.

Mais tarde, enquanto Maric esperava do lado de fora da tenda onde Wilhelm estava ocupado cuidando das feridas de Rowan, Loghain surgiu mancando e se desculpou solenemente. Ele tinha deixado se levar pelo seu orgulho, disse, e quase feriu a futura rainha. Maric escutou, de olhos arregalados, antes de começar a rir. Ele disse que, de sua perspectiva, o contrário também era verdade. Loghain acenou com gravidade, e o assunto foi encerrado ali.

Quando a primavera derreteu os montes de neve deixados pelo duro inverno que se passou, Maric lembrou que já haviam se passado quase três anos desde que sua mãe fora assassinada. Apesar de o progresso ter sido lento e arrastado, seu exército rebelde conseguiu sobreviver e continuava a frustrar as tentativas do usurpador de eliminá-los. Mais importante, haviam aumentado em número. Meghren era um governante impiedoso, e quanto mais tributava e punia seus súditos, mais as fileiras do exército rebelde aumentavam. Eles haviam atingido tamanho tal que não podiam se dar ao luxo de ficar todos no mesmo lugar e ao mesmo tempo. Mesmo com o apoio de muitos fazendeiros, tornava-se difícil manter o exército alimentado. Além disso, o risco de espiões também havia se tornado muito alto. A velocidade com que as forças do usurpador descobriam onde os rebeldes estavam acampados aumentava a cada mês que se passava.

Havia chegado a hora de agir.

A cidade de Gwaren era um lugar remoto no canto sudeste de Ferelden, além da grande floresta de Brecília. Era uma cidade rústica, cheia de madeireiros e pescadores, que era acessível para o resto do país apenas por barco ou percorrendo a trilha estreita que atravessava quilômetros de floresta a oeste. Era um lugar bastante defensável, mas Arl Rendorn havia apurado que a maioria das forças inimigas estava ao norte — diversas tropas do teyrn que governavam Gwaren foram emprestadas ao usurpador para ajudar na caçada aos rebeldes. Isso significava que a cidade era, no momento, um alvo fácil.

Semanas antes, o arl de Amarantina e seus homens haviam se separado da força principal. Ele tinha ido para o oeste, fazendo batalhas para chamar a atenção das forças do rei para aquela região. Maric assumiu que ele estava indo bem, uma vez que não se depararam com nenhum inimigo enquanto se deslocavam através da floresta em direção a Gwaren. No momento em que o exército rebelde chegou à cidade, ficou evidente que os defensores estavam cientes do ataque, mas tiveram pouco tempo para fazer qualquer coisa além de colocar a milícia da cidade a postos. Diversos moradores fugiram em barcos de pesca, mas a maioria deles estava presa na cidade.

O ataque começou de imediato. A cidade se esticava ao longo da encosta rochosa, um verdadeiro labirinto de ruas de paralelepípedos e tijolos cobertos de gesso. Ela não tinha uma muralha, mas tinha uma mansão de pedra com vista para a cidade no topo da colina, e foi lá que a maioria dos homens do teyrn se entocaiou.

Maric e Rowan avançaram da floresta para a cidade, indo de encontro com a milícia mal treinada que tentava impedi-los. Muito rapidamente, tudo era caos. A milícia recuou quase imediatamente, retirando-se das ruas para dentro dos edifícios, forçando os rebeldes a procurá-los, um prédio após o outro.

Apesar da insistência de Maric em não causar mais destruição e sofrimento ao povo da cidade, vários incêndios começaram a se espalhar. Ele podia ver a fumaça subindo, e o pânico da população tornou a busca difícil. As pessoas corriam nas ruas, fugindo tanto dos rebeldes quanto das milícias. Pegavam os poucos objetos de valor que conseguiam carregar e fugiam para a floresta, na esperança de que o exército rebelde os ignorasse. As ruas eram uma massa de pessoas, fumaça e gritos por toda parte, e depois de virar uma esquina, Maric percebeu que estava separado de seus próprios homens.

Seu cavalo de batalha relinchava e batia os cascos em meio a agitação, e ele lutou para mantê-lo sob controle enquanto um grupo de pessoas atravessou o fumaréu em direção a ele. Pararam, apavoradas. Vestidos com roupas simples, muitos estavam levando pertences embrulhados em panos, e vários traziam filhos nos colos. Não eram milicianos. Maric moveu seu cavalo para o lado e acenou para que eles passassem. Assustados, eles correram. Uma das crianças caiu em prantos.

Mais fumaça subia pelas ruas, e ele ouviu o som de combate à frente. O porto não estava longe, e ele tinha certeza de que alguns de seus soldados estariam lá. Mas, enquanto tentava controlar seu cavalo, notou que não tinha ideia de qual direção seguir. *Basta seguir o cheiro de sal e peixes*, disse a si mesmo. Mas tudo o que conseguia sentir era o cheiro de fumaça e sangue.

Mais três homens saíram da fumaça em direção a ele, dessa vez correndo e gritando. Maric girou sua montaria para enfrentá-los, e viu que eles pertenciam à milícia. Estavam vestindo armaduras de couro escuro e carregavam pequenos escudos de madeira e espadas baratas. O fato de avançarem contra um homem montado e com armadura completa provavelmente significava que haviam reconhecido a capa e tomaram a iniciativa de tentar subjugá-lo atacando todos ao mesmo tempo.

Parando para pensar, eles bem que podem conseguir, disse Maric para si mesmo.

Ele desmontou e sacou sua espada, mantendo sua arma elevada para repelir o ataque do primeiro homem, mas não a tempo de evitar que o miliciano trombasse nele. Empurrado contra uma parede de tijolos, Maric perdeu o fôlego. O cavalo de Maric recuou, mas não correu, relinchando ansiosamente.

— Pega ele! pega ele! — o homem gritou animado, saliva voando de sua boca. Um sujeito gordo e careca cujos couros mal cobriam sua barriga bateu sua espada contra o ombro de Maric, embora o golpe tenha apenas ricocheteado em sua armadura.

Maric cerrou os dentes e chutou o primeiro homem, fazendo-o tropeçar para longe, e, em seguida, virou-se e deu um soco na cara do homem gordo antes que ele pudesse golpear com sua espada novamente. A manopla de Maric acertou-o bem no nariz, e ele gritou de dor enquanto o sangue espirrava. O terceiro homem avançou contra ele, lâmina em riste, mas Maric aparou o golpe com facilidade e, em seguida, atravessou-o com sua espada.

O homem gordo cambaleou e fugiu, cobrindo o rosto enquanto gritou em agonia. O primeiro homem se levantou e ergueu a lâmina. Maric se virou para ele. Por um momento os dois se encararam, as espadas levantadas. Maric estava calmo, mas o homem lambia os lábios nervosamente e claramente queria fugir dali. Mais fumaça invadiu as ruas quando um telhado próximo desabou e chamas lamberam o céu.

— Ainda quer fazer isso? — perguntou Maric.

Atrás do homem, quatro novos milicianos surgiram do mar de fumaça. Alguns estavam sangrando, e todos pararam quando avistaram o confronto diante deles. Vendo seus companheiros, o homem na frente de Maric sorriu maliciosamente.

— Eu acho que quero, sim — ele riu.

Então Maric ouviu um novo som: cascos batendo na calçada. Os quatro soldados perceberam que estavam sendo perseguidos e começaram a gritar de medo e correr. Mas não foram rápidos o bastante. Vários cavalos montados por homens vestindo armaduras completas passaram por eles, suas lâminas fatiando os milicianos instantaneamente. Um deles era de Rowan, a pluma verde esvoaçando no alto de sua cabeça.

Ela trotou até ficar na frente de Maric, dando meia-volta com a espada erguida. O miliciano que havia desafiado Maric olhou para ela em silêncio, boquiaberto, e demorou demais para começar sua fuga. Rowan o atropelou, cortando-lhe a garganta com destreza.

Maric viu o homem despencar e, em seguida, rastejar, sangue jorrando em jatos sobre os paralelepípedos. *Aquilo não era necessário, ele pensou. Esses soldados eram seu povo, também, não eram?* Mas não havia nada que pudesse fazer sobre isso. Pelo menos, ainda não.

Rowan estacionou seu cavalo ao lado Maric. Ela tirou o capacete, com o rosto coberto de fuligem e suor.

— Caiu do seu cavalo de novo? — perguntou ela com apenas um traço de um sorriso zombeteiro.

— É o que eu faço — ele concordou com um suspiro estafado. Ele não despencava de seu cavalo há vários anos — exceto naquela vez no inverno passado, quando ele terminou completamente enterrado em um banco de neve. Foi o que salvou sua vida, escondendo-o dos inimigos até que Loghain o encontrasse e o tirasse de lá. Loghain havia dito que ele era sortudo até demais, e Maric concordou, tremendo de frio. Loghain e Rowan continuavam a zombar dele com essa história sempre que tinham a oportunidade.

Maric se virou e caminhou para onde seu cavalo estava, tomando as rédeas e acalmando-o antes de finalmente saltar para a sela. Rowan o assistiu com apreço antes de se voltar para os cavaleiros que a esperavam. Com um gesto, partiram para continuar a varredura.

— Nós ainda temos que vascunhar parte da cidade — disse ela. — Vai levar o resto da noite para encontrá-los. Eu estava torcendo para se renderem... — ela acenou para os vários incêndios ao redor. — Mas parece que eles preferem queimar metade de Gwaren a nos entregar a cidade.

— É o que parece — Maric secou o suor da testa e limpou a espada ensanguentada usando um fardo de feno que estava nas proximidades. — Da última vez que vi, a luta estava indo bem lá na mansão. Loghain conseguiu derrubar uma das paredes, eu acho.

Rowan demonstrou irritação, como fazia sempre que ele mencionava Loghain. Mas ela sempre negava estar irritada quando questionada, então ele simplesmente a ignorava. — Gwaren é nossa, então? — ela perguntou secamente.

— Em breve será.

Rowan acenou para que seus homens continuassem sem ela. Eles partiram, deixando Maric e Rowan para examinar a cidade juntos. A área em que estavam tinha se acalmado consideravelmente. Várias das chamas continuavam queimando, a maioria dos que haviam decidido fugir já estava a uma distância segura, e a maior parte dos inimigos nessa área já tinha sido encontrada. Maric se sentia impotente, observando as construções queimando, sabendo que o fogo iria se espalhar sem controle por algum tempo ainda. Ele podia ver os rostos assustados atrás das janelas, observando-o e a Rowan conforme passavam cavalgando, mas não esperava que algum deles fosse sair de suas casas agora. Mais tarde, talvez, mas por enquanto ele era o invasor, o responsável pelo derramamento de sangue e pelos incêndios. Talvez alguns ainda acreditassem que ele era o vilão da história, como sempre alardeava o Rei Meghren. A maioria tinha razão para estar aterrorizada.

As ruas estavam imundas, cobertas de fuligem, sangue e corpos. Muitas portas foram escancaradas ou destruídas e, estranhamente, parecia haver galinhas em todos os lugares. De onde elas tinham vindo? Alguém as deixou soltas? As aves estavam furiosas, e corriam pelas ruas como se fossem as verdadeiras donas de Gwaren agora.

Um trovão retumbou no céu e Rowan avaliou as nuvens cinzentas. — Vai chover — disse ela. — Isso deve ajudar com os incêndios.

Havia outro som, no entanto, que chamou a atenção de Maric. De algum lugar próximo, ele podia ouvir os sons abafados de uma mulher gritando por socorro.

— Você ouviu isso? — perguntou para Rowan, mas ela olhou para ele com estranheza. Sem esperar por ela, girou seu cavalo e correu em direção à gritaria.

Maric ouviu o grito vindo de Rowan, mas a ignorou. Avançando com seu cavalo, correu por uma rua cheia de caixas vazias. Quando virou a esquina do que parecia ser uma cervejaria, viu a fonte dos gritos. Uma elfa bonita com cachos longos cor de mel e vestida com roupas de viagem simples estava lutando freneticamente enquanto três homens a seguravam contra o chão. Eles tentavam arrancar sua camisa, já quase completamente rasgada, e só a agitação selvagem da mulher os impedia de completar a tarefa.

— Pelo amor do Criador, me ajude! Me ajude! — ela gritou para Maric.

Um dos homens corpulentos bateu com a mão carnuda em sua boca enquanto os outros dois se viraram na direção de Maric. Não eram homens de seu exército, e ele não conseguia acreditar que eram meros habitantes da cidade. Condenados, talvez? Eles estavam sujos o bastante e tinham um olhar perigoso, que não deixava nenhuma dúvida sobre o que pretendiam fazer.

Um deles sacou uma faca. Maric não hesitou e investiu seu cavalo de batalha na direção dos homens. O homem empunhando a faca avançou em direção de Maric. Um erro. Ele virou seu cavalo e deu um coice bem na cabeça do homem, matando-o antes mesmo que pudesse atingir o chão.

— Vocês a deixarão em paz! — Maric rugiu. Ele desmontou, sacando a espada para enfrentar a dupla restante. — Em nome da coroa, eu ordeno!

O homem forte apertou ainda mais a elfa enquanto ela se debatia. O outro homem mostrou os dentes e correu na direção de Maric, gritando de raiva. Maric não desviou do caminho. Deu um passo à frente e deixou o homem correr contra o punho da sua espada. Ele engasgou e caiu para trás, e Maric bateu com o punho da espada novamente em sua cabeça. Ele caiu como um saco de batatas.

Rowan surgiu, saltando de sua montaria e sacando sua espada. O homem corpulento olhou para Maric, depois para ela, e decidiu que lutar não era a melhor opção. Ele soltou a elfa e fugiu. Rowan o perseguiu, lançando um olhar agressivo na direção de Maric para lhe dizer tudo o que ela achava daquela situação.

Maric foi imediatamente ajudar a elfa. Ela estava deitada na rua, tentando segurar os farrapos de sua camisa sobre o corpo e chorando copiosamente. Sua roupa estava suja e manchada de sangue, mas Maric não achava que o sangue fosse dela. Além de algumas escoriações nos braços e pernas, ela parecia ilesa.

— Está tudo bem, err... minha lady? — Maric percebeu tarde demais que não tinha certeza de como se dirigir a uma mulher élfica. Eles tinham elfas no exército rebelde, é claro, mas ele se dirigia a elas como soldados. Nunca teve servas, embora tivesse visto algumas nos castelos que sua mãe eventualmente usava de abrigo. Mesmo assim, nunca havia conversado com nenhuma delas.

A elfa olhou para ele, com lágrimas escorrendo dos olhos incrivelmente verdes, e ele não conseguia desviar o olhar.

— Meu nome é Katriel — disse ela calmamente. — Você é muito gentil, Alteza. Obrigada — com a ajuda dele, ela pegou uma bolsa de pano que havia derrubado nas proximidades. Quando se levantou, tentou manter sua camisa esfarrapada no corpo. Não era possível. Maric removeu seu manto púrpura e colocou-o em torno de seus ombros.

Ela olhou para ele com horror e tentou se desvencilhar do manto.

— Ah não! Não, meu senhor, não posso aceitar!

— Claro que você pode. É apenas uma capa.

Relutantemente, ela permitiu que ele a cobrisse com a capa, corando e desviando o olhar. Maric pegou-se olhando para pescoço dela, a forma como ele graciosamente fluía para dentro do amplo decote mal coberto pelo manto. Ela parecia ser uma criatura tão delicada. Tinha ouvido falar que as elfas exercem um quê de fascínio nos homens, do tipo que as tornaram populares nos bordéis de Denerim. Porém, ele nunca havia pisado na cidade-capital, e nunca tinha entendido o motivo de tal fascínio. Pelo menos não até agora.

Tomou um susto quando Rowan se aproximou com um ar irritado. Ele se afastou da elfa quase imediatamente, e a expressão de Rowan se tornou ainda mais sombria.

— Esta é Katriel — Maric fez a apresentação sem convicção. Depois de um intervalo constrangedor, ele se voltou para a elfa. — E esta é Lady Rowan. Minha... ela é minha noiva.

Katriel virou-se para Rowan e fez uma reverência. — Eu sou grata a você também, minha senhora. Eu havia pedido ajuda para aqueles três. Acho que eu deveria ter sido mais cuidadosa.

— Acha? — Rowan murmurou. — O que você estava fazendo aqui, afinal de contas?

— Eu não tive outra escolha — a elfa se virou para Maric, apertando o manto em torno de seu corpo. — Estava procurando por você, meu senhor. O cavalo que me foi dado morreu a poucos quilômetros daqui. Eu corri o resto do caminho, mas estava tudo um caos...

Maric estava confuso. — Você estava me procurando?

Debaixo do manto púrpura, Katriel retirou o pacote que carregava. Pareciam ser vários pergaminhos encadernados em um invólucro de couro.

— Eu vim o mais rápido que pude. Eu sou uma mensageira enviada pelo Arl de Amarantina.

Os olhos de Rowan se arregalaram. — Uma mensageira!

Os olhos verdes de Katriel tremiam nervosamente.

— Vossa Excelência foi derrotado. Eu não vi isso com meus próprios olhos, mas ele disse que iria segurar os atacantes enquanto pudesse. Ele disse que era vital que eu chegasse até você, meu senhor — ela ofereceu o caderno de novo, e Maric o tomou com relutância. Ela parecia aliviada, sua missão cumprida.

— Derrotado! — Rowan se dirigiu para a elfa em indignação. — Do que você está falando? Quando isso aconteceu?

— Quatro dias atrás — Katriel respondeu. — Eu galopei até aqui no cavalo que me foi dado, e ele morreu de exaustão. Mas não tive escolha. Os mesmos homens que atacaram Vossa Excelência não estavam muito atrás de mim na floresta — ela olhou para Maric, suplicante. — Eu tinha que alcançá-lo antes que chegassem, meu senhor. Vossa Excelência disse que isso era mais importante do que qualquer coisa!

Maric deu um passo para trás, atordoado. Ele abriu um dos pergaminhos e o leu, seus olhos avaliando o conteúdo ao mesmo tempo em que seu estômago dava nós conforme seus temores eram confirmados.

— O quê é? — Rowan exigiu. — O que ele disse, pelo amor do Criador?

Pálido, ele olhou para ela. — Enviamos Byron para chamar a atenção deles, e ele conseguiu. Uma legião cheia de *chevaliers*, com magos. O rei deve ter planejado isso.

— E eles estão vindo para cá?

— Eles estão, talvez, a um dia de distância de nós, meu senhor — disse Katriel. — Me perdoe por não saber com certeza.

Maric e Rowan se entreolharam, imóveis. No alto, o som fraco de trovões podia ser ouvido no céu cinzento. A chuva iria impedir a propagação dos incêndios em Gwaren, embora muito do estrago já estivesse feito. Os combates ainda aconteciam dentro da mansão, e a cidade estava em um estado de caos completo. Seria preciso mais do que um dia para deixar a situação sob controle, e mesmo que eles conseguissem, as únicas rotas para fora de Gwaren eram pelo mar ou através da floresta pela qual o exército inimigo se aproximava.

Eles estavam presos.

8

LOGHAIN FRANZIU A TESTA. A barraca de feira em que estava agachado tinha um leve cheiro de peixe, e contrastava com o medo nervoso dos arqueiros élficos que estavam agachados ao lado dele. O grupo se escondia nas sombras, esperando em silêncio o inimigo.

De sua posição junto à janela, Loghain podia ver a maior parte da praça da cidade de Gwaren. Era o tipo de lugar em que comerciantes poderiam se reunir regularmente para vender seus produtos. Normalmente, estaria cheia de cores brilhantes, barris, caixotes e pessoas. Mas, no início daquela manhã nublada, tudo o que se via era a fumaça e os detritos que sobraram da batalha na noite anterior. A chuva havia impedido os incêndios de se espalharem por toda a cidade, mas ainda assim muitos dos edifícios ao redor da praça estavam em ruínas, uma fumaça escura pairando de seus ossos enegrecidos. Pedaços de madeira e roupas, sem dúvida derrubadas pelas pessoas que fugiam para a floresta, disputavam espaço nas calçadas com os corpos dos mortos, que eles não tiveram tempo de recolher.

O ataque à mansão mal havia terminado quando Maric e Rowan subiram loucamente a colina para informá-los do exército que se aproximava. Arl Rendorn, que tinha sido ferido por uma flecha perdida, prontamente expeliu uma série de palavrões, mas Loghain tentou pensar sobre a questão. A mensageira enviada por Arl Byron trouxe informações úteis: a composição das forças do usurpador, certamente descobertas por batedores de Byron antes do ataque inimigo.

Loghain questionou o motivo do arl não aparecer pessoalmente. Se uma menina élfica tinha cavalgado com vontade o bastante para escapar do ataque do usurpador, então ele também conseguiria. Um dos seus comandantes poderia ter liderado seus homens se ele realmente quisesse atrasar o inimigo. Mas parecia não faltar homens dispostos a se sacrificar por outros neste mundo. Ele se perguntava se faria a mesma coisa, dada a oportunidade. Ele ainda não tinha certeza de como acabou ficando com os rebeldes, quando havia dito para Maric que o deixaria assim que cumprisse a promessa feita para o seu pai. Houve momentos em que Loghain se olhou no espelho e não reconheceu o homem que o encarava. Um tenente do exército rebelde, confidente de um príncipe que o destino havia jogado em seu colo tempos atrás. Foram só três anos, mesmo?

Parecia uma eternidade.

A ideia de Loghain era a mais simples possível: reúna o exército e esconda-o por Gwaren. Faça o inimigo acreditar que o exército rebelde havia saqueado a cidade e fugido pelo mar. Ele sugeriu a execução de todos os prisioneiros que haviam capturado para evitar qualquer tipo de complicação, mas Maric havia recusado sumariamente. Arl Rendorn também não gostou muito da ideia. Não que Loghain esperasse qualquer outra reação. A maioria dos prisioneiros foi trancada na mansão, sem ninguém para vigiá-los. Um risco desnecessário, mas não havia outra opção.

Toda a noite foi gasta lutando para restaurar a ordem e preparar os homens para mais uma batalha, sem a possibilidade de descanso entre elas. Feridos foram remendados apressadamente, e os piores casos foram tratados na mansão por um punhado de moradores e seguidores. Os moradores tinham sido bastante solícitos assim que descobriram que o temido Príncipe Maric não tinha a menor intenção de executar ou estuprar ninguém.

Rowan tinha organizado seus homens para fazer rondas e encontrar o maior número de habitantes da cidade. Eles asseguraram a todos que eles não seriam prejudicados e que seus pertences não seriam roubados. Muitos foram conduzidos até a mansão, mas a maioria optou por ficar escondida. Aqueles em estado de extrema necessidade receberam suprimentos. Estavam desconfiados, é claro — Rowan havia dito para Loghain que podia ver medo em seus olhos. Muitos recusaram até mesmo a sair de casa quando seus homens passaram. Mais chances de seu plano para dar errado, Loghain pensou.

Mas nem todos estavam infelizes em vê-los. À medida que a noite avançava e corriam com os preparativos para a próxima batalha, algumas pessoas se aproximaram do posto de comando que Maric havia montado do lado de fora da mansão. Arl Rendorn mostrou preocupação de início, assumindo que qualquer um deles poderia ser um assassino, mas as expressões de alívio e adoração em seus rostos eram genuínas. Loghain nunca iria esquecer-se do misto de horror e impotência no rosto de Maric quando aquelas pessoas o cercaram, alguns até mesmo chorando lágrimas de alegria.

Loghain sabia quem eram. Aquelas eram as pessoas que haviam sido tratadas como cães pelos orlesianos. Despojados de tudo, haviam sido abandonados na escuridão, rezando para que um dia o verdadeiro governante de Ferelden retornasse para salvá-los. E ele retornou, não é? Loghain os observava em tom de luto, sabendo muito bem que a libertação de Gwaren poderia ser bastante breve. O exército rebelde poderia ser esmagado aqui e forçado a recuar através das regiões mais ermas da floresta de Brecília. Seria impossível sobreviver a isso.

Arl Rendorn havia, naturalmente, obtido um único navio para Maric fugir caso fosse necessário, um pequeno saveiro capaz de carregar algumas poucas pessoas. Loghain sabia que o Arl não precisava ter se dado ao trabalho. Maric teria que ser amarrado e arrastado para o barco. Rowan só iria se fosse a responsável por arrastá-lo.

Todas as outras construções ao redor da praça também abrigavam rebeldes escondidos, mesmo que Loghain não pudesse vê-los. Maric estava escondido em uma padaria abandonada do outro lado da rua, e imaginou que podia ver o cabelo loiro dele através de uma das vitrines. Todos tinham assumido suas posições em seus esconderijos, e nenhum dos elfos que lutariam ao lado de Loghain havia dormido. Apesar da exaustão, a energia nervosa da ocasião os mantinha vigilantes. Se o inimigo não aparecesse em breve, ele temeu que o ambiente ficasse tenso demais para os nervos dos soldados.

Por sorte, o inimigo não estava disposto a decepcionar.

Uma chuva fina começou quando os primeiros *chevaliers* avançaram por Gwaren. Eles eram fáceis de distinguir dos soldados comuns que os acompanhavam. Eram cavaleiros equipados com armaduras pesadas e vestindo túnicas roxas. Loghain conseguia ver até mesmo o brasão imperial em seus peitos, um incandescente meio sol dourado. Com o punho cerrado com força na haste de seu arco, ele observou a chegada do resto das tropas.

Ainda não, disse a si mesmo. *Mas logo.*

Eles estavam sendo cautelosos, com medo de ataques vindos das sombras, mas Loghain sentia-se tranquilo. Até agora, não haviam começado a vasculhar os prédios. Eles esperavam ser atacados abertamente, ou pelo menos encontrar resistência nas ruas. O fato da cidade estar deserta os mantinha alertas em seus cavalos, e Loghain sabia que aquela farsa não iria durar muito tempo. Mas não era problema. Eles só precisavam trazer o máximo do exército do usurpador para dentro da cidade enquanto possível.

Mais dos cavaleiros montados adentraram lentamente a praça, e agora Loghain viu uma nova figura: um homem velho de pele escura em vestes amarelas. Ele tinha uma longa barba branca e andava como se estivesse habituado a exercer poder ao seu redor. Um mago.

Os *chevaliers* ao lado dele estavam enfeitados com capas douradas e penas extravagantes, e rodeados pela mais densa tropa de soldados. Eles pareciam preocupados. Onde estavam os rebeldes? Ele podia vê-los perguntando uns aos outros. Estava na hora da próxima parte do plano começar.

Várias figuras saíram de alguns dos edifícios e começaram a correr furtivamente em direção aos *chevaliers*. Os cavaleiros se viraram imediatamente na direção deles, sacando suas espadas e se preparando para um contra-ataque imediato. As figuras que corriam na direção deles gritaram no medo, no entanto, e se encolheram diante das lâminas. Eram pessoas comuns em trapos sujos, algumas delas salpicadas de sangue. Os *chevaliers* perceberam rapidamente e abaixaram suas armas, embora não de todo. Gritos de ordem ecoaram pelas linhas inimigas, e os plebeus foram agarrados e levados perante o mago e seus comandantes no meio da praça.

Eram três mulheres e um velho, e Loghain reconhecida apenas uma. A jovem de cabelos castanhos encaracolados, com o rosto coberto de fuligem, era Rowan. Ela se ofereceu para exercer o papel que Loghain considerava o mais arriscado em seu plano. Seu pai quase a proibiu, mas Rowan insistiu — Loghain não era o único que deveria arriscar a vida nesses planos, ela disse, olhando para ele de soslaio. Ele manteve seus olhos fixos no chão para não ter que encará-la. No fim das contas, o Arl cedeu. Maric aproveitou para comentar que não conseguia se lembrar da última vez que viu Rowan em um vestido, por mais sujo e esfarrapado que fosse.

E agora ela estava de joelhos diante do mago de pele escura, que analisava os plebeus com suspeita. Eram esposas de pescadores e um velho carpinteiro, que haviam implorado a Maric para ajudar no plano. Loghain argumentava que só Rowan deveria ir. E se um desses tolos fosse um traidor? Bastava revelar que os rebeldes estavam escondidos nos edifícios. Mas a fé de Maric em seus súditos era inabalável. *Deixe-os ajudar*, ele disse. *Isso fará com que Rowan pareça mais crível.* O arl havia concordado, e Loghain agora assistia, imaginando tudo o que poderia dar errado a partir de agora.

Por enquanto, tudo ia bem. As mulheres e o velho estavam convincentemente aterrorizados e prostraram-se diante do mago. Loghain podia ouvi-los tagarelando sobre o ataque dos rebeldes e, em seguida, fuga, mas não revelaram nada do plano. Na verdade, pareciam estar tentando desesperadamente falar mais do que o mago seria capaz de compreender. Rowan acenava agitadamente com a cabeça, mas não dizia nada.

— Silêncio! — o mago berrou com raiva, e os plebeus imediatamente silenciaram. O mago de pele escura olhou em volta para os comandantes, que removiam seus capacetes e aparentavam mais mau humor do que preocupação. Se os rebeldes covardes haviam realmente fugido, eles não teriam uma batalha.

— Agora, um de vocês, somente um, me diga como é que os rebeldes fugiram!

Rowan olhou para cima agora, aparentemente nervosa, mas evidentemente calma por trás do teatro. — Eles fugiram em navios, senhor.

— Que navios? O que demônios você está falando, mulher?

— Navios, muitos deles. Eles vieram e os levaram embora.

— Mentira! — ele gritou, batendo no rosto dela. Loghain quase saltou de seu esconderijo naquele momento, mas se controlou. Rowan não era uma donzela em apuros, ela fez uma boa encenação, encolhendo-se do mago com medo, choramingando e apertando a bochecha, mas Loghain a conhecia bem o bastante para reconhecer o fingimento. — Todos os navios zarparam daqui dias atrás!

— Eu... eu não sei o que dizer, senhor mago — ela parecia desesperada. — Haviam navios! Eu não sei a quem pertenciam!

Fervendo de raiva, o mago levantou a mão para bater novamente. Um dos comandantes, no entanto, deu um passo à frente para sussurrar algo em seu ouvido. Depois que os dois trocaram cochichos por um instante, o mago parecia descontente, mas não furioso. Quando o comandante saiu do lado do mago, gritou ordens para os *chevaliers* que ainda estavam andando lentamente pela cidade. Ele falou na língua dos orlesianos, mas Loghain entendeu bem a intenção e sorriu. Foi muito fácil fazê-los acreditar que o covarde Príncipe dos Rebeldes preferiria fugir a lutar.

O velho mago voltou-se para encarar Rowan mais uma vez. — Levante-se — ordenou ele. Relutantemente, ela obedeceu, cobrindo seu vestido esfarrapado e mantendo os olhos fixos no chão.

— Descreva os navios — ele ordenou.

— Eles eram grandes — ela gaguejou. — Tinham uma imagem em suas velas, como uma espécie de besta dourada. Eu... não vi muito de perto.

— Uma besta dourada? Uma espécie de lagarto?

— Eu acho que sim, seu mago — Rowan abaixou ainda mais a cabeça. — Eles não ficaram muito tempo.

O mago coçou o queixo, pensativo. Loghain quase podia imaginar os cálculos que estavam se desenrolando na cabeça do homem. Dracolitos dourados eram o símbolo de Antiva, uma nação muito ao norte. A ideia de uma aliança entre Antiva e os rebeldes era improvável, mas serviu para que ele ficasse pensativo.

Os comandantes orlesianos foram conferindo entre si e, depois de um longo minuto, se viraram e falaram calmamente com o mago. Ele concordou com relutância, e mais ordens foram proferidas. Loghain entendeu relativamente bem o que elas significavam. *Descansar! Procurem pela cidade por suprimentos! Mandem alguém até a mansão!* Eram as ordens que ele teria dado em seu lugar, se estivesse tão ansioso quanto eles para andar às cegas por uma cidade. Os *chevaliers* já estavam visivelmente relaxados, conversando em sua língua estrangeira enquanto se espalhavam pelas ruas. Muitos começaram a caminhar mais para dentro da praça, chamando vagões de apoio para armar tendas.

Não ia demorar muito, agora.

Satisfeito, o mago se virou para Rowan. Ele sorriu lascivamente e estendeu a mão em sua direção. Poder bruto começou a se aglutinar em torno dele, e o crepitar de energia no ar fez com que os outros plebeus fugissem em pânico. Rowan olhou para frente, sem sair do lugar, e a energia pulou em sua direção. Ela se enrolou em torno do corpo de Rowan como tentáculos, levantando-a do chão e mantendo-a imóvel. Ela não lutou, mas manteve a expressão firme e calma.

O mago se aproximou e a tocou, removendo alguma sujeira do vestido dela, logo acima de seus seios. Rowan recuou de seu toque, provocando uma risada sádica por parte do mago.

— Vejam só... — disse ele com admiração, — muito bonita para uma vira-latas sarnenta, não é mesmo? É triste ver que os rebeldes não a levaram com eles quando fugiram.

Sua mão acariciou um dos seios de Rowan, e ela cuspiu em seu rosto. O mago parou, perplexo, e limpou a saliva de sua bochecha. Os tentáculos de energia comprimiram o corpo de Rowan. Ela urrou de fúria, mas ainda evitou lutar contra o feitiço do mago.

— Corajosa — disse ele, em uma mistura de divertimento e desprezo. — E nervosinha, também. Não me importo com nada disso, na verdade — quase casualmente, ele a golpeou na face com as costas da mão. — Mas você precisa aprender modos — riu.

O mago se afastou de Rowan, esfregando sua mão, quando de repente olhou chocado para o seu peito. Uma flecha havia brotado lá, a mancha escura de sangue já se espalhando por suas túnicas amarelas. Ele se virou, impotente, na direção dos *chevaliers* orlesianos que assistiam a tudo horrorizados, quando mais duas flechas atravessaram o corpo do mago. Uma delas se alojou em sua garganta. Ele despencou gargarejando sangue, agarrando-se inutilmente à flecha cravada em seu peito.

— Agora! Ataquem agora! — era Maric gritando, pulando para fora da janela da padaria com sua espada erguida. Os arqueiros ao lado dele já estavam disparando contra as linhas de *chevaliers*, e mais soldados corriam atrás dele. O resto dos rebeldes entrou em ação, pulando para fora de seus esconderijos espalhados toda a praça.

O plano não era este. Era cedo demais! *Que droga, Maric!*, Loghain amaldiçoou. Com um aceno de sua mão, ele convocou os elfos noturnos ao lado dele para a ação. Eles começaram a disparar contra a multidão reunida, tentando proteger Maric enquanto ele avançava loucamente na direção Rowan. Um cavaleiro de armadura se virou para interceptar Maric enquanto ele corria, mas Loghain o despachou com uma flecha perfeitamente colocada no espaço desprotegido entre sua ombreira e capacete.

Em meio ao caos que se formou, um grande rugido pôde ser ouvido do lado de fora da praça. Loghain tinha certeza que era Arl Rendorn, cobrindo o flanco traseiro e impedindo a chegada de reforços para aqueles que estavam dentro da praça. Não havia nenhuma chance de o inimigo ter colocado todas as suas forças para explorar Gwaren, e eles tinham planejado atrair o maior número de soldados inimigos para dentro antes de dividir suas linhas, bloqueando a estreita rua que dava acesso à praça.

Se eles haviam esperado tempo o bastante? Loghain observou Maric cuidadosamente enquanto o homem finalmente se aproximava de Rowan em meio a grande confusão. Ela havia sido libertada do feitiço e estava abaixada. Quando Maric se aproximou, lhe entregou uma espada. A primeira coisa que ela fez foi usá-la para acertar o mago ofegante no chão, afundando a ponta da arma em seu peito. Ela até mesmo colocou seu peso no golpe, fazendo sangue jorrar da boca do mago enquanto ele gemia em agonia. Maric olhou para Rowan em choque momentâneo, mas foi forçado a lidar com dois cavaleiros que vieram em sua direção, por trás.

— Protejam o Príncipe e *lady* Rowan! — Loghain ordenou. Mais flechas voaram. Rowan saltou para atacar um dos cavaleiros que havia atacado Maric, mas ele estava tendo problemas com o outro. O *chevalier* era hábil, aparando os golpes de Maric facilmente. Uma ou duas setas acertaram o alvo, mas isso não foi o bastante para impedi-lo. Com uma finta repentina, ele se aproximou de Maric e enfiou sua espada profundamente no flanco do príncipe. Maric lutou para empurrar o atacante para longe, e, em seguida, entrou em colapso.

— Maric! — Rowan gritou de terror.

Com um chute, afastou o cavaleiro com o qual estava lutando e se lançou sobre o que tinha ferido Maric. Sua espada bateu inutilmente contra a armadura do cavaleiro, e quando ele se virou para encara-la, ela rodopiou e golpeou com sua lâmina o pescoço dele. O sangue espirrou longe enquanto o cavaleiro tombava para trás.

O outro chevalier correu até as costas de Rowan, e ela virou-se tarde demais para encará-lo... só para vê-lo atingido por várias flechas ao mesmo tempo. Uma delas acertou na lateral da cabeça, e ele caiu para o lado antes que pudesse desferir seu golpe.

Ela não parou, correndo imediatamente para o lado de Maric, que jazia sangrando no chão. Rowan tentou despertá-lo, mas ele não se moveu, e quando ela tentou ajustar a armadura dele para ver a extensão do ferimento, suas mãos voltaram revestidas com sangue espesso. Os olhos de Rowan se arregalaram de horror, e ela olhou em volta, impotente. Tudo o que viu, no entanto, foi a intensa batalha ao redor dela conforme mais rebeldes surgiam na praça.

Loghain franziu o cenho e pôs seu arco de lado, sacando a espada. — Cubra-me — ele ordenou aos seus elfos noturnos enquanto saltava sobre o balcão da barraca e corria para a rua.

A batalha continuou por várias horas, mas Maric não sabia nada sobre ela. No momento em que ele finalmente despertou em sua tenda, já estava escuro lá fora. A magia de Wilhelm havia curado o pior de seus ferimentos, mas o mago ainda comentou macabramente que Maric quase tinha sangrado até a morte. Se Loghain e Rowan não o tivessem arrastado para fora da batalha e estancado a ferida aberta em seu flanco, ele certamente teria perecido.

— Então Rowan está bem? — perguntou Maric.

Wilhelm olhou-o com uma expressão confusa. — Viva, até a última vez que verifiquei. Vou verificar novamente, com a sua licença? — em um aceno de assentimento do arl, o mago curvou-se e retirou-se.

Eles não tinham aprisionado tantos dos *chevaliers* dentro da praça da cidade quanto esperavam, devido em grande parte ao ataque prematuro de Maric, e o Arl Rendorn fez questão de lembrá-lo disso diversas vezes. Ainda assim, o arl dificilmente poderia culpar Maric por querer proteger sua filha. E no fim das contas, o caos causado foi o suficiente. Dois outros magos haviam sido mortos, e os *chevaliers* na praça haviam sido despachados. Arl Rendorn havia preferido abrir a estrada principal e deixá-los fugir ao invés de esperar pelo ataque dos reforços que estavam nos arredores de Gwaren. Os poucos comandantes que escaparam estavam mais interessados em reagrupar o mais longe possível da cidade. O arl os deixou ir, usando um pelotão de arqueiros para acertar o maior número deles em suas retaguardas.

— Eles vão voltar — o Arl informou a Maric solenemente —, mas temos tempo para nos preparar. Temos opções, para variar.

— Que opções?

O arl ponderou com cuidado. — O caminho da floresta forma um funil estreito — disse ele. — Podemos guardá-lo com muita facilidade. No tempo que o usurpador vai demorar a formar uma força capaz de atravessar nossas defesas, acredito que podemos conseguir navios o bastante para retirarmos nosso exército pelo mar.

Maric piscou, surpreso.

— Navios? Onde nós vamos conseguir navios?

— Nós poderíamos contratá-los... ou construí-los. Se existe uma coisa que não falta em Gwaren é madeira serrada e barcos de pesca.

Maric digeriu as informações. — Então... a cidade é nossa?

O arl assentiu. — Por enquanto.

Apesar da cautela na voz do arl, Maric se esparramou em suas almofadas e sorriu. Eles haviam libertado uma cidade, recuperado um pedaço de Ferelden das mãos dos orlesianos pela primeira vez em muitos anos. Imaginou o Rei Meghren tentando explicar esse fracasso para o Imperador... que poderia facilmente enviar para o rei mais uma dúzia de legiões de *chevaliers* para reduzir Gwaren a pó, em uma pequena demonstração do poder do Império.

Era um pensamento desanimador.

— Apesar de nossas esperanças de que um dos magos mortos fosse o braço direito do rei, Severan — o arl franziu a testa —, parece que não tivemos tal sorte. Nenhuns dos três magos mortos coincidem com a descrição de nossos informantes. Eram todos os homens recém-enviados do Círculo de Magos em Orlais.

— Pelo menos isso significa que o círculo de Ferelden manteve a sua palavra — Maric sugeriu.

Arl Rendorn assentiu. — Isso é verdade.

Maric perguntou. — E Loghain? Ele está bem?

— Ferido, mas nada sério — o arl suspirou. — Ele estava tão furioso com você, que jurou que iria torcer o seu pescoço. Ele não deixou o seu lado até Wilhelm chegar, no entanto. E mesmo então, não conseguimos afastar Rowan de perto de você até ela ter certeza que você iria sobreviver.

— Eu tenho bons amigos, o que eu posso fazer?

O arl estudou Maric por um instante, franzindo a testa. Ele parecia querer dizer algo, mas mudou de ideia. Ele sorriu com leveza.

— Quem sabe o que mago poderia ter feito com Rowan se você não tivesse agido? Você pode ter salvado a vida dela, Maric. Eu acho que ela sabe disso.

— Ela teria feito o mesmo por mim — Maric deu de ombros.

O arl então lembrou Maric de inúmeros problemas com os quais teriam que lidar. Relatos de alguns saques em Gwaren e a necessidade de restaurar a ordem para a população o mais rápido possível. Também mencionou a ideia de enviar mensageiros a outros nobres de Ferelden e anunciar a libertação de Gwaren. Maric, por sua vez, estava se esforçando para prestar atenção, mas a voz do arl estava ficando cada vez mais abafada pela fadiga que estava sentindo. Sua lateral pulsava de dor, e antes que percebesse, ele estava apagando diversas vezes durante a conversa.

Finalmente, Arl Rendorn riu e disse para Maric que iria lidar com o resto dos detalhes. Disse para Maric descansar, e saiu da tenda.

Maric ouviu por um tempo o som dos homens montando tendas no pátio da mansão. Tentava bisbilhotar suas conversas, suas piadas sujas e riso fácil. Eventualmente, eles perceberam que estavam do lado de fora da tenda do Príncipe e começaram a sussurrar uns para os outros, antes de finalmente terminar a tarefa e partir em busca de uma taverna abandonada para celebrar a vitória. Parte de Maric queria ir com eles, mas provavelmente não conseguiria se levantar da cama. Era melhor assim, imaginou. Provavelmente ia acabar deixando seus homens desconfortáveis e nervosos com sua presença.

Com o silêncio veio o sono. Ele não tinha ideia de quanto tempo havia se passado quando acordou novamente. As sombras da grande tenda estavam profundas, e seu ferimento latejava muito menos do que antes. Uma figura estava entrando discretamente pela abertura da tenda, a lanterna em sua mão formando as sombras longas que haviam o feito despertar.

Maric piscou os olhos turvos, e por um momento pensou ter visto a silhueta de uma mulher bem torneada. — Rowan? — perguntou.

Mas quando a figura se aproximou, ele viu claramente que não era sua noiva. Katriel, a elfa mensageira, estava na sua frente, limpa e vestindo roupas limpas. Maric notou que o brilho da lanterna a fazia parecer quase sobrenatural em meio às sombras, seus cachos dourados caindo ao redor de seus ombros como a aura de um espírito etéreo que estava vindo visitá-lo no meio da noite.

— Eu... lamento se estou incomodando, meu senhor — ela disse, hesitante. Seus olhos verdes se afastaram de Maric, e ele percebeu que, além de suas ataduras, estava coberto apenas pelas peles grossas de sua cama. — Eu deveria deixá-lo em paz — ela cobriu a lanterna com a mão começou a recuar.

— Não, espere — Maric disse em voz baixa, sentando-se. Ele não conseguia levantar-se, e puxou as peles para manter-se coberto. Ele corou, mas ao mesmo tempo estava grato pela presença da mulher élfica.

Ela olhou para ele, mordendo o lábio inferior nervosamente. Ele pegou-se admirando as curvas de seu vestido branco simples. — Vejo que alguém encontrou algo para você usar? — perguntou. — Aqueles homens não a machucaram, não é?

— Não, meu senhor. Você apareceu na hora certa, de armadura brilhante, assim como nos contos — ela sorriu para ele. Quando seus olhares cruzaram, ela timidamente desviou o olhar. Ela então notou as bandagens em torno de sua barriga. — Oh não! É verdade! Eles disseram que você tinha sido ferido, mas eu não imaginava! — quase sem querer, ela se aproximou e tocou suas ataduras com as mãos delicadas.

Ela estava cheia de preocupação, mas mesmo assim as costas de Maric endureceram com seu toque. Seu rubor se aprofundou quando ela saltou para trás.

— Oh, eu peço desculpas, meu senhor, eu não deveria ter...

— Não, não — ele disse rapidamente. — Não precisa se desculpar. Se você não tivesse nos entregado aquela mensagem, não teríamos tido tempo nenhum para nos preparar. Estamos em dívida com você — então ele parou, perplexo. — Mas... eu devo admitir que eu não sei por que você está aqui. Na minha tenda.

Ela ficou ali sem jeito, olhando para ele, e então sorriu lentamente. Ele achou que seu sorriso era muito caloroso e genuíno. — Eu... tinha que ver por conta própria, meu senhor. Rezei para que o homem que tão bravamente salvou minha vida não morresse, mas eu tinha que saber com certeza...

— Eu estou bem, Katriel. Realmente estou.

Seus olhos brilharam em súbita alegria. — Você... lembra-se do meu nome?

Maric foi pego de surpresa pela reação. — Existe uma razão pela qual eu não deveria lembrar?

— Eu sou apenas uma elfa, meu senhor. Seu povo... a maioria dele não nos enxerga. Eles olham, mas não enxergam. A minha mãe foi serva de humano por toda a sua vida. Ele nunca a chamou pelo nome — ela então pareceu perceber sobre o que estava falando e ficou horrorizada, fazendo uma reverência baixa. — Oh Criador... estou abusando. Eu não deveria...

Ele riu, levantando a mão para interrompê-la. — Está tudo bem. E, claro, eu me lembro de você. Como eu me esqueceria? Você é linda.

Ela fez uma pausa, inclinando a cabeça ligeiramente. Seus olhos brilhavam de maneira sobrenatural à luz da lanterna. — Você... acha que eu sou bonita, meu senhor?

Maric não tinha certeza de como responder, embora soubesse que não queria retirar o que disse. De repente estava muito consciente de sua falta de roupas e o constrangimento ameaçou dominá-lo. Katriel avançou lentamente, fitando-o em silêncio. Colocou a lanterna no topo de uma caixa ao lado da cama e, em seguida, sentou-se na borda.

Seus rostos estavam a poucos centímetros de distância. Maric estava respirando pesadamente, mas ainda não conseguia desviar o olhar dela. Até mesmo seu cheiro era inebriante, como uma flor rara que nascia somente nos jardins mais escuros. Sedutor e doce sem ser enjoativo.

Ela estendeu a mão, e, silenciosamente, correu um dedo pelas ataduras ao longo de seu peito. Sua pele estremeceu onde ela tocou, e ele engoliu em seco. Aquele era o único som na escuridão silenciosa.

— Eu gostaria de ficar com você, meu senhor — ela sussurrou. — Se você me quiser.

Ele piscou e olhou para as peles que o cobriam, corando novamente. — Eu... eu não quero que você se sinta obrigada —gaguejou. — Quero dizer, eu não quero que pareça que... eu não gostaria de tirar vantagem...

Katriel colocou o dedo em seus lábios, acalmando-o. Ele olhou para ela, e encontrou-a explorando seu corpo com os olhos. — Você não está, Vossa Majestade — disse ela com uma voz suave.

— Por favor... não me chame assim.

— Você não está — ela repetiu.

A distância entre eles desapareceu, e Maric a beijou. Sua pele era tão macia quanto tinha imaginado, e ela derreteu sob cada toque seu.

Do lado de fora da tenda, Rowan observava em silêncio pétreo quando a luz da lanterna se extinguiu dentro da barraca. Ela usava um vestido vermelho de seda, uma peça de vestuário de Antiva, que revelava seus ombros. A mulher de feições angulosas que lhe vendeu o vestido havia notado que Rowan estava muito musculosa para um vestido, e que seus ombros eram muito largos. No entanto, a seda roçava de maneira prazerosa contra sua pele, muito diferente do couro e metal aos quais estava acostumada. Ela resolveu comprá-lo, apesar de nunca ter encontrado a oportunidade de usá-lo desde então.

Ela se arrependia de tê-lo vestido agora, e se arrependia de ter vindo até aqui. Mas, enquanto estava lá parada na escuridão olhando fixamente para a entrada da tenda de Maric, descobriu que não conseguia encontrar forças para sair dali.

Um guarda sonolento emitiu um ronco barulhento atrás dela. Rowan sacudiu a cabeça, exasperada, tentada a chutar o homem. E se tivesse um assassino invadindo a tenda de Maric, em vez de uma elfa? Mas eles estavam todos exaustos das longas batalhas e, sem dúvidas, o guarda recebeu seu posto enquanto já estava quase dormindo em pé. Ela conseguia perdoar o guarda por seu lapso de julgamento. Mas apenas o guarda.

Quando ouviu o primeiro gemido fraco dentro da tenda, ela finalmente se afastou. Talvez fosse apenas sua imaginação, mas de qualquer forma, decidiu que não podia ficar ali. *Eu não quero ouvir isso*, disse para si mesma, uma agulha gelada penetrando em seu coração.

Seus passos eram furtivos enquanto manobrava entre as tendas. Muitos homens estavam adormecidos no chão, alguns empilhados uns sobre os outros. O cheiro de cerveja estava por toda parte. A celebração foi longa após os orlesianos baterem em retirada para a floresta. Mesmo que o saque fosse desencorajado, os comandantes fingiram não ver enquanto os homens vasculhavam as tabernas da cidade em busca de barris de cerveja e vinho. Eles mereciam uma celebração após duas vitórias tão decisivas.

Rowan tinha assistido a bebedeira, mas não participou. Tudo o que conseguia pensar era nela empurrando sua espada contra o peito do mago, a fúria que estava sentindo a lhe cegar a razão. Fazê-lo sofrer era tudo o que importava naquele momento. A sua vida nunca seria nada além de luta, sangue e violência? Ela tinha ido de encontro com Maric, pensando nisso...

Você não estava pensando em nada, ela repreendeu-se. *Foi uma ideia terrível.*

Ela escapou do labirinto de tendas para a parte desocupada do pátio da mansão. Lá, Rowan desacelerou até parar. Respirou profundamente o ar da noite, seu corpo rígido sob o brilho da lua. Sentia-se enjoada, e parte dela não queria nada além de rasgar o vestido que estava usando. Queria continuar andando, deixar o terreno da mansão e se perder nas sombras inquietas da floresta.

— Rowan?

Ela virou-se bruscamente na direção do som e viu Loghain se aproximando. Ele estava enfaixado e usando uma simples camisa longa e calças de couro. Parecia mais do que um pouco confuso em vê-la ali. Finalmente parou, olhando para ela com aqueles olhos inquietantes. Eles a faziam estremecer, sempre.

— É *mesmo* você — disse ele, em tom cauteloso.

— Eu não conseguia dormir.

— Então você... decidiu colocar um vestido fino e dar uma caminhada?

Ela não disse nada em resposta, cruzando os braços em torno de si e olhando para o chão. Porém, em vez de sair Loghain permaneceu onde estava. Ela podia sentir aqueles olhos gelados fixos nela, mesmo sem vê-los. As sombras da floresta a chamaram novamente, mas ela ignorou o som enlouquecedor.

— Você está linda — ele disse.

Rowan levantou a mão para silenciá-lo, inspirando de maneira profunda e dolorosa antes de responder. — Não faça isso — ela protestou fracamente.

Loghain assentiu sombriamente, e por um longo momento não disse nada. O vento assobiava através das pedras das paredes da mansão, e a lua brilhava no céu limpo acima. Era fácil fingir que não havia um exército acampado em volta deles, nem soldados dormindo e homens roncando em suas tendas a poucos passos de distância. Eles estavam sozinhos na escuridão, um abismo escancarado entre eles.

— Eu não sou tolo — ele disse calmamente. — Eu vejo como você olha para ele.

— Você vê? — seu tom era amargo.

— Sei que foi prometida a ele. E sei que você vai se tornar sua rainha — ele se aproximou dela, segurando suas mãos frias nas dele.

Ela olhou para longe, contorcendo o rosto, o que o fez observá-la com mais tristeza. — Eu senti essas coisas desde a primeira vez que te vi. Por três anos, eu tentei aceitar que é assim que deve ser, mas... ainda não consigo parar de pensar em você.

— Pare! — ela sibilou, puxando suas mãos para longe. Loghain olhou para ela, seus olhos torturados, mas ela não podia se importar. Lágrimas de raiva escorreram por suas bochechas enquanto se afastava dele. — Pelo amor do Criador, não faça isso — implorou.

O olhar aflito de Loghain torceu-lhe as entranhas ainda mais. Ela engoliu sua angústia e se virou. — Apenas me deixe em paz. Tudo o que você pensou... o que quer que você queria de mim... — ela enxugou os olhos, e pegou-se novamente desejando estar em sua armadura em vez daquele vestido frágil e inútil. — Eu não posso... eu não serei aquela mulher — seu tom era brusco e definitivo.

Rowan fugiu, suas costas rígidas e a cauda de seu vestido vermelho se arrastando atrás dela. Ela não olhou para trás.

9

POUCO APÓS O AMANHECER em Gwaren, a cidade estava fervilhando de atividade. Os moradores que tinham passado os últimos dois dias se escondendo estavam lentamente saindo para as ruas, incrédulos com tamanha devastação em torno deles. No céu cinza e triste soprava a brisa salgada do oceano, disfarçando o cheiro de cadáveres em decomposição que já estava começando a permear o ar. A cidade ainda parecia demasiadamente parada, como se uma melancolia pairasse sobre os destroços — uma mortalha que só agora começava a ser remexida.

Arl Rendorn percebeu rapidamente que era necessário impor ordem. Depois de acordar um número de oficiais que ainda estavam meio bêbados com a celebração da noite anterior, ele colocou a maior parte do exército rebelde para trabalhar. Homens foram enviados para patrulhar as ruas e espalhar a mensagem: o povo de Gwaren estaria seguro sob a proteção do Príncipe Maric. Os depósitos de grãos foram abertos e questões de abrigo foram resolvidas para aqueles que haviam passado a noite encolhidos nas ruínas queimadas de suas casas. Mais importante de tudo, os soldados começaram a recolher os mortos.

Não demorou muito para que nuvens de fumaça negra e doentia se elevassem das piras, rapidamente sendo dispersas pela brisa. O cheiro de carne queimada estava em toda parte, e uma graxa escura se espalhava sobre todas as superfícies. Aqueles que se aventuraram para fora de suas residências, o faziam com lenços cobrindo suas bocas. Mesmo assim, as roupas ainda estavam sendo penduradas nos varais, e um punhado de barcos de pesca ousou navegar para além das ondas. A vida tinha que continuar, não importa quem governasse.

No topo da colina com vista para a cidade, a mansão estava em paz. Aqueles que não tinham sido acordados para ajudar com as atividades na cidade dormiam tranquilamente, embora sinais de atividade começassem a ser vistos aqui e ali. Alguns dos servos do teyrn haviam timidamente retornado, incertos de suas posições, mas indispostos a abandonar o único lugar que haviam chamado de lar. Da mesma forma, os seguidores do exército, que o mantinham alimentado e limpo, já estavam explorando a mansão, fazendo um balanço dos suprimentos de comida e varrendo os detritos.

Os estábulos da mansão também estavam tranquilos. A maioria dos novos ocupantes dormia de pé ou mastigava feno calmamente. Um dos maiores dos cavalos de guerra havia sido retirado de seu curral e se banhava pacientemente na luz do sol matinal enquanto Loghain o selava. Havia vários alforjes à espera de serem amarrados no animal, mas nenhum deles era pesado. Não se deveria tratar uma montaria de guerra como uma mula de carga, afinal de contas.

Felizmente, Loghain tinha pouco para levar consigo. Ele havia encontrado sua velha armadura de couro em um dos vagões de carga durante a noite depois de uma hora de busca à luz de tochas. Era bom estar nela novamente, como um par de botas confortáveis que não eram usadas há muito tempo. Depois hesitar um pouco, decidiu manter a capa de sua posição como tenente também. Ele fez por merecê-la. Também havia arranjado uma tenda e alguns equipamentos de acampamento com a ajuda de uma jovem serva muito assustada. Tudo isso tinha sido feito em silêncio, com a esperança de partir para bem longe antes que o resto da mansão acordasse.

Infelizmente, não era para ser. Loghain ouviu passos irritados se aproximando e os identificou como sendo de Maric antes mesmo de ele entrar no estábulo.

O príncipe estava pálido e suando, e seus cabelos loiros estavam desgrenhados. A corrida que fez até lá aparentemente havia sido bastante dolorosa. Não estava usando botas nem camisa, somente um par de calças que, sem dúvida, foram vestidas com pressa. As bandagens em torno de seu peito estavam marcadas com manchas de sangue escuro devido ao esforço. Maric apoiou-se em um bastão de madeira que estava usando como muleta e ficou parado na porta, ofegante e encarando Loghain com indignação.

— Aonde você pensa que está indo? — Maric cobrou, tentando recuperar o fôlego.

Loghain o ignorou, mantendo sua atenção focada em amarrar a sela.

Maric franziu a testa e começou a mancar para dentro, espalhando o feno solto que cobria o chão. Um gordo gato malhado, que estava se limpando tranquilamente em um dos cantos do estábulo até a chegada do príncipe, decidiu que aquela comoção era demais para ele e correu para fora pela porta havia sido deixado aberta, sua cauda balançando no ar. Maric caminhou até Loghain e parou a um braço de distância do homem, quase tropeçando e xingando alto enquanto tentava recobrar o equilíbrio.

— Eu sei que você não tem ordens para cavalgar a lugar algum — disse com preocupação. — E eu já sei que você estava se esgueirando por aí, recolhendo suas coisas.

Loghain não olhou para cima. — Eu não estava me esgueirando.

— Então o que é isso? Selando um cavalo antes do amanhecer, sem se preocupar em avisar qualquer coisa para alguém? Aonde você vai? Você vai voltar?

Loghain terminou de amarrar a sela com um puxão e, em seguida, girou para encarar Maric, os dentes cerrados em fúria. Ele fez uma pausa, suspirando quando viu a confusão surgindo nos olhos de Maric. Com um esgar amargo, olhou Maric diretamente nos olhos.
— Eu deveria ter ido embora há muito tempo. Eu disse que iria trazê-lo de volta para o seu exército, e cumpri com minha palavra. Mas agora é hora de eu partir.

— Eu sabia! — Maric se afastou um passo de distância e, em seguida, virou de costas, claramente frustrado com a ferida que o impedia de andar sem precisar de apoios. — Assim que eles me disseram o que você estava fazendo, eu sabia que era isso! — ele balançou a cabeça em descrença. — Pelo Criador, Loghain, por que agora? O que causou isso, de repente?

Seria mais fácil decifrar os sentimentos de uma pedra do que a expressão no rosto de Loghain. Ele se voltou a preparar seu cavalo, pegando um dos alforjes. — Só deu a hora. Você está bem, Maric — a frase soou falsa até para ele mesmo. — Você não precisa de mim.

— Não seja idiota! — Maric zombou. Então ele parou, olhando para Loghain com curiosidade. — Você está bravo comigo por causa da emboscada de ontem? Eu não tinha ideia do que aquele mago ia fazer com a Rowan, eu só achei que...

— Não, não é isso.

— Então o que é?

— Eu preciso voltar — Loghain declarou com firmeza. A ênfase era tanta que Maric não precisava sequer perguntar para onde ele estaria voltando. — Eu preciso encontrar... o que sobrou do meu pai. Preciso enterrá-lo. Preciso saber o que aconteceu com todos os outros, se fugiram ou não. O que aconteceu com a Irmã Ailis? — ele olhou para Maric com seriedade. — Eram as pessoas com as quais se preocupava. Ele não queria que eu os abandonasse. Fiz a minha parte aqui. Eu preciso ir... Eu tenho um dever, não só aqui.

— Então, por que você age como se estivesse fugindo?

Loghain suspirou. Na frente dele estava o homem que tinha surgido na sua vida e causado todos os seus problemas. Por causa dele, o pai de Loghain estava morto e ele havia se metido em uma guerra na qual nunca quis tomar parte. No entanto, de alguma forma, ao longo dos últimos três anos, Maric havia se tornado seu amigo. Como foi que isso aconteceu? Ele ainda não tinha certeza.

Lá fora, os sons da mansão despertando já podiam ser ouvidos, homens gritando e botas marchando. Sem dúvida, Maric havia acordado o exército inteiro antes de ir até ali. Ele não estava disposto a facilitar as coisas, não é? Típico.

Loghain riu, cansado, enquanto coçava a cabeça. — Eu não estou acostumado a falar tanto assim — admitiu.

— Absurdo. Você conversa comigo o tempo todo. Rowan sempre fala que eu sou o único que pode fazer você falar mais de três palavras em sequência — Maric sorriu, e depois seu rosto ficou muito sério. Ele estendeu a mão e a colocou no ombro de Loghain. Era a mão de um amigo preocupado. — Então fale comigo. Você realmente precisa fazer isso agora?

— Se não for agora, então quando? Já se passaram três anos — Loghain voltou-se para a tarefa de amarrar os alforjes. — Eu não sou um de seus rebeldes, Maric, não sou mesmo. Também não sou um de seus cavaleiros. Não há lugar para mim aqui.

— Eu posso te nomear cavaleiro agora mesmo — a proposta soava quase como uma ameaça.

Loghain cruzou olhares com Maric, e o desafio ficou pairando no ar por um momento longo. Então Maric cedeu, com relutância. Nada mais precisava ser dito sobre o assunto.

Maric apoiou-se na muleta e assistiu Loghain preparar as malas. Ele permaneceu em silêncio, embora fosse evidente que ele desesperadamente queria continuar se vociferando oposições.

Os sons de atividade aumentaram do lado de fora até que Loghain ouviu novos passos chegando. Passos pesados, pontuados pelo tilintar de metal que ele já conhecia tão bem. Ele enrijeceu e suspirou, sem olhar para Rowan quando ela entrou no estábulo segundos depois, a pesada armadura de placas polida e brilhante. Seus cabelos castanhos ainda estavam molhados do banho, cachos úmidos colados contra a pele pálida. Ela continuava estava linda, pensou, mesmo com a expressão fria e dura.

— O que está acontecendo? — perguntou ela.

Maric estava prestes a responder, mas hesitou quando Rowan lançou um olhar afiado em sua direção, franzindo a testa. Ele pareceu surpreso, e claramente incerto do que havia feito para merecer uma saudação tão hostil.

— Estou partindo — Loghain anunciou, interrompendo o confronto.

O pescoço de Rowan chicoteu na direção de Loghain, com um misto de espanto e confusão em seus olhos. — Você está partindo? Para sempre?

— Sim. Para sempre.

— Eu tentei convencê-lo a ficar — Maric se meteu na conversa, suspirando com frustração.

Rowan ficou parada na porta, se remexendo em sua armadura, claramente desconfortável. Ela abriu a boca várias vezes como se fosse falar, mas não disse nada, e Loghain fez o possível para não reparar. Se Maric estava consciente da tensão entre os dois, não deu nenhuma indicação disso. Ele se virou e mancou em direção a um dos currais de cavalo, inclinando-se contra ele com um gemido. Finalmente, Rowan encontrou sua voz. — Não vá — ela implorou.

— Não assim.

— Não há nenhuma razão para eu ficar.

— E os orlesianos? — perguntou Maric. — Eu sei como você se sente em relação a eles. Estamos finalmente fazendo progresso contra Meghren. Você não quer vê-lo derrotado? Se você quer fazer alguma coisa pelo seu pai, por que não fazer isso?

Loghain bufou com desdém. — Você não precisa de mim.

— Você está errado! Nós precisamos!

Rowan avançou. — Maric está certo. Você disse ao meu pai uma vez que ele não era flexível o bastante. Todos os melhores planos vêm de você, Loghain. Sem você, nós não estaríamos aqui.

— Eu acho que você está me dando muito crédito — ele disse. — Os elfos noturnos foram obra minha. Todo o resto vocês poderiam ter feito por conta própria. Lembre-se que sou apenas um tenente.

— Não há nada de errado com as nossas memórias — a expressão fria de Rowan havia retornado ao seu rosto. — Se você realmente quiser partir agora, com tanto a ser feito, então não podemos impedi-lo — ela o olhou com desdém. — Mas achava que você era um homem de verdade.

Os olhos de Maric se arregalaram em choque. Loghain ficou imóvel. Fechou e abriu os punhos em fúria, enquanto Rowan se manteve firme, inabalável. — Eu tenho feito tudo o que foi exigido de mim — disse ele lentamente, claramente irritado. — Você vai exigir ainda mais?

— Sim, eu vou — ela assentiu com a cabeça. — Não temos o mesmo luxo que você tem, Loghain, de ir e vir quando lhe convém. Ou nós derrotamos os orlesianos e os expulsamos de Ferelden, ou nós morremos. Mas se você tem coisas mais importantes do que isso para se preocupar, vá em frente... fuja.

— Rowan... — Maric tentou se intrometer, incerto.

Ela ignorou Maric e caminhou até Loghain, colocando seu rosto a um centímetro de distância do dele. Ele não se afastou. — Você não é um fereldeniano? — ela perguntou. — Este não é o seu futuro rei? Você não deve a ele sua lealdade? Pelo que Maric me disse, seu pai entendia isso.

— Rowan, não — disse Maric com mais ênfase.

Ela fez um gesto na direção de Maric. — Ele é ou não é seu amigo? Nós três não derramamos sangue juntos? Esse não é um laço mais importante do que qualquer outra coisa? — a súplica em seus olhos cinzentos traía a violência de suas palavras. Foi difícil para Loghain engolir a sua fúria.

Então ele não disse nada.

O silêncio pairou por um tempo, e depois Rowan se afastou com relutância. Loghain suspirou profundamente e se virou. Ele não conseguia encarar aqueles olhos.

— Loghain — Maric começou — eu sei que você nunca prometeu que iria ficar. Eu sei que essas coisas todas caíram no seu colo e isso nunca deveria ter acontecido — ele sorriu com tristeza e encolheu os ombros. — Mas aconteceu. Você está aqui e eu aprendi a confiar totalmente em você. Todos nós confiamos, até mesmo o arl. Por favor, não vá embora agora.

Loghain estremeceu. — Maric...

Segurando firmemente sua muleta, Maric ficou de joelhos. Alarmada, Rowan correu para apoiá-lo e tentar puxá-lo de volta, mas ele se recusou. A muleta tremia, e ele grunhiu com o esforço quando se prostrou de joelhos e olhou para Loghain. — Por favor, eu estou implorando. Você e Rowan são os únicos amigos que tenho.

Rowan parou, sua mão soltando o corpo de Maric como se estivesse em brasa. Ela rapidamente se afastou com uma expressão fria no rosto.

Loghain olhou para Maric, horrorizado com o gesto grandioso. Pior, ele sentiu sua determinação ruir. Sua decisão de partir tinha feito muito mais sentido quando a tomou, no meio da madrugada. Agora se sentia como um covarde. — Você está abrindo sua ferida — reclamou para Maric.

Maric fez uma careta, segurando seu lado enfaixado com cuidado. — Umm... Provavelmente.

— Deve ser de todo o esforço — Rowan comentou secamente.

Loghain balançou a cabeça. — Pelo Criador, homem, você não deveria ter um mínimo dignidade? Um pouco que seja?

— Eu? Dignidade?

— Sendo o futuro rei e tudo mais.

— Eu acho que Rowan roubou toda a minha dignidade.

Ela bufou ironicamente, cruzando os braços. — Era a única coisa que ele tinha.

Maric riu e, em seguida, olhou para Loghain novamente, sério. — Isso significa que você vai ficar, então? Eu corri até aqui praticamente só de ceroulas.

— Se você tivesse, eu certamente gostaria de assistir à cena.

— Estou falando sério — Loghain podia ver que ele estava mesmo. — Não acho que podemos fazer isso sem você.

Ele deveria ter escapado quando ainda estava escuro, deixando sua armadura de couro e tudo mais para trás. Agora era tarde demais, impossível. Ele suspirou com irritação para Maric. — Bem, se você pretende vir correndo atrás de mim toda vez que eu tentar partir...

— Nem toda.

— Tudo bem. Eu vou ficar.

Maric sorriu amplamente e se esforçou para ficar em pé de novo, mas acabou se movimentando com muita pressa. Ele gritou de dor e quase caiu, mas Rowan correu e conseguiu segurá-lo. Sua armadura arranhava contra seu peito nu, e ele se encolheu nos braços dela, rindo. — Ai! Cuidado com as pontas!

— Como é viril o meu príncipe — ela suspirou.

Eles riram e sorriram um para os outros, um momento que rapidamente se desvaneceu quando o sorriso de Rowan vacilou. Depois que ela ajudou Maric a ficar em pé, se afastou. Ele olhou para ela, um tanto perplexo, antes de notar a mancha de sangue que rapidamente se espalhava por suas bandagens. — Ahhh — ele respirou fundo, — se eu não morrer com isso, o Wilhelm com certeza vai me matar.

Loghain olhava para seu cavalo de guerra, selado e pronto para cavalgar. Com uma sacudida silenciosa de sua cabeça, começou a desamarrar os sacos. Rowan se virou para sair, mas Maric ergueu as mãos para impedi-la. — Espere! — ele gritou. Então ele pegou a muleta improvisada e rapidamente saiu mancando para fora do estábulo, como se estivesse em uma missão.

Ela ficou olhando para ele, franzindo a testa. — O que ele está tramando?

Loghain deu de ombros. — Vindo dele, poderia ser qualquer coisa.

Os dois ficaram ali parados entre a poeira e o feno, ouvindo os sons de comoção vindos da mansão e o relinchar ocasional dos cavalos. Loghain pensou em dizer algo, mas, em meio àquele clima de tensão, abrir a boca parecia ser um desafio impossível. Voltou sua atenção para a sela, sentindo os olhos de Rowan nas suas costas.

Depois do que pareceu uma eternidade, ela falou, com a voz aflita e hesitante. — Você estava partindo por minha causa?

Ele parou. — Eu estava partindo porque eu não sou um homem de verdade, de acordo com o que você me disse.

Ela se encolheu. — Eu... não deveria ser a única razão para você ficar.

— Você não é — ele se virou para ela, seu olhar congelante. — Ele é.

Ela concordou com a cabeça lentamente, os olhos cheios de lágrimas que não ousava derramar. Ele não precisava dizer mais nada. Eles ficaram parados, em silêncio. A distância entre os dois preenchia todo o estábulo.

Loghain se perguntou se era necessário recordar aquele momento, se ele teria que memorizar a curva de sua mandíbula, os olhos cinzentos que piscavam para ele por baixo dos cachos castanhos, a força de sua expressão desesperadamente infeliz. Perguntou-se se teria que guardar tal memória como um escudo, agora que havia decidido ficar. Certamente, estava ficando louco.

Eventualmente Maric mancou de volta para dentro do estábulo, Arl Rendorn e vários outros soldados em seu encalço. Rowan e

Loghain desviaram o olhar um do outro em direções diferentes. O arl, que aparentava confuso e intrigado, olhou para Maric, que parecia bastante satisfeito consigo mesmo.

— Eu acho que nós precisamos fazer agora mesmo o que estávamos discutindo há poucos dias, Vossa Excelência — Maric anunciou, respirando pesadamente e suando por todos os poros.

O arl olhou desconfiado para Maric. — Você quer dizer agora? — então ele percebeu o cavalo de batalha selado e os alforjes, e franziu a testa. — Indo a algum lugar? — perguntou para Loghain.

Loghain deu de ombros. — Não mais.

— Sim, eu acho que devemos resolver isso já — Maric insistiu.

Arl Rendorn mastigou alguns pensamentos por um instante, enquanto os outros soldados se entreolhavam em confusão. Em seguida, ele assentiu. — Como quiser. Talvez seja melhor assim — ele virou-se para Loghain. — Loghain Mac Tir, você serviu seu príncipe bem nestes últimos anos. Você provou ser um líder capaz de comandar homens, e não é....

— Espera aí — Loghain interrompeu. — Eu já disse que vou ficar, isso não é necessário...

— Deixe-me terminar — o arl sorriu. — Não há um dia que passe em que eu e Maric não falemos sobre a importância de sua presença. A sua patente atual não faz jus a importância que você tem para a nossa causa. Assim, apesar de não ser um cavaleiro, nós consideramos que é justo lhe oferecer o posto de comandante.

Loghain estava prestes a interromper novamente, sentindo que iriam lhe oferecer algum tipo de recompensa em breve, mas não o fez. Não fazia a menor ideia do que Maric estava tramando. O protesto ficou preso na garganta, e ele olhou para o arl, boquiaberto. Maric sorriu maliciosamente.

— Isso coloca você imediatamente abaixo de mim na cadeia de comando, Loghain — o arl continuou. — Minhas ordens para os outros oficiais serão retransmitidas através de você, e espero que você assuma mais funções logísticas. Isso, é claro, se você estiver disposto a aceitar a promoção... — o canto da boca do arl contraiu-se ligeiramente em uma expressão de desafio. — Você provou-se ser... imprevisível sobre tais questões no passado, afinal de contas.

Loghain olhava para todos os lados, boquiaberto.

— Não é um suborno — Maric interferiu. — Eu só queria que você soubesse que...

— Eu aceito — as palavras saíram da boca de Loghain quase antes de perceber que estava falando. Ele olhou para cima e viu a mão do arl estendida em sua direção. Ele a sacudiu, entorpecido.

— Excelente — O arl sorriu.

Loghain, então, virou-se para Maric, que estava sorrindo e estendendo a sua própria mão. Loghain ficou em silêncio e olhou para ele como se não tivesse ideia do que aquilo significava.

Depois de um momento, Maric desajeitadamente baixou a mão. — Err... algo de errado?.

— Não — Loghain disse olhando fixamente para o chão.

Então ele desajeitadamente se ajoelhou diante Maric. Seu rosto estava quente e corado, e ele sabia que devia estar ridículo. Os soldados chocados atrás do arl se olharam com incredulidade.

Maric olhou para ele com horror. — O que você está fazendo?

Loghain franziu a testa, pensativo, mas depois assentiu. Ele sabia que isso era o que ele precisava fazer. — Eu posso não ser um cavaleiro — ele disse com firmeza, — mas estou certo que um comandante em seu exército precisa fazer um juramento de algum tipo.

Agora foi a vez de Maric ficar boquiaberto. Ele olhou, impotente, de Arl Rendorn para Rowan e de volta para Loghain. — Não! Não, não, eu não preciso de qualquer tipo de juramento vindo de você!

— Maric...

— Você me entendeu mal, eu nunca... Quer dizer, eu sei como você se sente, o seu pai era completamente...

— Maric — Loghain interrompeu. — Cale a boca.

A boca de Maric fechou com um estalo audível.

Atrás deles, Rowan lentamente retirou-se pela porta. Ninguém notou quando ela silenciosamente se virou e saiu.

— Se você realmente quer que eu fique — Loghain começou, olhando para Maric, — então eu fico. E se você vai confiar o seu exército a mim, se você confia tanto assim em mim, então estou honrado. Eu posso não ser bem-nascido, e não tenho ideia de quanto a minha palavra vale para você... mas você a tem. Você é meu amigo e meu príncipe e eu juro lealdade.

Maric engoliu em seco. — Suas palavras significam muito para mim, Loghain — disse com a voz trêmula. Ele parecia profundamente emocionado.

Loghain se levantou lentamente. Arl Rendorn silenciosamente acenou com a cabeça para ele, orgulho transbordando de seus olhos. Os soldados atrás do arl celebraram. Ele ficou ali em silêncio na frente deles, sem saber o que dizer.

Maric sorriu como um tolo. — Comandante Loghain — disse ele em voz alta, como se testando o título.

Loghain riu com tristeza. — Soa estranho.

— Eu aposto que sobraram algumas garrafas de bebida da celebração de ontem a noite.

Loghain riu. — Cheias de uísque vagabundo, provavelmente.

— E há melhor maneira de comemorar sua promoção?

— Você vai colocar uma camisa, pelo menos?

— Tudo bem, tudo bem. Se você insiste — Maric riu, se apoiando em sua muleta e mancando para fora da porta.

Loghain esperou um momento, balançando a cabeça em total descrença. *Eu sou um idiota*, pensou.

Então, seguiu Maric para fora.

10

O SALÃO PRINCIPAL da mansão de Gwaren estava lotado, já que não fora construído para ser usado como uma corte real. Uma corte presidida por um príncipe exilado e abarrotada de membros da nobreza que se aliaram à causa rebelde e outros que pretendiam fazer o mesmo, apesar da possível fúria do usurpador. Loghain notou que havia muito mais participantes do que imaginou. Certamente muito mais do que Maric esperava. Loghain teve que reprimir um sorriso enquanto observava Maric sentado na cadeira ornamentada na ponta do salão. O príncipe estava cada vez mais nervoso, observando seus convidados se aglomerando entre as mesas.

O usurpador não tinha facilitado a vida deles nas últimas várias semanas. Felizmente, parecia que o Rei Meghren não tinha muito que fazer. A passagem através da grande Floresta de Bercília era fácil de defender, e apesar das forças do rei terem tentado chegar à Gwaren várias vezes, em todas as ocasiões, acabaram sendo forçadas a recuar muito antes de se aproximarem da cidade. As táticas que os rebeldes haviam aprendido na defesa das colinas do sul foram importantes aqui, e Loghain estava orgulhoso das emboscadas de seus Elfos Noturnos contra tropas inimigas dentro da floresta. A reputação dos elfos como assassinos brutais entre os inimigos só aumentava, e dizia-se que muitos homens dentro do exército do rei estavam se recusando a fazer a vigília da noite por medo de levar uma flecha na garganta.

Isto significava que a rota por terra para Gwaren estava fechada, mas felizmente não era a principal rota comercial da cidade. O porto continuava aberto, e depois de um período inicial de incerteza, ele voltou a mostrar a movimentação agitada de sempre. Maric se reuniu com o prefeito local, um sujeito corpulento que se jogou no chão em terror quando os homens o trouxeram. O prefeito era um homem decente, nascido em Ferelden e mal tratado pelos orlesianos que haviam assumido o domínio da cidade. Naturalmente, não tinha nenhuma razão para acreditar que os invasores fossem diferentes, e ficou chocado quando Maric colocou-o de volta no comando da cidade e permitiu que usasse o exército rebelde para restabelecer a lei e a ordem.

Depois de alguns testes nervosos de sua autoridade, cada decisão apoiada rapidamente por Maric, o prefeito exerceu as suas funções de seu cargo com vigor. O alívio do homem era quase palpável e, convencido das intenções honestas de Maric, convenceu também a maioria dos fereldenianos locais de que a mudança de regime era boa para a cidade. A aceitação de Maric como o verdadeiro príncipe tornou-se algo comum, e filas se formaram ao redor da mansão, filas de pessoas dispostas a jurar fidelidade. Os esforços para reconstruir e providenciar abrigo para todos os desgarrados pela guerra seguiam rapidamente. Havia até mesmo relatos de pessoas que fugiram de Gwaren durante as batalhas e retornaram para seus lares.

Obviamente, os poucos orlesianos locais que não conseguiram fugir da perspectiva aterrorizante de um governo comandado pelos rebeldes eram os menos satisfeitos com a situação. Eram pessoas menos afortunadas, como servos da pequena nobreza rica, guardas e um punhado de comerciantes e artistas. Pobres ou não, Loghain não estava disposto a arriscar que tentassem assassinar Maric para provar lealdade ao rei. Os guardas foram presos no calabouço da mansão, enquanto o resto dos orlesianos era constante e cuidadosamente vigiado.

Eles não eram os únicos problemas potenciais, Loghain sabia muito bem. Os sorrisos dos moradores iriam desaparecer rapidamente se o vento mudasse de direção. Maric zombou da ideia, mas mesmo Rowan concordou que era necessário aumentar a segurança em torno da mansão. Tomar a cidade da mão do inimigo era uma coisa; mantê-la era outro desafio.

Uma hora ou outra, o usurpador conseguiria um batalhão grande o bastante para atravessar a passagem na floresta e atacar, e Arl Rendorn estava preocupado com exatamente quando isso iria acontecer. Gwaren era defensável, mas também era um beco sem saída. Sua sorte era que as rotas marítimas permaneciam abertas. Ferelden nunca teve uma cultura marítima acentuada, e, portanto, o usurpador se via forçado a oferecer recompensas exorbitantes para aqueles dispostos a atacar navios que seguiam até Gwaren. Para sua frustração, poucos se interessavam. Os tripulantes dos navios que atracavam no porto relatavam poucos problemas durante suas viagens. Meghren estava extremamente frustrado com a capacidade dos rebeldes de se moverem livremente pelo país e, de acordo com diversos rumores, a quantidade de cabeças empaladas que decoravam as portas de seu castelo aumentava a cada dia.

Arl Rendorn temia que o Imperador enviasse para o usurpador uma frota de barcos para patrulhar a costa, mas isso ainda não havia acontecido. Por enquanto, eles estavam seguros. A ocupação de Gwaren era como um olho roxo para os orlesianos, mostrando que Maric era forte o suficiente para manter sua própria corte, a primeira desde a época de seu avô. Assim, os curiosos não paravam de chegar.

Pelo menos metade da sala, Loghain supôs, era formada por homens e mulheres que nunca haviam marchado com os rebeldes.

Todos eram — ou ao menos diziam ser — leais seguidores que celebravam cada vitória dos rebeldes. O vinho fluía livremente, e todos aqueles rostos rosados apresentavam largos sorrisos, mas Loghain se perguntou quantos deles, no final do dia, iriam oferecer mais do que palavras de encorajamento? Muito poucos, imaginou, e somente se o usurpador não descobrir sobre essa pequena reunião.

Rowan insistia que mesmo a presença daqueles nobres era um risco, um desafio aberto contra o rei que não ousariam antes de Gwaren ser tomada. Afinal, como poderiam ter certeza que relatos sobre esse encontro não chegariam até Denerim? Alguns desses homens certamente eram espiões. O rei não era conhecido por ser uma alma piedosa, e Rowan estava certa de que foi o medo da ira de Meghren ou a esperança de cair nas graças do usurpador que trouxe alguns daqueles nobres até eles.

Lembrando-se do tempo que haviam passado juntos no bannorn, Loghain tendia a concordar. Ainda assim, a diplomacia era o trabalho de Maric.

O salão havia atingido o auge do tagarelar e do tilintar de taças de vinho quando Maric finalmente levantou-se. Loghain achou que ele parecia pequeno em seu manto negro, uma peça de roupa forrada de arminho que eles haviam tomado do antigo proprietário da mansão. Ele parecia pertencer à realeza, no entanto, exceto pelo suor nervoso que escorria por seu rosto.

O barulho no salão diminuiu, e muitos dos nobres tomaram seus lugares nas mesas. Loghain permaneceu de pé, assim como fez o arl e Rowan e muitos dos outros guardas rebeldes que ficavam nos cantos. Um soldado saiu de trás da cadeira de Maric carregando um cajado e um pergaminho. Ele bateu o cajado no chão de pedra três vezes, o som ecoando por todo o salão e silenciando os últimos sussurros e inquietações dos nobres. O soldado desenrolou o pergaminho e leu:

— Neste dia, no ano nonagésimo nono da Santíssima Era, vós sois bem-vindos à corte do Príncipe Maric Theirin, filho da finada

Rainha Moira Theirin e herdeiro do sangue de Calenhad, primeiro Rei de Ferelden. Cega não é vossa lâmina, e respeito deve ser mostrado por vós aqui presentes.

O soldado bateu o cajado novamente, uma vez, e Loghain acompanhou o salão inteiro em um recitar baixo e solene: — Nossas lâminas são vossas, Majestade — se ao menos aquilo fosse verdade, e não uma mera formalidade.

O soldado pôs o pergaminho de lado e fez uma reverência para Maric antes de se retirar. Maric continuou ali, avaliando a multidão. Alguns dos nobres começaram a sussurrar uns para os outros, mas a maioria assistiu em silêncio.

Ele vai ignorar tudo o que o arl disse, não vai? Loghain pensou consigo mesmo. Rendorn passou muitas horas treinando Maric sobre exatamente o que ele deveria dizer e as formalidades que deveriam ser observadas em uma verdadeira corte. Mas Loghain viu nos olhos de Maric que ele tinha outros planos.

Seu bastardo atrevido, pensou Loghain.

— Eu sei o que vocês estão pensando — começou Maric. Sua voz facilmente atravessou todo o salão. — Muitos de vocês têm me perguntado sobre isso esta noite. Eu sei que alguns de vocês estavam em Rufomonte quando Arl Rendorn declarou minha mãe, a legítima Rainha, mas eu não os chamei até aqui como testemunhas de uma coroação.

Uma onda de murmúrios surpresos começou por todo o salão, mas Maric levantou uma mão.

— Quando eu for coroado — ele levantou a sua voz acima dos sussurros —, tenho a intenção de que seja sentado no trono de Calenhad e com a coroa que atualmente se encontra na cabeça daquele usurpador!

Gritos e aplausos acompanharam a fala de Maric, muitos dos nobres ficaram de pé e bateram palmas vigorosamente. Alguns estavam em silêncio, e talvez até mesmo chocados, Arl Rendorn, entre eles.

Loghain observava o pobre homem pálido vendo o seu cuidadoso treino ir por água abaixo. Maric olhou para o salão intensamente, o fogo em seus olhos. Loghain aprovou.

— Então, por que vocês estão aqui? — Maric começou de novo, antes que a gritaria cessasse por completo. Ele avançou pelo salsão, movendo-se lentamente entre as mesas. O barulho na sala rapidamente desapareceu. — Em parte para reconhecer que demos o primeiro passo na recuperação de nossa pátria. Se Teyrn Voric ainda estivesse vivo... Ele era um amigo de minha mãe, e eu ficaria muito feliz em vê-lo sentado na cadeira que sempre o pertenceu — Maric acenou para a cadeira onde estava sentado poucos minutos antes. — Mas todos nós sabemos o que aconteceu com ele, não é?

A sala ficou repentinamente sombria, e os poucos sussurros que continuavam pararam enquanto todos os nobres olhavam atentamente para Maric. Eles sabiam muito bem.

— Teyrn Voric foi acusado de nos oferecer um porto seguro, e Meghren enforcou toda a sua família. Ele os deixou balançando na praça de Denerim até apodrecerem, e então deu Gwaren a um de seus próprios primos.

O silêncio era completo e absoluto. Muitos olhares foram ao chão, alguns em luto e alguns envergonhados. Não havia ninguém presente que não estivesse dolorosamente ciente do preço da invasão orlesiana, ou dos sacrifícios que haviam sido feitos pelos fereldenianos que optaram ficar em suas terras com as suas famílias, em vez de se juntar à rebelião.

— O poder de Meghren está nos *chevaliers*, naqueles homens que lhe foram enviados pelo Imperador. Sem eles, nós teríamos os expulsado há muito tempo. Eu ouvi a pergunta: *'o que podemos fazer contra esses chevaliers? Eles nos derrotaram uma vez durante a invasão, e mesmo que os derrotemos agora, o Imperador pode simplesmente enviar mais!'*. Nós recebemos novas informações, informações que nos dão uma rara oportunidade de contra-atacar contra os *chevaliers*.

Ele fez uma pausa para deixar que a novidade fosse absorvida, e o nível de sussurros surpresos aumentou novamente. — Sofremos uma grande perda para descobrir isso. Arl Byron está morto, mas por causa dele agora sabemos que os pagamentos para os *chevaliers* estão sendo enviados de Orlais e irão chegar à fortaleza de Monte Oeste, na costa norte. Bem mais do que cinco mil soberanos — o salário de um ano inteiro para todos eles.

O sussurro novamente se transformou em silêncio, e por um momento toda a sala olhou para Maric com os olhos arregalados, assustados. — Sem esse dinheiro, Meghren será forçado a extorquir o povo de Ferelden além de seus limites com novos impostos, gerando revolta, ou mendigar mais dinheiro com o Imperador — ele sorriu maliciosamente. — Nós temos a intenção de confiscar tais salários.

A sala irrompeu em exclamações, perguntas irritadas e suspiros chocados. Loghain viu que muitos daqueles nobres estavam preocupados, e inclinavam-se para gritar perguntas nas orelhas uns dos outros. Ele podia imaginar sobre o que estavam falando. Eles não conheciam Maric como ele conhecia. Eles conheciam sua mãe, e talvez, Arl Rendorn. De Maric, tudo o que sabiam é que era ousado ou temerário o bastante para capturar Gwaren, uma cidade que não conseguiria manter por muito tempo.

Dois dos banns mais jovens, pequenos proprietários de terra ao norte que estavam debruçados sem entusiasmo em uma mesa no canto da sala antes de Maric revelar seu plano, agora estavam sorrateiramente saindo do salão. Loghain cruzou olhares com Rowan, do outro lado da sala, e ela balançou a cabeça de forma quase imperceptível em resposta. Ela e outros três soldados discretamente seguiram os dois banns.

Maric não aprovaria, Loghain pensou. Mas Maric não precisava saber.

A gritaria continuou durante um minuto inteiro. Maric ouvia os protestos e exclamações, aparentemente despreocupado com o caos que havia gerado enquanto retornava para sua cadeira. Um dos banns mais velhos, um homem conhecido e respeitado no bannorn, levantou-se e ergueu a mão para chamar a atenção. Enquanto os olhos se voltavam para ele, o barulho no salão diminuiu gradualmente.

— Bann Tremaine, não é? — Maric perguntou-lhe, em voz alta o bastante para ser ouvido.

O bann curvou-se respeitosamente, as pesadas vestes azuis que usava ameaçando derrubar seu corpo idoso no chão. Sua pele era como um pergaminho pálido, e quando falou, sua voz era tão grossa e baixa que o resto da sala teve que se esforçar para ouvir.
— Meu príncipe, — o bann começou — eu não entendo. Como você vai chegar a Monte Oeste? O usurpador está com seu exército acampado na estrada de Brecília. Você não terá que batalhar com eles só para ir até lá?

Maric assentiu. — Navios. O usurpador não controla os mares ainda, portanto, contratamos várias galeras antivianas para transportar os nossos homens até a costa norte — ele sorriu. — Não vou dizer exatamente onde, se você perdoar minha discrição.

Algumas risadas escaparam entre a multidão, mas diversos olhares as abafaram rapidamente. O ancião Bann Tremaine parecia ainda mais confuso e fez a pergunta que a maioria dos outros nobres tinha na cabeça. — Mas... isso significa que você vai abandonar Gwaren?

Maric escutou os gritos de desaprovação que acompanharam a pergunta do bann. — Nós precisamos atacar as bases do exército do usurpador — disse com firmeza. — Se não o fizermos, não seremos capazes de manter Gwaren.

Vários gritos de "mas o que vai acontecer aqui?" surgiram da multidão. Loghain notou o corpulento prefeito da cidade sentado em uma das mesas, seu rosto pálido como um lençol. Seria muito fácil para os orlesianos, Loghain imaginou, interpretar que prefeito apoiava a presença dos rebeldes na cidade. Sem dúvida, o prefeito estava pensando sobre o que o usurpador faria com pessoas como ele, caso recuperasse o controle da cidade.

Maric levantou a mão, mas a discussão não parou. — Nós não temos escolha! — gritou. — Nós vamos deixar uma guarnição aqui, e esperamos atrair a atenção do usurpador para o norte! Mas se ele atacar, não podemos detê-lo!

A frustração generalizada cresceu entre os presentes. Muitos pulavam de suas cadeiras e gritavam com raiva para Maric. A ideia de abandonar a primeira cidade que os rebeldes haviam libertado não lhes caia bem. Loghain sabia que Gwaren não era defensável o suficiente para resistir contra um ataque total do usurpador, e sem nenhum lugar para se retirar, seria tolo da parte deles tentar segurar a cidade com uma pequena força. Mas a maioria desses homens não pensava assim.

Maric parecia nervoso agora, suando enquanto observava a sala saindo de seu controle. Bann Tremaine sentou-se, balançando a cabeça em triste descrença, e muitos dos outros nobres pareciam tomar isso como um sinal de condenação. Loghain observou os homens que já faziam parte da causa rebelde e viu que eles permaneceram em silêncio em suas cadeiras, com os lábios franzidos.

Por quê a aprovação de qualquer um desses homens era necessária, Loghain não tinha certeza. Mas Maric a desejava, esperando que a aprovação pudesse significar apoio adicional e ainda mais reconhecimento dos lordes de que ele ainda era o verdadeiro regente de Ferelden. *Era arriscado*, pensou Loghain. E se eles se recusassem? Mesmo que aprovassem, quem garante que isso significaria mais soldados? A rebelião estava prestes a perder mais do que ganhar com essa corte. Loghain tentou avisá-los sobre isso, mas ninguém deu ouvidos.

— O que Arl Rendorn acha disso? — o grito veio de um nobre de cabelos grisalhos, e repetido por muitos. Os nobres começaram a se virar na direção do arl, que os encarava desconfortavelmente de perto da cadeira de Maric. Ele não disse nada enquanto os gritos aumentavam em volume, até que finalmente Maric franziu o cenho e acenou com a cabeça.

Parecendo pouco à vontade em suas vestes formais, o arl deu um passo à frente e o salão rapidamente fez silêncio. — Eu não vou mentir — anunciou bruscamente. — Tenho minhas dúvidas em relação a este plano — suas palavras foram recebidas por um tumulto imediato de desaprovação, e ele teve que berrar para continuar sendo ouvido. — Mas! Mas ele não deixa de ter seu mérito, meus amigos!

Muitos dos nobres no salão se levantaram, alguns prontos para sair dali. Arl Rendorn deu um passo à frente, com a testa franzida em consternação. — O que o Príncipe Maric diz não é mentira. Ficar aqui sem fazer nada não é uma opção! É verdade que estamos gastando tudo o que temos nesses navios, e é um plano arriscado, mas imagine o que vai acontecer se ele funcionar! — o som de conversas diminuiu ainda mais. — Vocês todos vivem há tanto tempo sob o jugo orlesiano que sequer se lembram de como é a sensação de atingi-lo onde dói! — alguns aplausos acompanharam suas palavras, e vários homens bateram em suas mesas. — Minhas dúvidas são as de um homem velho... todas as vitórias que o príncipe conquistou até agora têm sido graças a tais riscos!

O arl se sentou ao som de uma bela salva de aplausos. Maric sorriu para ele em sinal de gratidão. Loghain sabia que poderia ter sido muito pior. As objeções de Arl Rendorn em particular haviam sido extenuantes. Ele não confiava no mar, como qualquer bom fereldeniano, e a ideia de que os rebeldes deveriam gastar toda a prata que haviam saqueado em Gwaren para contratar navios o deixava consternado. *Mais uma razão para fazê-lo*, pensou Loghain.

Ainda assim, o endosso do arl não era o bastante. O ceticismo reinava, e o murmúrio entre os reunidos aumentava a cada segundo. Maric ficou de pé, e precisou tentar várias vezes antes de conseguir gritar alto o bastante para ser ouvido.

— A razão pela qual eu estou mostrando esse plano para vocês — Maric gritou — é que precisamos da sua ajuda! Se aqueles que desejam ver Ferelden livre não se levantarem agora, nunca terão outra oportunidade! Não podemos arcar com esse ônus sozinhos!

Mais gritos de desaprovação, e Loghain viu o coração de Maric afundar em seu estômago. Suas palavras estavam sendo ignoradas. Eles não acreditavam nele, não davam valor ao plano ou estavam assustados. O medo de uma vingança de Meghren os impediu de se juntar aos rebeldes até então. Arl Byron havia sido o homem mais poderoso a abandonar as suas terras para apoiar Maric, e o que tinha acontecido com ele? Homens velhos balançavam a cabeça, e muitos estavam se preparando para sair.

Loghain cansou de escutar. Foi para frente, cotovelando todos no seu caminho até o centro do salão.

— Podemos tomá-lo! — ele gritou. Sacou sua espada, e o som metálico combinado com a aparição de uma arma assustou a todos. Aqueles que estavam prestes a sair pararam, enquanto outros olhavam para a cena em choque. — Vocês duvidam da nossa capacidade de tomar Monte Oeste — gritou ele, virando-se para olhar desafiadoramente nos olhos de todos na multidão. — Mas quantos de vocês acreditavam que poderiam estar aqui nesta noite? Quantos de vocês me disseram durante nossos encontros no bannorn que a morte da Rainha Rebelde significava que a rebelião estava acabada? Bem, aqui estamos!

Suas palavras foram recebidas em silêncio. Ele se virou e olhou para a multidão até encontrar a elfa loira que trouxe a informação de Arl Byron. Ela se apoiava contra a parede do lado oposto do salão, usando agora com um vestido verde elegante, mas quase escondida nas sombras. Loghain tinha assumido inicialmente que ela seria pouco mais do que uma mensageira, mas, após interrogá-la teve que rever sua opinião. Parecia que a elfa havia sido instrumental na aquisição de informações sobre Monte Oeste. Eles não podiam perguntar para Arl Byron sobre a história dela como sua agente, mas suas habilidades a tornavam valiosa. Eles tiveram sorte de ela ter chego a Gwaren sã e salva.

Ele apontou sua espada na direção dela. — Você aí! Katriel! Venha até aqui!

Os olhos verdes de Katriel se voltaram para Maric, e ele acenou com um ar tranquilizador. Ela se recompôs e foi em direção da luz até que pudesse ser vista por todos os nobres. Timidamente, fez uma reverência, mantendo a cabeça baixa.

— Esta é a mulher — Loghain fez um gesto na direção dela, — que nos trouxe tal informação. Nós sabemos os nomes das pessoas dentro de Monte Oeste que nos forneceram essas informações, homens e elfos que, como ela, eram amigos da rebelião. Eles vão nos dar a oportunidade de infiltrar os nossos próprios homens como servos, para abrir os portões da fortaleza por dentro.

Ele fez uma pausa para deixar digerirem a informação. — Na verdade, ela ainda se ofereceu para ser um desses servos — ele virou-se para os nobres, olhando com frieza. — Ela, uma elfa, provou-se mais corajosa e mais disposta a ajudar o príncipe do que toda uma sala cheia de nobres orgulhosos de Ferelden.

A gritaria começou de novo, e muitos ficaram em pé para ameaçar e balançar os punhos na direção de Loghain. Ele se manteve firme.

Alguns dos nobres ficaram indignados, e um em particular empurrou os outros para ficar a frente de vários dos seus companheiros. Era um homem gordo com cabelos encaracolados vermelhos, chamado Bann Donall, se Loghain lembrava corretamente. Loghain e Rowan tinham se encontrado brevemente com ele durante as suas viagens pelo bannorn, e tinham sido sumariamente mandados embora sem uma sequer uma oferta de hospitalidade.

— Você se atreve a nos comparar com uma orelha-pontuda? — ele gritou, as bochechas coradas de fúria. — O que importa se alguma vadia élfica oferece sua vida sem valor para os seus superiores? Que chances você acha que ela tem de abrir os portões da fortaleza?

Loghain viu os olhos da elfa irem ao chão e seu rosto ficar vermelho, embora não pudesse dizer se era de vergonha ou raiva. Antes que ele pudesse responder, no entanto, Maric correu para o meio do salão. Seus olhos estavam arregalados com uma raiva que Loghain nunca tinha visto nele antes.

— Se alguém tem alguma chance, é ela — Maric disparou. Ele olhou desafiadoramente para o bann ruivo, e por um momento parecia ter três metros de altura. — E vida dela não é inútil. Se você quer uma razão pela qual nós estamos aqui vivos, basta olhar para ela. Eu valorizo imensamente a sua vida, e o fato de que ela está disposta a se arriscar, mesmo para homens ignorantes como você, me faz valorizá-la ainda mais.

Ele se virou e friamente, observou o resto dos nobres que agora assistiam em silêncio. Os olhos de Katriel estavam arregalados de espanto, mas ela continuou a olhar para o chão sem se mover.

— Vocês me consideram caprichoso? — Maric rosnou. Ninguém respondeu. — Vocês acham que irei desperdiçar nossas fortunas em planos imbecis? Digo-vos que nós podemos atacar o usurpador apenas através dos seus *chevaliers*. Para fazer isso, vou usar quem eu acredito ser capaz de completar o trabalho!

Ele marchou até Bann Donall, olhando-o no rosto, e o homem gordo recuou um passo. — Você acha que pode escolher quem são essas pessoas, senhor? Você acha que estamos aqui na corte para decidir, sem pressa, como e quando atacar o usurpador? Devemos agir porque podemos, e devemos agir agora!

Maric virou-se e marchou em direção a Katriel. Estendeu a mão para ela, e apesar de olhá-lo com horror, tomou sua mão e ele a trouxe para mais perto, sorrindo gentilmente. — Eu acredito que o Criador trouxe esta mulher até mim por uma razão — anunciou ele — e, além disso, eu acredito que ela e aqueles que eu enviar com ela estão destinados ao sucesso — ele se virou para franzir a testa para Bann Donall. — Eu acredito que seja o suficiente lhe prometer isso: Se os portões de Monte Oeste não forem abertos, não vamos atacar. Eu não vou desperdiçar vidas em uma investida impossível.

Maric se virou para olhar para Katriel novamente, usando a mão livre para levantar o seu queixo. Ele sorriu, olhando em seus olhos. — Mas eles estarão abertos. Eu acredito nisso — disse ele com firmeza.

Katriel piscou rapidamente, claramente desconcertada e se remexeu incerta de como responder. — Eu... vou fazer o meu melhor — ela finalmente gaguejou. Um rubor subiu por seu rosto, e ela desviou o olhar.

O burburinho recomeçou, vozes colidindo umas contra as outras. Alguns aplaudiram e muitos baixaram a cabeça para pensar, enquanto outros as sacudiam em desânimo. Porém, a raiva havia sido drenada do salão, e quando Maric virou-se para avaliar as mesas diante dele, ele se parecia muito com o governante que deveria ser. Alguns dos homens e mulheres mais próximos dele começaram a se ajoelhar.

Bann Donall adiantou-se novamente. — Vocês estão todos loucos? — ele gritou, olhando para o salão. Ele estava tão fora de si, que estava tremendo, seus punhos gordos socando o ar a sua frente. — Você realmente vão ouvir a essa criança e suas fantasias?!

A sala ficou em silêncio novamente. Maric olhou para o homem com frieza, mas não disse nada.

— A única razão pela qual ele chegou até aqui é por causa do arl! Vocês sabem disso! — o bann girou, procurando o apoio do salão. Muitos se recusaram a encará-lo, mas outros pareciam indecisos. — Devemos encarar a realidade! — ele gritou, gesticulando descontroladamente. — O Rei Meghren não vai a lugar nenhum! Seria melhor enjaular esse filhote de cachorro e entregá-lo ao rei antes que ele descubra que estávamos aqui!

Um silêncio desconfortável saudou as palavras do homem de cabelos vermelhos, e antes que ele pudesse continuar, Loghain saltou pela sala e cravou sua espada no peito do homem. O bann olhou com descrença para a lâmina saindo de seu tórax enquanto sangue carmesim jorrava de sua boca. Ele fez um barulho repulsivo e Loghain puxou sua espada.

O homem gordo deslizou para o chão e caiu com um baque surdo. Um suspiro de horror percorreu a multidão, e o som de muitas cadeiras raspando no chão de pedra ecoou pelo salão enquanto muitos nobres se afastavam. Eles olhavam para Loghain com trepidação, sem saber se estava prestes a matá-los em seguida. Mesmo Maric olhou para Loghain com curiosidade, ainda segurando de maneira protetora as mãos da mulher élfica.

Quando o salão ficou em silêncio novamente, Loghain limpou calmamente sua espada na túnica luxuosa do bann morto. Notou que alguns dos nobres ainda estavam se afastando como se repelidos pelo assassinato, e alguns estavam prestes a fugir de maneira sorrateira. Ele não precisou olhar para cima para saber que Rowan já havia retornado, e que ela enviaria homens para bloquear as portas que levavam para fora do salão.

— Vocês se esquecem — Loghain falou calmamente. Todos no salão estavam absolutamente imóveis, e ele tinha atenção completa e irrestrita. — Esse não é um mendigo a pedir por uma esmola. Esse é o seu legítimo rei. Estamos em guerra com os orlesianos, os mesmos que conquistaram nossas terras e estão as tomando lentamente de vocês.

Com uma expressão irritada, ele chutou o corpo de Bann Donall, que rolou vários metros para longe dele. O corpo parou de barriga para cima, revelando a expressão sem vida e os olhos horrorizados do bann. Uma mancha molhada e escura foi se espalhando lentamente por toda a frente de seu manto, e sangue estava escorrendo ao redor dele. Muitos olharam para o corpo, mas ninguém se moveu.

— Vocês todos podem perder tempo pensando nas muitas maneiras que existem de nos trair para beijar os pés do usurpador, — Loghain continuou — ou vocês podem agir como fereldenianos e parar de torcer para que nós consigamos fazer todo o trabalho sozinhos. A escolha é de vocês.

Loghain parou, limpou a boca, e embainhou a lâmina. Nem uma única palavra foi dita no salão, mas ele podia ver muitas cabeças acenando severamente. Com alguma sorte, ele não havia destruído as chances de Maric completamente.

Ele se virou para Maric, que ainda estava de pé na frente da elfa. Ela observava Loghain com cautela, mas não parecia assustada enquanto Maric a amparava. — Sinto muito — disse com um encolher de ombros. — Eu tinha que falar.

Maric expressava um misto de terror e alegria no olhar. — Não, não — disse ele. — Até que foi... apropriado?

— Eu pensei que seria mesmo.

No fim das contas, eles conseguiram o que queriam.

A morte de Bann Donall tinha servido para trazer muitos de volta à realidade que os levou até lá, naquela reunião de rebeldes. Não era para discutir se aprovavam ou não as ações de Maric, ou se suas táticas eram eficientes. Era para lembrá-los de que ainda havia alguém lutando na guerra contra os orlesianos. E agora havia uma chance de contra-atacar que nunca existiu durante todo o reinado da Rainha Rebelde.

Muitos dos homens e mulheres haviam deixado o salão sem prometer nada. Com rostos incertos e assustados, pareciam parcialmente convencidos de que estavam prestes a encontrar o mesmo destino de Donall. Mas é claro que isso não aconteceu. Eles tinham ficado e ouvido, e Maric estava determinado a deixá-los sair de sua corte sem serem molestados. Mas não iriam poder deixar Gwaren, não até que não houvesse nenhuma possibilidade de afetarem a batalha que estava por acontecer em Monte Oeste.

Loghain duvidava que tivessem muito a temer. Aqueles que se recusaram a oferecer apoio para Maric tinham feito isso com o coração pesado. Ele havia notado o medo em seus olhos. No fundo, simplesmente não conseguiam abraçar a esperança de que Maric poderia fazer mais do que seu avô fez durante a invasão. Temiam as repercussões de uma derrota dos rebeldes. E para ser sincero, Loghain mal conseguia culpá-los por isso. Nenhum deles protestou quando foram informados de que seriam os convidados de Maric pelas próximas semanas. Sem dúvidas, consideraram a possibilidade de alegar que eram prisioneiros de Maric caso o Rei Meghren os encontrasse por lá.

Dos que ofereceram apoio, veio um pedido: que Maric fosse mantido fora da batalha em Monte Oeste e fora do perigo. A ideia pegou Maric de surpresa, mas quando foi sugerida por uma bann preocupada, repercutiu rapidamente e foi defendida por todos os outros, até que finalmente Maric não teve outra escolha senão concordar.

A preocupação era simples: um ataque perigoso feito pelo exército rebelde era aceitável, mas o último theirn não poderia ser arriscar em tal batalha. Se ele morresse, seria o fim da linhagem de Calenhad.

Foi a memória de Calenhad, e a da mãe de Maric, que realmente impeliu tantos a oferecerem apoio no fim das contas. Para eles, essa tradição era o que fazia Ferelden ser Ferelden; e por Ferelden eles ofereceriam aos rebeldes todo o apoio que pudessem. Alimentos, equipamentos e até mesmo soldados. Alguns deles até se ajoelharam diante Maric e se comprometeram tal qual Arl Byron havia feito, lágrimas nos olhos e mãos em seus corações.

Se Ferelden chamasse, disseram, eles responderiam.

O tamanho do exército rebelde quase dobrou quando todos os novos soldados foram adicionados a suas fileiras. Era a força que seria necessária para tomar Monte Oeste, se os portões se abrissem ou não. Loghain ficou satisfeito, uma vez que sua demonstração de violência no meio da corte poderia ter facilmente surtido efeito contrário.

Loghain também notou que nenhum dos nobres olhava nos seus olhos. Maric era adorado, mas ele não passava de um assassino. E ele não se importava.

Severan andou rapidamente pelo corredor escuro, ignorando as decorações luxuosas em seu caminho. As pinturas de batalhas antigas nas paredes, o tapete de pelúcia com padrões geométricos delicados, o vaso de cristal vermelho esquecido e empoeirado em sua mesa... todas essas coisas tinham sido trazidas de Orlais para decorar o palácio, mas nada parecia agradar Meghren. Como poderia apreciar tamanha beleza, berrava, quando só conseguia sentir o cheiro de esterco e de repolhos?

O mago bufou ironicamente com a lembrança. Seus mantos amarelos deslizavam atrás dele enquanto se aproximava das grandes portas duplas que levavam aos aposentos privados do rei. As portas eram de madeira e extremamente antigas, esculpidas com um mapa em relevo bastante detalhado de Ferelden... bem como os dois cães selvagens que serviam de símbolo para a nação. Por essa razão, Meghren jurava diariamente que iria remover as portas, cortá-las como lenha e queimá-las nos braseiros do Coro. Felizmente, ainda não havia feito isso, pois seria uma pena desperdiçar tal arte.

Severan usou uma das aldravas para bater na porta, e sem esperar, empurrou uma delas para abri-la.

O quarto era decorado com os móveis mais finos dos artesãos orlesianos, cortinas de seda azul, uma enorme cama com dossel feita de mogno e um espelho dourado que Meghren recebeu de presente do próprio Marquês de Salmont. Porém, esse mobiliário não conseguia disfarçar o fato de que o quarto era opressivo e escuro, com janelas pequenas e vigas de madeira expostas no teto. Era adequado para a personalidade de Ferelden, em que tudo deveria ser resistente, grande e de preferência feito de madeira — como se ainda fossem bárbaros vivendo na selva. Era óbvio que aquilo não combinava com o rei.

Porém, no momento, Meghren dificilmente se preocupava com o seus arredores. Ele tinha caído de cama, com febre, após sua mais recente aventura; uma madrugada que passou brincando nos jardins vestindo absolutamente nada após ter ultrapassado os limites da bebedeira em uma de suas festas. Severan o avisou que fazia muito frio nesta época para sair correndo nu por aí, mas o rei obviamente não lhe deu ouvidos. Ele havia dito para Meghren que sua febre estava provando ser um bocado resistente a métodos mágicos de cura. Talvez alguns dias se sentindo mal e espirrando na cama o fariam lembrar que Severan sempre merecia ser escutado.

No momento, Meghren estava cercado por lençóis que pareciam ter saído diretamente de um vendaval. Eles estavam espalhados, desordenados sobre o grande colchão — sem dúvida o produto de alguma raiva induzida pela febre — enquanto o rei suava deitado em sua camisola, se parecendo muito com uma criança que havia crescido demais.

Dois lacaios estavam junto à parede, alertas e prontos para acatar o menor dos comandos de seu rei. Madre Bronach, por sua vez, estava sentada em um banco ao lado da cama do rei, coberta com as vestes vermelhas de seu ofício. Ela fechou um livro quando Severan entrou, colocando-o no colo e olhando como se tivesse engolido algo extremamente desagradável. Ele notou que o livro era uma transcrição de um dos mais longos versos do Cântico da Luz. Parecia que ele não era o único interessado em torturar o rei hoje.

— Diga-me que você tem notícias! — Meghren gritou, exasperado, limpando o suor da testa com uma toalha bordada. Deitou-se nos travesseiros com um grande suspiro.

Severan removeu um pedaço enrolado de pergaminho de seu manto. — Eu tenho, Vossa Majestade. Isso chegou há uma hora —

ele ofereceu para Meghren, mas o homem acenou com fraqueza e continuou a secar sua testa.

— Ah, diga-me o que é! Eu estou morrendo! As doenças terríveis que existem nesta terra, insuportáveis!

Madre Bronach franziu os lábios. — Talvez Vossa Majestade deva considerar a possibilidade de que sua doença é uma lição que lhe foi enviada pelo Criador.

Meghren gemeu alto e olhou para Severan em busca de apoio. — É isso que eu tenho que ouvir. E ainda vindo de uma traidora que conversou com aquele cão rebelde!

Ela franziu a testa profundamente. — Eu não organizei o encontro, Vossa Majestade. Talvez você devesse estar olhando com mais atenção para os magos — ela fitou Severan desconfiada, um olhar que ele ignorou.

— Você falou com ele! — Meghren gritou repentinamente, sentando-se na cama e olhando-a com olhos arregalados. — Palavras trocadas! E você quer me dar lições?!

— Eu carrego a palavra de Andraste e do Criador, Vossa Majestade. Nada mais.

— Bah! — ele caiu de volta nos travesseiros, derrotado.

Severan desenrolou o pergaminho e começou a falar. — Nossa agente diz que o plano é um sucesso. Eles pretendem atacar Monte Oeste e reuniram todos os fereldenianos que ainda estão dispostos a desafiá-lo. Até mesmo concordaram em usá-la como parte do ataque.

Meghren riu, pegando um lenço amarrotado de uma pequena pilha de lenços igualmente amarrotados e sujos e assoou o nariz com ele. — Então, ela fez o trabalho direitinho?

— Ah, sim. Nosso Príncipe rebelde está muito apaixonado por nossa agente, aparentemente.

— Para isso que sacrificamos tantos *chevaliers*? — Meghren riu. — Nós deveríamos tê-los esmagado em Gwaren quando tivemos a chance. Queimar a cidade toda e jogá-los no mar.

— Agora podemos pegar todos eles — Severan assegurou-lhe calmamente. — Podemos eliminar a rebelião de uma vez por todas. Príncipe Maric será entregue a você antes do mês terminar; isso eu lhe garanto.

O Rei Meghren pensou sobre o assunto por um momento, brincando com o lenço sujo em suas mãos. Ele limpou o nariz novamente e, em seguida, arriscou um olhar na direção de Madre Bronach. A mulher olhou para ele com frieza, e ele suspirou. — Não. Eu mudei de ideia. Eu o quero morto.

Severan franziu a testa. — Mas você disse...

— E agora eu estou dizendo isso!

Madre Bronach assentiu com aprovação. — O Rei deu a ordem, mago.

— Eu ouvi — Severan virou-se para ela e enrolando o pergaminho, irritado. — Eu não entendo, Vossa Majestade. Se queria o Príncipe morto, poderíamos facilmente ter...

— Eu mudei de ideia! — Meghren gritou, e, em seguida, entrou em colapso com um acesso de tosse. Quando terminou, olhou com raiva para Severan. — Não haverá nenhum julgamento, nenhum presente para o Imperador. Eu... quero... que ele... suma! Suma! — acenou com a mão. — Ele morre na batalha; o resto segue como planejado.

— Este é o seu desejo, Vossa Majestade? Ou a preferência do Coro?

Madre Bronach endureceu em sua cadeira, os lábios finos formando uma linha perfeita. — Ninguém se beneficia em ter o último sucessor de Calenhad desfilando na frente de seu povo — ela retrucou. — Eu tenho lembrado Vossa Majestade de seu dever. Vai ser melhor assim.

Meghren não parecia emocionado com a ideia, mas acenou distraidamente em aprovação. Ele apanhou um grande cálice de estanho de sua mesa de cabeceira e engoliu a água avidamente antes de arrotar.

Severan olhou para os dois e franziu a testa. Ele esperava colocar as mãos no Príncipe Rebelde, uma vez que ele tivesse sido entregue vivo ao palácio. Eles estavam esperando por perdas em Gwaren, mas ficou muito embaraçado ao relatar quantos *chevaliers* morreram no combate. Pior, haviam perdido três magos enviados pelo Círculo de Val Cheveaux. Severan foi humilhado na frente de seus colegas, e agora nem eles, nem o Círculo de Fereldan, estavam sendo cooperativos. Ele queria esmagar o fígado de Maric com suas próprias mãos. Agora teria que satisfazer seu desejo com outro.

Lentamente Severan se curvou em reverência. — A rebelião será destruída no Monte Oeste, e Maric vai morrer. Silenciosamente. Será como você ordena, Vossa Majestade.

— E não se esqueça, bom mago — Meghren murmurou entre fungadas miseráveis do seu nariz —, de que você disse que não ia falhar de novo, não é?

Severan saiu sem emitir comentários. Parecia que a febre do rei provaria ser mais resistente a magias de cura do que ele previu inicialmente. Uma pena.

11

MONTE OESTE era uma fortaleza antiga e mal conservada. No alto das colinas rochosas com vista para o Mar Desperto, o prédio de pedra foi construído para vigiar as águas em busca de sinais de corsários das Planícies Livres. Quando a época dos corsários chegou ao fim, a fortaleza entrou em declínio com ela, e hoje as suas torres altas ficavam praticamente vazias. A edificação ainda era usada apenas graças a sua posição ao longo das estradas costeiras, que tinham algum pouco tráfego de Orlais.

Ainda assim, parecia esquecida e abandonada. Alguns soldados estavam posicionados aqui, com um punhado de servos e mercadores para atendê-los, mas havia espaço para muitos mais. Comportava milhares, mas abrigava apenas centenas. Muitos dos andares superiores estavam fechados, bem como a maior parte das câmaras subterrâneas que não estavam sendo usadas para estocar mantimentos. Algumas portas não eram abertas há décadas. Era fácil fazer uma curva errada em Monte Oeste e acabar em um corredor escuro cheio de móveis em ruínas cobertos por cortinas e camadas de poeira. Havia muitos fantasmas aqui, era o que diziam, e os moradores só conversavam em sussurros, como se tivessem medo de acordar os espíritos.

Katriel esperava em silêncio nas sombras, ouvindo o som do vento assobiando pelas das vigas de madeira no teto. Ela não gostava desse lugar. Muitas vezes era preciso passar por um dos corredores vazios e assustadores, onde os únicos sons eram o eco de seus próprios passos.

Fazia uma semana desde que ela e os outros agentes rebeldes se infiltraram furtivamente na fortaleza e, um por um, garantiram seus lugares entre os servos. Katriel tinham sido trazida com as lavadeiras, substituindo uma mulher mais velha que havia ficado doente e foi forçada a voltar para sua aldeia natal. Os guardas não deram a mínima importância para ela. E por que dariam? Katriel já esteve aqui antes.

Antes de se aproximar e se tornar amante do Príncipe Rebelde, ela passou quase um ano insinuando-se entre os simpatizantes dos rebeldes na região, lentamente tornando-se indispensável para eles. Ela havia seduzido um guarda da fortaleza que a apresentou para o Arl Byron como um contato de confiança, e isso era tudo o que precisava. O guarda desapareceu com bastante facilidade depois disso.

Agora, ela havia retornado. Após uma semana deixando notas secretas em locais predeterminados, notou que os outros agentes rebeldes haviam desaparecido. Assim como todos os simpatizantes de Maric, pessoas simples com as quais havia trabalhado por tantos meses. Rapidamente anulou a pontada de arrependimento que sentiu por tê-los denunciado.

Ela não poderia arriscar nada. Nas cortes do Império, não havia inocentes — havia apenas tolos e aqueles que se aproveitavam dos tolos, como dizia o ditado. Aqueles que tinham qualquer poder eram forçados a jogar o mesmo jogo do resto da aristocracia. Fosse você a esposa entediada de um magistrado provincial ou um conde bem vestido que vivia em uma mansão gloriosa na capital, você seria usado pelos outros se não ficasse à frente no jogo. A fofoca e a intriga eram as armas preferidas dos nobres orlesianos. Era um esporte sangrento, e vencia quem aprendia a gostar de toda essa sanguinolência velada.

Todos os outros ficavam para trás.

Em todos os seus anos em Orlais, ela nunca havia conhecido um jogador que não merecesse seu destino. Sorrisos escondiam punhais e até mesmo os servos mais pobres conspiravam para servir ao cavalo mais rápido e mais forte.

No entanto, ela não estava em Orlais, estava? Aqui as coisas eram bem diferentes. Aqui, as pessoas conheciam pouco além das dificuldades do dia-a-dia, mas olhavam nos olhos umas das outras. Levou um bom tempo para se acostumar a isso.

E, então, havia Maric. Katriel se pegou sorrindo enquanto pensava sobre seu tolo e inocente principezinho. Ele não teria durado cinco minutos nas cortes de Val Royeaux. Se ela soubesse que ia ser tão fácil conquistar a sua confiança, não teria perdido tanto tempo se preparando. Como ele era estúpido!

E como ele era parecido com o seu país! Completamente sem artifícios. Ela manteve a expectativa de encontrar algum segredo vil escondido dentro dele, alguma mancha escura logo abaixo da superfície tão brilhante, mas não havia nada. Ela disse a si mesma que ele simplesmente carecia de profundidade, mas quando ele a olhou nos olhos naquela primeira noite, mesmo ela teve dificuldades em manter a compostura. O mestre que a havia treinado todos esses anos para ser uma barda teria vergonha.

Ainda assim, seria uma pena ver o homem sendo arrastado para uma masmorra. Seu sorriso desapareceria nas profundezas escuras para nunca mais voltar, e isso porque homens como Meghren sabiam que o jogo existe em todos os lugares, até mesmo aqui em Ferelden.

O vento uivou nas vigas mais uma vez. Um pombo se assustou com o barulho e saiu voando. O barulho de suas asas batendo quase mascararam os sons distantes de passos na pedra.

Katriel virou-se e viu a figura encapuzada se aproximar, tocando o punhal escondido dentro de sua túnica. Um jovem fidalgo havia ridicularizado a pequena lâmina uma vez, quando a sacou na frente dele. O jovem só parou de rir quando a pequena arma rasgou completamente sua garganta antes que ele tivesse a chance de encostar um dedo nela. Katriel tinha poucas dúvidas de que a figura encapuzada era o contato misterioso para o qual estava deixando bilhetes recheados de informações suculentas desde a sua chegada, mas era sempre bom ser cautelosa.

O vulto parou a alguns passos de distância, curvando-se ligeiramente como um sinal de respeito. Ela acenou, mas não disse nada. Suas vestes estavam imundas, e não conseguia julgar se a figura estava usando uma armadura ou não. Ele estendeu a mão e puxou o capuz para trás, revelando um rosto moreno com claros traços de um habitante da longínqua Rivain, um rosto que Katriel não tinha visto entre os habitantes da fortaleza. Um agente escondido, então? Certamente havia muitos lugares para se esconder em Monte Oeste.

— Você é Katriel —disse com um nítido sotaque estrangeiro.

— E você é o homem de Severan.

Ele a encarou. — Você não deveria mencionar o nome de nosso benfeitor tão casualmente, elfa.

— E você deveria se lembrar quem é que entregou essa fortaleza para vocês. — Ela arqueou uma sobrancelha, curiosa. — Eu suponho que você já lidou com todos os meus colegas rebeldes?

Ele assentiu. — Esperamos até ontem à noite, de acordo com suas instruções.

— Eu queria esperar até receber a última mensagem do exército — ela enfiou a mão na túnica e tirou um pergaminho enrolado. Fez menção de entregá-lo para o homem de Rivain, mas ele não se mexeu para pegá-lo. — Eles foram marchando em pequenos grupos nas colinas e estarão em posição até o amanhecer. Vão atacar assim que os portões forem abertos, como prometi.

— Eles estão abrindo agora — ele sorriu friamente. — Há uma grande força escondida além do cume ocidental, pronta para atacar.

Eles serão esmagados. Severan está satisfeito, e afirma que você será recompensada como ele prometeu.

— Há um problema — ela bateu o pergaminho cuidadosamente contra a testa do homem, que não esboçou reação. — O Príncipe Maric não está com o seu exército. Há um acampamento ao sul de Monte Oeste, onde ele ficará durante a batalha, um acordo que ele fez com...

— Sabemos disso — o rivaini a interrompeu, sua voz aguda e impaciente. — Já está sendo resolvido.

Katriel fez uma pausa, franzindo a testa. — Resolvido? O que você quer dizer? Fui contratada para entregar o príncipe ao Rei Meghren pessoalmente. Eu não posso fazer isso se...

— Está resolvido — o homem retrucou irritado. — O Príncipe Rebelde não é mais sua responsabilidade. Ele deve morrer, e morrerá quando a batalha começar.

— O quê? — ela deu um passo na direção do homem, irritada. Seus olhos negros a acompanharam com cautela, mas não vacilou ou recuou. — Isso é um absurdo! Eu poderia facilmente tê-lo matado durante a primeira noite que passei com ele. Qual é o significado disso?

Ele deu de ombros. — O que importa? O tolo seria executado, eventualmente, com certeza. É mais rápido para ele morrer desta maneira, não? — ele zombou, seus olhos brilhando com malícia. — Dizem que ele é bonito. Mas você cumpriu seu papel. Agora ele acabou.

— Eu vim aqui para entregá-lo — ela insistiu. — Não para matá-lo.

— Você o entregou, e seu exército também. Para nós — uma de suas mãos escorregou suavemente para dentro de seu manto, tocando a arma que ele tinha guardado lá. Ela não fez nenhuma indicação de que estava ciente disso e continuou a fitar seus olhos impassíveis. — Eu vim aqui para lhe dar suas novas ordens, elfa.

Seria uma vergonha se eu tivesse que mandar uma mensagem para o mago dizendo que sua pequena espiã sofreu um acidente durante a batalha.

Ela fez uma pausa, completamente consciente da distância entre eles. A tensão era pontuada apenas pelos uivos estridentes das vigas ao vento. — Eu não sou uma serva de Severan — ela disse calmamente.

— Não? Você não está a serviço dele?

— Eu vim até aqui depois de muito trabalho para executar uma tarefa específica. E como a tarefa foi concluída, nossa relação acabou.

Ele riu baixo e ameaçadoramente. — Então eu suponho que você está acabada.

O rivaini tentou sacar sua lâmina, mas ela era muito mais rápida que ele. Seu punhal estava voando pelo ar antes do homem terminar de dar o primeiro passo na direção dela. Seus olhos se arregalaram de choque quando percebeu uma lâmina cravada até o punho em sua garganta. Tropeçando até parar, ele emitiu um chiado perturbador e arrancou o punhal com uma das mãos. Seus olhos se arregalaram ainda mais ao notar os jatos de sangue que começaram a espirrar de seu pescoço.

Ele a olhou, impotente, e ela deu de ombros. — Talvez Severan não tenha lhe avisado. Eu sou muito mais do que apenas uma espiã. Ou apenas uma elfa — seu tom era gelado, e quando o homem de Rivain avançou na direção dela com sua espada curta, ela simplesmente saltou para trás e deixou que ele caísse de joelhos.

O homem emitiu um gorgolejar ofegante enquanto Katriel o observava com frieza. Em seguida, deu um passo para frente e estendeu a mão, puxando a adaga coberta de sangue de sua mão. Ele a soltou sem luta e caiu. A poça de sangue no chão em torno dele era de um vermelho brilhante e vivo, um forte contraste com a cor opaca das velhas pedras. Os fantasmas que supostamente vagam pela fortaleza ganharam um novo companheiro.

E ainda há muitos a vir, ela pensou sombriamente.

Ela olhou para o corpo do agente de Severan e considerou as suas opções. Tecnicamente, foi em legítima defesa. Parte dela estava enfurecida com Severan, que mudou os termos do seu acordo sem informá-la. Se foi ele quem instruiu o agente para matá-la, então era mais o tolo do que ela poderia imaginar.

De qualquer forma, estava feito. Os orlesianos iriam, obviamente, lidar com Maric por conta própria. Ela poderia sair agora e dizer o que quisesse sobre o homem. Mais um corpo no meio da pilha não faria nenhuma diferença. Se Severan realmente estava tentando traí-la, poderia lidar com isso. A única coisa inteligente a se fazer agora era fugir antes que a batalha começasse.

Então por que ela não estava se mexendo?

Ainda não acabou, pensou. *Ainda não.*

Um pensamento impossível percorreu sua mente, e ela não conseguia rejeitá-lo por mais absurdo que fosse. Mesmo se ela fosse de alguma forma ajudar Maric agora, ele não iria agradecê-la por isso. Ela já tinha o entregado para o usurpador como um bezerro para o abate. Não faria sentido nenhum, Como o agente de Rivain falou, se Maric não morresse agora, ele certamente morreria mais tarde.

A imagem do rosto do príncipe passou por sua cabeça. Aqueles olhos inocentes, tão confiantes. E quando eles se deitaram naquela noite na tenda, ele tinha sido muito gentil. Muito mais gentil do que ela esperava, com certeza.

Olhando para as próprias mãos, Katriel ficou preocupada com a quantidade de sangue que viu. Pegando um lenço de seu bolso, começou a limpar as mãos e sua lâmina, enquanto tentava lembrar-se o que significava ser o que ela era. Um bardo deve conhecer a história para não repeti-la. Ele conta os contos, mas nunca é parte deles. Ele observa, mas permanece acima do que vê. Ele inspira paixões e rege a sua própria.

Mas foi inútil. Ela parou de tentar se limpar com o lenço que já estava encharcado de sangue.

Ao longe, um barulho mecânico e seco ecoou pelas paredes da fortaleza. Era o som da abertura dos portões.

Katriel deixou o lenço cair e começou a correr.

— Comandante Loghain, os portões estão se abrindo!

Loghan balançou a cabeça e continuou a observar a fortaleza à distância. Até agora, tudo estava indo de acordo com o plano, o que estava começando a perturbá-lo. Eles não cruzaram com nenhum outro navio durante a travessia tempestuosa pelo Mar Desperto. Nem piratas, nem orlesianos. Nada. Também não havia nenhuma tropa esperando por eles na enseada de areia onde desembarcaram, e não foram emboscados durante a travessia pelas montanhas rochosas. Nem um único tenente havia relatado resistência quando todos se reuniram, e além de algumas carroças de comerciantes que tentavam evitar as estradas principais, não viram ninguém além deles ao longo de toda a viagem.

Eles estavam acampados a leste da fortaleza, uma velha e ameaçadora sentinela de pedra que ficava no alto das colinas e olhava para o vasto mar abaixo dela. Suas torres altas o deixaram preocupado, apesar das garantias de Katriel e dos outros agentes de que elas raramente eram usadas. De acordo com os agentes, se alguém realmente tentasse subir as escadas para os antigos postos de vigia, provavelmente iria acabar despencando para a morte certa. Havia boas chances de que nenhum inimigo tivesse visto as forças Loghain ou as forças de Arl Rendorn, que estavam acampadas do outro lado da fortaleza, a oeste.

Ainda assim, tudo estar dando tão certo o incomodava profundamente. Ele estava praticamente torcendo por um ataque surpresa a Gwaren antes de saírem da cidade, uma emboscada, um alarme tocando na fortaleza, algo para deixar sua mente tranquila. Ele tinha mais de quatrocentos homens sob seu comando, e o arl estava no comando de uma força ainda maior, facilmente o maior exército que eles já haviam reunido até então, com muitos novatos fornecidos pelos nobres em Gwaren. Qualquer um deles poderia ser um traidor. Eles tinham sido cuidadosos, mas tudo ir exatamente como o planejado causava um incômodo barulho no fundo de sua mente.

Maric estava contente com a situação e, naturalmente, provocou Loghain por ele querer achar problema em tudo. Loghain ficou tentado a dar um soco em sua boca só para acabar com aquele sorriso irritante, mas evitou fazer isso na frente dos homens. Quem sabe depois.

— Nós esperamos — informou o tenente. — A investida do arl vem antes da nossa.

O soldado fez uma saudação e marchou para reproduzir suas ordens. Perto dali, vários dos Elfos Noturnos dedilhavam seus arcos com ansiedade enquanto se empoleiravam nas rochas mais altas que encontravam para assistir a batalha. Ele acenou para um deles. — Algum sinal de movimento?

O elfo olhou para longe, protegendo os olhos do sol. — Eu acho que... Arl Rendorn está avançando agora.

Era verdade. Loghain observou o grande contingente de homens marchando da base da colina, pelo caminho rochoso que seguia até os portões de entrada da fortaleza. Havia sinais de atividade frenética na fortaleza, mas nenhuma resistência até o momento. Ele esperava que os portões fechassem a qualquer momento, mas permaneceram abertos. Katriel havia dito em sua última mensagem que não seria difícil sabotar a manivela, o que significava que eles teriam dificuldades para fechar os portões. Até agora, ela parecia ter cumprido com sua palavra.

Não poderia ser tão fácil, poderia? Se as forças do arl invadissem a fortaleza, iriam acabar com seus defensores dentro de uma hora. Os homens de Loghain provavelmente não precisariam sequer atacar. Eles pegaram o usurpador completamente de surpresa? Isso era possível?

Quase como se uma resposta para suas perguntas, ele ouviu os sons distantes de uma cavalgada veloz na direção deles, e vários homens próximos gritaram. Ele virou-se na sela de seu cavalo e ficou surpreso ao ver Rowan se aproximando, totalmente protegida por sua armadura, mas sem o seu velho capacete com a pluma verde. Ela estava suando em bicas enquanto cavalgava.

Pior foi o olhar no rosto dela: terror.

Eu sabia, Loghain falou para si mesmo. Sem hesitar, ele esporeou seu cavalo de guerra e galopou encosta abaixo para se encontrar com Rowan. Muitos dos seus homens estavam se remexendo nas armaduras, desconfortáveis com a perspectiva de que algo havia dado errado.

— Loghain! — Rowan desacelerou seu cavalo quando Loghain a alcançou. — Eles atacaram o acampamento! Maric está em perigo!

— O quê? Quem? Quem atacou o acampamento?

Rowan resfolegou e tentou controlar sua respiração. Seu cavalo empinou nervosamente debaixo dela, com problemas para mantê-lo sob controle. — Alguns dos meus batedores não voltaram... nós pensamos que talvez estivessem atrasados ou... ou desertado... mas... — ela balançou a cabeça em descrença. — Eu fui com alguns homens para procurar. Todo um exército se aproxima da fortaleza — ela olhou para Loghain com um olhar horrorizado. — O usurpador... ele está aqui, eles estão todos aqui!

Seu sangue gelou. Eles sabiam, então. Eles estavam esperando.

— Eu mandei meus homens para tentar avisar meu pai — continuou ela, entorpecida, — e corri de volta ao acampamento para avisar Maric. Mas... o acampamento havia sumido. Ele foi atacado. Eu nem sequer vi Maric. Eu não fiz... Eu não... — ela parou, incapaz de continuar, e olhou para Loghain como se ele fosse capaz de arrumar tudo.

Loghain pensou. Seu cavalo relinchou, irritado, e ele afagou a sua cabeça, distraído. Então ele olhou para Rowan e assentiu. — Vamos. Precisamos encontrá-lo.

— Encontrá-lo? Encontrá-lo como?

— Rastros. Eles devem ter deixado rastros. Vamos encontrá-los, e rápido.

Ela assentiu, aliviada, e deu meia-volta com seu cavalo. Os homens na região estavam cochichando, e uma onda de medo espalhou-se através das fileiras, os sons de preocupação ficando cada vez mais alto.

— Comandante Loghain! — um de seus oficiais correu ansiosamente, com vários outros atrás dele. — O que está acontecendo? Você está indo embora?

Loghain olhou para o homem bruscamente. — Estou. Você fica no comando.

O rosto do oficial empalideceu. — O quê?

— Vamos — ele ordenou. — Pegue os homens avance, vá até a fortaleza e ajude o arl. O exército do rei está chegando.

A onda de medo tornou-se ainda mais forte. O oficial olhou para ele em terror absoluto. — Avançar com os homens? Mas...

— Maric... — Rowan parecia desconfortável.

Loghain franziu o cenho para ela. — Maric precisa de nós. Você quer ficar?

Rowan olhou na direção das forças de seu pai e a culpa pesou em seus olhos. Em seguida, balançou relutantemente a cabeça. Loghain esporeou seu cavalo de batalha e os dois partiram, deixando o oficial em pânico e o resto da força rebelde para trás. Loghain sentiu uma frieza incomum dentro dele. Tudo estava prestes a desmoronar. Tudo. Ele podia sentir a sorte escorrendo por entre seus dedos.

Mas isso não importava. Se vencessem essa batalha e Maric morresse, tudo tinha sido em vão. Mesmo que isso significasse abandonar seu posto, ele iria encontrar Maric e salvá-lo, ou iria vingar sua morte. Devia ao seu amigo. Loghain trocou olhares com Rowan enquanto cavalgavam rapidamente para as montanhas, e ele viu que ela sentia a mesma coisa. Ela sabia que ele iria ajudar; foi por isso que veio procurá-lo.

O arl estava por conta própria.

A dor atravessou a perna de Maric enquanto ele cavalgava desesperadamente pelo bosque. Seu cavalo estava tremendo e relinchando de dor, mas o medo o manteve correndo. Ele tinha certeza que o cavalo havia sido atingido por uma flecha ou duas ao mesmo tempo sua perna fora atingida, mas era impossível de parar e olhar. Ele agarrou o pescoço do cavalo, fechando os olhos enquanto seu rosto batia em ramos baixos. Não tinha certeza de onde estava nem para onde estava indo, ou o quão longe seus perseguidores estavam dele.

Em algum momento, o cavalo tinha corrido para fora da trilha levemente arborizada em meio às colinas, e ele pensou que poderia despistá-los entre as árvores. Porém, o bosque estava provando ser mais um problema do que uma solução. Com cada salto que seu cavalo dava por cima de um tronco ou de uma raiz exposta, a flecha em sua perna parecia entrar mais fundo em sua carne. Ele estava sangrando muito, e já lutava contra uma fraqueza que ameaçava derrubá-lo de cima do seu cavalo. Ele não estava vestindo sua armadura, mas, felizmente, ainda carregava sua espada.

Tinha acontecido tão rápido. Em um segundo ele estava vendo o exército marchar e reclamando sobre ter que ficar para trás, e no próximo, um punhado de guardas estava sendo abatido ao redor de sua tenda. Maric mal teve tempo para sair e saltar no lombo nu de um cavalo próximo. Seus guarda-costas tinham lhe garantido alguns segundos e nada mais.

Pensamentos corriam freneticamente por sua cabeça. Ele estava indo em direção à batalha ou para longe dela? Como o inimigo sabia onde o seu acampamento estava? Como eles sabiam que ele ficou para trás?

O sol da tarde era filtrado pelas árvores, deixando sombras profundas o bastante para desnorteá-lo completamente. Às vezes parecia que um caminho estava se formando apenas para desaparecer com a mesma rapidez. Uma onda de atordoamento tomou conta de Maric, e ele percebeu que estava deixando o cavalo seguir o seu próprio caminho na maior parte do tempo. Ele poderia estar correndo na direção de seus atacantes sem sequer saber.

Maric sentiu um choque súbito e foi arremessado do cavalo quando a perna dele se prendeu em algumas raízes. O cavalo relinchou de dor quando sua perna quebrou com um estalo perturbador. Por um momento Maric voou, girando no ar, e depois bateu com força contra um carvalho e o ar foi arrancado de seus pulmões.

Ele deslizou de cabeça para baixo, batendo a cabeça com força no chão irregular. Tudo ficou branco e dormente. Ele mal ouviu o cavalo entrando em colapso e se debatendo no chão, relinchando loucamente de dor. Esse som parecia muito distante e desconexo para ele. Ele quase não sentiu a dor lancinante em sua perna também, embora ele finalmente pudesse ver o cabo quebrado da flecha que estava cravada em sua coxa. Essa dor também parecia muito distante.

Enquanto estava deitado ali no chão, olhou para o céu brilhante e as copas das árvores ao redor levemente balançando ao vento. Estava frio. A brisa tocou seu rosto, e havia uma coceira no topo de sua cabeça, de onde o sangue estava escorrendo. Ele se lembrou da noite em que sua mãe foi morta, de sua fuga através da floresta. A memória não foi acompanhada de medo, no entanto. Era calma e quase agradável, como se pudesse facilmente se esvair a qualquer momento.

O som de gritos nas proximidades despertaram Maric de súbito. O cavalo estava gritando em agonia, debatendo-se entre as folhas e o mato. O som fez sua cabeça latejar. Estava coberto de lama, e suas costas estavam retorcidas e doloridas, mas de alguma forma ele ainda conseguiu ficar de joelhos.

Por um momento, tudo o que Maric podia ver eram borrões de árvores e a luz brilhante do mundo dançando a sua volta. Capengando perigosamente, estendeu as mãos para tentar manter o equilíbrio. Caiu de qualquer jeito. Sua testa bateu contra as raízes de uma árvore, cobertas de lama gelada, e ele sibilou de dor mais uma vez.

— O estou vendo! — o tom do grito não era nada amigável.

Tentando se preparar, Maric se levantou, trêmulo. Sua perna ferida tinha espasmos e ameaçava ceder a qualquer momento. Ele rangeu os dentes contra a dor e enxugou os olhos, recuando com cautela quando viu as silhuetas de muitos homens que se aproximavam. Oito homens no total, talvez, soldados vestindo brigantinas nas cores do usurpador. Eles saltaram de seus cavalos e começaram a vir na sua direção, em grupo.

Ele recuou para o carvalho, apoiando-se contra ele, enquanto retirava sua espada da bainha. Ela quase caiu de seus dedos dormentes. *Maravilhoso*, pensou. *É assim que eu vou morrer, então? Um golpe enquanto me debato como um bezerro assustado?*

Os soldados pareciam confiantes. Sua presa era perigosa; um lobo que poderia atacar sem aviso, mas não tinha para onde fugir. O cavalo de Maric relinchava sem parar e tentou levantar-se, só para desabar novamente de maneira patética.

— O que você acha que vai fazer com isso? — um dos soldados gritou ironicamente. Ele era bonito, com um bigode escuro e barba e um sotaque claramente orlesiano. *O comandante*, Maric assumiu. — Vamos lá, baixe essa espada, seu menino tolo. Você mal consegue segurá-la!

Os outros riram com ele e se aproximaram. Maric cerrou com força o punho que segurava sua espada e se forçou a ficar de pé sem se apoiar na árvore, ignorando a dor na perna. Seus lábios se contorceram em um rosnado quando ele apontou a espada para cada um dos homens, um por vez. — Você acha? — disse em um tom baixo e mortal. — Qual de vocês quer ser o primeiro a descobrir como estão errados?

Não foi um bom blefe. O comandante de cabelos escuros riu. — Seria melhor para você se acabarmos com isso logo. Agora mesmo o Rei Meghren está esmagando o seu exército patético. Estávamos esperando por vocês esse tempo todo.

Maric quase tropeçou. — Você... você está mentindo — não podia ser verdade. Mas explicava boa parte de sua situação. Explicava como, por exemplo, sabiam onde procurá-lo. Foi tudo uma armadilha? Mas como era possível?

O comandante sorriu ainda mais amplamente. — Chega — acenou com a mão, impaciente, virando-se para os outros soldados. — Matem-no — ele mandou.

Os soldados hesitaram, nenhum deles querendo ser o primeiro a ir de encontro com a lâmina de Maric.

— Eu dei uma ordem! — gritou o comandante.

Maric preparou-se quando dois soldados investiram juntos. Eles golpearam com força com suas espadas, mas seus ataques eram desajeitados. Maric se abaixou para desviar do primeiro e levantou sua espada para bloquear o segundo. Seu corpo gritou com a dor, mas ele a ignorou e empurrou a lâmina do segundo soldado. Cambaleou para trás, e enquanto o primeiro soldado tentava recuperar o equilíbrio, Maric golpeou-o rapidamente. O ataque rasgou o rosto do homem, fazendo-o se afastar com um grito, cobrindo o rosto com as mãos enluvadas.

Os outros recuaram um passo, seus olhos piscando nervosamente na direção de seu companheiro ferido, que caiu no chão, gritando em agonia. Suas expressões estavam carregadas de dúvida. Talvez a presa não fosse tão impotente quanto parecia.

— Eu disse para matá-lo! — o comandante gritou. — Juntos!

Eles levantaram suas lâminas, travando as mandíbulas e ignoraram os gritos de dor do soldado caído. Estavam se preparando para fazer o que seu comandante havia ordenado, e Maric viu que desta vez iriam trabalhar em conjunto.

A raiva cresceu dentro dele. A ideia de que sua cabeça iria decorar uma lança nos portões do palácio de Denerim, ao lado da cabeça de sua mãe, passou por sua mente. Imaginou Meghren rindo presunçosamente ao vê-lo lá em cima. Era assim que tudo acabava? Depois de tudo o que tinha feito? Seus amigos mortos, a rebelião derrotada? Foi tudo por nada?

Maric levantou sua espada acima da cabeça e soltou um grito de fúria. O grito ecoou por entre as árvores e assustou um bando de pássaros que fugiram em revoada. *Que venham. Que tentem.* Ele mataria o máximo que pudesse antes de cair; eles iriam respeitar o sangue Theirin que corria em suas veias.

Os soldados pareciam nervosos. Eles levantaram suas lâminas... e pararam.

Um novo som cresceu atrás deles, o som de cascos que se aproximavam. Maric olhou para cima, suor escorrendo em seus olhos, e viu dois cavalos galopando através das árvores sombrias. Mais orlesianos, talvez? Será que realmente precisavam de mais? Parecia um exagero.

O comandante se virou irritado na direção do barulho, levantando a mão como se para acenar aos recém-chegados. Antes que pudesse terminar de se virar, uma flecha atravessou o seu peito. Ele olhou para a haste protuberante da flecha em confusão, como se aquilo fosse impossível.

Os cavalos reduziram a velocidade até parar no meio da lama e das folhas, enquanto os seus ginetes saltavam das selas. Maric se esforçou para ver através das sombras. Um deles usava uma armadura pesada, uma figura feminina que começou a correr na direção dos soldados. O outro estava usando uma armadura de couro e carregava um arco longo, do qual disparou outra flecha assim que tocou o chão. Ela riscou o ar e atingiu o comandante orlesiano no olho. O comandante foi arremessado para trás pela força do disparo, morrendo antes mesmo de cair no chão.

O alívio tomou conta do corpo de Maric. Não restava dúvida de quem eram.

— Maric! Você está bem? — Loghain gritou, lançando outra flecha que por pouco errou um dos soldados. Rowan correu na direção deles, com sua espada em um golpe largo que um soldado mal conseguiu defender. Os inimigos se separaram em confusão.

— Eu pareço bem? — Maric gritou de volta. — O que você está fazendo aqui? Onde está o exército? — o inimigo dividiu seus esforços, e Maric se viu lutando contra dois soldados de uma só vez. Estavam se esforçando para assassiná-lo o mais rápido possível, seus golpes batendo com força contra a lâmina de Maric e fazendo o seu braço formigar.

— Estamos salvando você, seu idiota! — foi o grito de Rowan. Maric conseguia vê-la com o canto de olho, lutando contra vários homens ao mesmo tempo, mas não podia ver o que ela estava fazendo. Vencendo, a julgar pelos gritos, mas se perguntou por quanto tempo ela seria capaz de continuar. Mais do que ele, provavelmente.

Uma lâmina atravessando a sua clavícula o trouxe de volta a realidade. Maric gritou de dor e balançou sua espada, mas ambos os homens o atacaram, aproveitando a vantagem.

— Maric! — gritou Loghain, preocupado. Outra flecha voou pelo ar, e um dos atacantes de Maric gritou de dor, se agarrando a algo cravado em suas costas. Ele caiu no chão, contorcendo-se. O outro atacante olhou em choque para seu companheiro, e Maric aproveitou a chance para atravessá-lo com a espada. O golpe custou todas as forças de Maric, mas o soldado atingido estava vomitando sangue, já desacordado.

Ele caiu de costas no chão, levando a espada de Maric consigo. Maric tropeçou, quase caindo em cima do soldado, mas conseguiu pousar em um joelho. Sua perna ferida ameaçou ceder de vez.

Maric olhou para cima, com as mãos tremendo de exaustão, e viu Rowan e Loghain lutando furiosamente contra quatro soldados. Loghain tinha largado o arco e foi em socorro de Rowan, mas os últimos adversários estavam lutando por suas vidas. Lâminas batiam contra lâminas. Ele queria desesperadamente se levantar para ajudá-los, mas estava usando todas suas forças para não desmaiar.

Maric olhou para cima quando ouviu mais homens se aproximando. Suas esperanças ruíram quando viu vários soldados vestindo as cores do usurpador atravessando o bosque, gritando com raiva na direção deles e sacando suas espadas quando percebiam o que estava acontecendo.

— Maric! — Rowan gritou, o medo nítido em sua voz. — Corra enquanto pode! Nós não podemos segurá-los!

Reunindo suas forças, ele mancou em direção ao soldado que tinha executado e puxou a espada de seu corpo com grande esforço. Porém, mal conseguia segurar a lâmina e quase caiu para trás quando finalmente a livrou do cadáver. Ele não tinha quase nenhuma força. Mas não ia fugir e deixar seus amigos para trás. Não enquanto ainda tivesse ar em seus pulmões.

Rowan finalmente superou as defesas de um de seus adversários, cortando seu pescoço com um golpe de sua espada. Sangue espirrou enquanto ele tombava para o lado, e Rowan se virou na direção do outro inimigo. Loghain estava com os dentes cerrados e lutando, mas não iam conseguir se segurar quando os outros três soldados que corriam na direção da luta chegassem.

— Maric! Vá! — Loghain gritou com urgência.

— Não! — gritou Maric. Ele ficou de pé com um esforço sobrenatural, suas pernas tremendo. Ele ouviu o som de outro cavalo se aproximando e olhou para cima, esperando encontrar mais reforços orlesianos. No entanto, o encapuzado não desmontou e se juntou aos outros. Em vez disso, o cavalo galopou contra eles sem desacelerar. Os três soldados perceberam tarde demais que o recém-chegado não era um deles, se virando para encará-lo no momento em que um dos homens era pisoteado. Ele tombou gritando.

O segundo soldado tentou saltar para o lado, mas não havia para onde ir. Mergulhou apenas para ser pisoteado pelo cavalo também. Seus gritos desesperados não demoraram a cessar.

O terceiro soldado conseguiu saltar para fora do caminho do cavalo com sucesso. O cavalo parou e se ergueu, relinchando alto enquanto o encapuzado deslizava por sua traseira. Maric percebeu que era uma mulher, usando um capuz azul e couros pretos, e quando ela puxou um longo punhal da bainha e saltou em cima do terceiro soldado, o capuz caiu para trás e revelou orelhas pontudas e madeixas de cabelos loiros encaracolados.

Era Katriel.

Maric viu em choque como Katriel esfaqueou rapidamente o soldado debaixo dela. O homem tentou desesperadamente se afastar, mas seus esforços enfraqueceram na medida em que mais e mais golpes eram desferidos contra seu peito. Levantando a lâmina bem ao alto, ela a afundou no pescoço do soldado e abriu sua garganta. Sangue se espalhou por toda sua capa e escorria pela mão que segurava o punhal. O olhar em seu rosto era intenso e perturbador.

Quando os últimos três sobreviventes que lutavam com Rowan e Loghain perceberam que seus reforços haviam sido sobrepujados, começaram a entrar em pânico. Rowan intensificou seus esforços e desarmou um, lançando sua espada longe logo antes de lhe arrancar o braço com um golpe preciso. Loghain virou e chutou seu oponente em direção a ela, que simplesmente o deixou ser empalado por sua lâmina.

O último soldado se virou e correu, gritando em pânico. Loghain semicerrou os olhos e jogou sua espada de lado. Ele casualmente pegou seu arco do chão e preparou uma flecha, acompanhando o homem enquanto ele fugia. O disparo correu por entre as árvores e atravessou as costas do soldado. Ele despencou para frente, deslizando na lama antes de parar e não se mexer novamente.

E então tudo estava estranhamente quieto novamente.

Rowan enxugou a testa suada, sua respiração pesada e irregular. Loghain se virou para ela, colocando a mão em seu ombro enquanto a examinava para verificar se não havia se machucado. Ela só balançou a cabeça e fez um gesto para Maric. — Não se preocupe comigo — ela grunhiu.

Maric estava atordoado. Katriel ainda estava sentada em cima do homem que havia matado, o punhal curto ainda em sua mão. Ela olhou em volta cautelosamente, como se esperasse por mais soldados para esfaquear. Acima deles, um bando de pássaros assustados fugia da copa das árvores. Os cadáveres estavam por toda parte, o cheiro de sangue fresco pairava no ar.

— Katriel? — Maric perguntou em voz alta, com a voz trêmula.

— Vossa Alteza — ela assentiu com cuidado, olhando para ele com os grandes olhos verdes. Ela guardou o punhal na bainha em sua cintura e levantou-se lentamente, recolhendo a capa azul e jogando-a por cima dos ombros.

— Eu não disse... para não me chamar assim? — Maric sorriu loucamente, sentindo-se tonto. A sensação de dormência e distância havia retornado, e parecia como se Loghain, Rowan e Katriel estivessem olhando para ele de muito, muito longe. As forças foram drenadas de seu corpo, como se alguém tivesse aberto uma torneira e deixado fluir.

Ele desmaiou.

— Maric! — Rowan gritou, correndo na direção dele quando seu corpo amoleceu e despencou na grama. Ele estava gravemente ferido e pálido. A flecha quebrada que se projetava para fora de sua coxa parecia particularmente grave. Quando Rowan chegou até ele, percebeu rapidamente que ele ainda estava respirando. Ele estava tremendo e havia perdido muito sangue, mas estava vivo.

— Ele...? — perguntou Loghain, quase com medo de se aproximar. Rowan sacudiu a cabeça. — Não. Ainda não.

Katriel se afastou do soldado que tinha matado e se aproximou de Rowan. Ela retirou uma pequena bolsa de seu ombro e a ofereceu para a cavaleira. — Eu tenho ataduras, e alguns remédios — disse ela calmamente. — Eles podem ajudar.

Rowan a olhou com desconfiança, mas pegou o pacote. — Obrigada — disse com relutância. Ela removeu suas luvas e começou a vasculhar.

Loghain encarou Katriel curiosamente enquanto ia recuperar a espada. Ela pareceu sentir que estava sendo observada e devolveu o olhar, mas sua expressão era uma incógnita. — Você quer perguntar algo, meu senhor?.

— Eu estou querendo saber como você chegou até aqui.

Ela fez um gesto para os muitos cavalos que estavam entre as árvores, alguns dos quais já se afastavam nervosamente. — Você não me viu chegar?

— Eu simplesmente achei sua chegada... conveniente demais.

Ela parecia não se incomodar com a suspeita. — Eu não cheguei aqui por acaso, meu senhor. Eu ouvi esses homens falarem sobre um ataque ao príncipe, mas era tarde demais para enviar uma mensagem. Eu os segui após abrir o portão — ela olhou para onde Maric estava desmaiado, sua preocupação evidente. — Devo confessar que não sabia ao certo o que ia fazer. Vossa Alteza tem muita sorte de ter vocês aqui para defendê-lo.

Rowan se levantou e interrompeu. — Maric vai se recuperar, mas Loghain, precisamos voltar. Quem sabe o que pode estar acontecendo?

Loghain olhou para Katriel. — Você viu alguma coisa no seu até caminho aqui?.

— Apenas que a batalha havia começado.

— Droga. Vamos precisar correr.

Maric foi pendurado sobre as costas do cavalo de batalha de Loghain, e os três correram de volta para Monte Oeste. Não era difícil perceber em que direção a fortaleza estava: uma grande nuvem de fumaça negra já podia ser vista subindo para o céu. Parecia que uma floresta inteira estava em chamas, ou talvez fosse a própria fortaleza. Fogo mágico era o provável culpado, mas era impossível dizer se aquilo era obra de Wilhelm ou dos magos do usurpador.

Duas vezes durante o caminho de volta eles foram forçados a mudar de rumo quando toparam com o inimigo. A primeira vez foi imediatamente antes de sair do bosque, quando encontraram centenas de soldados marchando em formação ao longo da estrada. O inimigo quase notou a presença dos três, mas foram capazes de se esconder entre as árvores rapidamente e evitar uma perseguição. Cavalgaram com cuidado pela floresta traiçoeira apenas para detectar um acampamento de soldados vestindo roxo, prontos para marchar mais ao norte.

Loghain virou-se e os guiou em direção ao leste. Quando finalmente saíram do bosque, a cena que os recebeu era horrível. Um campo de batalha cheio de mortos, corpos espalhados grotescamente. O cheiro de sangue estancado permeava o campo, e o som baixo de gemidos angustiados indicavam que alguns daqueles homens ainda viviam. A batalha havia se deslocado na direção das colinas, e o barulho de choque entre armas e armaduras ainda podia ser ouvido. A batalha não tinha acabado.

Eles não deixaram de notar que a maioria dos soldados caídos no campo pertencia aos rebeldes. Rowan olhou para a cena, seu rosto duro como uma rocha. Loghain pensou que, provavelmente, era melhor que Maric estivesse inconsciente agora.

Suas tentativas de localizar o combate foram frustradas. Uma mudança no vento soprou fumaça contra eles, confundindo os seus sentidos de direção e deixando o ar difícil de respirar. Viram formas vagas que pareciam grupos de homens correndo em meio à fumaça, mas Loghain preferiu evitá-los por enquanto. Ele precisava encontrar o arl. Onde estava o grosso da força rebelde? Esconderam-se dentro da fortaleza? Fugiram?

Os sons de batalha e gritos ficaram mais altos conforme avançavam pela espessa nuvem de fumaça, e não demorou muito para que encontrassem um grande grupo de *chevaliers*. Quando os três se viraram para fugir, os cavaleiros os perseguiram.

Foi uma fuga desesperada e aterrorizante. Várias vezes Loghain temeu que Maric caísse da montaria. *Seria típico dele: cair do cavalo em um momento como esse,* Loghain resmungou para si mesmo. Felizmente, Maric permaneceu onde estava. A fumaça trabalhou em seu favor, e, eventualmente, os *chevaliers* desistiram. Ou isso, ou estavam tão perdidos quanto os três. Parecia haver homens em todas as direções. Era uma confusão generalizada.

Quando finalmente escaparam da fumaça, Loghain percebeu que estavam além das colinas na direção sul. Atordoados, ficaram parados lá, em seus cavalos, olhando para o pôr do sol brilhante ao longe. A paz daquele momento era inquietante. Parecia um crime que a própria Ferelden não reconhecesse o que estava acontecendo. Era como se a própria terra devesse estar se contorcendo e tremendo em revolta.

Loghain trocou um olhar com Rowan, ambos cobertos de fumaça e salpicados de sangue, e sabia que ela havia entendido.

O exército rebelde tinha sido derrotado. Seu plano havia sido um fracasso total.

Katriel assistiu com eles em silêncio, e depois calmamente sugeriu que deveriam encontrar um abrigo antes do anoitecer. Maric precisava de cuidados. Rowan assentiu distraidamente, e começaram a descer a encosta rochosa. Loghain começou a pensar em uma maneira de cobrir seus rastros. Se as forças rebeldes debandaram, o usurpador provavelmente iria continuar perseguindo os homens para eliminá-los completamente. Eles poderiam estar vindo para cá agora mesmo.

Eles viajaram até o sol se pôr e as sombras os engolirem.

12

O ANÃO OLHOU COM suspeita para Rowan de seu assento em cima da carroça. Sua barba longa e orgulhosa estava cheia de tranças intrincadas, e ele tinha uma tatuagem retangular abaixo do seu olho direito. A tatuagem significava que, em Orzammar, ele era um dos sem-casta, a mais baixa posição na pirâmide social da cidade. Mas mesmo os sem-casta eram considerados melhores do que os anões que escolheram subir à superfície. Apesar do papel vital para a sociedade anã que os anões da superfície exercem como agricultores e comerciantes, eles carregavam consigo um estigma e nunca poderiam retornar a Orzammar.

Pelo que Rowan entendia, alguns anões que subiam à superfície eram refugiados políticos, mas muitos mais eram criminosos desesperados. Apenas os poucos nascidos na superfície, sem a tatuagem, eram marginalmente confiáveis. Alguns dos sem-casta tentaram até mesmo pedir a ajuda de magos para tentar remover suas tatuagens, de acordo com os alguns boatos. O fato de que este anão não se importava com sua marca a deixou desconfiada. Ele poderia ser um contrabandista... Na verdade, a carroça cheia de bens escondidos e os três humanos grosseiros pendurados dos lados do carro, servindo como seguranças particulares, tornavam essa ideia bem provável.

— Como é que uma mulher humana como você já não ouviu falar dessas coisas? — o anão perguntou em sua voz profunda e grave. — Não se fala de outra coisa. É difícil o bastante para vocês calarem a boca tempo suficiente para fazer negócios de verdade.

— Minhas amigas e eu estávamos viajando, — Rowan explicou, apertando seu xale mais firmemente em torno do corpo. Ela não gostou da forma como os olhos redondos do anão repousavam sobre seu decote. Ela odiava o vestido esfarrapado que Loghain havia trocado com um grupo de peregrinos semanas antes, mas não tinha escolha além de usá-lo. Uma mulher desfilando por aí em uma armadura completa era o tipo de coisa que chamava a atenção. — Nós não tivemos a oportunidade de parar em qualquer aldeia recentemente.

— É mesmo? — ele sorriu, mostrando os dentes manchados de marrom. — Que amigas são essas?

— Elas estão em um acampamento não muito longe daqui.

— Por que não vamos até lá encontrá-las, então? Talvez eu até te ofereça alguns suprimentos extras, se você e suas amigas forem bem receptivas... — a ênfase das palavras e a língua passando pelos lábios deixaram claro para Rowan exatamente que tipo de recepção ele gostaria de encontrar.

Ela olhou para ele, deixando explícita a repulsa em seu rosto. — Eu não acho que minhas amigas queiram compartilhar a fogueira hoje à noite.

— E quanto a você, hein? Há muito espaço na carroça — um dos bandidos pendurados no carro se animou, aparentemente gostando do rumo que a conversa estava tomando.

— Talvez você não tenha percebido que eu tenho uma espada. Eu sei como usá-la — ela colocou a mão no punho da lâmina pendurada em seu cinto.

O comentário dela ficou pairando no ar enquanto o anão mordia o lábio pensativo, seus olhos redondos deixando de conferir a arma apenas para voltar inconscientemente ao seu decote. Sem dúvida, ele queria saber se ela realmente era capaz de se defender, e se valia a pena comprar a briga. Seu eventual suspiro exasperado disse a Rowan que ele achou melhor não arriscar. — Faça como quiser — ele resmungou. — Eu só estou tentando ser gentil.

— Tenho certeza que sim — ela sorriu. — Antes de eu ir, você viu mais alguém na estrada por estas bandas? Ou talvez tenha ouvido falar de outras pessoas seguindo por aqui?

— Na estrada? Que tipo de pessoas?

— Eu não sei. Soldados, talvez? Vimos um bando de soldados marchando por aqui outro dia, e não tenho a mínima vontade de me encontrar com eles novamente.

Ele grunhiu em acordo. — Os únicos soldados que andam nessa região são os orlesianos, e eles estão todos indo para o sul para perseguir os rebeldes — aquilo parecia diverti-lo bastante. — Vocês cabeças-de-nuvem são piedosos, vou te contar. Se qualquer uma das castas tentasse se revoltar em Orzammar, a Assembleia iria esmagá-los em menos de um dia.

— Parece um lugar muito ordeiro.

Ele balançou a cabeça, tornando-se melancólico, enquanto seus olhos escapavam para longe. — Às vezes, é sim.

O comerciante parecia menos interessado em continuar a conversa depois disso, e mais ansioso em continuar a sua viagem. Rowan não conseguiu tirar muitas outras informações dele. Em troca, ela lhe disse quais estradas estavam livres na direção de onde tinham vindo, e avisou-lhe sobre a trilha apagada pela chuva na noite anterior. Com um breve aceno de cabeça, ele partiu, enquanto um dos capangas pendurados na carroça não parava de examiná-la com desejo no olhar. Manteve a mão no punho da espada enquanto ele ainda estava no seu campo de visão.

Ela fez um caminho diferente de volta para o acampamento, caso os capangas e o anão mudassem de ideia, e o encontrou onde havia o deixado, a pouca distância da estrada principal. Katriel estava sozinha próxima de uma fogueira, aquecendo as mãos, enquanto Maric dormia nas proximidades, em uma barraca que haviam montado perto de uma árvore. A barraca tinha sido oferecida para eles pelos peregrinos, e dava alguma proteção da chuva e do sol. Mesmo assim, estavam imundos e cansados. Tinham passado a maior parte dos últimos nove dias evitando patrulhas e tentando se distanciar o máximo possível da fortaleza de Monte Oeste.

Rowan tinha perdido a conta de quantas vezes precisaram despistar uma das patrulhas que saiam das suas rotas por tédio ou curiosidade. As coisas ficaram mais fáceis quando Maric finalmente acordou no terceiro dia e foi capaz de montar, mas, mesmo assim, suas feridas o deixavam cansado e tonto. Katriel expressou sua opinião de que Maric tinha sofrido uma concussão quando foi arremessado de seu cavalo no bosque, e Rowan concordou. O melhor que podiam fazer era usar as ervas que elfa tinha trazido e esperar pela recuperação do príncipe. Suprimentos médicos, pelo menos, eles tinham de sobra.

Rowan hesitou na beirada do acampamento. Ela não gostava de ser deixada sozinha com Katriel, o que acontecia sempre que Loghain precisava caçar. Apesar da elfa ter salvado a vida deles, Rowan ainda mordia a língua de ódio quando a via cuidando de Maric. E sempre que Rowan tentou falar com ela, tudo o que fazia era observá-la com aqueles estranhos olhos verdes. Era difícil dizer o que os elfos estavam pensando, e parecia que sempre estavam escondendo algo. Rowan se sentia culpada por pensar essas coisas preconceituosas e nunca ousou expressá-las, mesmo que os elfos pensassem coisas até piores dos humanos.

Isso as deixava com pouco sobre o que conversar.

Katriel finalmente notou Rowan. Ela piscou surpresa e levantou-se. — Encontrei madeira seca, minha senhora — disse ela, sem jeito.

— Eu notei — Rowan caminhou em direção à barraca, sentindo que aqueles olhos acompanhavam cada um de seus movimentos. Maric estava gemendo, mas ainda dormindo. Suas ataduras haviam sido recentemente trocadas; obra de Katriel, sem dúvida.

Ela ficou ali parada perto da tenda, sem saber se deveria ou não discutir as notícias trazidas pelo anão. Maric e Loghain iriam querer ouvi-las, e ela não estava com a mínima vontade de ter que falar tudo duas vezes. Então ela esperou enquanto Katriel observava, e os minutos se passaram com uma lentidão excruciante.

Será que Maric e Katriel continuaram se encontrando depois daquela noite? Ela queria desesperadamente perguntar, mas não conseguia. Havia evitado Maric em Gwaren, e ele estava muito ocupado para notar. Quando atravessaram o Mar Desperto, estavam em navios diferentes, e isso tornou mais difícil ainda evitar os pensamentos que corriam soltos em sua cabeça.

Aquelas atitudes não combinavam com ele. Durante todos esses anos que ela o conhecia, nunca o viu correndo atrás de ninguém. Alguns homens corriam, mesmo depois de casados. Ela havia sido criada por um pai ignorante em tais assuntos, desde que sua mãe morreu há muito tempo, mas ela sabia sobre mulherengos incorrigíveis. Mas o que as damas educadas da corte achavam disso? Rowan era uma soldada, e convivia com os desejos dos homens, especialmente os de seus companheiros, homens que poderiam morrer a qualquer momento lutando contra o que às vezes parecia uma causa perdida. Ela deveria mesmo se preocupar com aquilo? Não era uma dama da corte, e parecia que Maric era mais seu amigo do que prometido, não é mesmo?

Parte dela ainda tinha esperanças de que o próprio Maric pudesse contar para ela o que estava acontecendo. Se aquilo era mais do que um desejo de uma única noite, se aquilo era... algo mais, então ela merecia saber.

Katriel apontou para a pequena chaleira próxima ao fogo.

— Posso ferver mais um pouco de água, se quiser, minha senhora. Fervi um pouco mais cedo, mas era para trocar os curativos de Vossa Alteza.

— Não, não precisa — disse Rowan. — E não há necessidade de continuar me chamando de senhora.

A elfa franziu o cenho e baixou o olhar, ocupando-se com uma camisa que estava remendando. Era uma camisa de Maric, Rowan assumiu. Ela parecia muito irritada para costurar. Eventualmente, deixou a camisa cair em seu colo com um suspiro exasperado.
— Vocês todos fazem exatamente a mesma coisa — disse ela. — Mesmo o comandante Loghain. É como se vocês acreditassem que estão me fazendo um favor ao fingir que somos iguais — seu tom era seco. — Mas não somos. Não sou sua serva, mas sempre serei uma elfa. Afirmar o contrário é um insulto.

Assustada, Rowan teve que morder a língua para não dizer algo muito menos amável do que deveria. — Você não é de Ferelden, então — ela finalmente soltou.

— Não originalmente. Eu fui... trazida aqui de Orlais.

— Eu pensei que você já tinha aprendido isso. Os orlesianos podem acreditar na justiça de seu Império e que o próprio Criador coloca seus governantes em seus tronos, mas não é assim aqui. Aqui todos os homens são reconhecidos por seus atos, até mesmo os reis.

Katriel bufou zombeteiramente. — Você realmente acredita nisso?

— Você não? — Rowan perguntou, irritada. — O que está fazendo aqui, se não acredita nisso? Por que você ajudaria a rebelião em primeiro lugar?

Katriel endureceu, e seus olhos se tornaram frios, fazendo Rowan se arrepender de suas palavras. Muitos dos homens que tinham se juntado a rebelião, tinham feito isso por desespero. Todos tiveram vidas difíceis, e ela nem conseguia imaginar o quão ruim as coisas devem ter sido para uma elfa como Katriel. Rowan não era rica, vivendo sempre em fuga, mas, ao mesmo assim, sabia pouco sobre passar por dificuldades de verdade. — Sinto muito — Rowan suspirou. — Eu não tenho nenhum direito...

— Claro que tem — Katriel cortou. — Não seja tola. Você não sabe nada sobre mim.

— Eu só quis dizer...

— Eu sei o que você quis dizer — a elfa olhou para o fogo, seus olhos refletindo o cintilar das chamas. Sua expressão ficou ainda mais irritada. — Eu não estou aqui por amor a Ferelden, ou por ódio a Orlais. Há pouco tempo, eu nem sequer teria sonhado que estaria aqui, fazendo o que estou fazendo, mas descobri que até eu tenho limites. Algumas coisas valem a pena proteger.

Ela está aqui por Maric, Rowan pensou enquanto a observava. Ou ela poderia estar se confundindo; o tom de Katriel era tão triste e até mesmo... arrependido? Talvez não estivesse falando sobre Maric, afinal.

Mesmo assim, havia algo sobre o comportamento de Katriel que a perturbava. Que tipo de servo sabia falar de maneira tão articulada? Que tipo de servo sabia andar a cavalo e usar um punhal? Ela nunca havia contado sobre sua vida, Rowan lembrou, e certamente havia mais para se descobrir do que ficava claro à primeira vista. Katriel era muito, muito mais do que uma tímida e assustada dama élfica que Maric tinha salvado de bandidos em Gwaren. Ela estava exausta na ocasião, e desarmada, mas ainda assim algo não batia naquela história.

Talvez fosse apenas ciúmes. A maneira como Maric olhava para Katriel, como se fosse uma flor exótica e inebriante... Rowan nunca havia recebido um olhar daqueles.

Ela percebeu que Katriel estava olhando para ela de novo e se apressou a explicar. — Eu nunca quis te insultar. Eu estava apenas tentando ser amigável.

— Ah é? É isso que você chama de amigável?

Rowan fez uma careta. — Sim. É isso.

— E nós devemos ser amigáveis, então, minha senhora? É isso que você está sugerindo?

— Seria mais fácil — Rowan retrucou. — Se você preferir outra coisa, por favor, me avise — as duas se fitaram longamente, e Rowan não vacilou. Nem Katriel. No frio silêncio que se seguiu, Rowan decidiu que havia dado àquela mulher o seu último pedido de desculpas.

— O que está acontecendo? — a voz grogue veio da barraca. Com os olhos turvos e com a cabeça enfaixada, Maric parecia cansado demais, levando em conta todos os dias que passou dormindo. Por alguns instantes a disputa entre Rowan e Katriel continuou, e nenhuma delas respondeu a pergunta de Maric. Então Katriel se virou, a frieza de sua face derretendo em um sorriso caloroso. Sem responder, ela foi ajudar Maric a se levantar e levou-o para sentar perto da fogueira. Com o tronco nu, ele esfregou os braços vigorosamente e queixou-se da brisa fria.

Rowan assistiu calmamente enquanto Katriel oferecia-lhe a camisa quase completamente remendada, que ele aceitou com gratidão e vestiu. Havia uma intimidade entre eles. Sua fala engasgava enquanto estava ao redor dela, e a elfa parecia encontrar qualquer desculpa para tocar nos seus braços com aqueles dedos finos e delicados.

Rowan sentia-se como uma visitante indesejada.

Seu rosto estava marcado pela dor, e ela precisou fazer muito esforço para engolir o choro. Era melhor acabar logo com aquilo. — Maric — ela disse com seriedade, — Eu... tenho más notícias.

Maric percebeu tardiamente que ela havia falado com ele, lhe oferecendo um sorriso torto e culpado. — Sobre minha camisa? Parece boa agora — brincou. Cautelosamente, começou a tocar a bandagem em torno de sua cabeça.

Rowan pressionou os lábios em claro aborrecimento. — Não. não estou falando da sua maldita camisa.

Maric parecia confuso com seu tom. Katriel olhou para o fogo, fingindo não notar. — Não deveríamos esperar por Loghain? — ele perguntou.

— Esperar por mim para fazer o que? — Loghain disse isso enquanto chegava casualmente no acampamento, um par de carcaças de coelho jogadas sobre um de seus ombros. Infelizmente, era o único com qualquer habilidade para a caça. Ela já havia tentado a sorte no esporte, mas foi inútil. Não conseguia sequer pescar. Então precisavam contar com ele para sobreviver, o que era de enlouquecer para Rowan.

Ao perceber a raiva de Rowan, Loghain fez uma pausa, franzindo a testa para Maric. — O que você fez agora?

Maric piscou com surpresa. — Eu? Eu não fiz nada.

— Precisamos conversar — Rowan interrompeu. — Agora.

Katriel graciosamente se levantou, caminhando até Loghain para pegar os coelhos de seu ombro. Ele olhou para ela com curiosidade. — Não há necessidade. Eu posso cuidar disso.

— Há uma necessidade — ela insistiu. — Eu gostaria de me sentir útil.

Isso foi o suficiente para deixar o homem em silêncio. Katriel pegou as carcaças e silenciosamente deixou o campo em direção ao córrego que eles usavam para pegar água, nas proximidades. Loghain a observou indo embora, seu olhar curioso. Rowan viu que Maric também observava a elfa, mas seu olhar dizia algo completamente diferente do de Loghain. Ele nem estava mais preocupado em esconder, ela pensou com raiva, reprimindo a vontade de enforcá-lo. Em sua atual condição, dificilmente seria um desafio.

Finalmente Loghain deu de ombros, caminhando até o fogo e agachando-se para aquecer as mãos. Ele tirou seu arco e colocou-o ao seu lado. Rowan percebeu que tinham poucas flechas sobrando em sua aljava. — Então, pode falar — ele suspirou.

— Não deve ser nada bom — Maric fez uma careta.

Ela se sentou no tronco ao lado dele, sentindo o calor do fogo em seu rosto. — Não, não é — ela concordou, esfregando a mão sobre o rosto em exaustão. — Antes de qualquer coisa: pelo menos parte do nosso exército ainda vive. Eles foram derrotados em Monte Oeste, mas nem todos foram mortos.

Maric sorriu. — Bem, isso não é tão ruim, não é?

Rowan tomou coragem, assistindo a dança das chamas na madeira queimada. — Meu pai está morto — era estranho ouvir as palavras saindo da sua própria boca. Quando o anão havia dito, ela sentiu como se todo o ar tivesse desaparecido de seus pulmões. A realidade havia se tornado um peso em seu peito que não conseguia tirar.

Maric olhou para ela, atordoado. — Não... oh, Rowan! E a sua família?

Rowan pensou em seus dois irmãos mais novos, Eamon e Teagan. Eles ainda estavam com seus primos nas Planícies Livres. Ainda não tinha pensado em como iriam lidar com a notícia. Eamon deveria estar com quinze anos agora, Teagan com apenas oito. Eles ainda eram garotos. — Eu nem sei se eles já ouviram a notícia — ela admitiu com tristeza.

Loghain franziu a testa, pensativo. — Isso é mesmo verdade? Temos como confirmar? — perguntou.

— Sua cabeça está espetada fora do castelo de Denerim, ao lado da... — ela parou, tentando engolir o nó que surgiu em sua garganta. — Mas não. Não tenho certeza. O usurpador anunciou a vitória, e diz que Maric está morto também.

Maric olhou para os dois, seus olhos arregalados. — O quê?

— Isso é o que ele diz. O arl e o príncipe, ambos mortos em Monte Oeste — ela olhou para Maric e torceu o canto da boca em uma expressão sombria. — Aparentemente, o seu corpo não era distinguível no meio dos soldados de Fereldem e, portanto, não pôde ser encontrado, de acordo com o usurpador.

— Que coisa rude de se dizer.

Ela suspirou. — Seja como for, parte do nosso exército conseguiu fugir. De acordo com o comerciante, dizem que eles correram para se juntar aqueles que deixamos para trás em Gwaren.

— Então nós precisamos chegar lá, e rápido.

— Não tão rápido — ela levantou a mão. — O usurpador os está perseguindo. Mesmo se conseguirmos chegar a Gwaren antes do ataque do usurpador, devem bloquear a passagem na floresta de Brecília. Eles estão entre nós e Gwaren.

— Não podemos contratar um navio? — perguntou Maric.

Ela encolheu os ombros. — Nós não temos dinheiro. O comerciante disse que as estradas para o leste estão todas bloqueadas, cheias de soldados. É por isso que ele fugiu.

— Contrabandista? — a sobrancelha de Loghain levantou.

— Acho que sim — ela assentiu com a cabeça. — Podemos voltar para a costa norte, tentar encontrar a...

— Não — Maric interrompeu. — Não pelo norte.

— Então nós seguimos evitando as estradas e tentamos chegar até a floresta de Brecília? Tentamos alcançar Gwaren sem usar a passagem?

Loghain coçou o queixo, pensativo. — Difícil. Eu preciso encontrar um caminho através das montanhas, e não conheço essa área. Se tentarmos nos aproximar da passagem, vamos provavelmente ser encontrados pelos homens do usurpador.

Nenhum deles falou nada. O fogo crepitava sombriamente enquanto novas rajadas de vento frio sopravam por todo o acampamento. Cada um deles procurou uma resposta que não veio, e nenhum deles queria admitir isso. A verdade pairou no ar diante deles como uma nuvem escura.

— Então é isso? — a voz de Maric estava rasgada de emoção, e ele se levantou com raiva. Ele olhou de Loghain para Rowan. — É isso? Se Arl Rendorn está morto e nós estamos aqui, isso que significa que ninguém está lá para liderar o exército!

— Ainda há a cadeia de comando, — Loghain resmungou. Ele parecia perturbado, no entanto, e olhou para o fogo. — O arl não era tolo, e seus oficiais também não. Há homens lá para fazer o que deve ser feito.

— Você sabe o que quero dizer — Maric retrucou. Parecia que estava tentando conter lágrimas enfurecidas. — Pelo Criador! Por que você veio atrás de mim? Por quê?

— Não seja idiota — Loghain bufou. — Você é o último da linhagem real.

— Eu não quero ouvir mais isso — Maric suspirou, exasperado. — Não se trata de colocar o sangue de Calenhad no trono. Se trata de tirar aquele orlesiano bastardo dele. Porque se ele fosse um bom rei para Ferelden, nada disso teria importância.

Rowan sacudiu a cabeça. — Você acha que...

— Não — ele interrompeu. — Eu sei exatamente o que estou dizendo — ele olhou fixamente para Loghain. — Loghain, se você não tivesse vindo atrás de mim, poderia ter feito a diferença naquela batalha. No mínimo, poderia garantir que mais deles sobrevivessem.

Loghain não respondeu ao olhar de Maric. Manteve os olhos em suas mãos e não disse nada.

Maric suspirou profundamente e balançou a cabeça, sua raiva evaporando. — Você me salvou, e eu sou grato... mas você tem que estar preparado para me deixar ir. Minha mãe morreu. Eu posso morrer. Eu preferiria morrer a ter o sangue de todos aqueles homens em minhas mãos.

— Você é louco — Rowan retrucou. — O sangue deles não está em suas mãos.

— Se vocês tivessem ficado onde deveriam, talvez poderíamos ter vencido. No mínimo, vocês teriam retirado seus homens a tempo, e estariam em Gwaren agora.

— Agora não temos como saber isso, não é mesmo? — Rowan levantou-se e olhou para Maric com ódio no olhar. — Deixe de ser um maldito idealista. Nós estamos lutando apenas para sobreviver, esqueceu? — ela caminhou até ele e empurrou seu peito, com força. Maric tropeçou na barraca e quase caiu para trás. Ele olhou para ela, mais indignado do que com raiva.

— Sinto muito que você se sinta culpado por termos te salvado — ela continuou, — mas você é importante. Todos aqueles homens teriam colocado as vidas deles em risco de bom grado se contássemos para eles o que estava em jogo. É para isso que eles estavam lá!

— Eu era responsável por eles! — ele insistiu. — Assim como você!

— Nós somos responsáveis por você! Você é o maldito príncipe!

— E este é o meu comando! — ele gritou, com teimosia.

Ficaram ali, olhando um para o outro. O crepitar do fogo era o único barulho que se podia ouvir. Ela queria dar um tapa nele. Queria beijá-lo. Como ele era nobre, e como era burro. Será que ele realmente achava que ela poderia simplesmente abandoná-lo?

Loghain continuou a olhar para o fogo, pensativo. — Talvez você tenha um argumento, Maric, mas não há razão nenhuma para brigar sobre isso agora. Não comandamos absolutamente nada no momento.

Maric olhou para ele. — Mas quando nós estávamos...

Loghain olhou para Maric, olhos brilhando intensamente à luz do fogo. — Da próxima vez, não vou te salvar. Você que se vire — algo significativo aconteceu entre os dois. Rowan podia notar, mas não conseguia decifrar. Ainda assim, Maric parecia satisfeito.

Ele se virou e olhou para ela, aparentemente esperando que ela concordasse com Loghain. Ela ficou lá e parada e deixou-se examinar, sentindo nada além do mais puro ódio. — É uma ordem, então? — perguntou ela, derramando ácido de suas palavras. — A ordem real de vossa majestade Príncipe Maric para um de seus comandantes?

Maric cerrou os dentes. — Só estou pedindo uma promessa.

Ela lhe deu um tapa. O barulho do golpe ecoou no silêncio. Ele esfregou o rosto, confusão e dor nos olhos. Loghain não fez nenhum comentário, apenas levantou as sobrancelhas. — Eu prefiro o comando — ela disse com frieza.

— Sinto muito — ele murmurou tristemente. Ele recuou e virou-se para sentar no tronco, seus ombros despencando, desanimados. — Eu só... Imagino que deve parecer muito ingrato da minha parte.

Ela lutou contra a vontade de sentir pena dele, de afagar-lhe os ombros e dizer-lhe que tudo iria ficar bem. — Um pouco, sim — ela comentou.

Maric olhou para ela, com os olhos úmidos. — Seu pai está morto. Você fez um enorme sacrifício para me resgatar. Eu entendo, só não posso deixar de pensar em todos os outros. Eles estavam lá por minha causa.

Rowan sentou-se, sem dizer nada.

— Meu pai uma vez levou o acampamento dos fora da lei para muito perto de uma toca de lobos do flagelo — Loghain disse suavemente. — Ele sabia que eles estavam lá, mas nos levou mesmo assim, porque o outro caminho nos levaria na direção de soldados. Perdemos catorze pessoas lá, seis delas crianças — ele fechou os olhos com a memória. — Meu pai ficou... chateado. Ele queria que todos parassem de olhar para ele em busca de orientação. A Irmã Ailis disse-lhe que preferiria ter um líder que encontrasse dificuldades para comandar do que um que achasse aquilo fácil.

Ele estendeu a mão sobre o fogo e deu um tapinha reconfortante no ombro de Maric, aparentando estar totalmente desconfortável em fazer o gesto. Maric encarou Loghain com espanto. — Uau, você é muito bom nisso.

— Cale a boca — Loghain fez uma careta.

— Eu concordo com Maric — Rowan sorriu. — Agora é minha vez de ser consolada.

— Quer saber — ele olhou para ela, completamente sério. — O arl pode não estar morto. Maric não está morto. Só porque o anão disse que há uma cabeça na frente do palácio, não significa que é a cabeça do seu pai.

Ela se surpreendeu com a resposta e lutou para conter as lágrimas repentinas. — Você é bom nisso — ela murmurou, sua voz rouca. — Mas se o usurpador estivesse tão disposto a mentir, porque não colocar uma segunda cabeça na frente do palácio e dizer que era de Maric?

— Talvez o anão tenha mentido sobre a cabeça também.

Ela encolheu os ombros. — Espero que você esteja certo — ela não acreditava que estivesse, no entanto.

Os três se sentaram em frente ao fogo, o vendo perder a força lentamente. Maric se encolheu, tremendo. Eles compartilhavam um sentimento de exaustão que os deixava vazios e tristes.

— Eu acho que devemos decidir o que fazer — Maric finalmente anunciou com um profundo suspiro. — Somos péssimos líderes, não somos?

— Talvez o exército esteja melhor sem nós? — Loghain sugeriu, sorrindo.

— Melhor sem Maric, talvez — Rowan comentou.

— Ai! — Maric riu. — Essa doeu! A ideia de me salvar foi de vocês. Eu estava prestes a acabar com aqueles... seis soldados? Eram seis?

— Oito — Rowan disse secamente.

— Onze, — Loghain corrigiu. — Katriel matou três.

Rowan revirou os olhos. — Ah, sim. Não vamos nos esquecer dela.

— Eu pensei que eu estava vendo dobrado — Maric sorriu. Então ele olhou para Rowan como se acabasse de ter lembrado de algo muito absurdo. — Você me deu um tapa.

— Você quer levar outro?

— Por que você me bateu?

Loghain limpou a garganta para chamar sua atenção. — Nós estávamos tentando decidir o que fazer — ele lembrou. — Eu acho que a única saída é tentar encontrar uma rota através da floresta de Brecília. Se conseguirmos chegar até ela.

Maric concordou tristemente. — Temos alguma outra escolha?

— Na verdade, vocês têm — a voz tranquila de Katriel anunciava que tinha voltado ao acampamento. Ela carregava os coelhos, recém-esfolados, bem como um pequeno feixe de gravetos secos debaixo de um dos braços. Maric se levantou para ajudá-la, e ela imediatamente se agachou para aumentar novamente o fogo.

Loghain esperou pacientemente, observando seu trabalho, até que ele cedeu. — Nós temos outra escolha? Você ouviu nossa conversa?

— Metade do campo podia ouvir vocês três, meu senhor. Eu não estava tentando, mas eu ouvi a maior parte — ela colocou mais lenha na fogueira, e as chamas voltaram à vida. — E sim, vocês têm outra opção.

— Não nos mate de suspense, — Rowan suspirou.

Katriel assentiu, franzindo a testa. — Eu sei, minha senhora. Estou apenas... receosa de mencionar tal possibilidade — satisfeita com o fogo, ela pegou as carcaças de Maric e começou a espetá-los em um par de galhos. — Vocês já ouviram falar das Estradas Profundas?

Loghain balançou a cabeça lentamente. — As passagens subterrâneas que pertenciam aos reinos dos anões. Mas elas não existem mais.

— Ah, elas existem. Os anões selaram as passagens quando as perderam para as crias das trevas, há muito tempo. A entrada para as Estradas Profundas de Orzammar estão fechadas, normalmente — ela olhou para Loghain. — Você pode, no entanto, entrar nelas a partir da superfície... se você souber onde procurar.

Maric piscou. — E você... sabe onde procurar?

Katriel assentiu. — Eu sei, meu senhor. Ou pelo menos acho que sei.

— E uma dessas estradas... nos leva até Gwaren?

— Acredite ou não, meu senhor, mas Gwaren foi construída em cima de um posto avançado dos anões. Os humanos vieram só mais tarde, para usar o porto que os anões haviam construído e abandonado. Até mesmo usaram o mesmo nome do posto avançado para batizar a cidade, embora eles provavelmente não se lembrem disso.

— E como você se lembra? — perguntou Rowan. — Como você sabe disso?

O sorriso de Katriel foi enigmático. — Eu sei muitas coisas, minha senhora. A história está cheia de lições a serem aprendidas, se você estiver disposta a ouvir.

Loghain olhou para Rowan, e ela viu que ele compartilhava de suas suspeitas. Maric, no entanto, estava mais preocupado com a ideia que Katriel propôs. — Mas as Estradas Profundas não estão cheias de crias das trevas? — perguntou. — Não foi por isso que os anões as fecharam?

A elfa balançou a cabeça lentamente. — Ninguém sabe quantas crias das trevas estão lá embaixo agora. Já faz séculos desde a última vez que invadiram a superfície e foram derrotadas. As Estradas podem estar cheias deles... ou vazias.

— Mas... nós poderíamos usá-las? Para viajar? Teoricamente?

— Teoricamente — ela concordou. — Se estiverem limpas, meu senhor, poderíamos viajar bem rápido.

— Ou ser mortos e comidos assim que entrarmos — Rowan retrucou.

— Ou o caminho pode estar bloqueado — Katriel assentiu. — Daí a minha hesitação.

Os pensamentos estavam girando na cabeça de Maric, Rowan podia ver. Seu coração foi parar no estômago quando ela viu esperança nos olhos do príncipe. — Se formos pela Floresta de Brecília, com certeza vamos demorar muito — disse ele a Loghain, sua voz animada.

Loghain parecia desconfiado. — Várias semanas, talvez, se eu conseguir encontrar um caminho.

— Pelo menos nas Estradas Profundas nós temos uma chance — Maric sorriu.

— Maric! — Rowan o repreendeu. — Você não sabe nada sobre as crias das trevas? Elas são criaturas horríveis, contaminadas! Algo pior que a morte pode nos esperar lá em baixo, assumindo que Katriel realmente saiba onde é a entrada.

— Passamos por ela, minha senhora — disse Katriel. — Uma grande coluna de pedra nas colinas. Eu a vi de longe. É a razão pela qual pensei nisso — ela olhou para Maric com preocupação. — Mas... há um selo. Não tenho certeza que poderíamos abri-lo, meu senhor. Eu teria que ver para ter certeza.

Maric olhou para Loghain. — O que você acha?

— Eu acho que há muitas dúvidas nessa história — ele arqueou uma sobrancelha para Katriel. — Você tem certeza? Essa rota vai direto até Gwaren? E nós conseguiremos navegar lá em baixo?

— Eu me lembro do conto — ela respondeu com cautela. — Mas...

— Então nós vamos — Maric disse com firmeza. — Vamos encontrar esse selo. Se não pudermos abri-lo, ou descobrirmos qualquer indício de criaturas lá em baixo, nós vamos pela floresta — ele parou quando percebeu o que estava dizendo, mas depois acenou com a cabeça novamente, convicto. — Vamos encarar esse risco.

— Ou morrer tentando — Loghain disse severamente.

— Ou morrer tentando — concordou Maric.

Rowan olhou para ambos, incrédula. Finalmente, suspirou, exasperada. — Ou morrer tentando — disse ela, sem muito entusiasmo. Homens eram tão idiotas.

— Eu farei o meu melhor para devolvê-lo para o seu povo — Katriel jurou, olhando para Maric. — Eu prometo, Vossa Alteza.

Ele revirou os olhos ironicamente. — Você continua me chamando assim.

— É o que você é.

— Você ajudou a salvar a minha vida e agora está nos levando para as Estradas Profundas. Ainda quer fazer cerimônias? — ele riu levemente. — Além disso, você é a única falando assim agora. É estranho.

Ela balançou a cabeça, confusa. — Você é um homem muito estranho.

— Não vá me esbofetear, você também. Eu tive o bastante por hoje.

E com isso, a jornada foi definida. Rowan e Loghain dividiram mais um olhar preocupado com Katriel enquanto Maric continuava com as suas brincadeiras. Ela torcia para que a elfa não fosse capaz de encontrar o selo ou abri-lo, apesar das Estradas Profundas serem claramente a maneira mais rápida de se chegar em Gwaren. Porém, no fundo de seu estômago, ela suspeitava que as informações de Katriel eram boas.

As informações vindas de Katriel sempre eram boas, evidentemente.

Um trovão estourou ao longe. Parecia que acampamento estava prestes a ficar ainda mais frio.

13

LEVOU A MAIOR PARTE do dia seguinte para que eles retornassem até a coluna que Katriel havia mencionado. Lá, encontraram o que ela havia chamado de selo. Estava aberto. Os quatro ficaram parados na chuva, olhando para o que poderia ser facilmente confundido, de longe, com uma caverna na encosta rochosa. No entanto, de perto, era possível ver que estavam diante do que um dia foi um imenso e impressionante par de portas de aço octogonal.

Elas eram decoradas com padrões geométricos; reentrâncias grossas e profundas esculpidas no aço que um dia poderiam ter formado palavras ou imagens. Agora estavam muito cobertas de líquen marrom e erodidas pela ferrugem para que pudessem ser decifradas. Uma das portas pendia de suas grandes dobradiças, corroídas pelo tempo e pelos elementos. A entrada estava livre, exceto por um monte de pedras e sujeira na entrada, como se os destroços tivessem sido cuspidos para fora da grande abertura.

Somente quando se aproximaram, pisando com cuidado entre as pedras molhadas e irregulares, que notaram que o maior monte de pedras era na verdade composto por ossos. Ossos velhos, incrustados de lama e parcialmente enterrados.

— Difícil dizer a quem pertenceram — Maric observou, cutucando os ossos com um pouco de nojo. — Podem ser humanos.

— Mais importante, não são recentes — Loghain apontou. — Isso é um bom sinal.

Katriel enfiou a cabeça cautelosamente para dentro da caverna. — Concordo. Se qualquer criatura além de morcegos usou essa caverna recentemente, não deixou rastros. Tudo o que vejo é guano.

— Que ótimo — Rowan revirou os olhos.

Katriel olhou para Rowan. — Há muitas lendas de viajantes que desapareceram nesta região. Ainda devemos ter cuidado, porque tais lendas muitas vezes têm um fundo de verdade.

— Anotado — Loghain comentou, conduzindo todos para dentro.

Eles montaram acampamento logo na entrada da caverna, e os quatro começaram a trabalhar fazendo o máximo de tochas possíveis rasgando tiras de tecido da barraca. Katriel mencionou que não tinha ideia de quanto tempo ficariam lá em baixo. Não haveria como caçar alimentos, advertiu, e não dava para saber se iriam encontrar alguma fonte de água fresca.

Loghain fez com que se enchessem do maior número de garrafas e frascos que podiam. Então, fez um balanço dos seus mantimentos, colocando tiras de carne seca sobre uma rocha enquanto ouvia o ritmo da batida da chuva lá fora. Rowan sentou-se ao seu lado, novamente em seu conjunto completo de armadura reluzente.

— Foi uma ideia idiota e você concordou com ela, sabe disso — ela sussurrou severamente.

— Talvez.

— Você realmente acredita que devemos confiar nela?

— Não — Loghain olhou mais para o fundo da caverna, onde Katriel e Maric estavam tirando rochas do caminho. — Mas isso não significa que esteja mentindo sobre isso — Rowan parecia convencida, e Loghain tentou um sorriso tranquilizador. — Nós seguimos, na medida do possível. Se as coisas se complicarem, nós voltamos.

— E se nós não conseguirmos? Voltar, quero dizer.

Ele voltou a fazer sua contagem, com o rosto sombrio. — Então nós morremos.

Não demorou muito para que encontrassem uma maneira de descer. Partes da caverna estavam quase bloqueadas, como se alguém tivesse propositalmente as selado com pedras. Se isso foi feito para impedir algo lá de baixo de sair ou algo da superfície de entrar, era impossível dizer. De qualquer forma, foi possível se espremer entre a maioria dessas pedras sem muito esforço.

No mais, as passagens eram em grande parte regulares e planas, esculpidas eras atrás por artesãos anões. Provavelmente foram bonitas em algum momento, mas agora estavam revestidas de pó, musgo e uma grande quantidade de guano de morcego. Havia evidências de pichações perto da entrada, desenhos rústicos feitos por aqueles que haviam em algum momento habitado a caverna e deixaram uma lembrança de sua presença, mas a maioria delas estava desbotada. As pichações desapareciam pouco adiante, indicando que poucos tiveram a coragem de desbravar seus recantos mais escuros.

Viajaram em silêncio, a tensão crescendo à medida que a luz solar desapareceu e foi substituída por uma melancolia abafada. Muita poeira pairava no ar, formando uma espécie de halo em suas tochas. Loghain ficou preocupado com a possibilidade do ar ficar rarefeito demais conforme desciam. Katriel explicou que os anões usavam dutos engenhosos para manter o fluxo de ar nas Estradas Profundas, mas quem poderia dizer se tais dutos ainda estariam funcionando?

Se todos tivessem sufocado lá em baixo, seria fácil de explicar porque ninguém tinha visto uma cria das trevas na superfície em tantos séculos. Essa ideia trouxe um pouco de alegria e conforto.

Depois de várias horas, eles chegaram ao que poderia ter sido algum tipo de estação ou posto de controle para a passagem. Talvez tenha sido concebido como um forte, pois a construção parecia ter sido bem defensável quando suas paredes ainda estavam em pé. Katriel apontou para onde um dia talvez ficasse um portão, que poderia ser fechado para controlar a passagem de viajantes. No entanto, o que quer que aquilo fosse, havia sido destruído há gerações. Um grande número de carrinhos de mineração enferrujados estava espalhado pelos corredores, além de sacos vazios quase reduzidos ao pó e... ossos. Teias de aranha velhas e cheias de poeira estavam penduradas pelo teto, o que lhes deixou com a sensação de estarem andando em um cemitério. Nada se movia aqui. Nem os morcegos ousavam chegar tão fundo. O posto certamente havia sido saqueado há muito tempo, mas não havia ninguém lá agora.

— Aconteceu uma batalha aqui? — perguntou Rowan, examinando os ossos. Ninguém soube responder. Não era sequer possível saber se os ossos pertenciam a seres humanos, anões ou até elfos. Alguns deles com certeza não eram de nenhuma dessas três raças.

Depois disso, eles chegaram às escadarias largas que pareciam descer para sempre pela escuridão. Eles tinham que ter cuidado, pois muitos dos degraus estavam quebradiços e propensos a ceder. Na verdade, muitos já haviam cedido. Ocasionalmente eles precisavam usar os trilhos de aço que ficavam no meio da escadaria como apoio, trilhos que provavelmente eram utilizados para transportar os carrinhos de mineração até a superfície.

Teias velhas cobriam tudo agora. A maioria delas estava abarrotada de pó, caroços cinzentos irreconhecíveis, pendurados como grandes sacos nas paredes e no teto. Mas ocasionalmente Loghain notava teias novas e até aranhas pequenas que corriam para longe da luz das tochas. A cena o tranquilizou. Aranhas significavam insetos, e isso significava vida.

Quando as escadarias finalmente chegaram ao fim, eles haviam descido por muitas horas. Rowan pontuou, nervosa, que parecia que apenas desceram em vez de ir a qualquer direção particular. Maric, no entanto, estava apenas contente por não terem encontrado nenhuma cria das trevas. Eles limparam uma seção da estrada, para fazer um acampamento. Loghain insistiu em evitar fogueiras. Não havia como dizer o quanto de ar chegava a esses túneis, ou o que poderia ser atraído pela luz, caso fizessem uma fogueira muito grande.

Havia uma tensão desconfortável no ar, e na primeira noite nenhum deles realmente dormiu. Eles se revezaram vigiando os túneis com uma única tocha acesa, olhando para as sombras que dançavam ao redor do acampamento. Na verdade, qualquer um poderia saltar em cima deles a qualquer momento. Com a poeira no ar e a luz fraca, nenhum dos vigias conseguia ver muita coisa ao redor. Mas ter alguém de guarda fazia todos se sentirem melhor, e permitia que ao menos fechassem os olhos enquanto tentavam fingir que os quilômetros de rocha que pairavam sobre suas cabeças não estavam lá.

O silêncio era o pior de tudo. Ele pesava sobre eles, como uma mortalha, perturbado apenas pelo som de suas respirações arrastadas e dos passos que davam sobre as pedras. Quando o grupo parava, às vezes, podia ouvir um sutil som de cliques ao longe na escuridão. Os cliques iam e vinham, e nenhum deles conseguia identificar o que aqueles sons poderiam ser. Começaram a andar com suas armas sacadas depois disso, mas nenhum ataque aconteceu.

Durante dois dias eles viajaram desta forma, indo cada vez mais longe no subsolo. Paravam para descansar e se orientar, e isso dava a Katriel a oportunidade de trocar as ataduras de Maric. Ela se preocupava com uma possível infecção, especialmente no ferimento de sua cabeça, mas depois de um tempo declarou que os emplastros estavam funcionando. Ele estava se recuperando bem. Maric suspirou aliviado, dizendo que já era a hora de algo de bom acontecer.

O fato de que eles estavam viajando em uma estrada tornou-se cada vez mais evidente. Mesmo naquele estado de completa decadência, eles ainda podiam ver colunas de pedra plantadas regularmente ao longo das paredes e algumas estátuas sombrias de anões, quase totalmente desgastadas. Havia sulcos profundos ao longo da parte inferior das paredes, que Katriel disse ser um antigo canal de lava. Essa lava era coletada em pequenos compartimentos ao longo das paredes, para iluminar a estrada. Loghain perguntou de onde a lava vinha, mas ela não sabia dizer. Poderia ser fruto de algum poder arcano, embora os anões não fossem capazes de utilizar magia. De onde quer que ela viesse, no entanto, não havia nenhuma ali agora. Havia apenas a poeira e a escuridão silenciosa.

O primeiro cruzamento de passagens no qual eles chegaram tinha grandes runas esculpidas nas paredes, e depois de limpar o máximo de poeira e detritos que conseguiram, esperaram enquanto Katriel as estudava de perto com a tocha na mão.

— Definitivamente, são runas dos anões — ela murmurou. Bateu em uma runa que se repetia várias vezes. — Está vendo essa? Ela tem duas partes: gwah e ren. piscina e sal, respectivamente.

— Gwaren? — Maric se inclinou para frente, com a cabeça sobre o ombro de Katriel, enquanto estudava a runa por conta própria. Ela piscou nervosa, mas ele não notou. — Deve ser por aqui, então, certo? O posto avançado dos anões tinha o mesmo nome.

— Eu acredito que as runas indicam a passagem à direita — Katriel olhou para Maric com insegurança. — Mas não tenho certeza.

— Melhor o seu palpite do que o meu — Maric sorriu.

Rowan e Loghain trocaram olhares desconfiados, mas pouco podiam fazer além de confiar no conhecimento da elfa. Loghain tinha desistido do seu senso de direção há muito tempo. Ele não funcionava debaixo da terra, aparentemente.

Menos de um dia depois, embora a estimativa de quanto tempo eles passaram lá embaixo estava cada vez menos precisa em meio ao silêncio e a escuridão, encontraram um thaig, uma caverna onde os anões haviam construído um assentamento. Uma grande quantidade de detritos e pedras estava espalhada em sua entrada, talvez por algum tipo de desmoronamento, e foram necessárias horas de trabalho para abrir uma passagem. Depois de atravessá-la, perceberam que estavam em um lugar que nenhum anão visitava há muitas gerações.

A luz bruxuleante de tochas não chegava muito longe no thaig, mas o que conseguiam discernir eram enormes edifícios de pedra que alcançavam facilmente o topo da caverna. Enormes passarelas entre os edifícios foram, em algum momento, sustentadas com colunas gigantescas ornadas por milhares de runas. Agora, a maioria dessas passarelas havia ruído, e seus esqueletos de pedra estavam cobertos por enormes teias de aranha.

Aqui, as teias estavam por toda a parte. Pendiam das paredes como gazes de algodão, e, conforme a caverna aumentava de tamanho, as teias também pareciam ficar maiores e mais densas, até que a luz da tocha não conseguia mais passar entre elas. Era como se as teias formassem um casulo para todo o thaig, suspendendo-o para fora do tempo na escuridão e no silêncio.

— Cuidado — Loghain advertiu suavemente, movendo a tocha de modo a não tocar nas teias. Um incêndio nas teias poderia se espalhar rapidamente para os níveis superiores do thaig, e provavelmente faria chover pedaços de teia incandescentes sobre suas cabeças.

— Você está sentindo isso? — perguntou Rowan, dando um passo hesitante para frente em meio ao entulho. Ela tocou seu rosto e olhou em volta com preocupação. Os outros arregalaram seus olhos, sentindo a mesma coisa que ela: uma leve brisa em suas bochechas, uma mínima sensação de frescor em meio ao mar de poeira.

— É ar fresco — Maric respirava. — Há uma corrente de ar aqui.

Ele estava certo. Ar estava vindo de algum lugar alto, e se olhassem com cuidado, podiam ver as teias agitando-se suavemente acima deles. Talvez houvesse uma espécie de buraco ali que levasse até a superfície. Os anões deviam ter chaminés de algum tipo, ou talvez esse fosse um dos dutos que Katriel havia mencionado.

Havia sons também. Com os quatro ali parados, o clique-clique distante tornou-se mais proeminente. Parava e voltava, mas definitivamente vinha de lá. Depois de ficar sem nada além de seus próprios movimentos, tais sons estranhos eram muito fáceis de notar.

Katriel empalideceu, o medo transbordando em seus olhos, que agora se agitavam pela escuridão em busca da fonte dos barulhos. Ela tentou esconder o pavor em sua voz, mas não fez um bom trabalho. — O que... O que são esses sons? Rochas?

Ninguém respondeu. Mesmo ela não acreditava na sua teoria.

— Devemos voltar? — Rowan sussurrou.

Maric sacudiu a cabeça. — Não há como contornar esse lugar. Ou seguimos em frente, ou voltamos o caminho inteiro.

Ninguém argumentou, porque não havia o que dizer. Loghain avançou, a espada levantada em sua frente enquanto olhava nervosamente para as teias acima deles. — Se for necessário, nós vamos ter que queimar tudo.

Maric respondeu rapidamente. — Isso não seria pior?

— Eu disse, se for necessário.

Eles seguiram lentamente, ficando de costas um para o outro e com lâminas em riste. Cada passo era cuidadosamente calculado entre os escombros, e eles não emitiram um único som. Mal respiravam. Cada um acenava sua tocha no ar, tentando discernir qualquer coisa entre as ruínas escuras. Mas tudo o que viram foram as passarelas desabadas e os restos das colunas de pedra. As sombras dançavam zombeteiramente no silêncio.

Eles se esgueiraram no que parecia ser uma longa calçada, cheia de rachaduras e quebrada por pedaços desabados dos prédios ao redor. Uma das paredes próximas ainda mantinha parte de suas cores originais: turquesa, vermelho e os restos de uma pintura que poderia ter sido um rosto. Os olhos eram a única parte ainda discernível. Olhos que os observavam cheios de surpresa e medo.

Loghain parou, e Maric quase colidiu com ele. Estavam aos pés de uma estátua enorme, um guerreiro gigante que se erguia centenas de metros no ar e poderia muito bem estar sustentando todo o teto da caverna. A estátua estava imunda, e seus detalhes se perdiam em meio às sombras, mas ela era facilmente a maior coisa que já haviam visto em suas vidas. Parecia quase como se fosse feita de mármore puro.

— Pelo Criador! — Maric soltou um assobio baixo enquanto a admirava.

Katriel caminhou até os pés da estátua, com os olhos arregalados. — Não toque — Loghain advertiu, mas ela o ignorou. A estátua parecia estar apoiada em uma imensa coluna quadrada, decorada com runas.

Katriel levantou a tocha na frente das runas e varreu a poeira com as mãos. — Eu acho... Eu acho que é um Exemplar — ela sussurrou.

— Um o quê? — perguntou Maric.

— Um Exemplar. Eles são anões que alcançaram o patamar de lenda entre o seu povo. Os maiores de seus guerreiros, os melhores inventores, os fundadores de suas cidades — Ela limpou mais da poeira, extasiada com o que estava vendo. — Eu acho que esse aqui foi um ferreiro.

— Incrível, um ferreiro anão! — Rowan murmurou ironicamente. — Podemos continuar andando?

A elfa lançou um olhar penetrante para Rowan com seus olhos verdes demais. — Um Exemplar não é qualquer um. Eles foram os maiores anões que já viveram. Os anões os reverenciam como deuses. Isso aqui — disse enquanto admirava toda a extensão da estátua acima dela, — é algo que os anões pagariam fortunas para visitar.

— Então vamos falar sobre isso. Mais tarde — Rowan insistiu.

Loghain concordou. — Precisamos descobrir como saímos daqui.

Relutantemente, Katriel assentiu. Ela se afastou da base da estátua, dando uma última olhadela triste em sua direção e balançando a cabeça como se não pudesse acreditar. Apenas Maric viu o único fio de teia grossa e brilhante que pendia atrás dela. Ele já estava saltando para frente quando foi subitamente arrancada do chão e puxada para a escuridão acima.

— Katriel! — Maric gritou, jogando sua espada no chão e agarrando as pernas da elfa. Ela gritou de terror, mas o peso de Maric puxou-a parcialmente de volta para baixo. Ambos ficaram pendurados acima do solo de forma precária.

O clique-clique repentinamente se tornou ensurdecedor nas teias acima, bem como ao redor deles. O som parecia os cercar conforme muitas sombras começavam a se mover nos limites da luz das tochas.

— Loghain! — Maric gritou, suas pernas chutando o ar de maneira desesperada. — Me ajude!

Loghain moveu-se rapidamente, agarrando uma das pernas de Maric que balançavam sobre sua cabeça. Ele puxou com força. E Katriel gritou novamente quando um chiado alto e arrepiante irrompeu acima dela. Com um estalo molhado, tanto ela quanto Maric desabaram no chão.

— Ali! — Rowan gritou quando viu algo vindo na direção deles. Seus olhos se arregalaram quando ela percebeu que era uma aranha gigante, tão grande quanto ela mesma. Era uma criatura coberta de cerdas escuras e muitos olhos pastosos, com um grande e inchado abdômen atrás dela. Suas pernas peludas se moviam com velocidade surpreendente, dançando de um lado para o outro enquanto considerava os riscos da tocha e da espada nas mãos de Rowan.

Loghain já estava de pé novamente, girando para enfrentar diversas sombras rápidas que se moviam além da luz das tochas. A aranha de Rowan emitiu vários cliques altos e correu na direção dela, as duas patas dianteiras levantadas e presas à mostra, respingando veneno no chão.

— Rowan! — ele gritou em advertência.

A aranha golpeou sua espada com uma de suas patas dianteiras, quase conseguindo removê-la de sua mão. Ela se lançou para frente com suas presas, chiando, e Rowan conseguiu interpor o ataque com seu braço. O peso da aranha a arrastava para trás enquanto as suas presas tentavam atravessar o metal de sua armadura. Ela não conseguiu, e veneno negro escorria pela superfície brilhante de sua manopla, deixando um rastro fumegante em seu caminho.

Rowan grunhiu com o esforço de manter-se em pé, e empurrou a criatura para trás com o braço. A aranha chiou com raiva e tentou pular novamente em sua direção, mas a espada de Rowan rapidamente atravessou o lado de sua cabeça. Uma secreção branca jorrou da ferida. A aranha emitiu um chiado agudo, saltando para longe e batendo contra uma parede distante. Ele girou loucamente no próprio eixo, quase como se estivesse tentando escapar do ferimento.

Outra aranha gigante caiu da escuridão acima deles, quase acertando Loghain. Ele saltou para fora do caminho, girando no último instante e golpeando a criatura. A espada ricocheteou na pata da aranha, que virou a cabeça na direção de Katriel, próxima dela, com seus muitos pares de olhos escuros. Ela gritou de terror.

Maric mergulhou sua espada no lado da cabeça da aranha, rangendo os dentes com o esforço. A lâmina atravessou sua armadura quitinosa com um rangido molhado. O corpo da criatura estremeceu, e então se debateu mais rapidamente do que Maric pôde reagir. As patas dianteiras da aranha golpearam o príncipe no ombro e o fizeram cair rolando pelo chão de pedra.

Loghain saltou para frente e chutou a aranha gigante com força, derrubando-a de cabeça para baixo um som agudo horrível. Enquanto ela tentava endireitar-se, líquido branco jorrando de sua cabeça ferida, Loghain pisou em seu tórax e empurrou a espada contra seu corpo. Ele torceu a lâmina com dificuldade enquanto a aranha debatia suas pernas e guinchava desesperadamente.

— Maric! — Katriel gritou com preocupação, engatinhando em sua direção. Rowan também saltou de onde estava na direção do príncipe. Enquanto corria, outra aranha desceu correndo pela lateral de uma parede em sua direção. Ela a golpeou com sua espada, fazendo-a chiar e recuar de volta para a escuridão.

Katriel estava com Maric. Ele balançou a cabeça, atordoado, e ela o ajudou a ficar de pé. Então seus olhos se arregalaram quando viu algo acima deles. Seu grito foi ecoado por ela quando uma aranha gigante caiu em cima deles, suas presas afundando no ombro de Katriel.

Ela lutou, girando o corpo e apunhalando vários dos olhos da aranha. A aranha se afastou instantaneamente, mas não antes de Rowan atravessar a lateral de seu abdômen com a espada. Fluidos viscosos escorreram da ferida quando a criatura chiou e se virou para enfrentá-la. Rowan girou ao mesmo tempo, desferindo um golpe poderoso contra a criatura. A cabeça da aranha foi imediatamente decapitada, mas seu corpo continuou girando e se debatendo por vários segundos, espirrando as vísceras do animal por toda a parte.

— Não! — Maric gritou quando viu Katriel tombar, seus olhos verdes revirando. As perfurações viscosas em seu ombro já começavam a inchar, e gavinhas negras irradiavam pela pele ao redor da ferida, como se estivesse a corrompendo por dentro. Maric pegou-a em seus braços antes dela despencar no chão e olhou com horror quando ela começou a convulsionar. — Loghain! Nós temos que sair daqui!

Cerrando os dentes, Loghain puxou sua espada para fora da aranha morta debaixo dele e saltou. Ele pegou a espada de Maric e uma tocha que estava caída no chão, ameaçando extinguir completamente. Ele atirou a espada para Maric, que a apanhou habilmente mesmo sob a luz fraca, e estendeu a tocha na direção dos fios de teias que pendiam sobre eles.

Levou um momento para as chamas pegarem, mas quando o fizeram, começaram a se espalhar em todas as direções bem rápido. Muito rápido. — Preparem-se! — ele gritou.

Os cliques em torno deles pareciam se elevar e se afastar tão rápido quanto o barulho das chamas engolfando tudo ao seu redor, se transformando em um rugido alto e assustador. O fogo se espalhou, iluminando toda a área das ruínas. Maric olhou em volta, piscando com o brilho repentino, e viu muitas aranhas deslizando pelas paredes. Um número alarmante delas. Uma das aranhas gigantes desceu pela parede, novamente em direção a Rowan, que golpeou para cima, cortando parte de uma de suas patas dianteiras. Mancando e guinchando, ela recuou novamente pela parede enquanto Rowan ia em direção a Maric.

— Ali! — gritou ele, apontando para um edifício próximo que havia sido revelado pela luz. Ele tinha uma cúpula de ouro manchada, um dos poucos telhados que não haviam desmoronado.

Rowan ajudou Maric a carregar Katriel, e começaram a correr o mais rápido que podiam em direção ao edifício abobadado. Loghain correu atrás deles, cobrindo a cabeça, enquanto grandes gotas incandescentes de teias choviam acima deles. As aranhas gigantes haviam desistido de seu ataque e estavam fugindo em todas as direções, seus guinchados e chiados enlouquecedores acumulando em uma cacofonia que ameaçava superar até mesmo o barulho das chamas.

O fedor de resíduos carbonizados tornou-se opressor, e junto com ele veio uma sucção repentina de cima. Era como se o ar estivesse sendo puxado para cima, apenas para ser substituído, um instante depois, por uma espessa fumaça oleosa. Ela espalhou-se rapidamente, ofuscando a visão e sufocando os quatro enquanto corriam. Parecia-se mais com uma poeira do que com fumaça, cobrindo seus rostos e atacando seus pulmões como se fossem dezenas de pequenas mãos cheias de unhas afiadas.

Maric começou a tossir roucamente e ouviu Rowan fazendo o mesmo, embora mal pudesse vê-la ao seu lado. Era como atravessar melaço. Rowan desabou no chão, puxando Katriel e Maric com ela. Ele xingou, engasgando ao tentar puxar mais ar para seus pulmões. Eles não conseguiam mais ver para onde estavam indo.

Algo tocou o ombro de Maric, e seu primeiro instinto foi golpear com sua espada na mesma direção. Quem o tocava, no entanto, parecia contar com esse movimento, e uma mão agarrou o pulso de Maric. Era Loghain.

— Vamos! — gritou ele, a voz rouca de esforço.

Loghain puxou Maric para cima, e juntos agarraram Rowan e Katriel e começaram a arrastá-las na direção da cúpula. Tudo o que podiam ver na escuridão era a aurora brilhante do fogo que cobria o teto da caverna e os grandes pedaços de detritos em chamas que choviam. O ar continuava a ser sugado.

Por um momento, Maric se perguntou se todo o telhado da caverna ia desabar sobre suas cabeças. O calor escaldante era insuportável, e queimava seus pulmões cada vez que ele tentava inalar.

E então ele desmaiou.

Quando Maric acordou, ainda estava escuro e ele estava confuso. Estava deitado em algo duro, e alguém estava limpando seu rosto com um pano molhado e frio. Ele ainda não conseguia ver nada. Quanto tempo havia se passado? Eles ainda estavam nas Estradas Profundas? Estavam a salvo? Quando tentou fazer uma pergunta, tudo o que saiu de sua boca foi um chiado seco, e ele começou a tossir de forma explosiva, a dor rasgando seu peito.

Uma mão o empurrou firmemente para impedi-lo de sentar, e ele ouviu a voz calmante de Rowan instando para que ficasse quieto. — Não se mexa ainda, Maric. Vou pegar algo para você beber, mas você precisa beber devagar — um frasco foi colocado em seus lábios, e nele havia água fria. Ele queria engolir tudo de uma vez quando percebeu o quanto de fuligem e poeira ainda revestia a sua garganta, mas Rowan tirou o frasco antes que pudesse virá-lo com força. Mesmo assim, começou a engasgar na pouca água que havia em sua boca até que finalmente se virou e expeliu pela boca e narinas uma quantidade absurda de um líquido escuro e de aspecto vil.

Ele escarrava em ondas que o deixavam fraco e trêmulo. Rowan suspirou e colocou o frasco de novo em sua boca, deixando que tomasse um gole demorado desta vez. — Bem... poderia ter sido melhor — ela murmurou. — Mas pelo menos saiu.

A água escorria deliciosamente por sua garganta, e Maric deitou-se, sentindo o frescor alcançar as partes mais profundas do seu corpo. Em seguida, abriu os olhos, alarmado. — Katriel?

— Estável, mas ainda não acordou — Rowan respondeu com aborrecimento em sua voz. — Loghain conseguiu sugar a maior parte do veneno. Sorte que ela tinha raiz-de-verme em sua bolsa.

Era possível ouvir estalos distantes, mas eles eram diferentes dos cliques das aranhas. Soavam como pedras batendo umas nas outras, depois de um momento, Maric entendeu exatamente o que era aquele barulho. Ele viu algumas faíscas na escuridão, acompanhada logo em seguida por uma chama suave.

— Você acha que isso é prudente? — perguntou Rowan.

— Não há mais nenhum sinal de aranhas — comentou Loghain de cima da pequena chama, — e nós estamos começando a sentir o ar fresco novamente. Eu acho que o pior já passou.

Loghain soprava as chamas para fazê-las crescer. As peças quase podres de madeira que havia empilhado estalavam e crepitavam à medida que o fogo aumentava, afastando as sombras para longe, e Maric pode finalmente enxergar seus arredores.

Eles estavam dentro do prédio, sua cúpula quase invisível entre as sombras do teto. Estava completamente destruído por dentro, cheio de pilhas de entulho e pedras que já haviam sido paredes ou móveis se desintegrando em pó. Ele podia ver uma enorme arquibancada circular que descia até o centro da câmara, diretamente sob a cúpula. O lugar era um fórum? Um teatro? Maric tinha ouvido certa vez que os anões faziam combates chamados de "provações", jogos em que guerreiros lutavam por honra e glória. Talvez estivessem em uma arena? Não parecia grande o bastante para isso.

Katriel estava próxima, com o ombro enfaixado. Ela estava quase revestida de fuligem preta, tornando seus cachos loiros oleosos em escuros, embora alguém tivesse se preocupado em limpar seu rosto. Todos estavam revestidos com o mesmo pó, percebeu, e ele parecia formar camadas desiguais em qualquer parte do salão que estivesse perto de frestas nas paredes ou janelas. Do lado de fora, parecia muito pior, como um mar de piche acompanhado por uma nuvem de fuligem pairando no ar.

O silêncio era quase absoluto, abafado, como no primeiro dia após uma nevasca. Tudo o que Maric conseguia ouvir era o som da água escorrendo em algum lugar próximo. Ele não conseguia saber de onde exatamente, por causa do eco, mas o som era muito claro.

— Tem água aqui, acredite ou não — Loghain comentou. Ele parecia estar satisfeito com o tamanho do fogo e sentou-se, limpando as manchas de fuligem de seu rosto mais uma vez. — Há uma grande bacia nos fundos — apontou para uma área do outro lado da sala, onde a parede estava mais despedaçada do que nos outros lugares, que parecia gerar água doce por conta própria. — Ela tombou e formou um córrego.

— Magia, obviamente — Rowan comentou. — Mas é água fresca. Pena que não podemos levá-la conosco.

— Quanto tempo se passou? — Maric resmungou, se esforçando para sentar. Rowan estendeu a mão para ajudá-lo, mas logo percebeu que ele estava bem. — Como chegamos aqui?

— Consegui arrastá-lo para dentro antes do fogo começar a chover de verdade — Loghain resmungou. — E então desmaiei. Não sei por quanto tempo. É impossível contar o tempo aqui em baixo.

— As aranhas podem voltar — Rowan estremeceu.

— Sim, podem — Ele se virou para longe do fogo e encarou Maric, sua expressão séria. — Não devemos ficar aqui por muito tempo. Se há uma maneira de voltarmos à estrada para Gwaren, devemos encontrá-la. Logo. Vamos precisar transportar Katriel se ela não acordar.

— Ou podemos deixá-la aqui — Rowan disse em voz baixa, sem olhar para ninguém.

— Rowan! — disse Maric, chocado.

Ela olhou para Loghain, que franziu o cenho, parecendo claramente desconfortável. Mas não desviou o olhar. Maric olhou de um para o outro, e viu a maneira como estavam sentados juntos, de frente para ele. Eles haviam conversado sobre isso. Enquanto ele estava inconsciente, discutiram a possibilidade de abandonar Katriel.

— Vocês estão falando sério? — ele perguntou, seu choque dando lugar à indignação. — Abandoná-la? Só porque ela está ferida?

— Não, não é isso — Rowan disse com firmeza. Ela levantou a mão para impedir Loghain de se manifestar. Ele franziu a testa, mas obedeceu. — Maric, não acho que seja prudente confiar nela.

— O que você está dizendo?

— Nós estamos dizendo que há um monte de coisas que não fazem sentido. Você não vai me dizer que esta é a mesma mulher que encontramos gritando por socorro em Gwaren.

Loghain assentiu. — Eu estava disposto a aceitá-la como uma mensageira, mesmo como uma das agentes de Arl Byron... mas essas habilidades que tem revelado, o conhecimento que possui... Ela não é apenas uma simples serva élfica, Maric.

Maric ficou tenso, sentindo uma raiva crescente. — Mesmo que ela não seja, por que isso é ruim?.

— Maric... — disse Loghain, inquieto.

— Ela veio em minha defesa — Maric insistiu, — quando poderia facilmente ter ajudado os soldados a nos matar. Ela ofereceu seus conhecimentos livremente, quando poderia levar-nos para as mãos do usurpador — seus olhos se estreitaram. — O que, exatamente, vocês acham que ela fez?

— Eu não sei se ela fez alguma coisa — Loghain disse com sinceridade. — Tudo o que sei é que ela me deixa desconfortável.

Rowan respirou fundo. — Considere que você pode não estar sendo muito objetivo em relação a ela, Maric — ela declarou de maneira fria.

Maric fez uma pausa, surpreso. E então ele viu o orgulho ferido nos olhos de Rowan. Ela estava tentando esconder, mas era óbvio até mesmo para ele que ela queria estar em qualquer lugar que não fosse ali.

Ela sabe. Tudo fazia sentido agora. Os olhares frustrados. A frieza. A grosseria. Os gritos. A raiva. O tapa.

— Ah — ele murmurou, sua raiva rapidamente se dissolvendo. Ele tinha praticado uma centena de vezes como contar para Rowan sobre Katriel, mas sabia que, quando isso acontecesse, não seria como nenhuma dessas vezes. Ele queria contar para ela. Queria dizer que Katriel fazia ele se sentir capaz, que não precisava provar nada para ela. Mas como aquilo ia soar? Não é como se ele sentisse a necessidade de provar qualquer coisa para Rowan. Ela o conhecia desde criança, sabia de todos os seus defeitos e se lembrava de todos os seus erros melhor do que ele mesmo. Ele amava Rowan, mas era simplesmente... diferente.

Parte dele esperava que Rowan entendesse. Como adolescentes, ambos haviam se queixado amargamente sobre arranjo feito por seus pais, tinham secretamente rido da ideia de que um dia iriam se casar. Será que ela...?

Sim, ela se apaixonou por ele. Enquanto Rowan olhava para ele com nervosismo, ocorreu-lhe que ela não havia se queixado sobre o noivado por muitos anos. E ele não podia alegar ignorância, não mesmo. Se realmente não soubesse como ela se sentia, não teria sido tão difícil contar para ela sobre seu envolvimento com Katriel.

— Rowan — disse ele. — Eu não queria lhe contar assim.

— Eu sei.

— Contar o quê? — perguntou Loghain, olhando como se tivesse engolido algo azedo. Ele olhou de Maric para Rowan... e, em seguida, seu rosto tornou-se uma rocha. Muito lentamente, se virou para Rowan e notou seus olhos cheios de dor. — Ah — foi tudo o que ele conseguiu dizer.

— Eu não sei o que dizer — Maric balbuciou em voz baixa. — Nunca pensei... Quer dizer, nós nunca falamos sobre isso, não por muitos anos... Estávamos sempre em guerra, e eu acho...

— Pare — Rowan disse calmamente. — Não é o lugar para falarmos sobre isso.

— Mas...

Seus olhos se encontraram com os de Maric. — Só me diga uma coisa: Continuou? Depois da primeira noite?

Maric se sentia impotente. Ele nunca quis machucar Rowan, mas já estava feito. Não havia nada que pudesse dizer para melhorar as coisas. — Sim — disse ele.

Rowan balançou a cabeça lentamente. Loghain virou e olhou para Maric, surpreso. — Pelo Criador, homem! Você a ama?

Maric se encolheu. Seria melhor Loghain ter pegado uma faca e cortado sua garganta. Rowan olhou para o chão, mas Maric sabia que ela estava ouvindo atentamente. Respirou fundo e exalou asperamente. — Sim — disse, — acho que sim.

Mesmo que Rowan esperasse a resposta, Maric sabia que aquilo a machucou. Ela evitou olhar para ele, o rosto duro como pedra. Maric sentia-se cruel. Loghain olhava para ele, incrédulo.

Maric respirou fundo.

— Eu vou acabar com isso — disse ele calmamente. Olhou para Rowan, tentando manter-se firme e resoluto. — Eu nunca quis te machucar, Rowan. Eu deveria ter me controlado. Você é importante para mim, você precisa saber disso. Se é assim que você se sente, então eu vou terminar com ela. Katriel e eu não vamos mais ter qualquer tipo de envolvimento.

Houve uma pausa longa e constrangedora. O silêncio nas cavernas era esmagador. Por um momento Maric desejou estar ouvindo o som do vento, o canto de aves, até mesmo o clicar das aranhas. Qualquer coisa, menos o silêncio.

Finalmente Rowan olhou para ele, sua expressão firme. — Não.

Não é isso que eu quero.

— Mas...

— O que eu quero — ela insistiu friamente, — é que você ouça o que estamos dizendo. Como explica as inconsistências sobre Katriel?

Maric suspirou. Ele olhou para Rowan, querendo falar sobre qualquer outra coisa, mas ela estava determinada. — Ela é uma elfa —afirmou, impotente, — e ela é uma mulher extraordinária, com habilidades pelas quais devemos ser gratos. Ela salvou todas as nossas vidas— ele parou e olhou para os dois com censura. — E mesmo se eu concordasse com tais suspeitas, você realmente acha que eu poderia simplesmente deixá-la aqui? Ninguém merece esse destino.

Loghain coçou o queixo, pensativo. — Talvez seja bom interrogá-la, então, ver se ela...

— Não, chega, vocês dois.

Loghain e Rowan trocaram olhares novamente, assentindo relutantemente. Eles não gostavam daquilo, mas também não pareciam gostar muito da ideia de simplesmente abandonar Katriel no meio das Estradas Profundas. Maric não sabia ao certo porque acharam que ele concordaria com aquilo. O pensamento de deixar qualquer um nesse buraco infestado por aranhas fez sua pele arrepiar.

— Rowan — Maric começou, — talvez devêssemos conversar...

Ela se levantou rapidamente, batendo a fuligem negra de suas pernas blindadas. — Não há necessidade — disse friamente. — Eu entendi. Você a ama. Eu só queria que você tivesse me contado. Eu poderia livrá-lo de qualquer obrigação que você pudesse sentir.

Não havia nada que Maric pudesse fazer em relação a isso. Ela recolheu sua bolsa, ignorando-o. — vou tentar me limpar um pouco. Com licença — sem olhar para trás, ela marchou para os recantos escuros na parte de trás da câmara.

Loghain olhou para Maric com um olhar que conhecia bem. Ele dizia, com todas as letras, você é um idiota. — Cuide do fogo. Avise se Katriel acordar — em seguida, foi atrás de Rowan.

Maric suspirou, se inclinando para trás e se encolhendo quando as rochas irregulares atrás dele espetaram suas costas. Em algum momento, tudo tinha dado errado. Seu plano tinha sido um fracasso, ele matou maior parte de seu exército e o pai de Rowan, e ainda havia traído a confiança de sua amiga. Até Loghain estava zangado. E ele não sabia se qualquer um desses erros era corrigível. Mesmo se conseguiram atravessar esses túneis traiçoeiros e alcançar Gwaren a tempo, seria apenas para ver o resto do exército rebelde ser esmagado de uma vez por todas? Será que realmente queria estar presente para testemunhar mais uma derrota?

Mas por que eles foram descontar a raiva em Katriel? Ele não entendia. Ele podia entender Rowan, talvez. Ele tinha sentido antes a tensão entre Katriel e ela, e agora fazia muito mais sentido para ele. Mas Loghain? Normalmente ele era um homem sensato. Por que iria expressar suspeitas infundadas? Por que tentou convencer Maric a abandonar Katriel aqui? Não fazia sentido que ela estivesse aqui para prejudicá-los. Ela teve todas as oportunidades para fazê-lo. Por que iria ajudá-los, para começo de conversa?

Ele olhou para a fogueira bruxuleante, ficando lentamente hipnotizado pelas chamas conforme elas consumiram a madeira. O fogo foi lentamente diminuindo, e ele sabia que deveria mantê-lo aceso, colocar um pouco mais de combustível... Mas notou que preferia as sombras que ameaçavam engoli-lo. Preferia ar gelado. O pensamento de que poderia haver aranhas rastejando por perto parecia surreal, de alguma forma.

— Você está certo — disse uma voz calma da escuridão.

Maric se virou para encontrar Katriel acordada. Ela sentou-se devagar, seus olhos verdes distantes e tristes. Por um momento, ela olhou para a câmara em ruínas, para a cúpula acima e para os escombros, satisfazendo sua curiosidade.

— Você está acordada! — ele exclamou, rastejando rapidamente na direção dela. Pegou sua mão e a ajudou a se aproximar do fogo.

— Como você está se sentindo? Dói?

Ela parecia feliz por estar perto do fogo, e ele virou a cabeça para estudar o grande curativo no seu ombro. — Lateja um pouco — seu tom era indiferente. Ela olhou para Maric, preocupada. — Você ouviu o que eu disse?

— Você disse que eu estava certo. Não ouço isso com frequência.

— Eu estava ouvindo — ela começou, olhando para o fogo com tristeza. — E você estava certo. Não devemos ficar juntos.

— Não, me escute — ele protestou.

— Você deveria ouvir os seus amigos — Katriel olhou para ele, o fogo fraco cobrindo seu rosto delicado de sombras. Ela falou com triste resignação. — Por que você me defende, Vossa Alt… Maric? Você não sabe nada sobre mim, mas continua a me defender contra seus amigos, contra os seus compatriotas… você precisa parar — ela parecia preocupada, enfaticamente colocando uma mão macia em cima das dele. — Você precisa parar de me defender. Por favor.

Maric tomou-lhe a mão, esfregando-a com ternura. Era incrível como, até mesmo coberta de fuligem, ela ainda era mais macia do que qualquer coisa que já havia tocado. Ele sorriu com tristeza. — Eu não posso fazer isso. Só porque você é uma elfa, eles não podem dizer essas coisas sobre você. Eu sei que não são verdadeiras.

— Não é porque eu sou uma elfa.

— Uma estranha, então. Ou uma mulher. Uma mulher que eu amo.

A palavra parecia dolorosa para ela, que virou a cabeça para longe dele, à beira das lágrimas. — Você realmente é um idiota — ela murmurou. — Como você pode dizer uma coisa dessas de alguém que você conhece há tão pouco tempo?

Ele estendeu a mão e gentilmente pegou em seu queixo, virando sua cabeça de volta para a luz. Lágrimas escorriam pelo seu rosto. — Eu conheço você — ele sussurrou. — Eu posso não saber o que você fez ou onde você esteve, mas eu vejo quem você é. Eu sei que você é uma pessoa boa e digna de amor — ele estendeu o polegar e enxugou uma lágrima no rosto dela. — Como é que você não sabe disso?

Ela baixou os olhos e estendeu a mão para retirar a mão dele de sua bochecha. Por um momento, parecia que os soluços iriam dominá-la, mas sufocou as lágrimas. — Eu não sou quem eu finjo ser — ela confessou.

— Nem eu — respondeu ele.

Katriel olhou para ele, sua confusão genuína.

Maric riu com tristeza. — Você tem alguma ideia de quanto tempo eu estive fingindo ser um príncipe? Este homem do qual todos esperam perfeição? Alguém por quem eles estão dispostos a se sacrificar? Sentar em um trono? — ele balançou a cabeça em descrença. — Imagina se nós vencermos essa guerra? Que piada, não acha? Talvez seja melhor que as coisas terminem desta forma.

A boca de Katriel abriu e fechou várias vezes como se quisesse falar, mas as palavras não saíam. Finalmente, ela suspirou em resignação. — Ainda não terminou — disse ela calmamente. — Há sempre algo que pode ser feito. Sempre.

— Está vendo? — ele sorriu. — É por isso que eu gosto tanto de você.

Ela sorriu de volta, mas era um sorriso melancólico. Seus estranhos olhos élficos se movimentam procurando... algo. Ele não sabia dizer o que. — Maric... — ela suspirou. — Você precisa saber.

— Eu sei — ele a cortou — tudo o que eu preciso saber. Eu não me importo com quem você era. Eu me importo com quem você é agora.

Katriel piscou, derramando novas lágrimas, sem saber como responder.

— E eu me importo em saber se você me ama como eu te amo.

Ela assentiu com a cabeça, deixando que as lágrimas finalmente se transformassem em uma risada triste e amarga. — Mais do que deveria. Você vai ser a minha morte, meu príncipe, eu juro.

— Meu príncipe? Eu prefiro isso em vez de 'Vossa Alteza' — ele estendeu a mão e tomou seu queixo, inclinando-se mais para perto.
— Pelo menos quando é você quem diz — ele sussurrou.

E então ele a beijou. E ela finalmente cedeu.

Rowan estava sentada no escuro, na outra extremidade da câmara. Estava bem longe da fogueira, embora o brilho ambiente ainda permitisse que um pouco de luz fraca chegasse até ali. Ela não se importava com a escuridão. Achava-a confortante, mesmo com a noção de que uma das aranhas poderia se aproximar sorrateiramente de onde estava. Uma pequena parte dela torcia para que isso acontecesse. *Deixe-as virem.*

Ela tinha removido boa parte da armadura da parte superior do corpo, cada placa desamarrada sem enxergar o que estava fazendo no escuro, e agora estava mergulhando um pano no córrego para limpá-la. A água havia lentamente esculpido um canal aqui ao longo dos anos, um canal cheio de água que fluía fresca e seguia até o lado de fora do prédio. Seria impossível dizer o quão longe chegava sem usar uma tocha, mas não havia razão para isso. Uma tocha só poderia atrair a problemas.

Ela realmente não precisava limpar sua armadura, apesar da sensação desconfortável de areia arranhando seu corpo que sentia agora. Ela só precisava fugir, ficar sozinha. As lágrimas tinham sido poucas, mas não queria que Maric as visse. Ele não merecia vê-las.

Ela ouviu Loghain chegando antes de vê-lo. Ele estava sendo furtivo, hesitante. Talvez não quisesse perturbá-la, mas estava de vigia para garantir a sua segurança. Típico dele.

— Eu estou te ouvindo — ela resmungou para as sombras, soltando o pano molhado.

— Sinto muito — ele respondeu calmamente. — Posso ir, se quiser.

Ela pensou um pouco. — Não — ela disse com relutância. — Está tudo bem.

Loghain chegou mais perto, sentando-se a seu lado na base do córrego. Ela mal podia enxergá-lo na luz fraca, via apenas o suficiente para saber que sua expressão era séria. Ele correu os dedos distraidamente pela água fresca, fazendo um som agradável.

— Eu não sabia — disse ele.

— Eu não achei que você soubesse.

Ambos estavam em silêncio por um tempo, e ela pegou o pano novamente, mergulhando-o na corrente fria. Lentamente, limpou a frente de seu peitoral enquanto Loghain a observava a na escuridão. Mesmo agora, ela podia sentir o peso de seus olhos azuis. Eles a deixavam nervosa. — Seria mais fácil — ela suspirou, — se eu pudesse simplesmente odiá-lo. Depois do que ele fez, eu deveria ser capaz de odiá-lo, não deveria?

— Ele é um homem difícil de se odiar

— Eu sinto falta do meu pai — Rowan disse de repente. — E eu sinto falta do jeito que Maric costumava ser. Era mais fácil fingir, antigamente. Eu nem sequer me preocupava com o trono como meu pai fazia. O sorriso de Maric já fazia tudo valer a pena, e às vezes eu até conseguia acreditar que era só para mim — sua garganta travou, e ela parou. Então percebeu com quem estava conversando. — Mas você não precisa ouvir isso. Sinto muito.

Loghain a ignorou. — Você merece mais do que fingir, Rowan.

— Eu? — ela sentiu as lágrimas surgindo, espontaneamente, e riu de seu ridículo. Ali estava ela, uma guerreira e comandante de homens, se sentindo tão frágil e fraca como sempre temera ser. — Não tenho certeza do que fazer. Talvez eu realmente odeie aquela pobre elfa só porque ela... porque ela é a única que lhe chamou a atenção, porque ela não sou eu. Todos esses anos pensei que nós éramos feitos um para o outro, e eu estava apenas enganando a mim mesma.

Ele hesitou por um momento. — Ele ainda pode mudar de ideia.

— Não — ela disse calmamente — Não acho que ele possa — ela deu de ombros. — E nada disso deveria importar. Pelo menos ele está feliz.

Eles se sentaram em silêncio, e ela começou a limpar sua armadura mais uma vez. Loghain parecia estar pensando em alguma coisa, a ponto dela conseguir ouvir as engrenagens girando. — Você o culpa? — ele perguntou, relutantemente.

— Por tudo isso? Não.

— E pelo seu pai?

Ela tinha que pensar sobre isso. — Não — então, com mais certeza. — Não. Sabíamos o que estávamos fazendo. Meu pai teria aprovado.

— Eu culpava — disse Loghain, tão baixo que estava quase sussurrando. — Pela morte do meu pai. Por ser despejado no nosso lar, por ter nos forçado a agir. Queria odiá-lo também. Você não é a única — fez uma pausa, pensativo. — Mas não podemos. E não é porque somos fracos. É porque somos fortes. Ele precisa de nós.

— Ele precisa de você, não de mim.

— Você está errada — ele sussurrou suavemente. Estendeu a mão para afastar uma mecha de cabelo do rosto dela. — E eu espero que um dia ele veja isso.

Rowan estremeceu. Ela podia sentir Loghain sentado ao lado dela, mas não podia vê-lo. Esperava que ele também não pudesse vê-la. Ela agarrou a armadura mais perto de seu peito. — Não há nada para ele ver — ela insistiu.

— Isso não é verdade.

Ela sentiu as lágrimas voltando com força, ameaçando transformarem-se em soluços, e virou o rosto para longe dele. — Não é? — sua voz traiu a emoção, e ela se amaldiçoou silenciosamente.

— Um dia — ele disse amargamente — ele vai ver o que teve durante esse tempo todo. Ele vai ver uma guerreira forte, uma mulher linda, alguém que é seu igual e digna de devoção absoluta. E ele vai se amaldiçoar por ser tão idiota — sua voz ficou rouca. — Confie em mim.

Com isso, Loghain começou a se afastar silenciosamente. Ela rapidamente virou-se e estendeu-lhe a mão, agarrando seu antebraço. Ele congelou.

— Sinto muito — ele sussurrou — Eu não queria...

— Fique.

Ele não se mexeu.

— Eu não sou ele — finalmente murmurou com amargura em sua voz.

Ela tomou sua mão e o trouxe lentamente até seu rosto. Os dedos dele acariciaram sua bochecha suavemente, com medo, quase como se imaginasse que ela iria desaparecer em um sonho. Então, ele avançou com intenção, agarrando-a em seus braços e beijando-a com uma urgência que quase a subjugou.

Ele estava queimando na caverna fria, e quando seus lábios se separaram, ele travou mais uma vez, segurando-a com medo, como se estivessem à beira de um precipício. Rowan estendeu a mão e gentilmente tocou seu rosto, e ficou surpresa ao sentir lágrimas lá. — Eu não quero ele — ela sussurrou, percebendo que estava falando a mais pura verdade. — Eu fui uma tola.

E então Loghain se inclinou e beijou Rowan de novo, mais lentamente. Deitou-a cuidadosamente sobre as rochas, ao lado de uma corrente de água mágica, em uma ruína esquecida, cercados pela escuridão. Foi perfeito.

14

KATRIEL ACORDOU EM meio à escuridão. Por um momento aterrorizante, não tinha ideia de onde estava, e o pensamento de estar pendurada no casulo de alguma aranha gigante quase a fez entrar em desespero. Parecia que não havia ar, que ia sufocar embrulhada em teia de aranha. Ela achou que ia enlouquecer quando sentiu as patas invisíveis deslizando sobre seu corpo. Um segundo depois, algo a fez despertar. Ela se acalmou quando percebeu que a única coisa em torno dela eram os braços de Maric.

Ele dormia, enrolado nela como que para protegê-la. Ela podia ouvir a sua respiração suave no seu pescoço, sentir o bater do seu coração através de seu peito. Era uma sensação reconfortante. Katriel relaxou e seu coração desacelerou. Era sedutora, essa ideia de que poderiam ficar deitados assim nas sombras para sempre, que nunca precisaria contar para Maric quem ela realmente era. Ficava mais fácil ignorar o fato de que não estavam realmente seguros, de que aranhas gigantes estavam à espreita por toda parte, quando ela estava em seus braços.

As aranhas não atacaram, mas não demorou muito para ela voltar a ouvir os sons de cliques à distância. Katriel tremeu e tateou pelo acampamento até conseguir acender a fogueira novamente, e isso atraiu Loghain dos recantos escuros na parte de trás da câmara. Ele surgiu, a luz do fogo bruxuleante revelando seu peito nu, bem como sua própria falta de roupas e Maric, revirando-se no sono ao seu lado. Os olhos dos dois se encontraram por um segundo, e logo ambos começaram a se vestir apressadamente, sem trocar uma palavra.

Quando Maric acordou, sorriu calorosamente para Katriel e passou a mão em sua bochecha. Ela segurou a mão dele contra sua face, com força. Todas as coisas que não foram ditas não seriam ditas nunca mais. Era tarde demais.

Nenhum dos quatro disse nada, nem reconheceram o que havia acontecido durante a noite anterior — ou dia, não sabiam dizer. Estava muito escuro ao redor deles, uma escuridão viva e opressora. Todos pareciam muito mais interessados em sair daquelas Estradas Profundas o mais rápido possível, em vez de ficar conversando. Empacotaram silenciosamente os poucos suprimentos que ainda tinham e deixaram o acampamento. Precisavam ser rápidos se quisessem evitar mais monstros de oito patas.

Com suas tochas acesas, eles seguiram por ruas estreitas entre os restos dos prédios antigos, pisando com cuidado entre os escombros. As sombras tremulavam ao redor, e cada vez que ouviam os sons de cliques distantes, paravam e cautelosamente olhavam para a escuridão, esperando com espadas prontas por aranhas que poderiam investir contra eles.

As ruínas dos anões estavam cobertas de fuligem negra, de uma ponta da caverna até a outra. A poeira escura ainda se agarrava ao ar, mas a maioria das teias que cobria o thaig desapareceu. A luz fraca das tochas não permitia que enxergassem longe, mas havia indícios do que os anões que outrora viveram aqui podem ter visto em sua época: grandes contrafortes de pedra esculpidos com runas e enormes estátuas dos reis dos anões, que olhavam fixamente para seu povo lá do alto.

Aquelas estátuas antigas encheram Katriel com um sentimento de tristeza. Como os grandes Reis se sentiriam se pudessem ver o que ela estava vendo agora? Seu povo desaparecido, sua cidade em ruínas e coberta de cinzas?

— Será que conseguimos subir um pouco mais? — perguntou. — Se pudéssemos colocar um pouco mais de luz no teto, poderia ver mais das estátuas.

Rowan olhou para ela, incrédula. — Essas estátuas estão cobertas de ninhos de aranhas. Você realmente quer chegar mais perto para saciar sua curiosidade?

Katriel estremeceu com a imagem e relutantemente balançou a cabeça. Ainda assim, não conseguia resistir ao desejo de poder transmitir as histórias daquele lugar para quem não conhecia a civilização que um dia existiu sob seus pés. Sua formação como barda fez dela uma espiã, mas também a fez uma contadora de histórias. As ruínas chamavam por ela, e partiu seu coração ter que passar por lá tão rápido.

O grupo caminhou no que poderia ter sido uma grande avenida da cidade. Avistaram um antigo palácio que parecia ter sido esculpido nas próprias paredes da caverna, e Katriel imaginou belos arcos e escadas que conduziam para terraços altos. Imaginou comerciantes vendendo produtos em suas barracas de pedra coloridas, e grandes chafarizes atirando colunas de água no ar. Onde outrora houve grandeza, no entanto, hoje havia apenas ruínas e cascas de torres desabadas. Eles mal conseguiam se aproximar da construção, dado a grande quantidade de rochas e entulho espalhados ao seu redor.

As ruínas do palácio agora abrigavam apenas algumas colunas partidas e buracos desgastados que, sem dúvidas, se transformavam em um verdadeiro labirinto de passagens por dentro da parede da caverna. *Era a toca das aranhas*, Loghain assumiu. Conforme caminhavam pela avenida, ficou fácil de notar que a maior quantidade de teias queimadas estava espalhada no chão por ali. Grandes montes de cinzas carbonizadas e vinhas pegajosas se acumulavam na frente do palácio, alguns com mais de um metro de espessura.

Quando as teias queimaram e desabaram do teto, trouxeram consigo os restos carbonizados de aranhas que agora estavam espalhadas pelo chão, algumas delas ainda chutando com espasmos ritmados em uma pata ou outra. Havia muitos ossos também, sujos e queimados. A maioria eram apenas fragmentos pequenos, enquanto outros pareciam ser maiores ou até mesmo inteiros. Katriel notou algo estranho em meio às pilhas e o pescou para fora. Era um crânio vagamente humano, mas claramente monstruoso e grande demais. Toda a avenida estava coberta de ossos como aquele, dando a impressão que estavam caminhando por um cemitério em que os corpos não eram enterrados.

— Deve ser isso que elas comem — Katriel disse calmamente.

— Elas comem crias das trevas? — perguntou Maric, olhando com incerteza para o crânio.

Não havia como responder. Nenhum deles jamais havia visto uma cria das trevas antes, e até encontrarem seus ossos, nunca tiveram qualquer prova de que os contos sobre os grandes Flagelos — guerras da antiguidade contra enormes invasões de crias das trevas à superfície — poderiam realmente ser reais. Mas lá estavam eles, segurando a prova da existência de tais criaturas.

— Esses ossos podem ser qualquer coisa — Rowan disse sem convicção.

Ninguém respondeu. Se aqueles ossos não eram de crias, pertenciam a alguma outra criatura tão monstruosa e misteriosa quanto elas.

Eles tropeçaram por entre a fuligem e os ossos, às vezes tendo que atravessar pilhas de cinzas que subiam até os seus quadris, para continuar a viagem. Então, escalaram por uma região tão cheia de pilhas de escombros que era impossível dizer que tipo de construções existiam por lá no passado. Nem uma única parede ou coluna permaneceu de pé. Era como se toda a área houvesse sido destruída por alguma grande catástrofe, ou talvez simplesmente não fosse tão bem construída quanto o resto do thaig.

— Podem ter sido favelas — comentou Katriel enquanto escalavam. — Todos os thaigs tinham uma área onde viviam os sem-casta. Dizem que, quando as casas nobres abandonaram as Estradas Profundas, deixaram os sem-casta para trás — ela abriu os braços para indicar as pedras destruídas em torno deles. — Um dia, eles saíram de suas favelas só para descobrir que todos os outros haviam desaparecido. Uma cidade vazia, sem ninguém para protegê-los das crias das trevas.

Maric estremeceu. — Eles não fariam isso.

— Por que não? — Katriel perguntou-lhe bruscamente, seu tom nitidamente raivoso. — Cada sociedade tem seu momento mais baixo. Você acha que seria diferente com os humanos? Você acha que alguém desviaria do seu caminho para garantir que os elfos nos Alienários fossem resgatados durante uma evacuação?

Maric pareceu surpreso. — Eu iria.

A raiva desapareceu de imediato e ela riu, balançando a cabeça. É claro que Maric iria. E vindo dele, era quase possível acreditar. Se perguntou se ele mudaria de postura após passar alguns anos tendo sua ingenuidade desgastada pelas responsabilidades do poder. Será que ele ainda seria o mesmo homem depois de se tornar rei?

— Dizem que alguns dos sem-casta tentaram fugir — ela continuou — tentaram chegar a Orzammar por conta própria. Mas não conseguiram correr rápido o bastante. O resto deles simplesmente... esperou pelo fim.

— Sério? — Rowan bufou com escárnio. — E quem foi que contou essa história, então?

Katriel deu de ombros, inabalada. — Nem todos morreram, talvez. Alguns dos que fugiram devem ter alcançado Orzammar. O resto provavelmente está sob nossos pés.

— Nós ouvimos histórias demais — Loghain rosnou, apesar de parecer um tanto perturbado. Katriel lançou um olhar irritado, mas permaneceu em silêncio. Não estava tentando assustar ninguém, tais coisas realmente aconteceram aqui, e não havia sentido em fingir que não. Mas não queria começar uma discussão.

Nenhum deles falou depois disso. A noção de que estavam escalando sobre os corpos de anões mortos há muitas eras parecia pior, de alguma forma, do que aranhas gigantes e crias das trevas. Deixados para trás para morrer, seus gritos ainda ecoavam pelas cavernas, séculos mais tarde.

Levou horas antes que, finalmente, encontrassem a saída do thaig. Um grande conjunto de portas de metal, com mais de doze metros de altura, construídas diretamente nas rochas da caverna. Ao contrário das portas que haviam encontrado na entrada da caverna na superfície, estas não quebraram ou tombaram com a idade e a ferrugem: foram empurradas para dentro por uma força poderosa o bastante para entortar metal de quase meio metro de espessura. Elas agora descansavam, grandes pedaços de metal enferrujado e retorcido, tendo há muito tempo falhado em sua missão de proteger o Thaig.

Além delas, havia apenas sombras.

— Como sabemos que este é o caminho para Gwaren? — questionou Loghain.

Maric virou-se para Katriel. — Consegue descobrir onde estamos? — perguntou.

— Eu posso tentar — ela disse, hesitante.

Ajoelhada com sua tocha enquanto estudava as diversas runas nos arredores do portão por mais de uma hora, ela declarou que a maioria delas estavam gastas além da possibilidade de leitura. Grande parte da superfície das rochas tinha sido rachada ou lascada quando as portas foram destruídas, e por mais que tentasse, Katriel não conseguia encontrar uma única runa que fosse capaz de reconhecer.

— Eu não sei aonde essa passagem vai nos levar — ela confessou, — ou mesmo se há indicações de caminho nessas runas. Ela sentia-se frustrada. Foi por sua sugestão que estavam dentro das Estradas Profundas, e contavam com ela para guiá-los. Mas parecia cada vez mais provável que morreriam lá embaixo, perdidos na escuridão e cercados de toneladas sem fim de rochas em todas as direções.

— Maravilhoso — Rowan resmungou baixinho.

Maric olhou para os escombros espalhados no chão, e depois de um momento de hesitação se abaixou para pegar alguma coisa. Os outros se viraram, surpresos ao vê-lo segurando um machado. Ele era grande, com uma lâmina perversamente curva de um lado e um gancho afiado do outro, como que para atestar que não havia sido feito para cortar lenha. O aspecto mais interessante, no entanto, era sua estrutura primitiva. Certamente, aquilo não havia sido fabricado por um ferreiro anão; era um pedaço enferrujado de metal escuro, grosseiramente preso ao seu longo punho e pesado o suficiente para que Maric tivesse que usar ambas as mãos para levantá-lo.

Enquanto Maric encarava Loghain com preocupação, a lâmina do machado se desprendeu do cabo e caiu no chão com um baque metálico forte. O barulho ecoou por toda a caverna, e os cliques distantes que ouviram em seguida quase soavam como uma resposta a um desafio.

— Vamos — Loghain murmurou.

Gastaram várias horas viajando com cautela por esta nova região das Estradas Profundas. Eles ainda encontravam teias de aranha pelo caminho, algumas delas fechando completamente as passagens, prontas para prendê-los. Era preciso queimá-las antes de prosseguir, mas Loghain observou que a quantidade de teias parecia diminuir gradualmente conforme progrediam.

Em vez de teias, estavam tendo que encarar passagens ainda mais escuras, se é que isso era possível. As tochas brilhavam com menos intensidade, e as sombras sobre eles pareciam ressentir a presença de viajantes. Mesmo a pedra das paredes parecia escurecer cada vez mais, de alguma forma. Havia uma sensação opressora no ar, que tornava a respiração difícil, e todos esperaram nervosos o que estava por vir.

E algo estava por vir. Eles poderiam sentir.

— Talvez devêssemos voltar — Rowan sugeriu calmamente. Sua voz era baixa e assustada, e ela olhou para dentro da escuridão distante. Realmente parecia que havia olhos os observando de dentro das trevas.

— Voltar para as aranhas? — Maric revirou os olhos. — Não, obrigado.

— Nós não temos teias para queimar desta vez, se as aranhas nos atacassem de novo — disse Loghain, preocupado. Ele, também, olhou para a escuridão, e não parecia nada satisfeito com o que não conseguia enxergar ali.

Katriel tirou sua adaga da cinta. — Não há nenhum outro caminho. Temos que continuar — o medo se arrastou até seu estômago e lá fez seu ninho. Ela não estava acostumada a lutar, mas sua formação a havia preparado para isso, caso fosse necessário. Ela sabia como cortar a garganta de um homem e como plantar sua adaga em um ponto vulnerável, como uma axila. Ela poderia encarar um oponente muito melhor equipado e armado, sem medo. Mas nada em sua formação havia a preparado para lutar contra monstros.

Maric notou o desconforto de Katriel e colocou um braço ao redor dos seus ombros para confortá-la. Era um pequeno gesto, mas a elfa ficou muito grata.

Eles não tinham escolha a não ser avançar. O número de ossos espalhados pelo caminho lentamente aumentou, assim como os detritos e o cheiro de decadência. As paredes gradualmente se tornavam cada vez mais úmidas e pegajosas, salpicadas de podridão e fungos. Alguns dos fungos brilhavam no escuro, com uma estranha e enervante coloração arroxeada que mais os perturbava do que ajudava a iluminar o caminho.

Eles passaram por uma área repleta de cadáveres velhos de aranha. Alguns deles tinham facilmente o dobro do tamanho das criaturas com as quais haviam lutado, carcaças ressecadas que se desmanchavam em pó com um mero toque. A maioria delas estava em pedaços.

— Algo as comeu — Loghain apontou.

— Até as aranhas? — Maric fez uma cara de nojo. — Talvez tenha sido vingança.

— Talvez o que as comeu não se importe com o que come — comentou Rowan.

— Crias das trevas — disse Katriel ameaçadoramente, e depois fez uma careta quando os outros a olharam em tom de censura. — Não há razão para evitar a verdade. Obviamente caçam uns aos outros.

Rowan olhou para a podridão nas paredes, nauseada. — Deveríamos estar preocupados... com a doença? As crias espalham algum tipo de doença, não?

— Eles infestam a terra em torno deles com um mero toque — Katriel falou em voz baixa. — Estamos vendo isso agora, nas paredes e em todo o resto. Estamos em seu domínio.

— Ah, que bom — Maric disse com ironia. — Tudo o que precisamos agora é de um dragão, e nosso dia vai estar completo.

Loghain bufou. — Você insistiu em vir para cá.

— Então, agora a culpa é minha?

— Eu sei de quem a culpa não é.

— Ótimo! — Maric deu de ombros. — Então me joguem para as crias quando elas aparecerem. Vocês ganham alguns segundos de vantagem, enquanto elas me devoram.

Loghain tentou disfarçar o riso sem sucesso. — Que bela oferta.

Você deu uma engordadinha nestes últimos meses. Aposto que vamos conseguir muitos segundos de vantagem.

— Engordadinha... — Maric riu, olhando para Katriel. — Se as crias comessem o Loghain, iam engasgar com o amargor.

— Ei! — reclamou Loghain, um tanto ofendido.

— Sem 'ei' para cima de mim. Foi você quem começou.

Rowan suspirou. — Vocês dois parecem crianças às vezes, juro pelo Criador.

— Eu só estava responden... — suas palavras foram interrompidas por um novo som que nasceu muito à frente nas passagens, um barulho áspero e sobrenatural. Soava como muitas coisas despertando ao mesmo tempo na escuridão, como muitas coisas deslizando suavemente por entre as rochas. Todos eles se viraram e olharam para as sombras, duros com estátuas.

O som desapareceu tão rapidamente quanto surgiu, e eles se arrepiaram.

— Pensando bem — Maric murmurou, — não me joguem para eles.

Com suas armas em punho, eles avançaram com cuidado. Não demorou muito antes de chegarem a uma área onde a maior parte das paredes da passagem havia desmoronado, revelando as cavernas além. Havia muitas passagens escuras espalhadas pelas rochas. Tudo estava revestido com fungo preto, e o cheiro de decadência ficava cada vez mais potente e rançoso. Larvas mortas cobriam o chão em meio a ossos e pedaços de armadura.

O esqueleto de um anão estava contra a parede. Ele ainda usava um peitoral enferrujado e um capacete grande que cobria a maior parte de seu crânio. Era como se apenas tivesse se sentado para contemplar a morte nestas estradas tão longe de sua casa.

— O que é isso? — Maric disse curiosamente, aproximando-se do esqueleto. Eram os primeiros ossos que tinham visto até agora que indicavam que outras coisas além de monstros já haviam vivido neste lugar. Katriel se perguntou por que o corpo havia sido deixado em paz em meio a tantas criaturas dispostas a se alimentam de cadáveres.

— Tenha cuidado — Katriel avisou. — O Turvo é fino em lugares como este. O esqueleto pode atacá-lo. Onde quer que aconteça uma grande quantidade de mortes, o Turvo se afina, permitindo que espíritos e demônios o cruzem para invadir nosso domínio. Esses demônios possuem qualquer coisa viva, ou que tenha sido viva. É daí que vêm os contos de mortos-vivos e esqueletos ambulantes. São espíritos que perdem a sanidade ao invadir um corpo desprovido da vida que eles tanto almejavam — Katriel nunca tinha visto um, mas isso não significa que eles não existiam.

Maric acatou o aviso e fez sua abordagem com cuidado, cutucando de leve o capacete do esqueleto e suspirando de alívio quando não notou reação. Então, seus olhos se apertaram em um tom de curiosidade, como se tivesse acabado de ver algo interessante. Focou sua atenção na mão direita do anão, que estava coberta por várias grandes pedras, e cuidadosamente enfiou as próprias mãos entre elas para tentar pegar algo.

— Você precisa de ajuda? — Loghain ofereceu.

— Não, eu acho que... — Maric repentinamente tropeçou quando as rochas cederam. O esqueleto tombou, o capacete caiu ruidosamente no chão, e a maioria dos ossos desabou sob o peso da armadura antiga. Maric caiu para trás, suas mãos segurando uma espada longa que ele balançava no ar enquanto tentava recuperar o equilíbrio.

Loghain disparou para frente, desviando de um dos golpes desintencionados de Maric, para segurá-lo. — Cuidado! — disse, irritado.

Maric estava prestes a responder, mas quando levantou a espada que havia arrancado do meio das pedras, ficou sem palavras. A arma inteira era de um tom pálido de marfim. A empunhadura era formada por curvas suaves e, embutidas na lâmina, estavam runas que brilhavam levemente. Estava intacta, sem ferrugem e o brilho azul das runas era quase tão brilhante quanto a luz de suas tochas. Maric a balançou suavemente, os olhos arregalados de espanto.

— Pelo sangue de Andraste — ele murmurou ofegante. — É tão leve! Como se não pesasse nada!

— Osso de dragão — Katriel disse sem hesitar. Ela sabia a partir da cor da lâmina, bem como pelo fato de conter tantas runas. Os Encantadores diziam que certos materiais comportavam runas mágicas muito melhor que outros, e o osso de dragão era o melhor de todos. Foi por isso que os caçadores de Nevarra quase levaram os dragões à extinção ao longo das eras. O valor de tal espada era incalculável.

Rowan franziu a testa. — E por que ela está jogada por aqui? Por que as crias não a levaram embora?

Como se em resposta à pergunta, um dos balanços de Maric levou a espada longa para perto da parede. Em resposta, a imundice negra que se agarrava às paredes começou a afastar-se da lâmina. Ele fez uma pausa e tocou a parede com a espada, e a podridão afastou-se ainda mais rápido. Ela fez um som agudo, fraco e desagradável, e depois de um momento a pedra onde a espada tocou estava totalmente limpa.

— Talvez eles não consigam levá-la — Maric comentou, admirado.

Ele se levantou e olhou para os restos do esqueleto esmagado. Há quanto tempo estava ali? Ele tentou esconder a espada, ou as pedras caíram nele? Era um anão nobre ou um dos sem-casta que tentaram fazer a perigosa viagem até Orzammar? Será que morreu aqui sozinho?

— Eu acho que você tem uma nova espada — comentou Loghain.

— Eu acho que ela combina com um rei — Katriel sorriu com a ideia de Maric carregando uma espada mágica, como nos velhos contos em que os reis sempre eram belos e todos os heróis possuíam lâminas como essa. Na maioria das vezes, os heróis conseguiam tais armas lutando contra feras terríveis ou vasculhando as pilhas de tesouros de poderosos dragões. Mas a ideia de que Maric poderia ser um rei como os das fábulas a agradou. Tais histórias sempre tinham finais felizes, não é mesmo? O herói escapava do labirinto e sempre terminava com seu verdadeiro amor.

Rowan examinou o esqueleto. — Ele pode ter sido um rei. Nunca vamos saber. Só nos resta torcer para não acabarmos com um destino semelhante.

Foi um pensamento preocupante.

Os minutos se arrastavam conforme avançavam, deixando o esqueleto do anão para trás. Maric andou na linha de frente, sua nova lâmina preparada. O brilho suave de suas runas oferecia certo grau de conforto — mesmo que fugaz. Os sons fracos de movimento à frente ficaram mais frequentes e, com eles, começaram a ouvir um zumbido estranho. Era profundo e alienígena, um som reverberante que sentiam em seus peitos e causava arrepios.

— O que é isso? — perguntou Rowan. Ela olhou para Katriel. — Você sabe?

Katriel deu de ombros, confusa. — Eu nunca ouvi nada parecido.

— Está ficando mais alto — Loghain franziu a testa. Ele limpou o suor da testa e olhou para Maric. — Quantos você acha que devem ser?

Maric olhou para frente, lambendo os lábios nervosamente. — Não faço ideia.

— Podemos procurar um terreno mais defensável.

— Onde? — Rowan parecia pronta para o ataque iminente, olhos arregalados vasculhando nervosamente as sombras. — Voltar para as ruínas? Será que eles vão tão longe?

— Olha lá! — Katriel gritou, apontando para frente.

Os quatro congelaram quando viram uma forma humanoide cambaleamdo lentamente para fora da escuridão, na direção deles. No início, parecia ser um homem, mas conforme se aproximava, viram claramente que não era. Era uma paródia horrenda de um homem, a pele enrugada e curada, com olhos brancos saltados e um sorriso cheio de presas mal-intencionadas. Usava uma mistura de várias armaduras de metal, algumas peças enferrujadas e outras remendadas com pedaços de couro desgastado. Carregava uma espada de aparência vil, cheia de pontas e ângulos estranhos.

A criatura levantou a espada de maneira ameaçadora, mas não avançou. Moveu-se lentamente, sem cautela, olhando para eles com voracidade, como se não representassem qualquer tipo de ameaça.

O zumbido profundo estava vindo dele. A criatura estava gemendo baixinho, quase cantando, e o gemido se somava aos sons de muitos outros atrás dele nas sombras. Eles cantarolavam em uníssono, um sussurro silencioso e mortal que as criaturas proferiam como se fossem uma só.

Maric deu um passo para trás, engolindo em seco.

Mais deles começaram a aparecer por trás do primeiro. Uns mais altos, usando cocares estranhos e com os olhos vendados. Outros com armaduras mais impressionantes, cobertas de espinhos perigosos. Alguns usavam pouca armadura, expondo a pele negra e doente coberta de cicatrizes. Havia alguns que eram quase anões em porte, com orelhas largas sorrisos demoníacos. Todos caminhavam tão calmamente quanto o primeiro, cambaleando em direção a eles, enquanto gemiam e assobiavam baixinho. O barulho era alto agora, reverberando ao redor deles como uma força impressionante.

— Crias das trevas — Katriel anunciou, desnecessariamente.

Loghain levantou sua espada diante dele em advertência, observando a criatura à frente do bloco. — Para trás — murmurou.

Eles se afastaram com cautela, acompanhando o ritmo das crias das trevas que avançavam contra eles. Na traseira do grupo, Rowan virou-se e parou de repente, resfolegando de medo. — Loghain!

A luz bruxuleante da tocha de Rowan revelava mais dos monstros se aproximando por trás. Eles estavam cercados.

— Como eles chegaram atrás de nós? — perguntou Maric, o pânico escapando em sua voz.

— Cuidado — Loghain avisou. Os quatro estavam encostados contra a parede da passagem, próximos um dos outros. Eles observavam o avanço das crias, suas armas em riste. Mesmo com suas presas encurraladas, as criaturas não aceleraram o passo. O canto tornou-se mais alto e violento, quase como um delírio febril coletivo.

— Será que a sua espada vai mantê-los afastados? — Rowan perguntou para Maric, tendo que gritar para ser ouvida em meio ao som irritante.

Maric testou sua lâmina brilhante, agitando-a ameaçadoramente contra a cria mais próxima. A criatura se encolheu e sibilou para Maric com raiva, mostrando fileiras de dentes irregulares, mas não recuou. — Acho que não! — Maric gritou.

As crias continuaram sua abordagem lenta, inevitável. Dez metros. Depois, cinco. Os quatro estavam pressionados contra a parede, suor escorrendo enquanto de suas testas enquanto observavam e esperavam o inevitável.

Quando a primeira cria mais alta se aproximou, ela arreganhou os dentes e rugiu. Maric se adiantou e golpeou com sua espada de osso de dragão em um arco amplo contra o peito do monstro. Onde a lâmina tocou, a pele da criatura chiou e recuou em agonia, emitindo um grito borbulhante.

Isso finalmente pareceu energizar o resto da horda. Eles vibravam e começaram a avançar, empurrando uns aos outros. Katriel quase não conseguiu defender o golpe de uma lâmina com sua adaga, escapando de ser atingida por pouco. Rowan empurrou Katriel para trás dela, interpondo sua armadura entre ela e as crias para protegê-la. Maric golpeou amplamente com a espada, aproveitando-se do fato de que repelia qualquer cria que tocava. Loghain chutou uma das criaturas menores de volta para seus companheiros, derrubando-os, e depois começou a esfaquear com golpes precisos e limpos.

A ferocidade da defesa trabalhou a favor deles, pelo menos por um instante, antes que a horda começasse a empurrá-los contra a parede. Eles não conseguiam mais rebater as lâminas tão rápido quanto era necessário, e embora Loghain e Rowan continuassem empurrando as criaturas para trás, outras avançavam sem medo por cima de seus companheiros caídos para atacar.

Os gemidos ritmados atingiram um nível ensurdecedor, abafando tudo, até mesmo o barulho do aço se chocando contra o aço. Katriel olhou em volta desesperadamente. Ela não era uma guerreira como os outros, e sentiu-se inútil. Era assim que ia acabar? Depois de tudo o que haviam passado naquele lugar?

Então, um novo som interrompeu a batalha: o sopro de um berrante, três notas graves que ressoaram pelas passagens, silenciando as crias das trevas completamente.

Muitas das criaturas começaram a se virar e sibilar com indignação para algo que estava avançando contra por trás. Luzes azuis iluminaram as Estradas Profundas naquela direção, e levou apenas um instante para os primeiros anões começarem a aparecer. Anões, não algum novo tipo de monstro das profundezas. Maric olhou na direção de Katriel, chocado, mas ela estava tão confusa quanto ele. Depois de viajar durante todo esse tempo pela escuridão opressiva do subsolo, encontrar alguém era simplesmente inacreditável.

Seria a sua salvação? Eles foram resgatados? Ou esses anões estavam aqui para disputar com as crias da noite por sua próxima refeição?

Eles eram guerreiros, anões baixos, mas troncudos, cobertos por músculos e cotas de malha de bronze. Portavam espadas ornamentadas e lanças longas, algumas com lanternas penduradas em seus longos cabos, cortando as trevas facilmente com uma luz cor de safira. Mais estranho ainda, todos aqueles anões tinham seus rostos marcados com imagens de caveiras, dando-lhes uma aparência aterrorizante e perturbadora. De certa forma, pareciam quase tão assustadores quanto as crias das trevas.

Então um dos anões bradou um grito de guerra gutural e começou a fatiar os monstros com relativa facilidade. As crias todas abandonaram seus ataques contra Maric e os outros, percebendo que os anões eram uma ameaça mais imediata, e voltaram-se para se defender do ataque. A violência e o ódio com que as crias das trevas avançaram contra os anões deixou claro o fato de que aqueles eram verdadeiros inimigos. Eles já se conheciam e já haviam, certamente, matado uns aos outros.

Loghain não parou, apunhalando sua lâmina profundamente nas costas de uma cria que havia se afastado dele. A criatura rugiu de dor quando ele a chutou para fora sua espada e, em seguida, virou-se para a próxima. Motivados, Rowan e Maric fizeram o mesmo e começaram a lutar para abrir um caminho até os anões. Katriel os seguiu. Os anões poderiam ser piores do que as crias das trevas, mas no momento eram os inimigos de seus inimigos. E eles estavam dispostos a arriscar a sorte.

O resultado foi dramático. Um grande grito de terror subiu das fileiras das crias, que começaram a minguar rapidamente. Os monstros que estavam atrás de Loghain, Rowan, Katriel e Maric se viraram e fugiram, enquanto os presos entre eles e os anões começaram a lutar violenta e desesperadamente. Vários dos anões foram mortos também, mas, para cada anão caído, dezenas de crias despencavam ao chão com golpes se seus companheiros furiosos.

Em poucos minutos estava tudo acabado. As últimas das crias fugiram gritando pelos túneis atrás deles. O que restou foi um cemitério ao ar livre, corpos monstruosos e eviscerados espalhados pelo túnel, sangue negro escorrendo pelas paredes rochosas. Apenas alguns anões tinham sido derrotados, e pelo menos cinquenta sobreviventes observavam com desconfiança para os seres humanos e a elfa, como se perguntando se eles não deveriam ser suas próximas vítimas.

Loghain segurou a lâmina com firmeza e se preparou para atacar o primeiro anão que avançasse em sua direção. Rowan estava ao seu lado, também pronta embora claramente sem fôlego. Katriel estava atrás deles, perguntando se a batalha ainda não havia terminado. Os anões vieram roubá-los? Matá-los? Abandoná-los aqui?

O silêncio continuou até que Maric cautelosamente avançou na direção dos anões. Sangue negro manchava todo o seu manto, e sua espada estava coberta com o líquido. Ele parecia nervoso e talvez até mesmo com medo, mas ainda assim abaixou sua lâmina para mostrar aos anões que não queria lutar. Muito lentamente, colocou-a no chão, e então ergueu as mãos na frente deles novamente. Mãos vazias, sem nenhuma ameaça.

— Vocês falam a língua do rei? — perguntou Maric, certificando-se de pronunciar cada sílaba com cuidado.

Um dos anões maiores, um homem parrudo com uma barba preta longa e uma cabeça careca totalmente pintada para se assemelhar a um crânio, olhou para Maric de cima a baixo. Estava vestido com uma armadura de placas douradas coberta de grandes espinhos, e carregava um martelo de guerra tão alto quanto ele próprio, coberto de sangue negro. — Quem você acha que ensinou ela para vocês da superfície? — ele rosnou. O sotaque era pesado, mas compreensível. — Que tipo de idiota desce até as Estradas Profundas? Vocês querem morrer?

Maric tossiu desconfortavelmente. — Bem... o seu grupo está aqui, não está?

O anão olhou para seus companheiros, e eles trocaram uma risada sinistra entre si. Olhou para Maric novamente. — Isso é porque queremos morrer, humano.

Katriel andou até o lado de Maric, baixando a cabeça respeitosamente para o anão. — Você... vocês são da Legião dos Mortos, não? — era apenas uma suspeita, considerando o pouco que sabia sobre a cultura dos anões. Mas poucos deles estariam se aventurando nas Estradas Profundas e longe de Orzammar, e esses, com crânios pintados em suas faces, resgataram algo em sua memória, um conto que achava ter esquecido.

O anão parecia impressionado. — Sim, você está certa.

Loghain levantou uma sobrancelha, olhando para Katriel. — E o que é isso, exatamente?

— Eu sei só um pouco — disse ela, com vergonha.

Suspirando de cansaço, o anão se voltou para os outros e passou alguns segundos em silêncio, como se estivesse se preparando para tomar uma decisão desagradável. Depois de um momento, deu de ombros. — Recolham nossos mortos — ele mandou — e levem os visitantes da superfície para o campo conosco.

Loghain ergueu a espada ameaçadoramente, e Rowan também permaneceu firme ao lado dele. — Eu não me lembro de nos oferecermos para ir com vocês — ele rosnou.

O anão fez uma pausa e os olhou para eles, claramente entretido. — Isso é uma surpresa, não achei que vocês gostariam de ficar aqui para serem devorados pelo Flagelo assim que nós formos embora... Mas se é isso que você realmente quer, eu não vou impedir.

Maric deu um passo para frente e ofereceu um sorriso angustiado para o anão. — Passamos por momentos difíceis, Senhor Anão. Por favor, desculpe nossos modos. Iremos com prazer até o seu acampamento — ele então lançou para Loghain um olhar incrédulo que dizia *o que você está fazendo?* Loghain olhou para ele, e depois para o anão, antes de relutantemente guardar sua espada.

O anão deu de ombros. — Que seja — ele colocou o martelo de guerra em seu ombro. — E o nome é Nalthur. Não fiquem para trás se quiserem continuar vivos.

15

DURANTE VÁRIAS HORAS Nalthur e o restante da Legião dos Mortos conduziram seus convidados para o acampamento. Eles carregaram os corpos de seus companheiros mortos com reverência, primeiro envolvendo-os completamente em panos e, em seguida, carregando-os acima de suas cabeças. Cantaram uma canção triste em uma linguagem gutural e estranha, sua marcha quase uma procissão fúnebre pelo subterrâneo, a melancólica luz azul de suas lanternas iluminando as passagens.

A canção ecoou pelas paredes de pedra das Estradas Profundas, como um desafio para a escuridão daquele lugar sem vida. Sozinhos nessas rotas abandonadas, aqueles anões se importavam com quem morria. Katriel não conseguia entender as palavras da canção, mas sabia que falava sobre perda.

Ela olhou para Maric enquanto ouvia a música, e os olhos do príncipe estavam distantes. Será que ele estava pensando em sua mãe? Ele estendeu a mão para Rowan e a confortou. Os olhos da cavaleira estavam cheios de tristeza, e Katriel lembrou que ela havia perdido o pai recentemente. Os olhos de Loghain também estavam distantes enquanto ouvia o canto fúnebre. Todos ali haviam sofrido grandes perdas, e, como muitos deles, sequer tiveram tempo para sentir a dor do luto.

Katriel também era responsável por essas perdas. Ela sabia disso. Ela viu as lágrimas de Maric, observando-o chorar com Rowan sob a luz das lanternas de safira, e sentiu um vazio em seu coração, sabendo que não poderia se juntar a ele. Não merecia se juntar a ele. Um vasto abismo se abria entre os dois sem ele sequer saber, e ela sentia que nunca seria capaz de atravessá-lo.

Ela se perguntou se choraria caso Maric morresse. Ela nunca tinha chorado por qualquer coisa, uma vez que a formação para bardos que tinha recebido arrancara de dentro dela toda e qualquer simpatia; necessário para uma espiã cuja lealdade estava sempre à venda. A simpatia era uma fraqueza, tinha aprendido, mas agora tinha suas dúvidas. Parte dela estremeceu com o pensamento de viver sem ele, mas necessidade não é amor. Ela não tinha ideia se era tão capaz de amar quanto era de trair.

Ela viu o anão, Nalthur, estudando-a com cuidado. E o observou virar e estudar Maric, Rowan e Loghain, intrigado com a angústia dos três. Talvez tenha imaginado que eles choravam por seus companheiros mortos, como uma forma de demonstrar respeito por seus sacrifícios? Talvez, pensou Katriel...

À medida que as horas passavam, era fácil notar que teriam se perdido sem a companhia dos anões. Em duas ocasiões, passaram por cruzamentos onde os anões escolheram uma direção sem pensar duas vezes. Katriel tentou encontrar nesses lugares indicadores de direção ou qualquer outra coisa que sinalizasse para onde estavam indo, mas não havia nada além de escombros e detritos. Seja qual fosse a corrupção que as crias das trevas propagavam, ela cobria tudo pelo caminho que trilharam, como um revestimento grosso de sujeira oleosa pelas paredes.

Era um pensamento assustador para ela. Quanto mais longe iam, mais ela percebeu que as chances de encontrarem o caminho de volta diminuia. Eles estavam agora completamente dependentes dos anões. Maric parecia disposto a confiar seu destino a Nalthur e seus homens, mas isso era parte do problema. Maric estava longe de ser infalível. Afinal de contas, ele confiava nela e, portanto, seus instintos precisavam urgentemente ser recalibrados.

Ainda assim, não havia nada que pudessem fazer além de seguir.

Eventualmente, chegaram a outro posto avançado parecido com aquele que tinham encontrado quando entraram nas Estradas Profundas, embora muito mais intacto. O portal que dividia a passagem tinha sido consertado e anões fortemente armados montavam guarda ali. Eles bateram continência assim que viram as luzes azuis. A caverna além do portal era pequena, mas alta, com paredes reforçadas e uma série de cavernas menores que saiam de seu núcleo.

Dominando o centro da caverna ficava uma grande estátua de um anão, segurando o teto como se fosse um enorme fardo sobre os ombros. Não era muito diferente da grande estátua que haviam visto no thaig em ruínas, apesar dessa ser muito mais majestosa. Tinha um capacete grande com chifres tão amplos quanto seus ombros, e sua armadura era uma malha de octógonos interligados, coberta de runas cintilantes.

Parecia que os anões tinham trabalhado muito para limpar o posto avançado. Mesmo seus suprimentos foram empilhados de maneira ordenada, até o último copo sobre a mesa. Nada estava fora de seu lugar. Porém, mais limpo que tudo, estava a estátua. Era possível que eles a polissem todos os dias.

— É o Endrin Martelo-de-Pedra? — indagou Katriel, olhando com admiração. Ela tinha visto uma pintura uma vez, em um tomo sobre as mais antigas lendas dos anões, mas era uma imagem desbotada e não era muito bonita. — Vê-lo assim, esculpido em tamanho detalhe, era magnífico...

— É o Rei Endrin Martelo-de-Pedra — Nalthur murmurou com raiva. — Preste atenção no seu tom antes de falar esse nome, mulher.

Nós temos um limite de tolerância com os povos de superfície — sem esperar por uma resposta, virou-se para os guerreiros que entraram pelo portal atrás de si. Todos eles pararam em uníssono quando ele estendeu as mãos acima da cabeça. — Nós sobrevivemos mais uma noite, meus irmãos e irmãs! — gritou. — Mais uma noite para se vingar da prole que roubou nossas terras! Mais uma noite para derramar seu sangue e ouvir seus gritos de terror!

Os anões levantaram suas armas ao mesmo tempo e gritaram em aprovação. — Se passaram cento e doze noites desde nossa morte! — gritou, e eles rugiram novamente. — E hoje mais cinco de nós encontraram a paz.

Os gritos cessaram e foram substituídos por um silêncio sombrio enquanto os corpos embrulhados eram passados a diante, de anão para anão, até serem colocados a frente de Nalthur, no chão. — Descansem bem, meus amigos. Por cento e doze noites vocês sobreviveram. Agora é hora de vocês voltarem à Pedra, aos olhos do Primeiro Exemplar.

Silenciosamente, um grande número de anões marchou em direção à parte traseira da caverna e voltou com picaretas. Imediatamente começaram a bater com força no chão perto da estátua. O barulho era incrivelmente alto, mas pareciam estar fazendo progresso rápido na escavação.

Notando os olhares perplexos de seus convidados, Nalthur virou-se para eles. — Há espaço o bastante nesta caverna para enterrar a maioria de nós. Eles vão cavar um túmulo e selar os corpos lá dentro, para que as crias das trevas não possam chegar até eles — lançou um olhar sombrio, deixando claro que não queria se aprofundar naquele assunto com estranhos. — A maioria de nós será devolvida à Pedra.

— A maioria de vocês? — perguntou Rowan.

O anão balançou a cabeça tristemente. — Eventualmente restará apenas um punhado de nós. E quando as crias vierem... — seus olhos escuros olharam para longe. — Não serão devolvidos à Pedra — disse ele categoricamente.

O som das picaretas escavando o solo pedregoso tomou conta de toda a caverna. Os guerreiros anões que não estavam trabalhando na escavação espalharam-se pelo posto avançado, removendo suas armaduras e cuidando de suas feridas. Eles falavam em voz baixa. Quando Nalthur passava, inspecionando suas fileiras, o cumprimentavam respeitosamente e, em seguida, seus olhos se moviam, cheios de suspeita, para os seres humanos e a elfa que seguiam atrás dele.

Eventualmente, chegaram a uma área com vários fornos de barro esculpidos nas paredes de pedra. Três anões e uma grande e bela anã estavam suando em bicas enquanto se debruçavam sobre enormes panelas de ferro borbulhando com um cheiroso guisado de carne. A anã virou-se para encarar Nalthur com um olhar descontente, limpando as mãos sujas na blusa.

— Ainda vivo, então? — ela riu.

— Por enquanto — Nalthur deu de ombros.

Seus olhos se voltaram para Maric e depois para os outros. — Não se parecem com crias das trevas. Onde você os encontrou?.

— No meio das Estradas Profundas. Sozinhos, dá para imaginar? — se virou para olhar para os convidados. — Vocês estão com fome?

— Não — disse Loghain instantaneamente.

— Sim — Maric corrigiu. Olhou para Loghain em tom de censura. — Todos nós estamos, na verdade.

— Não está pronto ainda — a anã grunhiu —, mas para vocês eu vou abrir uma exceção — ela pegou algumas vasilhas de pedra e despejou um pouco de ensopado em cada uma delas. Quando nenhum dos convidados pareceu muito confiante, ela limpou a garganta com força. Maric então correu para pegar uma vasilha. Os outros seguiram o exemplo, e Nalthur os acompanhou.

Eles seguiram o líder dos anões para uma das cavernas laterais, abaixando a cabeça para passar pela porta. *Era seu quarto*, Katriel assumiu, embora também estivesse tão abarrotado de barris, caixas, pilhas de pele e armas estranhas que poderia facilmente ser também um almoxarifado. Havia no canto do aposento um tapete grosso e robusto que provavelmente servia de cama para o anão, e Nalthur sentou-se nele. Os outros se sentaram onde quer que houvesse espaço e começaram a comer.

Maric devorou o guisado com prazer. Katriel experimentou o dela devagar, bebericando um pouco do caldo. O anão engoliu tudo com voracidade, esvaziando sua vasilha muito antes de os outros chegarem à metade das suas, e depois soltando um sonoro arroto. Ele limpou a barba com as costas da mão.

— Não estão tão famintos quanto imaginaram? — ele questionou, observando o progresso deles.

— Não, está ótimo — comentou Maric rapidamente. — Que carne é essa?

— Caçador das profundezas — ele sorriu.

Loghain parou de comer. — O quê?

— Vocês teriam topado com eles antes de se encontrar com as crias caso não estivéssemos caçando-os por mais de dois meses nesta região. Nós esgotamos nossas reservas de perecíveis algumas semanas atrás. O que eu não daria para um bom bife de nusgo — ele olhou-os com esperança. — Vocês não têm nada parecido em uma dessas sacolas, não é?

Rowan olhou para seu guisado, seu estômago um tanto embrulhado. — Bife de nusgo?

O anão suspirou, desapontado. — Imaginei que não — ele colocou a vasilha no chão, os observando enquanto comiam, e então seus olhos se voltaram para a espada longa de Maric. — É uma bela arma. Se importa de eu vê-la?

Loghain parecia estar prestes a protestar, mas Maric acenou com a mão. Ele se levantou e puxou a espada ainda manchada de sangue do cinto, entregando-a para Nalthur. — É anã, eu acho.

— Você não sabe?

— Nós a encontramos em um esqueleto não muito tempo depois de deixarmos as ruínas. Talvez tenha sido um de seus homens? Mesmo se não seja, se é uma arma dos anões, seu povo deve tê-la de volta.

— Você passou por Ortan Thaig? — Nalthur parecia impressionado. — Isso explicaria tudo. Nós não chegamos perto do thaig por causa de todas as aranhas infectadas pelo Flagelo. Então eu não sei o que você encontrou, mas não foi um dos meus — ele estudou a lâmina com interesse, correndo um dedo curto e grosso pelas runas brilhantes, antes de finalmente devolvê-la para Maric. — Eu não tenho nenhum uso para ela. É sua agora, humano.

Maric pegou a espada lentamente, parecendo confuso. — Mas...

— Ela não vai voltar para Orzammar através de mim — o anão explicou com um sorriso. — Eu não vou voltar, ou você não entendeu essa parte?

— Eles estão mortos — Katriel explicou hesitante. — Eles... fazem uma cerimônia antes de entrarem nas Estradas. Um funeral. Dizem adeus a seus entes queridos, doam as suas posses, e então eles vão para não voltar mais.

Rowan piscou, surpresa. — Por que alguém faria uma coisa dessas?

Nalthur riu com tristeza. — Para pagar nossas dívidas. Para limpar nossos nomes. Para limpar os nomes de nossas casas — seu rosto ficou sombrio. — A política de Orzammar é mais traiçoeira do que as Estradas Profundas, de longe. Melhor tê-la deixado para trás.

— Eu acho que entendo o que quer dizer — Maric suspirou.

— Você acha?

Loghain franziu a testa. — Você não precisa explicar, Maric.

— Não, está tudo bem — Maric sacudiu a cabeça. Estendeu a mão para o anão. — Meu nome é Príncipe Maric Theirin, e estes são meus companheiros — ele apresentou cada um deles.

O anão olhou para Maric com curiosidade antes de apertar sua mão de uma forma estranha, como se nunca tinha feito o gesto anteriormente. — Realeza humana, então?

— Mais ou menos — Maric sorriu. — Eu estou lutando para recuperar o trono de minha família. É por isso que estamos aqui, na verdade.

Demorou menos do que o esperado para que Maric recontasse a jornada de seus últimos anos. Nalthur escutou, balançando a cabeça com empatia. — Nós anões fazemos as coisas praticamente da mesma maneira quando chega a hora das casas contestarem o trono — admitiu. — Embora raramente haja tanta morosidade por parte das castas mais altas. Nenhuma casa é neutra na Assembleia, nem nunca, na verdade. Em Orzammar, as coisas são resolvidas rapidamente e com tanto derramamento de sangue quanto for necessário e aceitável... ou até mais — seu sorriso era sarcástico, como se estivesse contando uma piada hilária. Notando que nenhum deles conseguiu entender seu humor, deu de ombros. — Pois bem, se é para Gwaren que vocês querem ir, estavam indo na direção errada.

— O quê? — Loghan estava claramente chocado e quase se se engasgou com o ensopado.

Nalthur colocou as mãos para cima em um sinal amistoso. — Calma, calma, grandalhão, não precisa ficar chateado com isso. Vocês estavam indo para o norte. Vocês não desconfiaram que era a direção errada?

— Nós não conseguimos nos guiar muito bem em baixo da terra — explicou Katriel. Ela sabia que os anões conseguiam, graças a sua famosa intuição de pedra, algo que era tanto parte de sua religião quanto uma questão de praticidade. Um anão que não tinha instintos de pedra era tratado como um cego merecedor de pena, e eram rejeitados pela casa na qual haviam nascido.

— Oh — o anão parecia surpreso, olhando de soslaio para Loghain e Maric como se a sua opinião em relação a eles precisasse ser revisada para incluir essa desvantagem tão infeliz. Então, deu de ombros. — Bem, isso explica tudo, do pó às sombras. Vocês estão mais perto de Gwaren aqui do que estavam antes, embora não tenha muito lá para se ver. As últimas notícias que tive de lá é que o mar havia inundado o posto avançado.

— Precisamos chegar à superfície, na verdade — disse Maric.

— Ah! Claro!

— Se você puder nos guiar na direção correta... — Loghain sugeriu, cansado.

Nalthur sorriu. — Nós podemos fazer melhor do que isso. Podemos levá-los! Pela Pedra, qualquer um que esteja disposto a atravessar o Ortan Thaig merece respeito. Não vamos mandar vocês de volta para as Estradas sozinhos.

Os olhos de Rowan se arregalaram de surpresa. — Você faria isso?

— Nós não queremos atrasar a sua... morte, ou qualquer coisa do tipo — disse Maric, constrangido.

— Hah! — o anão deu um tapa nas costas de Maric, quase o derrubando. — Para dizer a verdade, é um pouco tedioso matar crias das trevas todos os dias. Há sempre mais deles. Um mar de mal a nos afogar, não é? — ele deu de ombros e arrotou mais alto ainda.

Maric fez uma pausa repentina, confabulando algo em sua mente. — Então vocês não lutam apenas contra crias das trevas?

— Nós não podemos voltar para Orzammar. O que mais há para fazer nas Estradas Profundas?

— Você provavelmente poderia fortalecer essa região, construir uma base fixa... — disse Rowan.

O anão bufou. — Nós somos homens mortos. Qual é o sentido? — ele acenou com a mão, irritado. — É preciso ter muita honra em matar as crias das trevas, de qualquer maneira. Se estamos perto de encontrar a nossa paz, vamos fazê-lo lutando como verdadeiros anões, lutando para recuperar o que já foi nosso. Mesmo que nunca possamos vencer.

Maric sorriu lentamente. — E o que você acha das lutas entre os seres humanos?

Nalthur olhou para Maric curiosidade. — Você quer dizer, o que acontece sobre a superfície?

— Sim, temos muitos mais de nós lá em cima.

— Sob o céu? — o anão falou a palavra como se ela fosse aterrorizante.

— A menos que já seja tarde demais, poderíamos usar sua ajuda em Gwaren — Maric disse seriamente. — Não sei o que eu poderia lhes oferecer em troca. Eu não sou o rei ainda. Talvez nunca seja. Mas se você e seus homens estão procurando por suas mortes, posso, pelo menos, oferecer-lhe uma batalha gloriosa contra algo diferente de crias das trevas.

— Morrer na superfície — disse Nalthur sem entusiasmo.

Maric suspirou. — Os anões não sobem muito para lá, não é?

Ele bufou. — Os sem nenhuma honra, talvez.

Rowan arqueou uma sobrancelha. — Você já não está exilado de Orzammar? Que honra você tem a perder?

O anão considerou a ideia, o rosto contorcido em uma careta desagradável. — Nós não temos nada para ganhar com isso, também. Não é da nossa conta o que os cabeças-de-nuvem fazem na superfície. Aqui em baixo temos crias das trevas para matar, e a Pedra para retornarmos quando morremos. Esse é o nosso trabalho.

Loghain se levantou. — Vamos, então. Não vamos encontrar ajuda aqui, Maric.

— Eu não sei... — disse Maric.

— Eles são covardes — Loghain interrompeu. — Estão com medo do céu. Vão arranjar qualquer desculpa para não virem com a gente.

Nalthur levantou em um salto, puxando seu martelo de guerra com uma das mãos. Segurou-o ameaçadoramente na direção de Loghain, eriçado. — Retire o que disse — avisou.

Loghain não se moveu, mas olhou para o anão com cuidado. A tensão aumentou enquanto Rowan e Maric trocavam olhares preocupados. Lentamente, acenou com a cabeça para Nalthur. — Peço desculpas — disse sinceramente. — Vocês nos trataram bem, isso foi desnecessário.

O anão franziu a testa, talvez considerando se deveria cumprir sua ameaça, mas, em seguida, deu de ombros. — Muito bem — de maneira inesperada, começou a rir. — E talvez até seja verdade. Aquele céu de vocês é mais assustador do que toda uma horda de crias das trevas! — ele gargalhou da própria piada, e a tensão na sala desapareceu.

Quando ele se acalmou, Katriel tocou o braço do anão para chamar sua atenção. — Há uma coisa que Maric pode fazer por vocês — ela sugeriu. — Se ele se tornar rei, ele estaria em posição de visitar Orzammar. Poderia dizer para a Assembleia dos anões o quão valiosa a ajuda de sua Legião foi para a causa dele.

— É mesmo? Isso é possível?

— Seu povo trata os reis humanos com grande respeito, não? Os anões que ajudaram no cerco de Marnas Pell durante o Quarto Flagelo receberam muitos elogios de um rei humano. Um deles até se tornou um Exemplar.

Os olhos do anão brilharam com interesse. — Isso é verdade.

Katriel sorriu docemente. — Portanto, é possível encontrar honra na superfície. Honra para as casas que você deixou para trás. Honra que depende de Maric ganhar a guerra, mas tenho certeza que com a sua ajuda...

Nalthur ponderou por alguns instantes. Finalmente, ele olhou para Maric. — Você faria isso?

Maric assentiu, seu olhar intenso. — Eu faria, sim.

Loghain olhou para o anão com cautela. — Maric pode nunca ser rei. Não há garantia de que será capaz de fazer qualquer coisa por vocês, isso está claro?

Nalthur sorriu com apreensão. — Você não parece ter muita confiança em seu amigo. Todos os seres humanos são assim?

— Só ele, na verdade.

— Eu só estou sendo realista — Loghain resmungou.

— Eu só peço uma coisa — Nalthur falou lentamente. — Se qualquer um de nós morrer quando formos ajudá-lo, não nos deixe lá em cima. — Nos devolva à Pedra, não nos enterre na terra. Não nos enterre sob o céu. — a perspectiva parecia perturbar o anão profundamente.

Maric assentiu novamente. — Eu prometo.

— Então você tem a nossa ajuda — ele finalmente anunciou. Resoluto, se virou e saiu da sala para a caverna principal, onde ele imediatamente começou a gritar para os outros guerreiros. As batidas incessantes das picaretas cessaram.

Todos na sala olharam para Maric, sem acreditar muito no que havia acontecido. — Bem — Loghain disse secamente — parece que temos mais ajuda.

No espaço de duas horas, a Legião dos Mortos estava em curso e viajava pelas Estradas Profundas carregando todos os seus equipamentos. Loghain ficou bastante impressionado com a eficiência dos anões. Maric andava na frente com Nalthur e os mais experientes guerreiros da Legião, todos escutando com atenção e preocupação conforme Maric fazia o possível para explicar o que poderiam encontrar na superfície.

A ideia de que o usurpador poderia já ter chego a Gwaren e que eles poderiam estar entrando em uma batalha impossível de se vencer parecia ser aceita com muita facilidade pelos anões. A ideia de que eles não teriam um teto composto de toneladas e mais toneladas de rocha sobre suas cabeças, apenas o imenso vazio azul do céu, no entanto, os deixava enjoados, pálidos e nervosos. Maric teve que explicar várias vezes que não, nunca ninguém havia caído para cima e desparecido na vastidão. Sim, havia de fato uma imensa bola de fogo no céu, e, não, ela nunca caiu no chão, incendiou pessoas ou deixou qualquer um cego. Era esse tipo de coisa que preocupava os guerreiros da Legião dos Mortos.

Loghain, Rowan e Katriel andavam ao lado dos carrinhos de abastecimento no meio da procissão, a retaguarda mantinha uma vigia cautelosa para qualquer sinal de ataque das crias. Pelo que Loghain havia notado, eles tinham esvaziado completamente o posto avançado, não deixando nada de importante atrás além da grande estátua do rei anão que sustentava a caverna. Enquanto os anões exerciam suas tarefas e recolhiam seus suprimentos com eficiência, cada um deles parava diante da estátua para tocar respeitosamente sua base. Eles fechavam os olhos, e Loghain se perguntou se estavam oferecendo uma oração solene para seu ancestral. Talvez lhe pedissem proteção, ou uma morte rápida e honrosa. Talvez estivessem se desculpando por abandoná-lo, mais uma vez, para ser contaminado pela corrupção das crias das trevas.

Os poucos membros da Legião dos Mortos que não eram guerreiros, como os cozinheiros que Loghain havia conhecido anteriormente, empurravam os carrinhos em silêncio e olhavam para Katriel com os cantos dos olhos. Rowan perguntou o motivo, e a resposta foi simples. Eles já tinham visto diversos humanos quando ainda viviam em Orzammar, mas nenhum deles jamais tinha visto um elfo.

Eles avançaram com velocidade. Os anões conheciam bem as Estradas, e quanto mais viajavam, mais se tornou evidente que a ideia de Katriel de navegar as passagens até Gwaren provavelmente nunca teria funcionado. Mesmo se não houvesse crias das trevas e aranhas, eles certamente teriam se perdido. Com pouca comida e água, as chances de conseguirem sair vivos de lá teriam sido escassas.

Mas, felizmente, haviam encontrado os anões, Loghain lembrou. O plano de Katriel teria sucesso, no fim das contas. Ele a observou enquanto viajavam, viu-a se afastar dele e de Rowan e manter seu olhar focado exclusivamente em Maric, que seguia à frente da procissão. Provavelmente já sabia sobre os sentimentos de Loghain e Rowan em relação a ela. Loghain e Rowan não fizeram muita questão de disfarçar suas desconfianças.

Ele moveu-se para caminhar ao lado da elfa, e ela o fitou com um olhar desconfiado e rabugento. Rowan não se juntou a eles, mas observou a aproximação de Loghain com surpresa.

— Eu quero que você saiba — disse ele a Katriel. — Você foi de grande ajuda.

Ela estreitou os olhos com cautela. — Fui, senhor?

— Foi. Você, obviamente, sabia que os anões dariam valor a qualquer ajuda que pudessem oferecer aos seus parentes, não importa o quão remota fossem as chances.

Ela deu de ombros, olhando para longe. Ao invés de ficar satisfeita com seu comentário, parecia perturbada. — Eles se uniram à Legião dos Mortos — ela disse baixinho — porque não tinham outra escolha. Estavam falidos, ou com a reputação destruída. O máximo que a Legião pode lhes oferecer é a chance de limpar a mesa, zerar o placar — ela olhou para Loghain com intenção. — Se eles pudessem fazer mais do que isso... quem não gostaria de tentar?

— De fato, quem não gostaria?

Ela olhou para longe, mais uma vez, ressentida. Seu comportamento frio deixava claro que a presença de Loghain não era bem-vinda, mas ele a ignorou. Acompanhando sua linha de visão, percebeu que ela estava novamente observando Maric.

— Por que você fica? — perguntou. — É por causa dele?

— Você fica por causa dele? — ela retrucou friamente.

Ele pensou em sua resposta por um longo tempo. As lanternas azuis balançavam nas longas hastes das lanças, banhando as Estradas Profundas em seu brilho cor de safira. Eles passaram por estátuas de anões que estavam há muito ali, esquecidas contra uma das paredes de passagem. Pareciam com guardiões em ruínas, assistindo a procissão passar como se fosse uma intrusa na escuridão eterna.

— Não — ele finalmente respondeu. — Eu fico por minha causa.

Foi uma resposta séria e Loghain notou que Katriel havia se virado para observá-lo com um olhar pensativo, quase melancólico. — Maric é uma boa pessoa — ela disse amargamente. — E quando ele olha para mim, vê a mesma coisa em mim. Ele vê o bem que eu não acredito estar mais lá. Quando estou com ele, quase parece ser possível recuperar essa bondade.

Loghain assentiu com conhecimento de causa. — Quase — ele concordou.

Seu olhar encontrou o de Katriel, seus gelados olhos azuis sondando aqueles estranhos olhos verdes, e ela foi a primeira a virar o rosto. De repente, ela parecia estranhamente vulnerável, esfregando os ombros e olhando na direção de Maric ansiosamente. Ele quase sentiu pena dela.

— Ele ainda não está pronto para ser rei — Loghain disse calmamente. — Ele é muito ingênuo.

Ela concordou em silêncio.

— Mas ele vai precisar ficar pronto. E vai ser difícil para ele.

— Eu sei — seu tom era oco e resignado.

Não havia mais nada que precisava ser dito. Loghain voltou para o lado de Rowan e a procissão continuou a sua jornada através das sombras.

Menos de um dia depois, eles encontraram as ruínas do que outrora fora o posto avançado dos anões sob Gwaren. Várias vezes durante a viagem a Legião foi forçada a parar para limpar escombros de túneis em colapso, e Nalthur reclamou da capacidade das crias das trevas de sabotar até mesmo "a sólida engenharia dos anões". Todas as vezes que precisaram parar, não tinham certeza se haveria qualquer coisa atrás dos escombros que removiam, mas felizmente, sempre encontravam os túneis ainda de pé.

As crias estavam sempre presentes. Eles se escondiam na orla das luzes azuis, assistindo. Sempre assistindo. Até tentaram avançar para fora da escuridão e fazer ataques-surpresa, uma vez pela dianteira e outra por trás, mas nas duas ocasiões a Legião dos Mortos estava preparada e os repeliu com violência. A precisão calma e coordenada com a qual os anões matavam os monstros era sobrenatural, e forçava as crias a recuar para as cavernas nas laterais da estrada.

Nalthur os deixava ir. Ele disse que mesmo a Legião não estava disposta a seguir as criaturas em suas cavernas laterais. Lá, as crias das trevas estavam em sua terra natal, e só a morte os aguardava. Embora a morte fosse algo do qual a Legião não tinha medo, queriam morrer levando o máximo de monstros consigo. Não emboscados e mortos um a um.

Após os dois ataques, as crias mantiveram distância. Elas odiavam os anões, isso estava claro, mas também respeitavam seus números. Por um tempo, tudo o que podia ser ouvido na escuridão eram estranhos gritos agudos. Os anões disseram que esses gritos vinham de outro tipo de cria das trevas, criaturas altas e magras com longas garras e que se moviam incrivelmente rápido. Isso deixou Maric, Loghain, Rowan e Katriel assustados, porque os anões avisaram que essas criaturas muitas vezes estavam acompanhadas de emissários, crias das trevas capazes de conjurar feitiços como os magos.

Os anões minimizaram o potencial perigo representado pelos emissários, orgulhosamente proclamando que a sua resistência natural a magia os mantinham protegidos até mesmo dos feitiços das crias das trevas. Mas isso não deixou os quatro menos apreensivos. Eles examinavam as sombras com atenção, cautelosamente preparados para uma próxima emboscada com suas espadas em punho.

A terceira emboscada nunca veio. À medida que se aproximavam do posto abaixo de Gwaren, a água começou a aparecer nas passagens, pingando do teto e formando poças de água estagnada nas rachaduras do chão. Calcário duro se acumulava onde quer que a água estivesse, e o cheiro de ferrugem e sal grosso preenchia o ar. Em certo ponto da viagem, o grupo encontrou uma passagem quase completamente inundada, forçando-os a percorrê-la com seus equipamentos sobre as cabeças. Aqui, os anões olharam com inveja para os três humanos e para a elfa, ressentindo-se do fato deles não precisarem levantar a cabeça para evitar que a água entrasse em seus narizes.

Toda aquela água deixava Loghain nervoso. Será que esses túneis estavam debaixo do oceano? Se sim, então qualquer desabamento preencheria todo o sistema com água do mar? Nalthur descartou a ideia, mas Loghain não conseguia parar de pensar nisso. Ele não sabia o bastante sobre a engenharia dos anões para ficar tranquilo.

O posto avançado, quando finalmente o encontraram, estava dentro de uma grande caverna quase totalmente cheia de água do mar, formando um lago subterrâneo com um caminho estreito de rocha em suas beiradas. Estalactites pendiam do teto da caverna, cada uma gotejando água no lago escuro. Os ecos de água pingando ressoavam em todos os lugares, uma cacofonia de sons que os saudou quando eles entraram.

O outro lado do lago estava muito longe para ser visto. A água escura desaparecia completamente nas sombras. Loghain se perguntou se o lago encontrava com o oceano mais adiante, formando um porto subterrâneo como era Gwaren acima deles. Um conceito interessante. O ar se deslocava pela caverna, mesmo que pesado e úmido.

Uma estrutura de aço enorme, com mais de trinta metros de diâmetro, se projetava para fora do lago, ao lado da costa rochosa. Boa parte dela havia desabado por conta da ferrugem e agora estava coberta com faixas brancas de calcário. Muitas tubulações longas saiam dela e seguiam até as paredes rochosas da caverna, a maioria, também, marrom de ferrugem e caindo aos pedaços.

Era impossível dizer qual havia sido o propósito daquela estrutura. Os anões não falaram nada enquanto paravam na entrada da caverna, abaixando a cabeça em reverência. O som de gotejamento era tudo que se podia ouvir. Nalthur eventualmente comentou com Maric que no passado aquele lugar abrigava centenas de tubos, tantos que era impossível ver o teto da caverna entre todos eles. Agora, a maioria havia ruído com a ferrugem e provavelmente estavam no fundo do lago.

Maric perguntou para o que eles serviam, mas Nalthur olhou para ele com desgosto. — Vocês humanos não entenderiam — ele murmurou.

O caminho até a superfície exigiu que marchassem ao longo da margem precária de pedra ao redor da água, até encontraram outro par de portas muito parecidas com as que Maric e os outros haviam encontrado na entrada das Estradas Profundas. Essas, apesar de cobertas com cal e ferrugem, ainda estavam fechadas. A camada de cal era tão espessa que eles não conseguiram nem mesmo encontrar qualquer evidência de uma fechadura ou mecanismo para abri-la.

Nalthur imediatamente colocou alguns homens para trabalhar com suas picaretas, desbastando a cal e a ferrugem para ver o que havia por baixo. O anão parecia não saber se aquilo iria ajudar muito, no entanto. — Mesmo se conseguirmos abri-las — ele murmurou —, não há como saber o que está do outro lado. Vocês humanos podem ter construído em cima delas.

Rowan franziu o cenho. — Eu não me lembro de ninguém mencionar nada sobre uma passagem descendo até um posto avançado dos anões.

— Ela teria sido selada séculos atrás — disse Katriel. — Quando as crias das trevas tomaram conta das Estradas Profundas. O povo da cidade teria fechado a passagem para impedi-los de atacar a cidade.

Nalthur suspirou. — Então nós vamos ter duas barreiras para quebrar, se isso for possível — ele olhou para Maric. — Caso contrário, você veio até aqui para nada.

Loghain olhou para a água turva da caverna, esfregando o queixo, pensativo. — Se você tentasse atravessar esse lago, ele nos levaria até o oceano? Seria possível nadar até a costa acima?

O anão olhou para ele, incrédulo. — Se a eclusa estiver aberta. E se você conseguir prender a respiração por tempo o suficiente. E se a pressão não matá-lo.

— Melhor não, então.

A batida das picaretas durou horas, até que o mecanismo de fechamento das portas se revelasse por trás da ferrugem e cal. Vários dos anões mais velhos examinaram a fechadura. Um deles, Nalthur assegurou para Maric, havia sido um ferreiro "quando ainda estava vivo". Depois de um tempo, o ferreiro deu a má notícia: a fechadura estava completamente enferrujada então funcionava mais. Eles teriam que queimá-la para abrir as portas.

Para isso, foi necessário o uso de ácido, que os anões trouxeram de seus carrinhos de equipamentos em pequenos frascos cheios de líquido transparente. Eles abriram os frascos com pinças e derramaram o ácido na fechadura. O resultado foi um monte de fumaça ocre e uma brilhante chama azul. Depois de três aplicações, o ferreiro finalmente declarou que as portas estavam prontas para serem abertas.

Nalthur ordenou que a Legião prendesse vários ganchos pesados nas portas, cada um amarrado a cordas que pelo menos cinco anões puxavam com toda a força, ao mesmo tempo. Eles grunhiram e rangeram os dentes com o esforço, e muito lentamente as portas se abriram. Elas começaram a raspar contra o chão de pedra, deixando escapar sons que reverberavam por toda a caverna, enquanto revelavam, polegada por polegada, o que havia do outro lado.

Uma grande nuvem de poeira começou a se agitar ao redor das portas, soprada pelo que era imediatamente reconhecível como ar fresco. A poeira causou tosse nos anões, e Loghain deu um passo à frente.

Ar fresco? Ele ergueu as sobrancelhas. Se havia ar fresco, então isso significava que...

De repente, uma grande forma começou a avançar pela nuvem de poeira. Era um golem de pedra, com mais de três metros de altura. Com um grande rugido, ele começou a golpear em arcos largos com seus punhos. Os anões reagiram com surpresa enquanto a criatura atacava suas fileiras, arremessando diversos deles para longe. Muitos bateram contra as paredes rochosas, enquanto alguns outros foram jogados no lago escuro abaixo deles.

Os anões começaram a recuar em choque, sacando suas armas enquanto Nalthur bradava ordens. — Estamos sendo atacados! — ele berrou. — Revidem! Revidem!

Vindo de trás do golem, uma multidão de soldados humanos começou a correr para a câmara com espadas levantadas, e se chocaram contra os anões. O som do aço batendo no aço tomou conta de toda a caverna enquanto o golem continuava a agitar seus grandes punhos. A medida que o combate se espalhava pela caverna, os olhos de Loghain se arregalaram de horror.

Eram seus próprios homens. Os brasões e as cores dos soldados que saíam do túnel eram do exército rebelde de Maric.

— Parem! — Maric gritou. Ele correu para a frente dos anões, sem pensar no perigo que corria, balançando as mãos no ar. — Parem de brigar! Pelo amor do Criador! — ninguém o ouviu enquanto a luta continuava. Sangue estava sendo derramado. O golem de pedra balançou um grande punho perigosamente perto de Maric, batendo contra o chão e derrubando-o.

Loghain e Rowan correram imediatamente para o lado de Maric, sacando suas armas. Olharam um para o outro, perguntando se precisariam lutar contra seus próprios homens. A ironia era que eles podiam ter feito toda aquela jornada apenas para acabar morrendo nas mãos das forças que deveriam liderar.

Loghain chutou para trás um soldado que estava prestes a atacar Maric com sua espada. — Não seja idiota! — ele rugiu. — Este é o Príncipe Maric! — suas palavras foram perdidas em meio aos gritos de batalha e os estrondos dos punhos do golem contra a pedra. Ele olhou em volta, esperando encontrar o dono do golem em meio ao caos, mas não viu nada.

— Parem de lutar! — Loghain rugiu novamente. Rowan empurrou vários homens para longe enquanto tentava ajudar Maric a ficar de pé novamente. Nalthur viu o que estavam tentando fazer, mas ele não podia ordenar que a Legião recuasse. Não havia espaço na estreita saliência rochosa, e tentar voltar faria com eles acabassem afogados na água escura do lago.

O golem de pedra investiu contra Loghain, urrando em fúria. Ele se ergueu sobre o homem, os dois punhos prontos para bater em sua cabeça. Loghain ergueu sua espada, preparando-se para o impacto...

— Parado! — soou uma nova voz por trás do golem, e o efeito foi imediato. O golem ficou imóvel.

Os soldados humanos também pararam e olharam ao redor deles, confusos. Nalthur aproveitou e gritou para os anões se afastarem, o que eles imediatamente fizeram. Um corredor se abriu entre as forças, e apesar dos soldados humanos continuarem com as armas em riste, nenhum deles ousava avançar.

Como um mar que se abria em torno deles, Loghain foi deixado no meio da clareira, com Maric e Rowan ao seu lado e o golem ameaçadoramente postado acima dele como uma estátua.

— Quem se atreve a invocar o nome do príncipe? — perguntou a voz. A figura que caminhava em torno do golem usava vestes amarelas e possuía uma barba pontiaguda. Maric o reconheceu imediatamente.

— Wilhelm! — gritou, aliviado. Ele saltou e correu em direção ao mago.

Os olhos de Wilhelm se arregalaram e ele recuou quando Maric aproximou-se, olhando para ele com incredulidade. Maric parou, e olhou para o resto dos soldados que também o encararam horrorizados. Ninguém em toda a caverna disse uma palavra. O silêncio era absoluto.

— Vocês não me reconhecem? — Maric perguntou. Loghain e Rowan se aproximaram dele, abaixando suas armas.

Wilhelm piscou para cada um deles em descrença, mas voltou imediatamente para Maric. Seus olhos endureceram, e estendeu uma mão para que os soldados recuassem. — Tenham cuidado — advertiu. — Pode ser um truque, uma ilusão para nos enganar.

Ele levantou uma mão, e um poder brilhante começou a jorrar dela. Maric ficou parado enquanto o poder se aproximava dele. Ele fechou os olhos quando o brilho o atravessou seu corpo, causando arrepios. Nada mudou. Os olhos de Wilhelm se arregalaram e ele levantou a mão novamente, convocando um feitiço diferente, que se chocou contra Maric em vez de atravessá-lo.

Wilhelm tremia de incredulidade. Ele caiu de joelhos, e lágrimas brotaram em seus olhos enquanto olhava para Maric. — Vossa Alteza? — perguntou o mago com a voz trêmula. — Você... está vivo?

Maric se aproximou devagar de Wilhelm e se ajoelhou diante dele, agarrando as mãos do mago. Loghain e Rowan se aproximaram solenemente por trás. — Sou eu, Wilhelm. Loghain, também, assim como Lady Rowan. Todos nós estamos aqui.

Wilhelm olhou para as fileiras de soldados que olhavam incrédulos para eles. — É ele — gritou. — É realmente ele! — como se uma onda de choque atravessasse a todos, os soldados começaram a sussurrar animadamente entre si. A novidade foi transmitida através das fileiras, e os homens na passagem começaram a correr até um conjunto de escadas que ligava as Estradas Profundas com a cidade acima. Um balbucio de gritos podia ser ouvido lá de cima.

Um a um os soldados seguiram o exemplo de Wilhelm, todos caindo de joelhos e tirando os capacetes com respeito. Mais soldados entraram na câmara, descendo as escadas atrás das portas pesadas, e quando colocaram os olhos em Maric, também caíram de joelhos. Alguns deles tinham lágrimas escorrendo pelas bochechas.

— Pensamos que você estava morto — disse o mago a Maric. — Nós pensamos que tudo estava perdido. Rendorn morreu e o usurpador declarou que você estava morto... Nós achamos... Nós tínhamos certeza que este era um novo ataque, que era o fim... — sua voz era intercalada por soluços, e ele sacudiu a cabeça novamente, como se não conseguisse acreditar.

Maric assentiu com gravidade e se levantou, olhando para a fila de anões silenciosos atrás dele. Nalthur começou a dar ordens para resgatar os anões que haviam caído na água, bem como tratar dos feridos. Os anões começaram a trabalhar imediatamente.

Maric voltou a olhar para as fileiras de soldados na frente dele, seus próprios homens. Havia tantos, abarrotados pela passagem escura e olhando para ele com as mesmas expressões esperançosas que ele viu quando Loghain e Rowan o trouxeram de volta para o acampamento nas colinas ocidentais. Havia mais deles, na superfície. Podia ouvi-los gritar.

— Então não estamos muito atrasados — disse Maric. O alívio era tão esmagador que lágrimas correram por suas bochechas. — Ainda há um exército, então? Ele ainda não foi destruído? Nós conseguimos? Nós realmente conseguimos?

Wilhelm assentiu e Loghain colocou a mão no ombro de Maric. — Nós realmente conseguimos — disse ele calmamente.

Maric mal se sentia digno daquela recepção. Caminhou em direção aos soldados espantados, quase incapaz de controlar o dilúvio de lágrimas enquanto olhava para todos ajoelhados. Eles estavam famintos, cansados e desesperados. Ele podia ver isso em seus olhos. E mesmo assim, haviam resistido.

Olhando para todos eles, Maric ergueu um orgulhoso punho sobre sua cabeça, e como um, os homens do exército rebelde ficaram de pé e responderam com um grito retumbante de júbilo que fez o chão tremer e ecoou longe nas sombras das Estradas Profundas.

16

AS MÃOS DE SEVERAN tremiam enquanto lia o pergaminho. Sua boca se retorceu, e quando terminou, o enrolou rapidamente. Não era uma boa notícia.

O mago parou na frente de um espelho ornamentado, alisando o cabelo preto e tentando convencer seu coração a se acalmar. Ele estava batendo muito rápido para o seu gosto, e o suor escorria em grandes gotas por sua testa. O rei iria vê-lo e saber quais eram as notícias mesmo antes de Severan abrir a boca, e isso simplesmente não podia acontecer.

Os humores de Meghren eram difíceis de lidar mesmo quando a notícia não era necessariamente negativa. Se ele fosse tomado pela fúria, Severan preferia que sua frustração fosse descontada em um dos servos, como de costume. Uma semana antes, a vítima havia sido um menino elfo que não percebeu que o creme que trouxe para o rei estava azedo. Seus gritos fizeram a guarda do castelo correr para os aposentos reais, apenas para assistirem, impotentes, o Rei Meghren batendo no pobre menino até quase acabar com vida dele.

Quando o rei se virou de costas, o capitão da guarda correu para recolher o servo ensanguentado. Foi um ato ousado, pois Meghren poderia facilmente ter voltado sua atenção para o guarda, sua raiva renovada por tal interferência ultrajante. Mas Meghren não fez nada, bufando de raiva e rangendo os dentes enquanto olhava pela janela enquanto os guardas se retiravam.

Francamente, Severan acreditava que seria melhor se o rei tivesse espancado o menino até a morte. Em vez disso, ele sobreviveu e quando foi devolvido aos seus pais, chorando ao explicar o que tinha acontecido, houve tumultos no Alienário. A guarnição da cidade informou que precisaram sair da área e trancar os portões, deixando os elfos enfurecidos a ponto de queimarem suas próprias casas até ficarem calmos depois de dias de isolamento sem comida. Meghren dificilmente se preocupava com alguns elfos rebeldes, mas tais problemas deixavam as coisas muito inconvenientes para Severan.

Mas agora ele tinha notícias piores para entregar, e nenhum servo estava por perto para servir de proteção. Severan enxugou a testa com um lenço de seda — presente de um comerciante de Antiva que o bajulara para conseguir uma audiência com o rei — e considerou a possibilidade de simplesmente não contar a notícia. Olhou fixamente para seu reflexo no espelho, franzindo a testa para o medo que era notável em sua expressão.

Não, ele não tinha escolha.

Ele encontrou Meghren nos estábulos, rodeado por uma dupla de ferreiros corpulentos que colocavam uma nova armadura em seu corpo. Era banhada a ouro e tinha o rosto de um leão em relevo no seu peitoral. Tinha muitos sulcos, o metal reluzindo em todos os cantos que não estavam cobertos por couro escuro. Era o tipo de armadura digna de um grande rei, ou mesmo do imperador. Desde que Meghren havia liderado seu exército em Monte Oeste, ele havia se tornado praticamente obcecado com assuntos militares — apesar dos relatos de diversos comandantes afirmando que ele sequer se aproximou do combate e apenas passeou por entre a carnificina que ficou depois da batalha.

Severan achou a armadura bastante impressionante, digna de um grande rei. Naturalmente, Meghren discordou. Ele mal tolerava os ferreiros, constantemente encolhendo os ombros em desconforto ou queixando-se quando um deles apertava um dos fechos com muita força. Vários criados estavam nos arredores, com muito medo de fazer qualquer esforço para ajudar os ferreiros. Na verdade, a aura de nervosismo parecia agitar até mesmo os cavalos do estábulo. Os animais batiam seus cascos e parecia que estavam prestes a dar coices contra as portas de seus currais.

Severan estava prestes a entrar no estábulo quando viu a Madre Bronach sentada num banco contra a parede oposta, observando o rei. Porque ela estava lá, Severan não fazia ideia, mas ela olhou para cima e o recebeu com um sorriso discreto e ameaçador.

Parece que ela já sabia. Talvez estivesse aqui para assistir.

Meghren viu a expressão de Madre Bronach e se virou para Severan, que estava parado na entrada do estábulo. — Ah, é você — ele zombou. — O que é agora? Espero que sejam notícias de Gwaren. Já perdemos tempo demais com aquele lugar.

O mago limpou a garganta, que de repente havia se tornado bastante seca. Ele não podia deixar de olhar para a espada embainhada no cinto de Meghren. Decorativa ou não, se o rei decidisse usá-la contra ele, poderia fazer estrago. — Sim — disse finalmente. — São notícias.

Meghren gelou, olhando para Severan com os olhos apertados, e todos que estavam próximos notaram a mudança no temperamento do rei. Os servos se retiraram o mais rápido possível do estábulo, e ambos os ferreiros pararam com a colocação da armadura. Eles recuaram, olhares confusos em seus rostos.

— O que vocês estão fazendo!? — Meghren berrou. — Por que pararam?

Os ferreiros imediatamente voltaram a se aproximar, tão rapidamente que colidiram um com o outro e, em seguida, quase caíram sobre o rei. Meghren rugiu de raiva e chutou com sua bota de metal, acertando o ferreiro mais próximo no nariz. Sangue voou enquanto o homem caia para trás, batendo contra a parede do estábulo.

— Saiam daqui, imbecis! — Meghren rugiu.

O outro ferreiro olhou para seu companheiro com olhos aterrorizados, mas apenas por um segundo. Foi correndo até ele, que estava ajoelhado ao lado da parede em estado de choque, cobrindo o nariz com as mãos ensanguentadas. Após ajudar o ferreiro ferido a se levantar, ambos correram para fora do estábulo.

Meghren os observou enquanto saiam, com uma expressão descontente no rosto, e então finalmente se voltou para Severan.
— Eu gostaria de ouvir essa notícia — disse, em um tom de voz baixo e desagradável.

— Eu gostaria de ouvi-la, também — Madre Bronach entrou na conversa. Ela parecia muito satisfeita.

Severan tentou engolir, mas encontrou um nó na garganta. Então, ao invés disso, pigarreou. O som parecia muito alto no ambiente silencioso, com todos olhando para ele, com expectativa. Até os cavalos pareciam estar olhando para ele.

— Nós... tomamos Gwaren — ele disse.

Meghren bufou com escárnio. — E como isso não é uma boa notícia?

Severan tocou o pergaminho enrolado em suas mãos com nervosismo. — Não sabemos se seremos capazes de mantê-la, Vossa Majestade. Foi muito difícil de retomá-la. Houve... circunstâncias inesperadas — uma nova gota de suor escorreu por sua testa. Severan orou para que Meghren não notasse.

Felizmente, ele parecia mais ocupado com sua própria irritação. Bateu uma bota no chão de madeira com impaciência, as mãos nos quadris enquanto olhava ao redor dos estábulos, talvez em busca de alguém para solidarizar com sua indignação. Finalmente, sua cabeça se voltou para Severan. — Circunstâncias inesperadas? — ele disse cruelmente. — O resto daqueles malditos rebeldes, era tudo o que havia lá, você disse. Enviei os *chevaliers* e metade dos homens que tomaram Monte Oeste. Seriam mais do que suficiente, você disse.

— Príncipe Maric está vivo — disse Severan. — Ele estava em Gwaren — ele se arrependeu imediatamente, vendo os olhos de Meghren esbugalharem de raiva. Mesmo assim, o rei não disse nada de imediato. Simplesmente olhou para Severan, e o mago começou a considerar se deveria recuar.

— Vivo? Como? — perguntou a Madre Bronach. Ela parecia verdadeiramente chocada, Severan notou. Então, ela não sabia dessa parte, pelo menos. Ele supôs que deveria tirar alguma pequena satisfação disso. Aquilo iria fornecer-lhe um mínimo de conforto caso fosse inadvertidamente trespassado por uma espada..

— Sim — Meghren rosnou. — Como ele está vivo? De novo? E como ele poderia estar em Gwaren? — o rei puxou a espada da bainha, seu olhar ameaçador.

Severan franziu o cenho severamente. — Devo lembrar para Vossa Majestade que lhe disse que não havíamos encontrado o corpo do príncipe em Monte Oeste! — ele bateu com o punho em uma viga de madeira, assustando um dos cavalos. — Quantas vezes eu disse que precisávamos ter certeza antes de fazermos anúncios? Em todos os relatórios que recebi, Príncipe Maric estava em Gwaren pouco antes do ataque. A cidade inteira acredita que ele ressuscitou dos mortos! Trazido de volta pelo Criador!

Foi uma jogada perigosa. Severan manteve seu olhar irritado, o suor escorrendo em fios por sua testa. Depois de um momento, Meghren suspirou e fez um bico. — Mas havia tantos mortos queimados! Você disse que qualquer um deles poderia ser o príncipe!

— Eu disse que poderia ser. Eu disse para esperar até que nossos grupos de busca tivessem certeza! Se você tivesse, pelo menos, esperado até termos recapturado Gwaren...

Meghren virou para Madre Bronach, jogando as mãos para cima. — Bah! Isso é culpa sua, mulher!

— Culpa minha? — ela se levantou de seu banquinho, reunindo as vestes vermelhas em torno dela. — Príncipe Maric ou não, como é que não fomos capazes de derrotar um pequeno grupo de rebeldes? O garoto pode ter sobrevivido a batalha, mas ele não pode fazer milagres!

— Nós os derrotamos — disse Severan. — Foi por pouco, mas derrotamos. Eles conseguiram obter a ajuda de anões de algum lugar. Não um grande número, mas difíceis de derrubar — seus olhos se voltaram para Meghren nervosamente. — Eles foram capazes de eliminar quase metade dos *chevaliers*. Os números de mortos e feridos é... extraordinário.

— Metade! — Meghren explodiu. Então fechou os olhos, obrigando-se a acalmar. — Mas você disse que eles foram derrotados? Os rebeldes, anões todos?

Severan assentiu. — Nossos números eram muito grandes. Eles se retiraram para a passagem na floresta de Brecília, onde teríamos os perseguido e abatidos a todos...

— Teríamos?

— Foi aí que o tumulto começou. Antes do comandante conseguir reagrupar suas forças e perseguir os rebeldes, o povo de Gwaren se revoltou. Atacaram de todos os lados, me disseram. Completamente inesperado. O comandante Yaris foi morto, entre outros.

Madre Bronach deu um passo adiante, alarmada. — Isso não é apenas um tumulto.

— Rebelião — Meghren bufou. Seus olhos estavam arregalados de choque.

Severan levantou o pergaminho, balançando a cabeça. — Os combates em Gwaren têm sido sangrentos, e a cidade está em chamas novamente. Não temos certeza do que está acontecendo agora, mas há a possibilidade de que a força rebelde tenha voltado e atacado Gwaren mais uma vez.

— Nós não podemos enviar mais homens?

— Fica pior — Severan disse. — A notícia se espalhou.

Meghren bufou. — E daí?

— Talvez você não esteja entendendo, Vossa Majestade — Severan caminhou em direção a Meghren e o olhou diretamente nos olhos. — A notícia de que Maric vive se espalhou. Que ele voltou dos mortos para salvar todo o povo de Ferelden de seu domínio. Houve um motim em Rufomonte na manhã de hoje.

Meghren recuou. Rosnou, indignado, mas ao mesmo tempo incerto. — O que? Motins? Como ousam! — ele acenou com um dedo na direção de Severan. — Faça um chamado! Eu quero minhas tropas abastecidas! Até o último membro do bannorn deve enviar tropas e suprimentos desta vez!

— Eles não vão enviar homens se temerem motins em suas próprias terras. O arl de Rufomonte está pedindo nossa ajuda, pedindo para que enviemos homens para ajudá-lo imediatamente. Ele não será o primeiro.

— Eu não estou aqui para ajudá-los! — Meghren deu voltas pelo estábulo, indignado. — Eu quero execuções! Qualquer um que demonstre um mínimo de simpatia pelos rebeldes, quero que sejam enforcados! Esses cachorros fereldenianos precisam aprender quem manda!

— Vossa Majestade... — Severan advertiu.

— Agora! — Meghren rugiu. Os cavalos no estábulo empinaram nas patas traseiras, relinchando em resposta. — Eles vão ver o que significa desafiar o poder de Orlais! Eles e aquele príncipe imundo também!

Tanto Severan quanto Madre Bronach olharam para ele, em um misto de choque e horror. Meghren olhou de um para o outro, como se esperasse alguma resposta. Mas nem o mago, nem a sacerdotisa, sabiam o que dizer. A perspectiva de execuções preventivas por toda Ferelden poderia não surtir o efeito que ele queria. Mesmo um cão acuado e assustado ainda podia morder, se encurralado.

— Rei Meghren — Madre Bronach começou devagar, no tom que reservava para aqueles momentos em que sabia que estava prestes a deixá-lo realmente com raiva. — Talvez agora seja o momento de ser misericordioso. Provar às pessoas que você é o rei mais digno, e organizar as suas forças antes de...

— Nunca! — ele gritou, girando na direção dela. Seu rosto estava vermelho, e Madre Bronach deu um passo para trás, tropeçando no banco atrás dela. — Isso não é um concurso! Eu sou o único rei, e todos que se opõem a mim são dissidentes! Eu não vou deixar que isso se espalhe!

Com um passo, ele estava diante dela, seus dentes cerrados a apenas centímetros de distância do rosto da sacerdotisa. A madre encolheu-se contra a parede, virando o rosto em terror. Até mesmo Severan pensou por um momento que talvez devesse intervir; ela era a Grande Sacerdotisa de Ferelden, apesar de tudo. Mesmo Meghren não poderia feri-la sem consequências. Mas então se lembrou do quanto detestava a mulher. *Deixe-a se contorcer de medo.*

— Você vai dizer a eles — Meghren ordenou, seu tom de voz baixo e ameaçador — que esse príncipe imundo não é nenhum salvador, que ele não voltou dos mortos. Você vai dizer, não vai?

Ela concordou com a cabeça, recusando-se a olhá-lo nos olhos.

— Eu... vou dizer que foi um engano...

— Não é um engano! Ele é um demônio. Um espírito maligno encarnou em seu corpo. Uma coisa vil que retornou do Turvo!

Ela concordou com a cabeça de novo, rapidamente.

— Isso não é de todo mal — Severan disse, esfregando a barba, pensativo. — E pode funcionar.

— É claro que vai funcionar — Meghren se afastou da Madre Bronach, e ela soltou um suspiro alto e ajustou suas vestes vermelhas, gotas de suor escorrendo por sua testa. Ele se virou para Severan, muito mais calmo agora. — Você vai lidar com os rebeldes, mago. Pode fazer isso, não pode?

Severan assentiu. — Vou mandar uma mensagem ao imperador. Ele prometeu-nos duas legiões em sua última carta, se fosse necessário. Mas ele nos avisou que não haveria mais depois disso, Vossa Majestade.

Meghren olhou para o chão, considerando. — Será o suficiente?.

— Somando ao que nos resta? Sim. Deve ser mais do que suficiente. Podemos acabar com os rebeldes e depois voltar nossa atenção para qualquer levante. Eles não têm a força necessária para lutar contra você.

— Então faça isso.

Severan se virou para sair, mas Meghren agarrou-o pelo braço e o puxou para encará-lo de frente. O olhar de Meghren era intenso. — Mas esta será a sua última chance, mago. Está claro?

Severan concordou e foi liberado. *Será a sua última chance, também, Vossa Majestade,* pensou consigo mesmo. Ele se curvou respeitosamente e se retirou da sala. Um momento depois, Madre Bronach fez o mesmo. Ela não parecia satisfeita. Meghren estava alheio a ambos, inspecionando sua armadura dourada com um ar irritado.

Enquanto Severan cruzava os longos corredores de volta para o castelo, pensamentos passavam acelerados por sua cabeça. Se fosse cuidadoso, tal situação poderia ainda ser usada ao seu favor. Meghren tinha sido forçado a reconhecer que a situação era grave. Uma rápida derrota dos rebeldes o deixaria muito grato — um resultado melhor ainda do que derrotar os rebeldes em Gwaren teria sido.

A maior parte do castelo sabia que deveria esperar por comandos de Severan. Os comandantes orlesianos respondiam apenas as suas ordens. A nobreza vinha até ele quando precisavam ter seus problemas resolvidos. Mesmo o camareiro vinha em busca de Severan quando chegava a hora de determinar a agenda diária de Meghren, e ambos se certificavam de que ele ficasse ocupado fazendo o que faz melhor: agradar a si mesmo. Todas as decisões pareciam ser tomadas pelo rei, mas qualquer um minimamente envolvido na política de Ferelden sabia que não era o caso. Sem Severan, Meghren não seria capaz de encontrar suas roupas de baixo.

Porém, ainda assim precisava ser cauteloso ao lidar com Meghren. Severan não tinha chegado ao ponto em que poderia sobreviver a um confronto direto caso o rei conseguisse perceber que estava sendo manipulado. E com Madre Bronach ainda sussurrando em seus ouvidos, isso sempre era uma possibilidade.

Com alguma sorte, a fúria que exibiu contra a Madre poderia ser alimentada. Era algo a se considerar. Por enquanto, porém, precisava focar sua atenção nos rebeldes.

Um jovem mensageiro passou rápido pelo corredor e, ao ver Severan aproximando-se, foi na direção do mago com passos largos.
— Meu senhor Severan! — gritou. O rapaz estava sem fôlego.
— Outra mensagem? — mais notícias de Gwaren seriam bem-vindas. Se fosse uma má notícia, Severan pelo menos tinha uma desculpa para evitar Meghren por mais algum tempo.
— Não, meu senhor — o rapaz engoliu em seco, nervoso. — Uma mulher! Ela me mandou encontrá-lo. Eu procurei pelo senhor em todos os lugares!.
— Uma mulher?
— Uma elfa, meu senhor. Ela mandou dizer que o nome dela é Katriel

Ele fez uma pausa. — Katriel, você disse? Onde ela está agora?
— Em seus aposentos, meu senhor.

Severan não esperou o mensageiro terminar de falar, cruzando por ele rapidamente. Katriel tinha feito um excelente trabalho em Monte Oeste, mas tinha, em seguida, desaparecido em circunstâncias suspeitas. Ele se perguntou se ela havia sido morta, talvez descoberta depois de ter completado sua missão. Havia várias perguntas sem respostas, o que sempre deixava Severan desconfiado. Se ela havia retornado, no entanto, era um bom sinal.

Desde, é claro, que ela pudesse oferecer uma explicação convincente para o seu desaparecimento.

Ele levou vários minutos para chegar aos seus aposentos, mesmo andando rapidamente. Considerou chamar os guardas, mas achou que seria imprudente. Era improvável que os guardas se atrevessem a interrogá-lo, mas boatos se espalham muito facilmente. Quem sabe o que poderia chegar aos ouvidos de Meghren?

Em vez disso, fez uma pausa perto de sua porta e lançou um encantamento de proteção sobre si mesmo. Improvável o quanto fosse, se ela tentasse fazer-lhe mal, era bom estar preparado. Respirando fundo, abriu a porta e entrou.

Katriel era como ele se lembrava, cachos dourados até as costas e olhos verdes majestosos. Ela usava couros empoeirados e exalava um leve odor de suor e cavalos. Ela tinha viajado para cá às pressas, então, e não tinha parado nem mesmo para se lavar? Um bom sinal. O quarto de Severan estava escuro, exceto para a luz bruxuleante de uma lanterna em sua mesa, onde Katriel folheava um de seus diários com displicente curiosidade.

— Eu espero que você tenha uma boa desculpa para o seu desaparecimento — disse calmamente. — E por que você não me contatou antes de aparecer aqui? — Severan não gostava de fazer exibicionismos com a sua magia, mas estendeu a mão e permitiu que uma pequena bola de chamas mágicas se formasse ali. Imaginou que isso seria o suficientemente para demonstrar sua insatisfação.

— Eu tenho — ela respondeu. A elfa parecia muito mais solene do que ele se lembrava. Ela fechou o diário em silêncio e olhou para Severan de maneira passiva. Não sabia ao certo o que fazer com ela.

— Ótimo — disse ele. A bola de fogo pairando sobre a palma de sua mão desapareceu, e ele deu mais um passo para dentro do quarto. Manteve o olhar atento sobre ela mesmo assim. — Você ainda está infiltrada no acampamento rebelde com o Príncipe Maric? Ou será que eles também a perderam em Monte Oeste?

— Eu ainda estou com o príncipe, ou pelo menos estava até a vitória em Gwaren. Então vim diretamente para cá, mesmo sendo difícil escapar de lá sem ser vista.

Severan esperou por uma elaboração, mas ela não falou mais nada. Ele franziu a testa, irritado. — Vitória? Então o contra-ataque foi bem sucedido? Eles retomaram o controle de Gwaren?

— Sim. Embora não antes de seus homens matarem metade dos moradores da cidade. Isso vai gerar revolta quando a notícia se espalhar.

Ele dispensou o assunto, franzindo a testa. — Isso não é importante agora. Com a sua ajuda, podemos atacar a força rebelde e acabar com ela de uma vez por todas. Presumo que o príncipe em Gwaren é realmente Maric? Não algum farsante?

— É ele — a elfa respondeu.

— Pena. Bem, ele terá que morrer. Felizmente, você pode garantir de que isso será feito corretamente desta vez — Severan parou quando sentiu um zumbido na parte de trás de sua cabeça. Sem saber o que era, aumentou a aura de proteção mágica ao seu redor e observou Katriel com mais cuidado. O que ela estava fazendo?

A elfa parecia não ter notado seu desconforto, apenas balançando a cabeça enquanto deslizava na direção dele, contornando sua mesa. — Não — ela murmurou. — Eu não vou fazer isso.

— Entendo — disse ele sem elevar o tom, ignorando o zumbido. — E o que acontece com o nosso contrato? Fui levado a crer que bardos colocavam suas honras acima de tudo.

Katriel parou de andar. — Vamos assumir por um momento que o nosso contrato não foi quebrado no momento em que você mudou os planos em Monte Oeste — ela cruzou os braços, franzindo a testa. — Devo lembrar que meu contrato era entregar o Príncipe Maric para você, vivo. Nada mais, nada menos — seus olhos verdes brilharam perigosamente na direção dele.

Severan a examinou com suspeita. O zumbido em sua cabeça piorou, e uma dormência se espalhou até seu crânio. Ele a ignorou.

— Você traria o príncipe até mim, como nós concordamos, se eu lhe pedisse para fazer isso agora?

Ela balançou a cabeça. — Não. Eu não faria isso.

— Entendo — ele levantou a mão novamente, e a bola de fogo reformada. Era mais brilhante agora, estalando em pequenas faíscas azuis nas bordas. Seus olhos perfuraram os dela, desafiando-a a tentar atacá-lo com os punhais que certamente carregava. — Então nós vamos ter um problema, não é?

Katriel não se mexeu. Simplesmente olhou com expectativa para Severan, os braços ainda cruzados. Ele se concentrou, mas o zumbido só piorava. A bola de fogo estalou e então desapareceu. Teria engasgado de choque, mas o entorpecimento se espalhou para o rosto. Só conseguia abrir a boca e, em seguida, fechá-la novamente.

A sala começou a girar, e ele estendeu a mão para agarrar um poste da cama de madeira para se firmar. Ele sentiu a força de suas pernas desaparecerem.

Katriel fez um gesto em direção à porta. — Um veneno de contato, revestindo a maçaneta da porta — enquanto caminhava lentamente na direção de Severan, ele deslizou pelo poste da cama até cair no chão. Qualquer tentativa sua de gritar gerava apenas uma chiado doloroso em sua garganta, que se contraia agora a ponto de dificultar sua respiração.

A elfa estava em cima dele, olhando para baixo com tristeza em seus olhos verdes. Ela não parecia estar gostando do que estava fazendo — não que isso o deixasse mais aliviado. Seu coração pulou loucamente em seu peito, enquanto sua mente gritava para sair dali, para encontrar alguma maneira de escapar da paralisia.

— Não tenho a intenção de matá-lo — ela disse calmamente. — Eu deveria fazer isso, mas você está certo em pelo menos um ponto. Minha honra me proíbe de assassinar um contratante — ela agachou-se sobre ele, distraidamente ajustando o manto do mago com um das mãos.

Severan tentou alcançar seu cajado, apoiado ao lado da cama, não muito longe de sua mão. Seus dedos flexionados, o esforço fazendo seu rosto ficar vermelho e suado. Não conseguia mover o braço. Katriel observou seu esforço passivamente. — Pense nisso, mago: se eu o matasse agora, teria sido o seu orgulho e a sua ruína. Se meu tempo como barda me ensinou alguma coisa, é que homens com poder são fracos. Quanto mais poder acreditam ter, mais vulneráveis são.

Ele olhou para ela, querendo lançar insultos furiosos em sua direção, querendo partir seu pescoço delicado, mas não podia fazer nada além de sibilar e babar. Seus olhos endureceram quando ela o fitou. — Eu não sou sua serva, mago — ela disse com frieza. — Eu não sou serva ninguém. É isso o que eu vim aqui para lhe dizer.

Katriel se levantou e foi em direção à porta, e ele continuou imobilizado, lutando debilmente contra o veneno em seu sangue. Ela abriu a porta e fez uma pausa, olhando para ele.

— Se você for realmente sábio, vai abandonar seus planos e voltar para onde veio. Se você continuar aqui, vai morrer, isso eu lhe garanto — ela olhou para longe, seu rosto suavizando por um breve momento, antes que ela pudesse ignorar o que quer que estivesse sentindo. — Considere este aviso como uma cortesia.

E então ela se foi.

Severan estava deitado sobre as pedras frias do seu chão de quarto, tentando, com sucesso crescente, alcançar seu cajado. Ele supôs que deveria estar feliz por estar vivo. Afinal, havia sido tolo em baixar a sua guarda desse jeito. Enquanto as gotas de suor escorriam por seu testa, no entanto, tudo o que passava por sua cabeça eram pensamentos de vingança.

Por esta indignidade, ela vai sofrer. E o príncipe rebelde. E todo o resto.

Ah, eles vão sofrer.

17

LOGHAIN ASSISTIU MARIC em silêncio, do outro lado do escritório.

Eles estavam todos exaustos depois dos dias de batalha, finalmente resultando em Gwaren sendo defendida com sucesso do ataque do usurpador. Mesmo assim, Maric estava debruçado em sua mesa, escrevendo cartas e mais cartas. Quantas ele tinha escrito até agora, Loghain só podia imaginar, mas três cavaleiros já haviam sido enviados para o oeste, levando a palavra do príncipe para o bannorn e outras partes do país.

Loghain estava bem certo de que as notícias sobre o retorno de Maric iriam se espalhar mais rápido do que qualquer cavalo conseguiria correr, mas Maric estava determinado a fazer um apelo pessoal à nobreza de Ferelden enquanto ainda havia tempo de capitalizar com sua vitória. Ela tinha sido conquistada com muito custo. O número de mortos dentro de Gwaren era impressionante. Os orlesianos tinham sido brutais em seus esforços para lidar com o motim, tanto que Maric se sentiu compelido a contra-atacar com seu exército — mesmo estando praticamente sem condições de lutar depois que bateu em retirada da cidade.

Maric se sentia responsável por essas vidas perdidas. Loghain podia ver isso. Ele olhava para as ruas cheias de homens e mulheres mortas que haviam lutado contra cavaleiros montados só porque acreditavam no príncipe, e Loghain sabia que uma parte da alma de Maric havia se partido ao ver aquela cena.

A situação era desesperadora quando eles investiram contra os *chevaliers* em Gwaren, apenas alguns dias depois de terem sido derrotados por eles, e precisaram contar com a sorte para vencer a nova batalha. Os homens do usurpador não haviam considerado a possibilidade de que poderiam dar meia-volta, e a atenção deles estava inteiramente voltada para o abate da população ingrata. Maric estava repleto de uma fúria justiceira, e quando o inimigo finalmente começou a fugir, Loghain teve que impedi-lo de ordenar que suas tropas os perseguissem. A força rebelde havia sido dizimada, e não estava em condições de ir para qualquer lugar. Foi preciso tanto Loghain quanto Rowan para convencer Maric disso. Precisavam se recuperar, e tinham muitos mortos para queimar.

E era isso que vinham fazendo há dias. Queimando os mortos. O céu estava cheio de fumaça negra que parecia nunca ir embora. Apenas a Legião dos Mortos não participou nos ritos. Eles estavam tristes por causa de suas grandes perdas, mas também pareciam satisfeitos em saber que seus homens haviam morrido em uma batalha gloriosa. Nalthur apertou a mão de Maric antes dos anões restantes retornarem com seus mortos para as Estradas Profundas, prometendo voltar em breve. Loghain esperava que eles não morressem nas mãos de crias das trevas depois de tudo o que fizeram por eles. Um pensamento preocupante, lembrar que tais criaturas existiam sob seus pés, esquecidas por tantas gerações.

Maric insistiu em caminhar pelas ruas do que restava de Gwaren, observando as piras funerárias e juntando-se às orações entonadas pelas poucas sacerdotisas do Coro que permaneceram por lá. Mas os olhos do povo estavam com ele onde quer que fosse.

A maneira como observavam cada movimento do príncipe, sussurrando pelas suas costas, a maneira como se curvavam sempre que o viam e se recusavam a levantar, mesmo quando ele pedia... esse culto o perturbava.

Retornou dos mortos, eles sussurravam. *Enviado pelo Criador para finalmente libertá-los do domínio orlesiano.* Apesar do fato de que a missão de Maric não havia mudado, de repente, ela parecia real para todos. De repente, aquela guerra parecia valer a pena, e sua derrota em Monte Oeste foi rapidamente esquecida. E Maric morreria para garantir que suas esperanças não fossem em vão.

Já havia notícias chegando sobre supostos levantes e motins de populações inteiras por toda Ferelden, e sobre como o usurpador as estava reprimindo pesadamente. O palácio em Denerim, diziam, estava decorado com tantas cabeças que eles não tinham espaço suficiente para manter todas. Mesmo assim, a paciência do povo parecia estar no fim. As fileiras do exército de Maric aumentaram consideravelmente quando os sobreviventes mais aptos de Gwaren correram para se juntar aos rebeldes, e Loghain assumiu que isso iria continuar acontecendo quando partissem para o oeste. O campeão de Ferelden tinha enfrentado a própria morte para vir em auxílio de seu povo. Assim, apesar de sua posição precária, Maric escrevia cartas em uma tentativa de atiçar as chamas da revolução com suas palavras inflamadas.

Talvez ele conseguisse.

Loghain caminhava silenciosamente do outro lado da sala, considerando o fato de que havia soldados dormindo nos corredores. Restavam-lhes pouquíssimas tendas, e nenhum deles tinha energia o bastante para erguê-las. A maioria de seus homens desabaram de exaustão onde quer que estivessem, tentando garantir ao menos algumas merecidas horas de sono. A maioria ainda estava com fome. O amanhã só traria mais do mesmo.

— Maric, precisamos conversar — disse gravemente.

Maric olhou para ele, interrompendo a redação de uma carta, com os olhos vermelhos e turvos de fadiga. Havia um olhar neles que desagradava Loghain, uma energia nervosa que Maric possuía desde que emergiram das Estradas Profundas e descobriram o quão pouco de suas forças havia conseguido voltar para Gwaren.

A chuva continuava a cair lá fora, com relâmpagos ocasionalmente riscando o céu noturno. Era um temporal de boas-vindas, removendo boa parte da fumaça que impregnava o ar da cidade. Exceto pela única vela sobre a mesa, Maric não tinha luz para escrever. Encontrar uma lanterna adequada estava difícil, já que os *chevaliers* saquearam a mansão e levaram quase tudo o que havia de valor por lá. Maric, naturalmente, se dispôs a trabalhar sem uma. Ele deveria ter se retirado para seus aposentos há muito tempo, e Loghain se perguntou se talvez não devesse exigir que Maric descansasse um pouco.

Mas essa discussão não podia mais esperar.

— Conversar? — perguntou Maric, piscando os olhos e confuso.

Loghain sentou-se na borda da mesa, cruzando os braços enquanto pensava nas suas próximas palavras. — Sobre Katriel.

Maric bufou, acenando com a mão, frustrado. — De novo? — ele pegou sua pena para retornar ao trabalho de redigir cartas. — Eu pensei que nós tínhamos resolvido isso nas Estradas Profundas. Eu não quero discutir mais nada.

Loghain afastou o pergaminho para longe de Maric. Em resposta, Maric olhou para ele com irritação. — Nós vamos conversar — afirmou Loghain sem elevar o tom de sua voz.

— É o que parece.

— Maric, o que você está fazendo?

Agora, a outra sobrancelha se juntou a primeira e Maric pareceu surpreso. — O que estou fazendo em relação a quê?

Loghain suspirou profundamente, e esfregou a testa. — Você a ama. Eu entendo isso, melhor do que imagina. Mas por que?

Como é que essa mulher, que apareceu do nada, pode tê-lo na palma da mão?

Maric parecia vagamente ofendido. — É tão errado eu ter me apaixonado?

— Você pretende torná-la sua Rainha?

— Talvez — Maric desviou o olhar, evitando os olhos inquisitivos de Loghain. — O que importa, de qualquer forma? Quem sabe se um dia eu vou sentar no trono? Será que sempre temos que pensar no futuro?

Loghain bufou, e olhou intensamente para Maric até que ele relutantemente devolvesse o olhar. O fato de que mal conseguia encarar Loghain dizia muito. — Arl Rendorn está morto — as palavras saíram com relutância, mas Loghain as disse de qualquer maneira. — Rowan não tem nenhuma razão para manter o noivado. Você realmente vai deixá-la escapar?

Maric olhou para baixo. — Ela já escapou — disse gravemente. — Você acha que eu não sei? — as palavras pairaram entre eles até que Maric olhou para cima, e seus olhos se encontraram. *É claro que ele sabia*, Loghain pensou amargamente. Como não saberia?

Loghain colocou a mão no ombro de Maric. — Vá atrás dela, Maric.

Maric se levantou com raiva de sua cadeira, fazendo-a deslizar para trás, e se afastou de Loghain. Quando olhou para trás, seu rosto estava frustrado e cheio de desprezo. — Como você pode me pedir isso? — perguntou ele. — Como você ousa me pedir isso?

— Ela é a sua rainha — Loghain declarou com firmeza. — Eu sempre soube disso.

— Minha rainha — ele disse as palavras com escárnio. — Há quanto tempo que isso foi decidido por nós? Eu não acho que ela queria ser minha rainha pra começo de conversa.

— Ela ainda o ama.

Maric se afastou novamente, angustiado e balançando a cabeça.

Ele virou-se na direção de Loghain e começou a dizer algo, mas depois pensou melhor e manteve-se calado — mas não antes de lançar para Loghain um olhar acusador. Um silêncio constrangedor os envolveu, nenhum deles sabendo muito bem o que dizer em seguida. Relâmpagos rasgaram mais uma vez o céu noturno.

— Você quer saber por que eu amo Katriel? — Maric falou subitamente, o tom furioso. — Ela me vê como um homem. Aquela criatura linda, uma elfa, olha para mim e não vê o filho da Rainha Rebelde. Ela não me vê como o frágil e mimado Príncipe Maric, ou como o menino que não consegue manter-se no lombo de um cavalo ou segurar uma espada direito.

— Você não é mais nenhuma dessas coisas, Maric...

— Quando fui resgatá-la, ela não tinha dúvidas de que eu poderia salvá-la. Quando veio até minha tenda naquela noite, ela queria a mim. A mim! — ele estendeu as mãos para Loghain como se suplicando por sua compreensão. — Ninguém... ninguém nunca me olhou assim. Certamente não Rowan — ele pareceu sofrer ao pensar na amiga, seus olhos despencando para o chão. — Eu... eu sei que ela me ama. Mas quando ela olha para mim, ela vê Maric. Ela vê o menino com quem cresceu. Quando Katriel me olha, ela vê um homem. Ela vê um rei.

Loghain franziu a testa. — Um monte de gente vê o mesmo que ela. Um monte de mulheres, também — ele bufou. — Você sabe da maneira como olham para você, Maric. Você não pode ser tão parvo assim.

— Katriel é especial. Você já viu alguém como ela? Ela nos salvou, nos guiou pelas Estradas Profundas, lutou ao nosso lado — Maric pinçou a ponte de seu nariz em frustração, balançando a cabeça. — Porque você não vê isso? Eu não sei se ela vai ser minha rainha, mas isso seria tão errado assim?

— Ela é uma elfa. Você acha que seu povo aceitaria uma rainha élfica?

— Talvez eles tenham que aceitar.

— Maric, vamos falar sério.

— Eu estou falando sério! — Maric começou a andar em círculos, sua ira crescendo. — Por que todo mundo está tão determinado a me dizer quais decisões eu devo tomar? Como é que eu vou ser um rei, se não tomar as minhas próprias decisões?

— Você acha que esta é a decisão que um rei faria?

— Por que não? — Maric bradou. — De repente, você é especialista em assuntos da realeza? — ele imediatamente se arrependeu de suas palavras, levantando as mãos. — Espere, eu não quis...

— Você vai precisar tomar algumas decisões difíceis, Maric — Loghain o interrompeu, seus olhos azuis mais gelados que nunca. — Decisões que você está postergando. Você tem um inimigo a derrotar, e apesar de eu não saber muito sobre assuntos da realeza, sei o que é preciso para vencer uma luta. A questão é: você quer vencer ou não?

Maric não disse nada, olhando para Loghain incrédulo.

Loghain balançou a cabeça lentamente. — Entendo — parte dele não queria continuar. Sentiu seu coração apertar, e se perguntou como que ele havia chegado a aquele ponto. Alguns anos atrás, se contentava em deixar seu pai guiar os fora da lei. Suas próprias decisões não afetavam ninguém além de si mesmo, e preferia que fosse assim. Então Maric o trouxe para este mundo, e para o exército rebelde. Agora, com Arl Rendorn morto, não havia mais ninguém para tomar as decisões; os rebeldes iriam viver ou morrer com base no que Loghain fizesse. Se não tomasse as decisões corretas agora, os orlesianos venceriam. O usurpador venceria.

— Então, há algo que você precisa saber — disse ele relutantemente.

— Não sobre Katriel, espero.

— Eu mandei alguns de meus homens segui-la — Loghain levantou-se da mesa e caminhou para o outro lado da sala. Sentia-se desconfortável. — Ela não foi para Amarantina, Maric. Ela foi para o norte. Para Denerim.

Os olhos de Maric se estreitaram. — Você a seguiu?.

— Não sem pesar. Maric, ela foi para o castelo.

Levou um momento para que a mensagem de Loghain começasse a fazer sentido na mente de Maric. Ele podia ver as conexões que o amigo estava fazendo, mesmo quando Maric balançou a cabeça em negação. — Não, não pode ser verdade — protestou ele. — O que você está dizendo?

— Pense nisso, Maric — Loghain insistiu. — Quem poderia ter nos destruído tão completamente em Monte Oeste? Depois de todos os esforços que fizemos para impedir que os nobres mantidos aqui contassem sobre nossos planos, quem poderia ter preparado uma armadilha tão eficiente? Quem tinha a sua confiança irrestrita?

— Mas...

— Por que Arl Byron nunca mencionou uma espiã tão habilidosa? Ele nos disse sobre todos os outros, Maric, e então eles convenientemente morreram, assim como todos em seu comando. Qualquer um que poderia confirmar quem ela era.

Maric levantou a mão, indignado. — Pelo Criador, Loghain! Nós já passamos por isso. Katriel salvou nossas vidas. Se ela quisesse me matar, você não acha que ela poderia ter feito isso?

— Talvez essa não fosse sua missão, Maric — Loghain andou em direção a Maric, mantendo-se firme e impassível. — Talvez a missão dela fosse apenas de ganhar a sua confiança. O que ela fez muito bem. E agora ela foi para Denerim, ao palácio real. Por quê? Por que você acha que ela faria isso?

A pergunta pairava no ar. Maric cambaleou para longe de Loghain, parecendo angustiado e enojado. Mais relâmpagos, seguidos por estrondosos trovões.

— Você não sabe — Maric protestou. Ele estava desesperado. — Ela pode ter um motivo, ela podia... Ele não é o que você pensa.

— Então pergunte a ela — disse Loghain. — Ela está a caminho daqui agora mesmo.

Maric olhou para ele, e seus olhos se estreitaram. Os relâmpagos caíram novamente, iluminando o rosto de Maric e deixando claro seu sofrimento. — A caminho — repetiu. — Então é por isso que você...

— Eu preciso saber. E você também.

Maric balançou a cabeça em descrença. Parecia estar prestes a vomitar. — Eu... o que eu devo fazer? Eu não posso simplesmente...

— Você é um rei — Loghain disse com firmeza. — Você terá que tomar uma decisão.

Os dois ficaram parados ali, cercados por um silêncio desconfortável. Maric inclinou-se contra uma parede, apoiando-se nos joelhos como se fosse passar mal. Loghain olhou para ele do outro lado da sala, mantendo-se frio e lembrando constantemente para si mesmo que aquilo era absolutamente necessário.

A vela sobre a mesa ameaçava apagar enquanto o som da chuva aumentava do lado de fora. Os ventos sopravam do oceano, e traziam uma tempestade congelante que castigaria toda a costa antes do amanhecer. As estações estavam mudando. Até o final do mês, haveria neve novamente. Ou os rebeldes agiam antes do inverno se estabelecer, ou não seriam capazes de fazer nada até a primavera.

E assim eles esperaram.

Não demorou muito tempo. A porta do escritório se abriu, e Katriel entrou depois de contornar cuidadosamente alguns soldados que roncavam no corredor escuro. Ela estava vestindo couros de viagem e encharcada da chuva, seus cachos loiros grudados contra a sua pele pálida. Sua longa capa pingava no chão.

Katriel parou, imediatamente percebendo que algo estava errado. A tensão na sala era palpável. Seus olhos verdes foram de Loghain, que a observava com seriedade, para Maric, aparentemente pálido e doente. Ela entrou e fechou a porta atrás dela, sua expressão deliberadamente neutra.

— Meu príncipe, você está bem? — perguntou ela. — Eu imaginei que... — ela olhou para Loghain com desconfiança. —... você estaria dormindo. É muito tarde.

Loghain não disse nada. Maric caminhou para ela, um misto confuso de emoções em seu rosto. Ele estava se sentindo torturado por ter que decidir em quem confiar, mesmo Loghain conseguia notar isso. Maric segurou Katriel pelos ombros e olhou nos seus olhos. Ela parecia passiva, quase resignada, e não recuou.

— Você foi para Denerim — ele afirmou. Não era uma pergunta. Ela não desviou o olhar. — Então você sabe.

— Sei o quê?

Dor preencheu o rosto da elfa. Ou seria vergonha? Lágrimas escorriam pelo rosto molhado de Katriel, e teria se afastado, se Maric não estivesse a segurando. Ela cedeu como se a força tivesse sido drenada de seu corpo, mas ainda assim não desviou os olhos verdes do olhar feroz de Maric. — Eu tentei lhe contar, meu príncipe — ela sussurrou, sua voz cheia de dor. — Tentei lhe dizer que eu não era quem você pensava que eu era, mas você não quis ouvir...

A boca de Maric se afinou quando ele contraiu a mandíbula, e as mãos que seguravam os pequenos ombros de Katriel apertaram com mais força. Havia fúria em seus olhos. — Estou ouvindo agora — disse ele, cada palavra enunciada com cuidado.

Os olhos dela já estavam vermelhos de chorar. Eles diziam: Não me faça fazer isso, Maric. Não precisa ser assim. E ele os ignorou, respondendo com suas próprias lágrimas. Loghain observava tudo sem interferir.

— Eu sou uma barda — ela disse com relutância. — Uma espiã. De Orlais. — Quando Maric não respondeu, ela continuou. — Fui trazida aqui por Severan, mago do rei, para encontrá-lo e trazê-lo até ele, mas...

— E o que de aconteceu em Monte Oeste? — questionou Maric, quase baixo demais para ser ouvido.

Katriel se encolheu, chorando enquanto ele se elevava sobre ela. Mas em nenhum momento ela desviou o olhar. — Fui eu — ela assentiu com a cabeça.

Maric a soltou. Ele largou dos ombros dela cautelosamente e se afastou, um horror doentio cravado em seu rosto. Era verdade. Tudo era verdade. Maric deu as costas e olhou para Loghain, contorcendo-se em agonia, lágrimas escorrendo livremente pelo seu rosto.

— Você estava certo — Maric murmurou. — Eu fui um idiota.

— Eu sinto muito — Loghain disse. Suas palavras eram dolorosamente sinceras.

— Não, você não sente — Maric murmurou. Não havia veneno em suas palavras, apenas indiferença. Ele se afastou de Loghain e foi na direção da porta, seu olhar recaindo sobre Katriel novamente. Ela estava ali, vulnerável e tremendo, chorando enquanto percebia o olhar mudar de horror para desgosto, e depois para uma fúria gelada.

— Saia — ele cuspiu no chão.

Ela se encolheu com suas palavras, mas não se moveu. Seus olhos estavam ocos e sem esperança.

— Saia — ele rosnou, com mais força. Lentamente Maric sacou a espada longa de osso de dragão de sua bainha, as runas brilhantes sobrepujando a luz fraca da vela e enchendo a sala inteira com uma tonalidade gelada de azul. Ele segurou a espada diante dele, em evidente tom de ameaça. Todo o seu corpo tremia com uma raiva fervente.

Ignorando a espada entre eles, olhos angustiados fixos unicamente em Maric, Katriel começou a caminhar lentamente na direção a ele. — Você disse que não se importava com quem eu era antes, ou o que eu tinha feito.

Maric gelou, seus olhos se estreitando enquanto se afastava dela.
— Eu confiei em você, eu... acreditei em você. Eu estava disposto a jogar tudo fora — sua voz se partiu, e ele teve que engolir uma onda de soluços angustiados. — E para quê?

Katriel balançou a cabeça e continuou a andar na direção dele.

— Se você não acredita em mais nada mais, meu príncipe — ela sussurrou —, precisa acreditar que eu te amo.

— Preciso? — ele levantou a espada bruscamente para barrar o caminho da elfa. — Você ousa — ele travou sua mandíbula com firmeza, recusando-se a recuar mais um passo.

Ela deu um passo para frente novamente, com os olhos solenemente fixos nele. Soltando um grito de raiva cega, Maric correu para Katriel com sua espada erguida. As runas pulsavam quando ele parou na frente dela, espada suspensa sobre sua cabeça. Ela não vacilou, não recuou, não tentou impedir o golpe. Simplesmente olhou para ele, lágrimas escorrendo pelo rosto. Ele afastou a lâmina devagar, deixando-a despencar para o lado. A mão que segurava a arma estava trêmula e vacilante.

Ele não suportava olhar para ela, mas não conseguia desviar o olhar.

Katriel fechou a última distância entre eles para tocar suavemente no rosto de Maric. Ela não disse nada. Todo o corpo de Maric começou a tremer violentamente. Com um grito de angústia e raiva, ele ergueu a mão e a atravessou. Sua espada mal fez um som ao perfurar seus couros e, em seguida, sua carne. Katriel engasgou, apertando os ombros de Maric quando ele a abraçou, sangue jorrando pelo punho da espada e pela mão que a segurava.

Maric olhou para ela, sua expressão de ódio se desfazendo em descrença e horror. O tempo ficou suspenso ao redor deles, até que Maric começou a tremer e respirar pesadamente quando percebeu o que havia feito.

Katriel engasgou novamente, e desta vez o sangue brilhante correu para fora de sua boca, escorrendo pelo queixo. Ela olhou para Maric com os olhos arregalados, as lágrimas fluindo livremente, e lentamente desabou conforme perdia as forças para se manter em pé. Maric a segurou firmemente, ainda sem soltar sua espada.

Ele olhou para Loghain. — Me ajude! Temos que salvá-la!

Loghain, no entanto, permaneceu onde estava. Sua expressão era sombria enquanto observava Maric e Katriel deslizando até o chão. Ele não fez nenhum movimento para aproximar-se deles. A expressão de horror de Maric cresceu ainda mais quando percebeu que Katriel já estava morta, seus olhos sem vida ainda olhando para os dele.

Seu corpo todo tremia. Convulsivamente, soltou a espada longa e rastejou para longe dela no chão. O sangue já estava formando uma poça, e ela estava dobrada para frente como uma marionete abandonada. Conforme seu corpo pendia para o lado e cobria as runas brilhantes da espada, o quarto afundou na escuridão.

Maric sacudiu a cabeça. Ergueu as mãos e viu que eles estavam cobertas de sangue. Olhou para as mãos como se não conseguisse compreender o que tinha feito.

A porta tremeu quando alguém do outro lado começou a esmurrá-la. Várias vozes podiam ser ouvidas do lado de fora, inclusive a voz abafada de um soldado perguntando se tudo estava bem.

— Está tudo bem! — Loghain gritou. Sem esperar por uma resposta, cruzou o chão até onde Maric havia se sentado. Ele colocou uma mão no ombro de Maric, que olhou para ele com olhos turvos.

— Pare — disse ele. Seu tom de voz era firme. — Ela traiu você, Maric. Ela traiu a todos nós. Isso é justiça.

— Justiça — Maric repetiu sem entender o significado da palavra.

Loghain assentiu tristemente. — Justiça que um rei deve distribuir, quer isso lhe agrade ou não — Maric desviou o olhar, mas Loghain sacudiu seu ombro rudemente. — Maric! Pense no que ainda há de vir. Quanta justiça você terá que exercer quando se sentar no trono? Os orlesianos espalharam suas influências por todo o país, e você vai precisar expurgá-los!

Maric parecia atordoado, catatônico. Ele balançava a cabeça lentamente. — Você e Rowan me disseram o que ela era, e me recusei a ouvir. Eu não deveria ser rei. Eu sou um tolo.

Loghain estapeou Maric no rosto, com força...

O som do golpe ecoou no ar, e Maric encarou Loghain chocado. Loghain agachou-se, colocando seu rosto perto do de Maric. Seus olhos queimavam com uma intensidade sem igual. — Havia um homem — ele sussurrou com amargura —, um comandante entre os orlesianos que saquearam a fazenda de minha família. Ele disse aos seus homens para levarem o que quisessem, e depois riu de nossa raiva. Ele achou divertido.

Maric parecia prestes a falar, mas Loghain levantou uma mão. — Ele disse que nós precisávamos aprender uma lição. Nos segurou lá, eu e meu pai, e nos fizeram assistir enquanto estuprava minha mãe — ele estremeceu. — Os gritos dela... estão marcados em minha memória com ferro quente. Meu pai se enfureceu como um animal, estrebuchando e berrando, e eles o tiraram de lá para espancá-lo. Mas eu vi tudo.

A voz de Loghain tornou-se rouca e ele engoliu em seco. — O comandante a matou quando terminou. Cortou sua garganta e, logo depois, me disse que a próxima vez que deixássemos de pagar os impostos, todos nós morreríamos como ela. Quando meu pai acordou, chorou sobre o corpo dela, mas foi pior quando me viu lá, em pé. Ele saiu e foi embora por três dias. Eu não soube até ele retornar que ele tinha seguido os orlesianos e matado o comandante enquanto ele dormia. Foi por isso que tivemos de fugir — Loghain suspirou.

Ele fechou os olhos por um longo momento e Maric simplesmente olhou para ele em silêncio. — Meu pai era um assassino procurado. Acho que havia falhado com ela, falhado comigo, mas nem por um momento eu pensei que o que ele fez com aquele bastardo não era justiça — Loghain apontou para o cadáver caído de Katriel. — Diga-me, Maric, que sua traição não merecia terminar desse jeito.

— Você queria isso — Maric percebeu, sua voz calma.

Loghain olhou-o nos olhos, sem arrependimento. — Eu queria que você visse a verdade. Você me disse que queria ganhar a guerra.

É assim que deve ser. A alternativa é ser traído, assim como sua mãe foi.

Maric olhou para ele em tom de censura, mas não disse nada. Esfregou as mãos ensanguentadas no chão, e ainda nervoso, ficou de pé. Loghain se levantou e o observou, mas Maric apenas olhava, impotente, para o corpo de Katriel. O corpo continuava caído onde estava, com uma grande mancha vermelha em suas costas onde a espada a perfurou, e uma piscina escura e viscosa ao redor dela.

Maric parecia enojado. — Eu preciso ficar sozinho.

Maric cambaleou até a porta que dava para seu quarto e entrou sem emitir nenhum som, fechando a porta atrás de si. Loghain o viu indo embora. Lá fora, relâmpagos rasgaram a escuridão.

Rowan estava debruçada contra sua janela, vendo os incessantes relâmpagos.

O tamborilar da chuva contra a pedra aliviava seus nervos, mas não conseguia fazê-la querer dormir. Seus músculos doíam dos dias de marcha e luta, e apesar de suas feridas estarem cicatrizando bem, coçavam sob as bandagens e ameaçavam levá-la à loucura. Ela imaginou que Wilhelm iria querer cuidar de seus ferimentos pessoalmente, em algum momento, mas quase preferia que não. Algumas cicatrizes são merecidas.

Quando bateram a sua porta, ela não respondeu de primeiro. O vento frio soprou através da janela aberta e puxou a camisola, e os relâmpagos brilharam novamente. Ela sentiu o estrondo de um trovão que se seguiu em seu peito, e por apenas um momento que encheu o vazio. Sentiu-se bem. Ele parecia certo.

A porta se abriu, hesitante no início, e então ele entrou. Não precisava perguntar quem era. Respirando fundo, ela se virou e viu Loghain fechando a porta atrás dele. Sua expressão sombria dizia tudo.

— Você contou a ele — disse ela.

Ele assentiu. — Contei.

— E? O que ele disse? O que ela disse?

Loghain parecia incerto, pausando por um momento para escolher as palavras com cuidado. Ela não gostou muito disso e arqueou uma sobrancelha para ele. Antes que pudesse protestar, no entanto, Loghain falou: — Katriel está morta.

— O quê? — os olhos de Rowan se arregalaram em choque. — Ela não voltou? Foi o usurpador?

— Maric a matou.

Rowan travou, atordoada. Olhou para Loghain e ele olhou para ela, seus gelados olhos azuis inabaláveis. Certas coisas começaram a se encaixar, e seu coração gelou. — Você contou tudo para Maric, não contou? — quando ele não respondeu, ela marchou em sua direção, furiosa. — Você disse a ele que Severan colocou uma recompensa pela cabeça dela, que ela provavelmente era leal, afinal?

— Isso não muda nada — ele disse com firmeza.

Ela balançou a cabeça em descrença. Loghain era puro gelo agora, encarando-a como um homem que ela nem conhecia. Tentou imaginar o que deve ter acontecido, o que Maric fez. Ela não conseguia imaginar isso. — Loghain — ela mal conseguia articular as palavras, — e se ela realmente o amava? Todo esse tempo nós achamos que ela estava apenas usando ele, achamos que ela poderia machucá-lo. E se estivéssemos errados?

— Nós não estávamos errados — O olhar de Loghain era intenso e um tanto teimoso. — Ela o machucou. Nós achamos que ela era uma espiã, e estávamos certos. Nós achamos que ela havia sido responsável por Monte Oeste, e estávamos certos.

Rowan deu um passo para trás, horrorizada. — Ela salvou a vida dele! Salvou nossas vidas! Maric a amava! Como você pôde fazer isso com ele? — então ela se lembrou do papel que havia exercido nessa conspiração. Foram seus batedores que notaram

Katriel se esgueirando para longe. Ela tinha conspirado com Loghain para segui-la, tinha escondido informações de Maric para provar que suas suspeitas estavam corretas. E estavam. Mas Katriel havia a surpreendido, também. Mesmo assim, havia deixado Loghain confrontar Maric sozinho. Apesar de tudo o que havia acontecido, o pensamento de que Maric poderia perdoá-la, de que Maric poderia escolhê-la...

— Como eu poderia fazer isso com ele? — ela exalou, enojada.

Loghain caminhou em direção a ela e agarrou-a pelos ombros, seus dedos cavando fundo em sua pele. — Está feito — ele retrucou. Ele olhou para ela, seu rosto duro como aço, e por um momento, ela se lembrou daquele momento em Monte Oeste. Ela havia corrido até Loghain para que ele tomasse a decisão que ela não podia tomar sozinha. E ele a tomou. Abandonaram seus homens e correram para fazer o que achavam que era preciso ser feito.

— Rowan — ele começou, sua voz cheia de uma angústia que expulsou rapidamente. — Está feito, e pode continuar de duas maneiras agora — afirmou. — Ou Maric se afoga em auto piedade e não é útil para ninguém, ou percebe que ser um rei e ser um homem nem sempre é a mesma coisa.

— E por que você veio a mim, então? Está feito, como você disse.

— Eu não consigo mais ajudá-lo a partir de agora — disse calmamente.

Levou um momento para ela perceber que ele estava sugerindo. — Mas eu posso — ela terminou a frase por ele. Ela afastou-se de Loghain, estreitando os olhos e ele a deixou ir.

— Você ainda é a sua Rainha — sua voz não conseguia esconder a dor que sentia ao dizer essas palavras. E tentou com todas as suas forças escondê-la.

Lágrimas surgiram nos olhos de Rowan. Contraindo o rosto, ela cruzou os braços e olhou desafiadoramente na Loghain. — E se eu não quiser ser sua rainha?

— Então seja a Rainha de Ferelden.

Ela odiava aqueles olhos que penetravam todas as suas barreiras implacavelmente. Ela odiava a sua arrogância, que o fazia assumir que sabia o que significava ser um rei e o que significava ser um homem. Ela odiava a sua força, a força naquelas mãos que haviam segurado as suas em meio à completa escuridão do abismo mais profundo em que já esteve.

Acima de tudo, ela odiava o fato de que ele estava certo.

Rowan avançou contra Loghain, batendo os punhos com raiva em seu peito, mas ele agarrou seu pulso. Ela tentou dar um soco com a outra mão e ele a agarrou também. Ela lutou com ele e explodiu em lágrimas furiosas. Ele apenas segurou seus pulsos, estoico e imóvel.

Ela nunca chorava. Odiava chorar. Ela chorou uma vez, quando sua mãe morreu. Ela tinha chorado uma segunda vez quando seus dois irmãos mais novos foram enviados às Planícies Livres para serem mantidos a salvo da guerra. Em ambas as vezes, seu pai apenas assistiu seu choro. Ele ficou tão mortificado por suas lágrimas e tão claramente incapaz de aplacar sua dor, que ela havia jurado nunca mais chorar. Ela seria forte pelo seu pai.

Ela também tinha chorado uma vez nas sombras das Estradas Profundas, lembrou-se. E tinha sido Loghain que havia a consolado. Rowan parou de lutar e apoiou a testa no peito de Loghain, seu corpo torturado pelos soluços. Então, olhou para ele e viu que ele estava chorando também. Eles se aproximaram, prestes a se beijar...

...e ela se afastou. Ele soltou seus punhos com arrependimento, seu olhar procurando algum conforto nos olhos dela, mas ela permaneceu resoluta. Estava feito. Rowan se afastou de Loghain e sentiu o vento frio soprando através da janela semiaberta. Ela esperou por um trovão, mas não veio. De alguma forma, parecia que a tempestade estava lavando tudo. Lavando tudo, para que pudessem começar de novo.

— Ele está esperando por você — disse Loghain atrás dela.

Rowan assentiu. — Sim.

Ela encontrou Maric em seus aposentos, sentado na beira da cama. Nem o quarto nem a cama eram verdadeiramente seus, todos apropriados de seu antigo dono orlesiano. Maric nunca havia se sentido confortável em ocupá-lo. Parecia ainda menos confortável agora, como se encolher-se contra si mesmo pudesse de alguma forma afastá-lo ainda mais de seus arredores.

A janela estava fechada, deixando o ar lá dentro estagnado. Uma lanterna solitária ao lado da cama ameaçava se apagar enquanto consumia seus últimos resquícios de óleo. Maric balançava o corpo e olhava para o vazio, mal reconhecendo Rowan quando ela sentou-se na beira da cama ao seu lado. O silêncio na sala era ensurdecedor.

Demorou um pouco para Maric perceber que ela estava lá. Quando se virou para ela, seus olhos estavam afundados em dor. — É como a bruxa disse que seria —deixou escapar. — Eu pensei que ela estava apenas falando coisas sem sentido, mas....

— Que bruxa? — indagou Rowan, confusa.

Ele mal a ouviu, olhando para as sombras novamente. — Você vai machucar aqueles que mais ama — ele citou — e vai tornar-se o que mais odeia, a fim de salvar o que ama.

Rowan estendeu a mão e acariciou sua bochecha. Ele olhou para ela novamente, sem realmente vê-la. — São apenas palavras, Maric — disse gentilmente.

— Tem mais. Muito mais.

— Não importa. Katriel amava você. Isso não vale de nada?

Ele parecia sofrer. Fechou os olhos, estendendo a mão para segurar a dela, e aquilo parecia lhe trazer certo conforto. Houve um tempo em que ela sonharia com esse momento. Houve um tempo em que ela não queria nada além de passar as mãos pelo seu belo cabelo loiro. Houve um tempo em que ela não gostaria de mais nada além de ser o alvo de seus desejos.

— Não sei se ela me amou — ele murmurou. — Não sei de nada.

— Eu acho que ela amou — ela tirou sua mão debaixo da dele. — Achamos que ela foi para Denerim para cortar laços com Severan, Maric. Seja o que fosse quando nos encontrou pela primeira vez, acho que ela mudou.

Ele digeriu a ideia. — Isso não muda nada — disse finalmente.

— Não, não muda.

Maric olhou profundamente em seus olhos. Estavam tão cheio de dor que ela mal podia suportar. — Ela tentou me dizer — confessou — e eu não ouvi. Eu disse que não me importava com o que ela tinha feito. Mas fui um tolo. Não mereço esse trono.

— Ah, Maric — ela suspirou. — Você é um bom homem. Um homem confiante.

— E olhe para onde isso me levou.

— De fato — ela forçou um sorriso pálido. — Seu povo o adora. Os homens deste exército dariam suas vidas por você. Meu pai te amava. Loghain... — ela parou por um momento e lutou para continuar. — Todos acreditam em você, Maric. E por uma boa razão.

— Você ainda acredita em mim?

— Eu nunca parei de acreditar — disse com absoluta sinceridade. — Nunca. Você chegou tão longe. Sua mãe ficaria tão orgulhosa. Mas nem sempre será possível ser um bom homem, Maric. Seu povo precisa de mais do que isso.

Maric parecia magoado com suas palavras, embora não dissesse nada. Baixou a cabeça, cansado e exausto. — Eu não sei se eu posso dar isso a eles — suspirou, e começou a chorar, seu rosto atormentado pela dor. — Eu matei Katriel. Eu coloquei uma espada em sua barriga. Que tipo de homem faz isso?

Ela envolveu seus braços ao redor dele, acariciando seus cabelos e sussurrando que tudo ficaria bem. Maric gritou em seu peito, soluços desesperados de um homem quebrado. Foi um som que a alarmou e a encheu de tristeza.

A lanterna finalmente desistiu de brilhar, e a sala foi coberta pela escuridão. Ela continuou segurando-o. Depois de um tempo, se acalmou e eles se abraçaram nas sombras. Rowan emprestou-lhe suas forças, o pouco que ela tinha para dar. Ele precisava. Talvez fosse isso que as rainhas faziam. Abraçavam seus reis na escuridão do fundo de seus castelos e lhes permitiram um momento de fraqueza que nunca poderiam mostrar a mais ninguém. Talvez elas oferecessem um pouco de suas forças para os seus reis, porque todos os outros só tomavam isso deles.

Loghain estava certo. Maldito seja.

Na escuridão, Rowan se inclinou e beijou Maric nos lábios. Ele abraçou-a prontamente, ansioso por seu perdão... e ela o perdoou. Ele parecia tão incerto e hesitante, e isso facilitou as coisas. Seu calor e sua gentileza a fizeram chorar, mas ela não podia deixá-lo ver isso. Naquela noite, ela seria forte, por ele. Naquela noite ela abraçou o papel que precisava exercer, e embora não fosse nada parecido com o que ela imaginava que seria, era exatamente o que precisava ser.

18

MARIC ESPEROU TRANQUILAMENTE na capela escura, contemplando a estátua de mármore de Andraste que se elevava acima do braseiro sagrado. As vestes pesavam sobre seus ombros, e ele achou o forro de lã grossa quente demais ao lado da chama do braseiro, mas mesmo assim teve que admitir que gostava deles. Rowan as havia encontrado em algum lugar, prometendo que iria torná-los mais dignos da realeza. Ela cumpriu o que prometeu. O roxo da capa era um toque especial e bastante agradável.

Rowan estava sendo bastante atenciosa com ele desde aquela noite em Gwaren. Estava sempre ao seu lado, sempre pronta para oferecer conselhos ou mesmo apenas um simples sorriso. Essa não era a Rowan que ele conhecia. Era uma estranha, mesmo que útil. Quando olhava em seus olhos, via apenas uma parede. Uma parede que ela ergueu para mantê-lo longe. Ela nunca esteve lá antes, e ele supunha que a culpa dela ter surgido era sua. Um acordo tácito foi forjado, e com ele nasceu uma distância que ele podia sentir, não importa o quão perto eles estivessem.

O exército estava marchando há duas semanas agora, indo para o oeste através do bannorn e espalhando as notícias de seu retorno.

O número de recrutas que estavam recebendo era surpreendente, e aumentava a cada dia que se passava. Havia relatos de violência em todo o país. Fazendeiros deixavam as suas terras. Habitantes das cidades atiravam pedras contra os soldados do usurpador e queimavam bandeiras orlesianas. Ataques a viajantes orlesianos forçaram o usurpador a aumentar a segurança nas estradas. E a cada represália contra o povo, aumentava a determinação de todos.

As execuções eram brutais, Maric ficou sabendo. Não havia um único vilarejo em Ferelden em que fileiras de cabeças cravadas em lanças não estavam expostas como uma demonstração do que significava desafiar o Rei Meghren. Saber que tantos estavam morrendo de maneira tão cruel perturbava e assombrava Maric. Mas, mesmo com tantas represálias e violência, o povo se rebelava. Não aceitavam mais a opressão.

Os banns também estavam se unindo aos rebeldes. Ontem chegaram dois banns, homens de idade que ainda não haviam visitado a sua corte real em Gwaren. Dois dias antes, havia chegado - quem diria! - um orlesiano. Um jovem que tinha caído em desgraça com o Rei Meghren. Ele implorou para manter suas terras caso se juntasse aos rebeldes. Até prometeu casar com uma mulher de Ferelden, oferecendo até mudar o seu nome. A família que fora outrora proprietária de suas terras estava morta, executada pelo usurpador há muito tempo, mas Maric ainda não tinha certeza sobre o que ia fazer com aquela situação.

Tudo estava acontecendo tão rápido. Lembrou-se que, se Monte Oeste lhes havia ensinado alguma coisa, era que tudo o que ele construiu poderia desabar em um piscar de olhos. Ainda assim, aquilo parecia diferente. Pela primeira vez na memória, os rebeldes estavam em vantagem. Isso era inegável.

Do lado de fora, ao longe, um sino começou a tocar.

Em breve seria a hora de eles chegarem, então. As chamas do braseiro banhavam a estátua acima dele com um brilho suave, enquanto o resto da capela estava mergulhada em sombras. A escuridão deixava tudo mais sereno, ele pensou. Andraste olhava para ele gentilmente, suas mãos unidas em oração ao Criador.

Era a sua representação mais comum. Andraste como a profetisa, a noiva do Criador, e a salvadora de todos. Porém, se a estátua fosse mais honesta, Andraste estaria segurando uma espada em suas mãos. O Coro não gostava de lembrar o fato de que sua profetisa havia sido uma grande conquistadora. Suas palavras agitaram as hordas bárbaras e, comandando-os, ela invadiu o mundo civilizado, passando todo o resto de sua vida em campos de batalha. Ela provavelmente não tinha sido tão gentil quanto a expressão da estátua dava a entender.

E ela tinha sido traída, também, não tinha? Maferath, o senhor da guerra bárbaro, ficou com ciúmes de exercer o papel de marido para a esposa do Criador. Quanto mais terras ele conquistava, mais o povo adorava Andraste, e ele desejava glória para si. Então, vendeu sua esposa para o Magistrado, que a queimou na fogueira, e Maferath se tornou sinônimo de traição. Era a história mais antiga de Thedas, aquela que foi celebrada pelo Coro incontáveis vezes.

Maric perguntou se Andraste venceu sua batalha no fim das contas, mesmo que sua vida tenha terminado em uma fogueira. Mas, de certa forma Maric sentia mais como Maferath. O pensamento deixou um gosto amargo na sua boca.

Passos na pedra alertaram Maric ao fato de que eles haviam chegado. Lentamente, virou-se e viu um grupo de homens entrando na capela, um por um. O braseiro brilhante estava atrás dele, o que significava que estes homens, sem dúvidas, viram apenas a sua silhueta... e isso era bom, porque ele não queria que esses homens vissem seu rosto.

Bann Ceorlic foi o primeiro. Ele teve a decência de ao menos demonstrar desconforto e manter os olhos no chão. Maric reconheceu os outros quatro homens que o seguiam. Mesmo que tivesse os visto pela última vez à noite, em uma floresta escura, ele os conhecia muito bem. Eram os homens que tinham traído sua mãe. Eles tinham a seduzido com promessas de aliança e depois a mataram covardemente.

Todos os cinco se apresentaram diante do altar, evitando o olhar de Maric. O altar estava a vários degraus acima deles, e assim Maric parecia pairar sobre aqueles homens. Ótimo. Deixe-os esperar no silêncio. Deixe-os ver Andraste olhando para eles, também, e deixe-os imaginar se ela estava rezando para que fossem perdoados ou oferecendo-lhes os seus últimos ritos.

Uma gota de suor escorreu pela cabeça calva de Ceorlic. Nenhum deles disse uma palavra.

Loghain entrou na capela logo atrás deles, e a porta foi fechada. Ele acenou com a cabeça do outro lado da câmara para Maric, que retribuiu o gesto. A tensão que havia crescido entre eles nos últimos tempos não podia ser notada ali, mas Maric sabia que ela não havia desaparecido completamente. Eles mal se falaram desde que o exército deixou Gwaren, e talvez fosse melhor assim. Maric não sabia o que dizer. Parte dele queria voltar para a amizade fácil e divertida que haviam desfrutado no passado, em vez desse silêncio amargo que agora dominava suas interações. Parte dele sabia que isso não ia acontecer. A maneira Loghain ficava silencioso e pálido sempre que Rowan estava presente, a maneira como Loghain evitava os dois... tudo dizia que aquela noite com Katriel havia mudado algo entre eles. Talvez para sempre.

Que seja. Não havia nada que ele pudesse fazer agora, além de dar continuidade ao plano...

— Senhores — Maric cumprimentou os cinco nobres friamente.

Eles fizeram uma reverência. — Príncipe Maric — Bann Ceorlic disse cordialmente. Seus olhos exploravam as sombras da capela nervosamente. Talvez em busca de guardas? Podia vasculhar o quanto quisesse, pensou Maric, porque não iria encontrar nenhum. — Devo dizer — o homem continuou— que ficamos todos um pouco... surpresos quando recebemos a sua proposta.

— Vocês estão aqui, então devem estar ao menos dispostos a considerá-la.

— É claro que estamos — o bann sorriu solícito. — Não é fácil ver os orlesianos se esbaldando nas riquezas de Ferelden. Nenhum de nós tem prazer em viver sob o reino de um tirano.

Maric bufou. — Mas vocês tiraram um bom proveito dele.

— Nós fizemos o que era necessário para sobreviver — o homem, ao menos, se dignou a abaixar seus olhos enquanto dizia aquilo. O "necessário", afinal de contas, foi matar a mãe de Maric. Ele olhou para o bann, tentando se segurar. Não foi fácil.

Um dos outros nobres, o mais jovem dos cinco presentes, deu um passo adiante. Tinha cabelos pretos encaracolados, um cavanhaque e a pele ligeiramente morena, o que denotava alguma descendência de Rivain. Bann Keir, Maric pensou. Ele não se lembrava do jovem naquela noite, mas tudo o que Maric havia descoberto deixava claro que ele havia estado lá.

— Vossa Alteza — Bann Keir disse educadamente —, você pediu para apoiarmos sua causa, para fornecermos homens que atualmente marcham com o exército do usurpador, em troca de anistia — ele trocou um olhar rápido com Bann Ceorlic e depois sorriu suavemente para Maric, mais uma vez. — Isso é tudo? Nossas forças não são insignificantes, afinal. Pedir-nos para abandonar o lado do usurpador apenas em troca de seu... favor... implica que a sua posição é mais forte do que realmente é.

Ele era carismático, Maric tinha que reconhecer. Bann Ceorlic parecia descontente, e Maric suspeitava que o jovem bann havia assumido as rédeas mais rapidamente do que Ceorlic gostaria, mas os outros homens presentes pareciam concordar com Keir. Eles queriam mais.

— Vocês mataram a Rainha Moira Theirin, a assassinaram a sangue frio — Maric disse as palavras de maneira surpreendentemente fácil. Ele desceu os degraus em direção a eles, pairando sobre o jovem Bann Keir com um olhar que tentava manter neutro. — Isso é o regicídio, um crime imperdoável. Mesmo assim, eu ofereço-lhes o perdão, em troca de cumprirem os deveres que sempre foram seus, e ainda assim vocês pedem por mais?

— O nosso dever — Bann Ceorlic interveio — é apoiar o rei.

— Um rei orlesiano — Maric retrucou.

— Que foi colocado no trono com a aprovação do Criador — Ceorlic gesticulou em direção à estátua de Andraste. — Estamos em uma posição difícil, e a diferença entre um rebelde e nosso futuro governante poder ser realmente pequena.

Maric balançou a cabeça lentamente. Estava entre eles agora. Parou diante de Ceorlic e olhou-o diretamente no rosto. — E foi por isso que você mentiu para a minha mãe e a atraiu, com promessas de uma aliança que nunca iria acontecer? Você precisou fazer isso? Será que o Criador aprovaria essa traição?

Os nobres recuaram hesitantes, Ceorlic entre eles. Ele olhou para Maric, indignado. — Nós fizemos como nosso rei nos ordenou! — Ceorlic e os outros ao seu lado sacaram suas espadas, olhando para Maric e Loghain com medo evidente em seus rostos. Loghain sacou a espada e avançou ameaçadoramente. Maric sacou sua própria espada, e as runas iluminaram toda a capela. Mas ele fez isso com demasiada calma, e estendeu a mão para evitar que Loghain continuasse avançando.

Bann Keir não recuou, no entanto. Cruzou os braços e olhou para Maric e Loghain com desprezo, sem sequer se preocupar em sacar a sua lâmina como os outros. — Não há necessidade de temê-los, meus amigos. O Príncipe Maric precisa de nossas tropas. Precisa muito delas, ou não teria nos chamado até aqui.

Maric virou-se para o jovem. — Preciso? — ele perguntou, seu tom perigoso.

— Você precisa — Keir riu de sua espada, como se ela fosse de brinquedo. — Você acha que teríamos vindo aqui sem dizer a todos no bannorn onde estávamos indo? Convidados à terra sagrada, na condição de trégua? Vocês realmente acham que o nobre Príncipe Maric nos mataria aqui, onde todos saberiam que foi ele? — ele riu novamente. — O que as pessoas iriam pensar?

Maric sorriu friamente. — Elas iriam pensar que a justiça foi feita — disse ele, e dando apenas um passo, ele golpeou com a lâmina de osso de dragão, decapitando Bann Keir facilmente.

Levou um momento para o choque de sua ação se instalar.

Bann Ceorlic e os outros três homens olhavam pra ele, estupefatos, quando Maric virou-se calmamente na direção a eles. A sua espada pingava sangue vermelho vivo, e seus olhos brilhavam com uma intensidade sobrenatural. Loghain lentamente cercou o grupo, cortando-lhes a sua única saída.

— Você está louco! — Ceorlic gritou. — O que está fazendo?

Maric não tirou os olhos do homem. — Não é óbvio?

— Isso... é homicídio! Em uma capela do Criador! — gritou outro Bann.

— Você acha que — Loghain rosnou — o Criador irá descer e protegê-lo? Se assim for, então sugiro que comece a rezar.

Bann Ceorlic levantou a mão lentamente, suor escorrendo pelo rosto. — Você precisa de nossos homens — disse com cuidado, embora Maric pudesse ouvir o tremor em sua voz. — Keir estava certo sobre isso. Você nos mata agora e os nossos filhos vão lutar contra você até seus últimos suspiros! Eles vão dizer a todos sobre esse ato covarde, desonroso!

Maric deu um passo em direção aos homens, e todos saltaram para trás, assustados. Maric sorriu friamente mais uma vez. — Seus filhos vão ter exatamente um dia para denunciar as atrocidades que vocês cometeram para merecerem morrer aqui. Se concordarem, e se juntarem as minhas forças sem protestos, vou lembrar que seus atos covardes foram realizados pelo bem deles — ele levantou a espada longa, apontando a lâmina na direção Ceorlic. — E se eles se recusarem, vou garantir que suas famílias morram e que suas terras sejam oferecidas para homens que entendam o real significado de palavras como covardia e desonra.

A sala estava em silêncio, salvo pelo crepitar do fogo no braseiro santo. A tensão pairava pela capela enquanto os quatro velhos trocavam olhares entre si, suas espadas em punho. Maric podia ler os cálculos que estavam fazendo. Dois para um, eles estavam pensando. Eles não eram tão jovens como os seus adversários, mas eles eram hábeis o suficiente com suas lâminas.

Deixe-os vir.

Com um grito de terror, um dos banns mais velhos disparou em direção à porta da capela. Loghain girou graciosamente em direção a ele e passou uma rasteira no homem, que caiu com força no chão de pedra. Ele engasgou e arregalou os olhos quando viu Loghain acima dele, segurando a espada apontada na direção de seu coração.

Loghain não esboçou emoção alguma enquanto cravava a espada para baixo. A lâmina penetrou com um som molhado, e um único gemido agoniado escapou dos lábios do bann.

Ceorlic correu na direção de Maric, urrando, com a espada erguida para atacá-lo, mas Maric levantou um pé que foi de encontro com o peito do homem, empurrando-o para trás e lançando-o contra a parede. Um segundo homem correu para Maric e golpeou-o com sua lâmina, mas Maric defendeu com facilidade.

Ele se virou e golpeou em um arco amplo contra o atacante. O homem levantou sua espada, mas a lâmina mágica de Maric simplesmente partiu a arma do inimigo em duas. Faíscas voaram e o homem gritou em agonia enquanto a espada rasgava profundamente seu peito. O sangue começou a jorrar da ferida conforme Maric se virava novamente, cortando o abdômen do homem. O bann caiu pesado no chão, apertando o peito enquanto morria.

O terceiro homem investiu contra Loghain, correndo a toda velocidade enquanto gritava em uma mistura de raiva e terror. Loghain franziu a testa aborrecido, rapidamente puxando a lâmina do homem que havia acabado de matar e colocando-a diante dele como se fosse uma lança. O bann que avançava praticamente empalou-se na arma, metade da espada atravessando seu corpo quando ele finalmente parou, tremendo, e o sangue começou a escorrer de sua boca.

Ceorlic assistiu toda a cena recostado na parede, o horror contorcendo suas feições. Seus olhos voavam de Loghain para Maric e de volta, e jogou sua espada no chão. Ela quicou ruidosamente enquanto ele se jogava de joelhos, tremendo de terror.

— Eu me rendo! — gritou. — Por favor! Eu faço qualquer coisa!

Maric caminhou até ele lentamente. O homem se encolheu ante o príncipe, e depois perdeu o pouco de dignidade que lhe restava, esfregando a testa no chão e rastejando até as botas de Maric. — Por favor! Meu... meus exércitos! Vou levantar o dobro dos homens! Eu vou dizer... que os outros atacaram você!

— Pegue sua espada — Maric disse. Ele olhou para Loghain, que só assentiu friamente enquanto empurrava o homem morto para fora de sua lâmina.

Bann Ceorlic pôs-se de joelhos, olhando para Maric e colocando as mãos juntas em oração. — Pelo amor do Criador! — gritou, com lágrimas escorrendo pelo rosto. — Não faça isso! Vou dar-lhe o que quiser!

Maric se abaixou e agarrou o homem pela orelha. Ele sentiu sua fúria borbulhar, se lembrando como esse homem tinha matado sua mãe, como ele tinha corrido pela floresta enquanto seus homens o perseguiram. A traição deste homem tinha começado tudo, e Maric ia acabar com ela.

— O que eu quero de volta, você não pode me dar — ele disse, tremendo de raiva enquanto empurrava a espada longa através do coração de Ceorlic.

Os olhos do homem se arregalaram com o choque. O sangue escorria da sua boca, e olhou sem compreender para Maric enquanto engasgava com o líquido. Cada suspiro se tornou mais fraco, e Maric lentamente o colocou no chão. Quando deu seu último suspiro, Maric rangeu os dentes e puxou ruidosamente a lâmina do peito de Ceorlic.

As sombras aumentaram pela capela enquanto Maric pairava sobre o corpo de Ceorlic. Cinco homens mortos o cercavam, sangue se espalhando e esfriando sobre a pedra, enquanto a estátua de Andraste observava tudo. Loghain estava apenas a poucos passos de distância, mas Maric pensou que poderia muito bem estar sozinho.

— Está feito — Loghain disse com serenidade. Havia uma sugestão de aprovação em sua voz.

— Sim. Está.

— Haverá clamor e revolta. Eles não estavam errados sobre isso.

— Talvez — Maric levantou-se lentamente. Seu rosto estava sombrio, e sentiu como se algo terrível tivesse finalmente decantado dentro dele, como se seu coração estivesse permanentemente desacelerado. Era uma sensação estranha, pacífica e ainda estranhamente inquietante. Ele vingou sua mãe, mas tudo o que sentia era frio. — Mas eles não podem fingir, agora. Vão ter que escolher um lado e sofrer as consequências, e precisam saber que não irei perdoá-los. Não agora.

Loghain olhou para Maric, aqueles olhos azuis gelados o perfurando desconfortavelmente. Maric tentou ignorá-los. Ele não conseguia mais saber o que Loghain estava pensando. Ele ficou satisfeito? Isso é o que ele queria. Um Maric quem faz o que precisa ser feito.

Loghain se virou para sair, sua capa preta balançando atrás dele, e então parou na porta. — Pouco antes de vir para cá recebi notícias. As duas legiões de *chevaliers* de Orlais irão cruzar o rio Dane dentro de dois dias. Vamos precisar atacá-las lá.

Maric não se virou para olhar para ele. — Você e Rowan irão liderar o ataque.

— Você não vai reconsiderar?

— Não.

— Maric, eu não acho que o...

— Eu disse que não — o tom de Maric era final. — Você sabe por quê.

Loghain hesitou apenas um momento, e depois assentiu com firmeza e saiu. A rajada de vento que atravessou a capela quando a porta se abriu era fria, trazendo presságios do próximo inverno. A chama no braseiro vibrou e, finalmente, apagou.

A sorte estava lançada. Maric sentia a inquietação em sua alma finalmente acalmar, deixando apenas um silêncio gelado em seu lugar. Não havia como voltar atrás agora.

19

UM DRAGÃO TOMOU OS CÉUS.

Foi a primeira coisa que Loghain viu pela manhã. Seu sono fora perturbado pelos sons estranhos vindos de longe, e ele tinha saído de sua tenda quando o sol ainda oferecia apenas uma lasca de luz rosa e amarela sobre as montanhas. Parado na luz fraca, a geada agarrando-se a sua pele e a respiração saindo em baforadas brancas, ele ficou esperando para ouvir o som estranho novamente.

Por um momento pensou que poderiam ser os *chevaliers* chegando ao passo do rio antes do esperado, e que seus batedores estavam errados. Quando ouviu o som novamente, no entanto, soube que não poderia ser isso. Ele não conseguiu identificar o que era até que saiu de meio das tendas onde os soldados dormiam, enrolados em mantas, e parou à beira do vale. Lá, pulou para cima de algumas rochas e olhou para toda a vastidão do terreno sob ele. O poderoso rio Dane cortava um caminho sinuoso através das rochas, e a névoa da manhã ainda se agarrava ao chão como um cobertor gelado.

Era uma visão majestosa, mas ainda melhor era o dragão que voava sobre tudo aquilo. De longe, parecia quase pequeno, deslizando lentamente no ar com a cadeia de montanhas cobertas de neve atrás dele. Se estivesse mais perto, seria uma besta gigante, grande o suficiente para engolir um homem inteiro. Mesmo de tão longe, quando o dragão rugiu, Loghain conseguiu sentir o estrondo no solo.

Eles haviam dito que não existiam mais dragões. Os caçadores de Nevarra caçaram os animais de maneira impiedosa há mais de um século, até que foram tidos como extintos. Mas lá estava ele, planando livre no vento da manhã. Essa foi a primeira vez que tinha vindo para o lado fereldeniano das montanhas, aparentemente, mas já estava a duas semanas devastando as paisagens orlesianas.

O Coro tinha tomado isso como um presságio. A Divina em Val Royeaux havia declarado que a próxima era deveria ser chamada de "Era do Dragão".

O batedor que trazia a notícia disse que alguns estavam afirmando que essa nomeação era um sinal de que o próximo século seria de grandeza para o Império. Mas, conforme Loghain viu ao dragão deslizar graciosamente pelo nevoeiro frio, suas asas de couro bem abertas, se perguntou se tal grandeza era possível.

Ele ouviu os passos esmagando o gelo atrás dele, mas não se virou. O acampamento inteiro mal se movia, mas ele já sabia quem estaria de pé tão cedo. Conhecia a maneira como ela andava, o som de sua respiração.

Rowan subiu calmamente pelas rochas até o seu lado. Seus cachos castanhos se agitaram na brisa e a geada se agarrava a sua armadura, que tinha sido recém-polida para a próxima batalha. Loghain manteve os olhos no dragão ao longe, tentando não perdê-lo de vista conforme a besta mergulhava para o vale coberto pelo nevoeiro. Ele poderia muito bem voar até aqui e devorar os homens convenientemente amontoados no acampamento, mas de alguma forma sabia que isso não ia acontecer.

Observaram em silêncio por vários minutos, sem nada dizer. Só o vento farfalhando contra as rochas podia ser ouvido, com o ocasional rugido de dragão ao longe na névoa.

— É lindo — Rowan finalmente murmurou.

Loghain não disse nada. Era difícil manter-se próximo dela, sentir a sua raiva quando ela olhava para ele. Rowan não o tinha perdoado, sabia disso. Muito provavelmente nunca perdoaria. Mas Maric pediu — exigiu — que ele colocasse Ferelden em primeiro lugar. E assim ele fez.

— Dizem que Ferelden está em revolta — ele finalmente disse. — Denerim está queimando, ou assim disseram os últimos cavaleiros que se juntaram a nós durante a noite. O usurpador está paralisado.

Rowan balançou a cabeça lentamente. — Considerando o que o Coro disse, eu não estou surpresa.

— O que o Coro disse?

Ela olhou para ele com curiosidade. — Você não soube? A Grande Sacerdotisa de Ferelden, Venerável Madre Bronach, declarou que Maric é o legítimo dono do trono. Ela chegou a acusar Meghren de ser um tirano perigoso, e proclamar que o Criador tinha enviado Maric para salvar Ferelden.

Os olhos de Loghain se arregalaram. — O usurpador não vai gostar disso.

— Evidentemente, ele está ocupado no momento.

— Você quer dizer que ele não colocou a cabeça dela em uma estaca ainda?

— Ele teria que pegá-la primeiro, não? Talvez ela tenha gritado seu pronunciamento muito alto de uma das janelas de sua carruagem enquanto fugia.

Ele sorriu, mas não foi muito convincente. A Venerável Madre tinha colocado o bastardo orlesiano no trono em primeiro lugar; era muito provável que tivesse apenas mudado de rota para continuar a favor do vento.

Ele suspeitou que pudesse ser uma jogada por parte dela. Quando a notícia do abate de Ceorlic e dos outros começou a se espalhar, apenas um punhado de nobres se deu ao trabalho de ficar ultrajados.

Cada uma dessas famílias jurou que lutaria com o Rei Meghren até o último homem, mas e os outros? Ao ouvir a notícia, muitos fizeram exatamente como Maric havia previsto. As fileiras do exército rebelde tinham aumentado dramaticamente ao longo dos últimos dois dias.

Loghain percebeu que Rowan estava olhando para ele, perdida em pensamentos. Ao longe, o dragão rugiu novamente. A besta voou baixo e desapareceu entre as montanhas enquanto os bancos de nevoeiros eram lentamente dissipados pelo sol nascente. Tentou não olhar para Rowan, tentou não notar como ela parecia radiante ao vento, a rainha guerreira que os menestréis, sem dúvida, um dia cantariam em reverência.

— Estamos realmente indo para a batalha sem Maric? — perguntou ela.

Era uma boa pergunta, que ele mesmo tinha feito. — Você sabe onde ele está.

— Eu sei onde deveria estar. Ele deveria estar aqui. Estes homens precisam vê-lo, precisam saber por quem estão lutando.

— Rowan — disse com firmeza — ele está fazendo o que acha que deve fazer.

Ela franziu a testa, virando-se e olhando para o vale novamente. Uma brisa varreu o local, congelando os dois, e ela estremeceu em sua armadura. — Eu sei — ela respirou, seu tom ansioso — Só temo o que pode acontecer com ele. Pode morrer, sem ninguém com ele para ajuda-lo. Nós chegamos longe demais para perdê-lo agora.

Loghain sorriu para ela, hesitantemente levantando a mão para afagar seu rosto. Foi um pequeno gesto, e ela fechou os olhos, aceitando-o... mas apenas por um momento. Os olhos de Rowan se abriram e ela se afastou um pouco, evitando olhar em sua direção. Foi o suficiente. Havia um abismo entre eles agora, um que não seria cruzado com tanta facilidade.

Ele deixou a mão cair. — Ele pode morrer em qualquer lugar, até mesmo aqui.

— Eu sei disso.

— Você recusaria a ele a chance de fazer essa única coisa sozinho? Ela pensou sobre isso, e depois baixou os olhos. — Não.

Havia movimento no acampamento em torno deles agora, e Loghain podia ver o motivo. O sol estava começando a clarear no horizonte, e havia sinais de atividade lá em baixo no vale. A vanguarda da força de orlesiana, suspeitava Loghain. Eles teriam que se mover rapidamente.

Ele virou-se para dizer isso para Rowan, mas ela já havia ido. Ela já sabia.

Nem duas horas mais tarde, o exército rebelde estava preparado. Estava reunido atrás de Loghain agora, uma grande horda incontrolável de cavaleiros e arqueiros, soldados e plebeus. Ele mal conseguia se lembrar de quem a maioria deles era, a pequena força com a qual tinham deixado Gwaren constituía apenas uma parte daqueles que estavam presentes agora. Na frente de todos estava um punhado de anões, menos de um terço da Legião dos Mortos que tinha lutado com eles em Gwaren. Nalthur tinha retornado com prazer a tempo para a batalha, e sorria loucamente quando Loghain o informou sobre as chances que tinham de vencer. Ele ainda sorria, observando Loghain de onde estava com seus homens.

Quase mil homens, ao todo. Muito mais indisciplinados do que Loghain gostaria. Mesmo os veteranos, como os lutadores da Legião, não tiveram quase nenhuma chance de treinar juntos ou trabalhar maneiras de comunicar estratégias efetivamente. Essa batalha poderia ser um pesadelo. Qualquer coisa poderia dar errado.

Mas então ele se lembrou do dragão.

Os *chevaliers* estavam no vale e já sabiam da força rebelde se posicionando em seu caminho. Estavam se desdobrando para assumir uma posição defensável e recuar aqueles que já haviam atravessado o rio. Era isso ou abandoná-los e retirar-se para terreno mais elevado, o que não iam fazer. Ainda não. Contariam com a sua mobilidade superior para tirá-los de qualquer situação mais complicada.

O motivo pelo qual Rowan estava levando seus cavaleiros para o outro lado do vale era para cortar qualquer meio de fuga. Iriam esmagar o inimigo aqui ou morrer tentando.

Loghain virou seu cavalo para encarar os soldados atrás dele, todos esperando com armas em punho e hálitos de névoa branca. O manto negro de Loghain balançava no vento fresco, e conforme seus severos olhos azuis pairavam sobre cada um dos homens presentes, eles ficavam um pouco mais prostrados. Ele estava usando sua velha armadura, aquela de couro batido que seu pai tinha feito há muito tempo para ele. Para dar sorte, pensou.

— Um dragão surgiu no céu — gritou para os homens, sua voz competia com o vento assobiando. — Eu mesmo o vi, voando pelas montanhas. Se os dragões podem retornar dos mortos, meus amigos, por que Ferelden não pode fazer o mesmo?

O exército urrou em aprovação, levantando espadas e lanças e agitando-as até que finalmente Loghain levantou a mão. — É uma sensação boa para lutar — gritou, — para enfrentar esses bastardos orlesianos e dizer a eles: 'nunca mais!'

Eles urraram novamente, e Loghain levantou a voz ainda mais. — O seu príncipe não está aqui! Mas quando retornar para nós, vamos entregar-lhe o seu trono usurpado! Aqui no Rio Dane é onde a Era do Dragão começa, meus amigos! Hoje eles vão nos ouvir rugir!

E eles rugiram. Se os cavaleiros orlesianos no vale olharam para cima, naquele momento, eles tremeram de medo ao ouvir o som de um milhar de homens gritando em fúria, o tipo de som que só aqueles que exigem liberdade conseguem fazer. Eles congelariam em suas selas enquanto vissem o exército rebelde derramar sobre pelas cristas dos montes e investir pelo vale em direção a eles.

E talvez, ao longe, nas Montanhas do Dorso Frio, um dragão tenha levantado a cabeça em uma caverna sombria e ouvido com aprovação o longo e irado rugido dos rebeldes.

Severan apertou sua capa de arminho contra o corpo, amaldiçoando o frio de Ferelden. Não era inverno ainda, mas nesta hora da noite o ar alfinetava pior do que jamais conseguiria em sua terra natal. O ar frio soprava por correntes que vinham do sul, das terras intocadas além dos Ermos Korcari, tornando cada inverno quase insuportável. Uma explicação, talvez, para o povo duro e implacável dessa terra.

Era em momentos como este que desejava nunca ter vindo. Deixe Meghren fugir de volta para Orlais e implorar ao Imperador para deixá-lo ficar lá e nunca mais voltar, como era seu desejo. Deixe que os fereldenianos tenham seu pedaço de terra e seus cães e seu frio. Ele deveria voltar para o Círculo de Magos e começar de novo.

Mas, então, sacudiu a cabeça. Não, tinha muito investido aqui. As revoltas eram muito piores do que ele jamais poderia ter previsto, mas uma vez que o exército rebelde fosse esmagado, os moradores poderiam ser pacificados, uma cidade de cada vez, se necessário. Quando tudo acabasse, Meghren seria tão grato e tão dependente de Severan que o mago teria as rédeas do país.

E haveriam algumas mudanças. Com toda a certeza...

Mas no momento tudo o que ele tinha eram problemas para resolver. Virou-se para olhar para o jovem mensageiro encolhido na entrada de sua tenda, esmagando a missiva que o rapaz havia trazido para ele. — Por que — perguntava furioso — a minha inteligência está sendo insultada? Você está me dizendo que nem um único dos nossos batedores voltou ainda?

— Eu não sei, Senhor Mago! — o mensageiro protestou. — Eu... eu só trouxe a mensagem.

Severan cerrou os lábios e, em seguida, jogou o papel amarrotado na direção do garoto. Ele gritou de medo, encolhendo-se como se tivesse sido atingido por uma pedra. Bufando em desgosto, Severan acenou com a mão e dispensou o rapaz, que fugiu com gratidão.

Não havia nenhum sentido em descontar sua raiva em ninguém, mesmo que a ideia fosse tentadora. Severan tinha trazido o seu exército para se encontrar com as legiões de *chevaliers* que chegavam por terra de Orlais, mas as legiões estavam longe de serem encontradas. Severan tinha se atrasado por conta dos tumultos em Cimassempre, e foi forçado a mandar mensagens de volta para Denerim quando ficou sabendo da proclamação de Bronach, o que o havia atrasado ainda mais. Agora, chegou ao ponto de encontro apenas para descobrir não havia um chevalier sequer, e seus esforços para descobrir alguma coisa sobre o que havia acontecido resultavam em nada além de mais problemas.

Poderiam ser os rebeldes? Como eles tinham viajado tão longe para oeste? O último relatório de confiança apontava que o exército rebelde estava em uma aldeia no bannorn, onde o Príncipe Maric havia realizado as surpreendentes execuções de Ceorlic e outros banns. Isso tinha sido há quase três dias atrás e antes disso Severan não teve informações confiáveis por quase uma semana. Parecia improvável que os rebeldes poderiam desafiar seriamente duas legiões de *chevaliers* com a mistura de forças que tinham atualmente, mas a dúvida o atormentava.

Se Katriel não tivesse se voltado contra ele... Pensar na elfa o irritava profundamente. Severan andava ao redor sua tenda, chutando de lado as almofadas de seda. Ele já havia enviado mensagens para seus contatos em Orlais, preparando uma surpresa bastante desagradável para ela no momento em que retornasse aos seus companheiros bardos. Ele tinha pagado uma boa quantia pela assistência da elfa, e agora tinha pagado ainda mais para adquirir outra, que, infelizmente, não chegaria por pelo menos mais uma semana.

Mais atrasos irritantes. Estava tentado a sair de sua tenda e chutar os comandantes até que acordassem e exigir que o exército marchasse imediatamente. Poderiam deixar o local e avançar mais para oeste, e talvez interceptar os *chevaliers* em sua rota. Mas tentou se acalmar. Não gostava de ser forçado a fazer nada, sobretudo sem conhecimento de causa, então teria que ser paciente por enquanto.

Severan estremeceu novamente, se encolhendo no manto de arminho. Ele se virou para o fogareiro em sua grande tenda, decidindo que já que os servos não estavam ali para atiçar brasas, seria melhor ele fazer aquilo por conta própria. Então parou, confrontado com um homem que havia entrado na parte de trás de sua tenda pela aba traseira. Era um homem loiro em uma armadura brilhante e um manto púrpura, segurando uma pálida espada longa incrustada com runas mágicas. O olhar do homem tornou a sua intenção clara.

— Príncipe Maric — Severan comentou. — Como... é inesperado você aparecer aqui — a surpresa era legítima. O exército rebelde estava aqui? Prestes a atacar? Certamente esse tolo não veio sozinho? Mantendo um olho em seu hóspede não convidado, o mago fez um gesto com a mão, conjurando uma proteção mágica. Um brilho suave o cercou enquanto o homem loiro avançava com cautela pela tenda, mantendo a espada apontada para Severan.

— Seus guardas estão mortos — Maric disse a ele. — Eu não me incomodaria tentando chamá-los.

— Eu poderia gritar mais alto e trazer todo o meu exército aqui.

Maric sorriu melancolicamente. — Não antes de eu matar você.

Severan teve que admitir que estava impressionado. O jovem tinha o porte de um verdadeiro rei, e de um guerreiro, também. Tão contrário a todos os rumores que tinha ouvido, que falavam de um homem bem diferente do assassino que enfrentava agora.

Ele esticou o braço e falou uma única palavra, um comando na língua antiga de Tevinter. O cajado de Severan voou pela tenda até chegar na mão do mago. Ele zombou do jovem príncipe, confiante. — É isso que você veio fazer aqui? Pode ser um desafio grande demais para você, meu príncipe.

O rosto de Maric se encheu de fúria. — Não me chame assim.

— Meu príncipe? Por que não?

Sem responder, Maric se lançou contra o mago, golpeando com sua espada, mas Severan ergueu o cajado e bloqueou o ataque. Faíscas brancas voaram quando as armas se encontraram, bem como um brilho incandescente. Os olhos de Severan se arregalaram quando percebeu o poder da arma.

Lançando um feitiço rápido, estendeu a palma em direção Maric, e relâmpagos saltaram, atingindo o homem e fazendo-o voar para trás, gritando de dor. Maric bateu em um gabinete, derrubando-o e quase levando aquela parte da tenda abaixo. Lá fora, o som distante de gritos alarmados se tornou proeminente.

Severan caminhou lentamente para onde o príncipe ainda tinha espasmos de dor, choques de eletricidade faiscando ao longo de sua armadura. — Você realmente achou que poderia entrar no meu acampamento e me derrotar, meu jovem? Como me encontrou?

Maric rolou, cerrando os dentes em agonia enquanto lentamente ficou de joelhos. — Um presente de Katriel — ele sussurrou, olhando para o mago através dos olhos semicerrados.

— Ela te contou? — Severan esfregou sua barba, curioso. — E onde ela está agora?

— Morta — o príncipe se levantou, tremendo com o esforço e resistindo aos efeitos do raio por pura força de vontade.

Novamente Severan ficou impressionado. Mas por mais impressionante que fosse, aquele homem não iria derrotá-lo com uma espada. Apontando seu cajado na direção de Maric, ele gritou várias palavras na língua de Tevinter, e toda a tenda brilhou conforme uma tempestade se formava dentro dela. Ventos frios formavam redemoinhos, cobrindo instantaneamente o tecido das paredes e do chão com geada e congelando Maric onde estava.

A armadura prateada rapidamente ganhou uma camada de gelo, e Maric se dobrou em dor, tentando lutar contra os ventos e a neve. A pele do seu rosto congelou e rachou, sangue brilhante jorrando das feridas. — Uma pena — Severan suspirou enquanto caminhava na direção de Maric calmamente. — Eu teria preferido matar a moça élfica com minhas próprias mãos, depois do que ela fez comigo. Se você me poupou o esforço, eu imagino que vou precisar praticar as torturas que eu pretendia para ela em você.

O príncipe estava de joelhos novamente, encolhendo-se de dor quando Severan se aproximou dele. O mago estendeu a mão, preparando-se para lançar outro feitiço em seu alvo indefeso, quando de repente Maric ergueu uma das mãos para o alto.

Algo voou da mão estendida para o rosto de Severan, uma nuvem de poeira ou sujeira. Severan não tinha certeza, mas de qualquer forma, ardeu em seus olhos e queimou o interior de sua garganta, e cambaleou para trás. Tropeçando sobre uma cadeira coberta de gelo, ele gritou de dor quando caiu no chão, convulsionando em um ataque de tosse conforme a sensação de ardor na sua garganta tornava-se ainda mais forte.

Ele mal conseguia ver. Tossindo loucamente, tentou se arrastar para longe de onde o príncipe ainda deveria estar, caso o homem tentasse atacá-lo com sua lâmina.

Maric levantou-se lentamente. O vento ainda soprava descontroladamente ao redor da tenda, arremessando pequenos pedaços de móveis e livros para fora e ameaçando mandar até mesmo a tenda para os ares. Mais gritos podiam ser ouvidos através do vento, chegando mais perto. Maric estava coberto de uma espessa camada de gelo e sangrava das rachaduras no rosto e nas mãos, mas, cerrando os dentes, começou a coxear lentamente em direção ao mago.

— Outro presente de Katriel — ele rosnou através de sua dor. — Ela me deixou uma carta. Ela me disse quem era, contou-me como encontrá-lo e tudo o que eu precisava para derrotá-lo — quando os olhos de Severan começaram a clarear, viu as lágrimas escorrendo dos olhos do príncipe, deixando rastros em sua pele congelada.

— Você não vai sair daqui vivo! — Severan gritou de raiva. Ele se levantou rapidamente, mas o príncipe continuou a avançar. Finalmente, reunindo toda a sua vontade, Severan levantou a palma da mão na direção do príncipe. Sua mão foi envolta por uma explosão de chamas...

...que minguaram logo em seguida. Na parte de trás de sua cabeça, um zumbido familiar despertou, e a dormência começou a se espalhar por seu corpo.

— Não! — ele gritou de horror, percebendo o que o príncipe tinha feito.

Maric se elevou sobre o mago, rosnando em fúria enquanto segurava a espada pelo punho e mergulhava a lâmina para baixo. A ponta da lâmina de osso de dragão atingiu a proteção arcana de Severan, soltando faíscas brilhantes. Severan não foi atingido, mas cambaleou de dor quando a lâmina mágica partiu as energias de seu escudo.

Quando Maric levantou a lâmina para o alto de novo, Severan gritou em puro terror. Colocou as mãos diante do corpo, tentando conjurar outra magia, mas era tarde demais. A lâmina desceu com o peso total de Maric. Com um grande brilho de luz, quebrou o feitiço de proteção, empurrando a espada através dele e mergulhando-a no coração de Severan.

O mago engasgou, sentindo a agonia explodindo por ele como uma brasa incandescente.

Pensamentos passaram pela sua cabeça. *Não! Não pode terminar assim! Não assim!* Ele tentou trazer à mente um feitiço que poderia salvá-lo, um feitiço de cura ou mesmo um rito para arrancar o seu espírito de seu corpo e preservá-lo. Mas a dormência o deixou impotente, o deixou gritando em sua mente enquanto seu pulso diminuía a velocidade e a sua força vital escorria da ferida em seu peito.

Então, o cajado rolou dos dedos de Severan e caiu no chão. Ele estava morto, seus olhos incrédulos focados no nada.

A nevasca dentro da tenda cessou, desaparecendo como se nunca tivesse existido. A geada e o gelo que tinha depositado permaneceram, cobrindo todo o interior da tenda e deixando os móveis espalhados com uma brancura espessa e uma névoa fria que pairava no ar. Gritos confusos ecoavam por todo o acampamento, alguns deles chegando muito perto.

Maric olhou para o mago morto debaixo dele, o sangue brilhante se espalhando lentamente pela geada. Com desdém no rosto, puxou a espada para fora do cadáver. O mago não se mexeu.

— Obrigado, Katriel — ele murmurou, e sentiu a dor brotando dentro dele. Ele havia encontrado a carta e a pequena caixa em seus aposentos na manhã seguinte. Ela sabia. Ela sabia que fora seguida até Denerim, sabia o que a esperava quando voltasse. Tinha escrito que não poderia haver perdão para o que ela tinha feito, e então havia explicado em detalhes como Severan poderia ser assassinado.

Sem ele, tinha escrito, o usurpador estaria perdido. E então ela lhe desejou boa sorte.

Maric chorou. Ele se encolheu na tenda cheia de gelo e as lágrimas correram livremente. Por Katriel, por sua mãe, por parte de si que de alguma forma perdeu ao longo do caminho. Mas estava feito. Tinha jurado a sua mãe que iria encontrar uma maneira, e conseguiu. Tudo o que restava agora era terminar o que havia começado.

Dois soldados irromperam na tenda, derrapando ao parar com o choque de ver seu mestre morto no chão e Maric agachado acima dele. Um deles superou rapidamente o choque e correu para Maric, gritando um grito de guerra com raiva quando sacava a espada.

Maric levantou-se e golpeou com a lâmina em um amplo arco. A espada cortou a proteção peitoral do homem com facilidade, deixando um corte profundo que espirrou sangue. O homem caiu de joelhos e Maric afundou a espada na lateral de seu pescoço. O soldado morreu sem emitir um som.

O outro viu Maric avançando, e seus olhos se arregalaram de medo. Ele se virou para correr e começou a gritar por socorro, mas Maric arrancou a lâmina do pescoço do primeiro soldado e trespassou rapidamente o peito do outro. Os gritos do homem morreram em seus lábios. Grave e silenciosamente, Maric deu um passo adiante para terminar a execução.

Havia mais gritos nas proximidades. O acampamento estava em confusão, mas as distrações que havia plantado iriam durar pouco tempo. Todos logo estariam aqui.

Olhando para trás e vendo o mago morto, Maric fez uma pausa. O homem tinha pagado por sua arrogância. Tinha pagado por ajudar o usurpador manter a sua mão de ferro sobre o reino, e por qualquer plano que o levou até Ferelden. Se Maric lhe devia alguma coisa, foi por mandar Katriel até ele. Por isso, Maric o tinha enfrentado sozinho. Por isso, havia o matado rapidamente.

Não havia mais lugar para a misericórdia.

Você é o próximo, Meghren.

Com essa promessa silenciosa, Maric lançou-se contra a escuridão da madrugada e fugiu. Loghain e Rowan haviam lutado uma batalha por ele hoje, mas ele tinha toda a intenção de lutar o resto dessa guerra por conta própria. O trono usurpado seria devolvido, e Ferelden estaria livre mais uma vez. Que o Criador tenha piedade de qualquer um que entrasse em seu caminho.

EPÍLOGO

— MAS ELES VENCERAM?

Madre Ailis sorriu para o jovem Cailan enquanto ele se contorcia com emoção em sua cadeira. Para um rapaz de doze anos de idade, tinha escutado com bastante atenção à história, pensou. Ele sempre foi fascinado com tais contos, e amava acima de todos os que envolviam seu pai. E por que não? Não era o único menino em Ferelden que idolatrava o Rei Maric, afinal.

Ela alisou o cabelo loiro de Cailan distraidamente com a velha mão e assentiu. — Sim, eles venceram — ela riu quando o menino bateu palmas de alegria. — Como você deve ter adivinhado. Se não tivessem vencido, você estaria aqui hoje, meu jovem?

Ele sorriu. — Provavelmente não.

— Provavelmente não — ela concordou. — Loghain guiou o exército para uma grande vitória, dizimando o exército orlesiano tão terrivelmente que o Imperador Florian se recusou a enviar para o usurpador mais quaisquer forças. Nós perdemos muitos dos nossos. Nalthur e a Legião morreram bravamente, assim como metade do nosso exército. Mesmo sua mãe quase morreu. Mas foi um grande dia para Ferelden, e foi assim que Loghain ficou conhecido como o herói do Rio Dane, um título que ele carrega até hoje.

Cailan folheou o livro em seu colo, um livro muito bem preenchido com delicadas pinturas que havia sido oferecido ao jovem príncipe como um presente pelo embaixador orlesiano — o primeiro representante enviado desde a coroação da nova Imperatriz dois anos atrás, e veio praticamente sobrecarregado com presentes de todos os tipos. Ou subornos, como Teyrn Loghain os chamou.

Naturalmente, o jovem Cailan amou as imagens dos *chevaliers* e das batalhas no livro, e se eles despertavam seus pensamentos sobre as vitórias de Fereldcn, em vez da grandeza do Império, o embaixador certamente não precisava saber. Cailan foi cercado por livros, outros abertos e lidos pela metade, outros descartados ou lidos uma dúzia de vezes. A Rainha Rowan havia trabalhado incansavelmente enquanto estava viva para encher o palácio com livros, e a madre supôs que o rapaz os amava tanto quanto amava a mãe.

Cailan olhou confuso para a madre. — Mas o que aconteceu com o usurpador? Ele não estava naquela batalha, né?

Madre Ailis riu. — Não, não, ele não estava. Demoraram mais três anos de batalhas antes de seu pai finalmente acabar com ele. Meghren se recusou a admitir derrota até o amargo fim. No fim, ele e os últimos de seus apoiadores se barricaram dentro do Forte Drakon, aqui na cidade.

— Aquele dentro da montanha?

— Aquele mesmo. Ele ficou lá por seis dias, até que, finalmente, seu pai desafiou Meghren para um duelo. Teyrn Loghain estava furioso com seu pai por fazer aquilo, mas, naturalmente, o usurpador não poderia deixar de aceitar. Ele estava muito certo de que iria vencer.

Cailin sorriu amplamente novamente. — Mas ele não venceu!

— Não. Ele não venceu — ela fez uma pausa, perguntando-se por um momento se deveria continuar. Mas o rei disse que seu filho

deveria saber de tudo, não disse? Então, ele deveria saber de tudo.
— Seu pai duelou com Meghren no telhado de Forte Drakon, e quando ele o matou, arrancou sua cabeça e colocou-a em uma lança do lado de fora dos portões do palácio. Essa foi a última cabeça a decorar este palácio.

O menino assentiu, aceitando tal informação com serenidade. Ele voltou sua atenção para o livro em seu colo, seus longos cabelos loiros caindo mais uma vez na frente de seus olhos. Madre Ailis o observou por um tempo, estendendo a mão e escovando o cabelo para os lados novamente. Havia poucos outros sons na biblioteca além do vento batendo contra as janelas.

— No que está pensando agora, meu querido? — ela perguntou-lhe finalmente.

Ele olhou para ela, seus grandes olhos sombrios. — Minha mãe e meu pai não se amavam de verdade?

Ah. Ela respirou fundo. — Não é isso, meu jovem — ela sorriu gentilmente para ele. — Eles se tornaram Rei e Rainha de Ferelden, o que foi de grande importância para ambos. Havia muito trabalho a ser feito para reconstruir esta nação depois de liberta, e eles sabiam que precisavam permanecer unidos, para fazer isso.

Ailis viu que o rapaz não entendeu, e ela suspirou profundamente e segurou sua bochecha em sua mão. — Eles tinham muito carinho um pelo outro e, com o tempo, isso cresceu até se tornar amor. Quando sua mãe morreu — ela abordou o assunto com cuidado — ele ficou tão triste que não saiu de seus aposentos durante semanas. Você se lembra, não lembra?

Cailan assentiu tristemente. Ela se lembrou do tempo, também. Meses massacrantes de uma doença que nem mesmo o melhor mago do Círculo poderia ajudar a curar. No final, ela discretamente fechou os olhos e adormeceu. Durante semanas depois da morte, o Rei Maric se fechou completamente, olhando para o fogo ou sentado em sua mesa. Não dizia absolutamente nada e quase não respondia a ninguém. Ele comia pouco, menos a cada dia, e todo o castelo ficou preocupado. A nação lamentou a morte de sua amada rainha, e temia que pudesse em breve estar de luto por seu rei, também.

Ailis também não soube o que fazer. Não havia ninguém com quem pudesse conversar no palácio, certamente não Loghain. Após a guerra, Maric elevou Loghain à nobreza e fez dele o Teyrn de Gwaren. Todos em Ferelden celebraram neste dia; a ideia de que um deles, um herói nascido do povo comum, podia ser elevado para a nobreza era muito apelativa. Teyrn Loghain havia se casado com uma bela mulher e teve uma filha maravilhosa, e, no entanto, apesar da suposta amizade lendária entre ele e o Rei Maric, não veio ao palácio uma vez sequer.

Sempre que o nome de Loghain era mencionado na frente da rainha, ela ficava muito quieta, e o rei olhava com tristeza em sua direção. A primeira vez que viu isso acontecendo, Ailis soube. Era impossível não saber. E, assim, o nome de Loghain não era comumente proferido no palácio. O rei ia para Gwaren de tempos em tempos, mas sempre que ia, a rainha encontrava um motivo para ficar e Ailis passava dias na companhia silenciosa e triste da rainha.

Então Ailis mandou um mensageiro para Gwaren e Loghain veio. Seu rosto duro como rocha, ele adentrou as câmaras do rei, fechou a porta e ali ficou durante horas. E então, sem qualquer aviso, eles saíram juntos. Sem uma única palavra a ninguém, eles foram ao local onde as cinzas de Rowan tinham sido colocadas e lamentaram juntos.

— Eu me lembro — Cailan suspirou.

— O que o seu pai sentiu pela elfa, Katriel, era muito diferente. Isso não significa que ele não tenha amado sua mãe. Nunca duvide disso.

Ela se lembrou de quando Loghain a encontrou. Ela vivia em uma pequena aldeia ao norte dos Ermos e ouviu falar de um homem procurando pelos bandidos que haviam sido mortos anos antes por homens do usurpador. Ele estava procurando por seu pai. Quando Loghain finalmente a encontrou no hospital, correu e levou-a em seus braços, rindo com uma alegria que era tão diferente de tudo o que ela já tinha visto nele.

E então levou Loghain para o lugar onde ela tinha espalhado as cinzas de seu pai, com as cinzas de muitos que ele havia tentado proteger. Ela levou tanto tempo para colocar todos para descansar naquela colina. E lá, na chuva, ela o segurou como uma criança que chorava, e chorou com ele. Ele implorou por perdão, e ela disse que ele não precisava de nenhum.

Gareth teria ficado orgulhoso de seu filho. Ela tinha certeza disso.

Cailan fechou o livro, admirando o relevo detalhado na capa de couro, e então olhou para ela com curiosidade. — Eu vou ser o rei um dia, Madre Ailis?

— Quando seu pai falecer, sim. Rezemos para que não seja em breve. Certamente eu duvido que vá estar viva para vê-lo.

— Será que vou ser um rei tão bom quanto o meu pai?

Ela riu disso. — Você é um Theirin, meu caro rapaz. Você tem o sangue de não só Calenhad, o Grande em você, mas também de Moira, a Rainha Rebelde e Maric, o Salvador. Não há nada que você não possa fazer se você se dedicar com afinco.

O rapaz revirou os olhos e suspirou, exasperado. — Isso é o que meu pai sempre diz. Eu não acho que nunca vou ser tão bom como ele é.

Tão parecido com o pai. Ailis despenteou o cabelo dele com carinho e se levantou da cadeira. — Venha, meu querido. Venha com a sua velha tutora, e vamos encontrar o seu pai nos jardins. Pode dizer-lhe por conta própria que excelente ouvinte você foi hoje.

Cailan pulou de seu assento, sorrindo. — Você acha que ele vai me contar outra história? Eu quero ouvir mais sobre os dragões!

— Eu acho que há tempo para mais histórias. Mas não hoje.

O jovem príncipe parecia satisfeito com isso, e animadamente disparou pelo corredor do palácio, desaparecendo em um instante. Sacudindo a cabeça com carinho, Madre Ailis pegou sua bengala e, lentamente, começou a percorrer o caminho atrás dele.

AGRADECIMENTOS

Primeiramente, um grande obrigado para os meus maiores apoiadores: Jordan, Steph, Danielle e Cindy. Sem vocês, eu não teria perseverado. Também agradeço aos meus pais que, mesmo tendo certeza de que todos esses jogos nunca trariam nada de útil, me deixaram jogá-los do mesmo jeito. Vocês encorajaram minha imaginação, e isso é mais importante do que qualquer coisa. Sempre serei grato a ambos.

Não posso deixar de agradecer e reconhecer o trabalho árduo da equipe de *Dragon Age* para trazer esse mundo à vida. Cada dia que passo na companhia de pessoas tão visionárias e criativas, fico mais orgulhoso do que estamos criando. Vocês tornaram meu trabalho muito mais fácil.

Ademais, um último agradecimento à BioWare por me dar uma oportunidade tão fantástica e por ser o tipo de empresa de games que acredita que a escrita é algo em que vale a pena investir.

LEIA MAIS LIVROS DA JAMBÔ

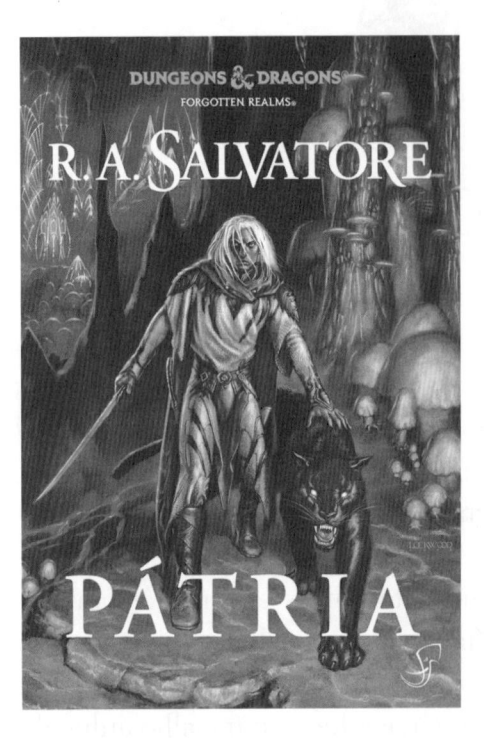

O início da linha de romances de *Dungeons & Dragons!*

Status é o paradoxo do mundo do meu povo, a limitação do poder pela própria sede de poder. É obtido através de traição, e convida à traição contra aqueles que o obtiveram. Os poderosos em Menzoberranzan passam seus dias olhando para trás, para se defender das adagas apontadas para suas costas. Suas mortes geralmente vêm pela frente.

— Drizzt Do'Urden

Este clássico best-seller do *New York Times* inicia a história de um dos personagens mais intrigantes da literatura de fantasia. Acompanhe o elfo negro Drizzt Do'Urden no começo de sua busca por seu destino no sombrio mundo abaixo da superfície.

A lenda de Drizzt começa aqui!

A Lenda de Drizzt
Vol. 1: Pátria

Autor: R. A. Salvatore
Tradutora: Carine Ribeiro
Formato: 15,5 x 23 cm, 384 páginas, brochura
ISBN: 978858913471-3

LEIA MAIS LIVROS DA JAMBÔ

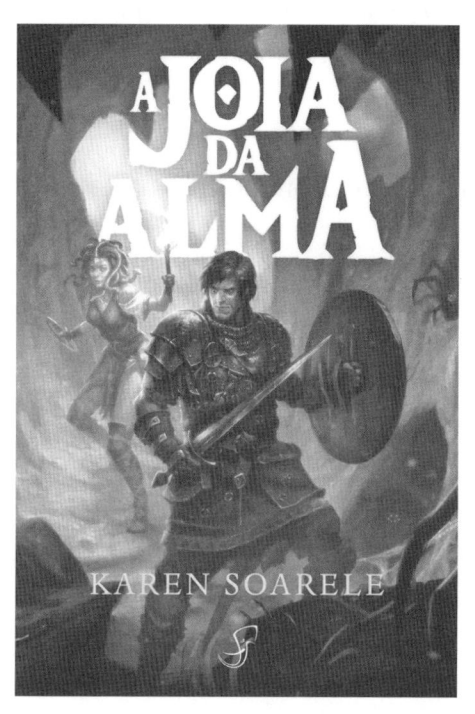

A Joia da Alma

Autora: Karen Soarele
Formato: 15,5 x 23 cm, 384 páginas, brochura
ISBN: 978858365073-7

Nada pode apagar o passado.

Um aventureiro veterano, Christian está prestes a completar uma última jornada, que lhe permitirá se aposentar em paz. Mas tudo dá errado quando o passado volta para assombrá-lo.

Agora, Christian e seus companheiros, um mago aberrante e uma menina selvagem, terão de cruzar o Reinado de Arton em busca de um poderoso artefato. Mas eles não são os únicos nessa jornada: Verônica e seu grupo se mostram rivais à altura e parecem estar sempre um passo à frente.

Chegou o momento de revirar o passado e abrir antigas feridas. Afinal, fugir de si mesmo é negar os próprios deuses. Não que Christian ligue para isso.

A *Joia da Alma* é o mais novo romance de Tormenta, o maior universo de fantasia do Brasil, lar de dezenas de quadrinhos, livros e jogos. Uma história sobre heróis relutantes, erros do passado e busca pela redenção. E sobre uma ameaça que pode destruir todo o mundo de Arton.

Para acompanhar as novidades da JAMBÔ e acessar conteúdos gratuitos de RPG, quadrinhos e literatura, visite nosso site e siga nossas redes sociais.

www.jamboeditora.com.br

facebook.com/jamboeditora

twitter.com/jamboeditora

youtube.com/jamboeditora

Para ainda mais conteúdo, incluindo colunas, resenhas, quadrinhos, contos, podcasts e material de jogo, faça parte da *Dragão Brasil*, a maior revista de cultura nerd do país.

www.apoia.se/dragaobrasil

JAMBÔ
Livros divertidos

Rua Sarmento Leite, 627 • Centro Histórico
Porto Alegre, RS • 90050-170
(51) 3012-2800 • editora@jamboeditora.com.br